KB078264

그레이트 원

FUSION FANTASTIC STORY

천중화 장편 소설

그레이트 원 4

천중화 장편 소설

초판 1쇄 찍은 날 § 2014년 5월 21일
초판 1쇄 펴낸 날 § 2014년 5월 28일

지은이 § 천중화
펴낸이 § 서경석

편집부장 § 권태완
편집책임 § 박은정

펴낸곳 § 도서출판 청어람
등록번호 § 제387-1999-000006호
등록일자 § 1999. 5. 31
어람번호 § 제1-1855호

주소 § 경기도 부천시 원미구 부일로 483번길 40 서경B/D 3F (우) 420-822
전화 § 032-656-4452 팩스 § 032-656-4453
http://www.chungeoram.com
E-mail § chungeorambook@daum.net

ISBN 979-11-316-9041-3 04810
ISBN 979-11-5681-955-4 (세트)

그레이트 원

FUSION FANTASTIC STORY

천중화 장편 소설

4

청어람

CONTENTS

그레이트 원

1장

아빠의 친구들

통통통!

눈처럼 흰 고양이 스노우가 가파른 돌계단 위를 가볍게 뛰어갔다.

휘휘휙…….

허름한 작업복을 걸친 채나가 피가 질질 흐르는 자신의 키만 한 멧돼지 다리 한 짝을 들고 다른 손에는 큼직한 어금니가 튀어나온 멧돼지 머리를 든 채 휘파람을 불며 걸어갔다.

그 뒤를 박지은이 멧돼지 다리 한 짝을 움켜쥔 채 낑낑대며 쫓아갔다.

연필신과 노민지도 각기 멧돼지 다리를 한 짝씩을 든 채 선 착장에서 사계절 슈퍼로 이어지는 계단을 힘들게 올라갔고!

뺄 것도 더할 것도 없이 세상에 이런 일이에 나오는 딱 그 장면이었다.

빌보드 차트 정상을 넘나드는 여가수와 칸을 비롯한 세계 적인 영화제를 휩쓰는 여배우가 핏물이 뚝뚝 떨어지고 털이 부숭부숭한 멧돼지 다리를 든 채 낑낑대며 걸어가는 모습을 어디서 구경하겠는가?

유감스러운 것은 관객이 한 명도 없다는 것이었다.

털썩!

박지은이 힘에 부치는 듯 멧돼지 다리를 계단에 내려놓았 다.

"후우— 채나야!"

"왜?"

박지은이 숨을 쌕쌕거리며 애원하듯 부르자 채나가 귀찮 다는 듯 대답했다.

"이, 이 언니가 명색이 국민배우잖아?"

"그런 기품이 있는 여성이 어떻게 피가 질질 흐르는 멧돼 지 다리를 들고 갈 수 있냐고?"

"꼭 그런 말은 아니지만……."

"난 세계적인 슈퍼스타 김채나야. 보다시피 멧돼지 다리

한 짝과 머리통까지 들고 계셔!"

"전 고품격 개그우먼 연필신이죠. 히히히!"

"우먼 플라워 창간호의 표지 모델, 넘버 원 캐리어 우먼 노민지예요!"

연필신과 노민지가 박지은과 같이 멧돼지 다리를 한 짝씩을 든 채 쫓아오면서 한마디씩 거들었다.

"상황이 이래, 언니! 다 자기들도 한 품위 한다잖아?"

"웬수들! 난 힘들어서 도저히 못 들고 가겠어. 제발 도와줘, 채나야!"

박지은이 연필신과 노민지를 흘겨보며 채나에게 사정을 했다.

"그래서 아까 내가 뭐라 했어? 각자 들 수 있을 만큼 가지고 가라 했지? 마마 언니가 제일 먼저 뒷다리 한 짝을 찜했고!"

"후우— 아빠가 좋아할 것 같아서 욕심을 부린 거지, 뭐."

"좋아! 효심이 갸륵해서 봐줬다. 대신 택배비로 다리 반쪽은 내 거야. 불만 있어?"

"아휴! 알았어."

"또 멧돼지 다리가 무거워서 가지고 가기 힘든 사람? 민지 언니?"

채나가 박지은이 내려놓은 멧돼지 다리를 가볍게 들며 노민지를 쳐다보고 말했다.

"됐어, 채나 씨! 난 커리어 우먼이 아니라 노가다 우먼이 되는 한이 있어도 들고 갈 거야."

"필신이는?"

"야! 짜증나게 왜 자꾸 물어? 내가 힘없는 게 한이라고 했잖아! 한 마리를 몽땅 들고 왔어도 시원찮을 판에 약 올리냐?"

"그, 그렇게 맛있었니? 필신아!"

박지은이 연필신에게 조심스럽게 멧돼지 고기 맛을 물었다.

"쩝쩝! 지난번에도 여기 슈퍼의 싱싱고에 보관했다가 집에 가지고 가서 해먹었거든요. 맛이 장난이 아니에요. 언니! 보통 돼지고기하고는 전혀 달라요. 비계도 없고 쫄깃쫄깃한 게 한우 고기 뺨쳐요."

연필신이 입맛을 다시며 대답했다.

착!

박지은이 채나의 손에서 멧돼지 다리를 낚아채 후다닥 계단을 올라갔다.

"우헤헤헤헤!"

채나와 연필신 등이 폭소를 터뜨렸다.

바다 고기나 육지 고기나 일단 죽으면 얼마 지나지 않아 필히 사후경직(死後硬直)이라는 고기가 죽은 뒤에 딱딱하게 굳어지는 과정을 거치게 된다.

고기를 맛있게 먹으려면 지금 연필신이 말한 것처럼 이 사후경직이라는 과정을 피해 잡은 즉시 먹거나 일정 시간 동안 숙성을 시킨 뒤에 먹는 것이 좋다.

"헤헤헤!"

채나가 귀엽게 웃으며 재빨리 박지은을 쫓아가 멧돼지 다리를 뺏어 들자 박지은이 얄밉다는 듯 주먹으로 채나를 때렸다.

이어서 채나가 체격과는 전혀 어울리지 않게 천하장사처럼 멧돼지 다리 두 짝과 머리통을 가볍게 들고 걸어갔다.

"……!"

박지은이 황당한 표정으로 채나를 지켜보다가 개구쟁이 같은 미소를 지었다.

타타탁… 폴짝!

콰다당!

박지은이 뛰어가 채나의 등에 올라탔다가 그대로 미끄러지며 엉덩방아를 찧었다.

"아후! 엉덩이야……."

"우헤헤헤! 멧돼지 신이 노하신 거야."

채나가 나뒹구는 박지은을 쳐다보며 깔깔대고 박지은이

인상을 쓴 채 일어나며 엉덩이를 비볐다.

"이 씨—"

"헤헤……."

다시 박지은이 채나의 등에 뛰어오르고 채나가 요리조리 피했다.

"킥킥킥!"

뒤따라오던 연필신이 웃음을 터뜨렸다.

"확실히 강호의 소문은 믿을 게 못 되는군요, 민지 언니! 마마 언니한테 빙하제국의 공주니 연기머신이니 하면서 인간미가 없다고 까는 안티들이 있던데 오늘 보니까 너무도 인간적이네요. 완전 애교쟁이에 개구쟁이예요. 히히히……."

"믿기지 않겠지만 나도 언니의 저런 모습을 본 지 얼마 안 됐어. 필신 씨."

"……!"

"언니랑 난 가까운 친척이야, 이종사촌. 덕분에 어릴 때부터 지금까지 언니를 쭉 지켜봤어. 요 근래 언니가 완전히 바뀌었어."

"채나 때문에요?!"

"으응! 그런 것 같아. 실은 안티들이 말한 연기머신이나 빙하제국의 공주가 지금까지의 언니와 가까웠거든. 애교쟁이 개구쟁이는 채나 씨가 언니 앞에 나타난 다음이고!"

"헤에— 정말 기대되네요. 인간미가 결여됐을 때도 세계를 휩쓸었던 배우였는데 인간미까지 완벽하게 갖추며 어떤 배우가 될까요?"

"오스카상의 주인공!"

"……!"

노민지의 예언은 적중했다.

다음 해 겨울 빅마마 박지은은 미국 LA에서 열린 아카데미 시상식에서 아시아 국가 출신 배우 최초로 아카데미 여우주연상을 수상했다.

수상 소감 첫마디가 사랑하는 동생 채나에게 고맙다는 말이었고!

철퍽!

부숭부숭한 털이 붙어 있는 멧돼지 뒷다리와 머리통 하나가 바닥에 놓였다.

"……!"

수돗가에서 큼직한 칼을 든 채 물고기를 손질하던 길 사장이 움찔했다.

"그거 손질 좀 해줘. 길 사장님!"

"어이구, 예 예! 채나 씨, 죄송합니다. 단체 손님들이 와서 보트를 모조리 빌려 가는 통에……."

"장사 잘되면 좋지 뭐!"

"하, 한데 또 잡으셨습니까, 이 멧돼지?!"

"헤헤! 자식들이 나 잡아줍쇼 하고 꼭 우리 뒷산 쪽으로 오더라고!"

"역시 채나 씨는 대단한 총잡이시네요! 어떤 사냥꾼들은 대여섯 명씩 몰려다니면서도 한 마리도 못 잡던데, 허이구—"

"손님들은?"

"주차장 뒤에 파라솔 치고 자리해 드렸습니다. 마누라가 매운탕 가지고 갔습죠."

"이거 삶아서 이 층에 세팅 좀 다시 해줘. 국민배우께서 오셨잖아?"

"아하하! 알겠습니다."

"핫핫핫핫!"

채나와 길 사장이 얘기를 나눌 때 건물 저편에서 요란한 웃음소리가 들려왔다.

"손님이 몇 명이나 왔는데 이렇게 시끄러워?"

"미래 씨 빼고 일곱 분이나 오셨던데요?"

"일곱 분?"

채나가 고개를 갸우뚱했다.

일곱 명씩이나 되는 손님이 여기까지 자신을 만나러 올 이유가 전혀 없었기 때문이다.

게다가 손님들이 저렇게 큰소리로 떠들면서 웃는 것도 이상했고!

손님들은 채나가 싫어하는 강남 스타일, 아니, 여의도 스타일이었다.

"아핫핫핫!"

일곱 명의 중년 사내와 미모의 이십대 여성 한 명이 큼직한 파라솔이 쳐진 원탁에 둘러앉아 큰소리로 대화를 나누며 식사를 하고 있었다.

중년 사내들은 하나같이 단정한 헤어스타일에 깔끔한 와이셔츠와 넥타이를 매고 있는 신사, 전형적인 화이트칼라들이었다.

바로 한미래가 모시고 온 손님들이었다.

"필신 언니?"

파라솔 밑에 앉아 식사를 하던 한미래가 주차장 모퉁이를 걸어오는 연필신을 보고 반색하다가 엉거주춤 서 있었다.

연필신과 함께 걸어오는 박지은과 노민지가 낯설었기 때문이었다.

연필신도 한미래를 보며 손을 흔들다가 사내들을 발견하곤 뻘쭘해졌다.

하지만 연필신은 한미래와 달리 얼른 고개를 숙였다.

사내들이 미소를 띤 채 손을 흔들며 인사를 받았다.

낯이 많이 익은 사내들이었다.

'K, KBC 임원들 워크샵 왔나? 사장님부터 예능본부장님, 드라마본부장님과 보도본부장님까지 오셨어! 나머지 분들도 KBC에서 많이 뵌 분들이고……'

연필신이 KBC 공채 출신 개그우먼답게 한미래와 함께 파라솔 밑에서 식사를 하는 중년 사내들이 KBC 한국방송사 임원들이라는 것을 한눈에 알아봤다.

"익! 울 아빠 친구들이다?"

"아빠 친구들?!"

특유의 걸음걸이로 연필신의 뒤를 쫓아오던 채나가 화들짝 놀라며 소리치자 연필신이 더 놀랐다.

연필신은 그동안 채나의 입에서 울 오빠, 울 할아버지 소리는 수천 번 들었지만, 아빠라는 말은 처음 들었다.

저 녀석이다!

KBC 이영래 사장을 비롯한 임원들이 약속이나 한 듯 일제히 채나를 쳐다봤고 그 눈들은 하나같이 이렇게 말했다.

이영래 사장은 서울대학교 법과대학 출신으로 행정고시를 합격한 뒤 재무부 해외 금융과장을 시작으로 KBC 기획국장을 거쳐 KBC 최고위층이 된 엘리트였다.

그 엘리트가 절친한 후배들이며 부하 직원들인 KBC 임원

들과 함께 헐레벌떡 이 오지까지 달려온 것은 미국에서 날아
온 전화 한 통 때문이었다.

—영래 오빠가 어떻게 나한테 이럴 수 있어? 자기 딸 아니라고
모르쇠 하는 거야? KBC 사장님쯤 되면 아무리 타 방송 프로라 해
도 채나가 죄 없이 하차하는 것 정도는 막아줄 수 있지 않았나? 정
말 섭섭해, 오빠!

태평양을 건너 여의도까지 날아온 전화였지만 바로 한강
변에서 걸려온 전화처럼 날카롭게 각이 선 목소리였다.

바로 채나의 엄마 이경희 교수였다.

…….

아주 잠깐 미묘한 침묵이 파라솔 위를 날아다녔다.

이영래 사장을 비롯한 KBC 임원들과 채나 일행이 서로 멀
뚱멀뚱 쳐다봤다.

신기하게도 양쪽 편 모두를 잘 아는 사람이 아무도 없었던
것이다.

"하하! 이쪽에서 내가 나서야 일이 되겠군."

다행히도 깔끔한 용모의 중년 사내가 자리에서 일어나며
이 미묘한 침묵을 깨뜨렸다.

"오우! 우리 빅마마까지 여기서 만날 줄은 몰랐네?"

"······!"

깔끔한 용모의 사내가 빅마마를 거론하자 한미래와 몇몇 사내가 눈이 커지며 박지은을 쳐다봤다.

한미래는 달팽이관에 군은살이 박이도록 국민배우 박지은에 대해 들어왔지만 실제로 대면하는 것은 이번이 처음이었다.

"어이, 김채나! 박지은! 나 누군지 알지?"

"울 아빠 후배··· 안수범 기자님."

"우리 대학 선배님이시고 KBC 보도본부장님이시잖아요?"

깔끔한 용모의 사내가 미소를 띤 채 거침없이 채나와 박지은의 이름을 불렀고 채나와 박지은이 머뭇거리며 대답을 했다.

"Good! 세계적인 스타들이 기억해 주는 걸 보니 나도 한 수 하는구만그래. 지은이도 채나도 모두 그쪽에 앉아라. 너희에게 소개해 드릴 분들이 계시다."

안수범 기자가 손짓을 하며 채나와 박지은 등을 자리에 앉혔다.

안수범 기자는 서울대학교 독문과 출신으로 현재 KBC 보도본부장으로서 KBC 간판뉴스인 밤 아홉 시 뉴스를 진행하는 유명한 앵커였다.

"제가 사회부 기자를 오래한 덕분에 이곳에 계신 모든 분을 알고 있는 유일한 사람인 것 같습니다. 잠깐 소개해 드리 겠습니다."

안수범 기자가 노련한 앵커답게 부드럽게 상황을 이끌어 갔다.

"우리 이영래 KBC 사장님!"

안수범 기자가 소개를 하자 각진 얼굴에 금테안경을 쓴 이 영래 사장이 눈을 빛내며 한 손을 가볍게 들었다.

"사장님 옆에 앉아 계신 두 분, 정구환 기획본부장님과 박 수철 제작본부장님!"

빨간 넥타이를 맨 정구환 기획본부장과 대머리 사내 박수 철 제작본부장이 채나를 쳐다보며 마치 각오해 하고 소리치 듯 주먹을 흔들었다.

"요즘 김채나, 박지은이 때문에 죽을 맛인 계석희 예능본 부장님과 윤룡 드라마본부장……."

"내 칼 받아라, 이 웬수야!"

휙!

안수범 기자의 말이 채 끝나기도 전에 흰 머리칼이 검은 머 리칼보다 훨씬 많은 계석희 예능본부장이 나무젓가락을 채나 에게 냅다 던졌다.

"으핫핫핫!"

이영래 사장 등이 폭소를 터뜨렸다.

"험험! 사장님을 비롯한 우리 KBC 임원들과 세계적인 스타들이 상견례하는 자리입니다. 가급적이면 개새끼 같은 짓은 삼가주십시오."

"아핫핫핫!"

안수범 기자가 개새끼란 육두문자를 사용해 주의를 시키자 젓가락을 던졌던 계 본부장만 빼고 모조리 뒤집어졌다.

안수범 기자와 계석희 본부장은 초등학교부터 대학교까지 같이 다닌 말 그대로 불알친구였다.

특히 계석희 예능본부장은 그 이름과 다혈질인 성품 때문에 KBC에 신입 PD로 입사할 때부터 유명해진 사람이었다.

입사한 지 수십 년이 지난 요즘도 계 본부장이라고 정확히 부르는 사람은 거의 없었다.

대부분 계가 아닌 개 본부장, 개 PD라고 발음했다.

또 이름조차도 계석희라고 부르지 않고 대한민국 사람이라면 누구나 익숙해 있는 육두문자, 개새끼라고 불렀다.

지금 그 이름을 빗대어 안수범 기자가 조크를 날린 것이다.

"그리고 여기 계신 KBC 임원들 중에 제일 젊은 김기영 제작부장!"

"김기영입니다."

중년 사내들 중 가장 젊고 유일하게 등산 점퍼를 걸친 김기영 부장이 자리에서 일어나 정중히 인사를 했다.

'에구구구! 하루 종일 방송사에 있어도 한 번 볼까 말까 한 사장님부터 KBC 열 명의 본부장님 중에 다섯 분이 여기까지 오셨네? 우리 귀염둥이가 이제 국가원수급 VIP가 됐어!'

연필신의 표현은 많이 약했다.

언론은 입법부 사법부 행정부에 이어 네 번째 권부라는 말이 있다.

그만큼 민주주의 국가에서는 방송사나 신문사의 힘이 막강했고 언론에 종사하는 사람들의 위상이 높았으며 프라이드 또한 대단했다.

실제로, 우리나라에서 기자나 PD 등으로 메이저 방송사나 신문사에 입사하려면 낮게는 수백 대 일부터 높게는 수천 대 일의 경쟁을 뚫어야만 한다.

당연히 합격자의 열에 아홉이 서울대를 비롯해 고려대, 연세대 등 이름만 대면 누구나 다 아는 명문대학 출신들이었다.

오죽하면 언론고시, 방송고시라는 말이 생겨났겠는가?

거기에 방송사의 본부장들이라면 군대로 치면 사단장 군단장쯤 되는 투 스타, 쓰리 스타들이었다.

게다가 대한민국 유일한 공영방송인 KBC의 사장은 장관급의 고위인사로 대통령조차 쉽게 대할 수 없는 막강한 파워를 자랑하는 엄청난 거물이었다.

그 KBC 사장부터 다섯 명의 본부장이 채나를 만나기 위해 달려왔으니…….

"이제 숙녀분들을 소개해 드리겠습니다. 먼저 우리 서울대 졸업생 중에서 가장 유명한 인사인 국민배우 빅마마 박지은 양!"

박지은이 자리에서 일어나 공손하게 인사를 했다.

짝짝짝!

분위기와는 약간 어울리지 않게 이영래 사장이 미소를 지으며 박수를 치자 윤룡 드라마본부장과 계석희 본부장 등이 기다렸다는 듯 힘차게 박수를 쳤다.

"다음은 ㈜P&P의 노민지 부장, 박지은 양의 전담 매니저죠. 그 옆에 우리 KBC 공채 출신의 고품격 개그우먼 연필신 양!"

노민지와 연필신이 최대한 정중하게 인사를 했다.

연필신은 입술이 달싹거렸지만 이 자리의 주인공이 자신이 아니라는 것을 이미 눈치챘기에 멘트를 생략했다.

역시 고대 나온 여자였다.

"오늘 여기까지 길라잡이를 해준 우리 가요계의 미래 한미래 양."

"헤… 미래예요! 어린 제가 이런 자리에서 안 본부장님께 소개를 받았다는 것 자체가 영광이에요. 늘 소중하게 기억하겠습니다."

한미래가 예쁜 멘트와 함께 배꼽 인사를 했다.

"마지막으로 사장님을 비롯한 우리를 이곳까지 달려오게 만든 주인공……."

"허어어어— 기가 막혀서! 저 녀석이 진짜 영수 형 딸일 줄이야?"

"이렇게 가까이서 실물을 보니까 어렴풋이 어릴 때 얼굴이 기억나네."

안수범 기자의 말이 끝나기도 전에 계석희 예능본부장과 윤룡 드라마본부장이 채나를 향해 손짓하며 탄성을 터뜨렸다.

찡긋!

안수범 기자가 채나에게 의미심장한 윙크를 날리며 자리에 앉았다.

"채, 채나예요. 몇 번 찾아뵙고 인사드리려고 했는데……."

"왠지 쑥스러워서 못했다?"

채나가 엉거주춤 일어서서 말을 더듬으며 인사를 하자 이영래 사장이 말을 가로챘다.

"네! 사장님."

"내가 왜 네 사장이냐? 넌 인마 DBS 예능본부 가수 담당 직원이잖아?"

"이히히히히!"

이영래 사장이 노타임으로 채나의 말을 쥐어박자 연필신과 한미래가 웃음을 터뜨렸다.

언젠가 채나가 〈우스타〉에서 했던 농담을 이영래 사장이 그대로 옮겼기 때문이다.

"그럼 뭐라고 불러요?"

채나가 볼멘소리로 물었다.

"내가 네 아빠하고 친구지만 나이는 내가 한 살 위니까 큰아빠라고 불러야지 안 그래 인마?"

"네에! 큰아빠."

"좋아!"

"……!"

이영래 사장과 채나의 대화를 듣고 있던 연필신과 한미래가 화들짝 놀라며 마주 봤고 박지은이 눈을 동그랗게 뜨며 노민지를 쳐다봤다.

KBC 이영래 사장은 말투만큼이나 깐깐하기로 유명한 사람이었다.

법대 출신답게 철저한 원칙주의자로 스텐다드 리라는 별명이 붙을 정도였다.

그 스텐다드 리가 채나에게 사장 소리를 치우고 큰아빠라고 부르라고 했다.

이영래 사장이 채나를 어떻게 생각하는지 충분히 짐작할

수 있었다.

"그래! 지은이나 필신이에게 먼저 밝혀야 되겠구나. 우린 여기 KBC 직원으로 온 게 아니라 채나 부모님 친구들로서 방문한 거야. 친구 딸이 미국에서 들어와 혼자 살고 있다는데 잘살고 있나 살펴볼 겸 왔단다."

"……."

이영래 사장이 이곳에 온 목적을 밝혔을 때 또다시 정체를 알 수 없는 침묵이 파라솔 위를 날아다녔다.

"왜 이제 왔냐고? 우리도 며칠 전에야 저 녀석 정체를 알았거든!"

계속해서 이영래 사장이 채나를 가르키며 자문자답을 했다.

"저놈 엄마가 〈우스타〉 하차 건 때문에 나한테 전화를 안했으면 우리는 아직도 저 녀석 신원을 몰랐을 거야. 황당하게도!"

그랬다.

이영래 사장이 밝혔듯 이들은 채나 부모와 무척이나 가까웠다.

채나 엄마 이경희 교수는 이곳에 있는 이영래 사장과 본부장들에게 오빠라는 호칭을 썼다.

바로 채나 부모가 가입하고 있었던 경상남도 출신으로 서울대학교를 졸업한 엘리트들의 모임인 경남회(京南會)라는 친목회의 회원들이었다.

경남회 회원들은 〈김철수 교수 일가 피살 사건〉이 있었던 직후 홀로된 이경희 교수에게 생활비 등을 보내주며 보살펴 줬다.

지금 그 회원 중에 한국방송사 KBC 임원으로 재직 중인 사람들이 친구 딸인 채나가 그 유명한 가수 김채나와 동일 인물인지 확인하기 위해 한달음에 달려온 것이다.

"채나야!"

"네, 큰아빠!"

"먼 길을 왔더니 피곤하구나. 노래 몇 곡 불러서 큰아빠 피로를 좀 풀어줄래?"

"흑!"

이영래 사장의 뜻밖의 제의에 계석희 본부장을 비롯해 이곳에 와 있던 KBC 임원들과 연필신 등이 깜짝 놀랐다.

아무리 KBC 사장이라 해도 프로 뮤지션에게 이런 자리에서 노래를 부탁하는 것은 엄청난 결례였다.

더욱이 채나 같은 슈퍼스타에게 이런 장소에서 노래를 청하는 것은 정신병자거나 뇌성마비 환자가 분명했다.

하지만 이영래 사장과 채나는 그렇게 생각하지 않았다.

"헤헤! 어떤 노래를 불러드릴까요?"

채나가 해맑게 웃으며 일어서서 정신병자에게 되물었다.

"아무거나! 네 노래도 좋고, 옛날 노래도 좋고……."

꽤 유명한 정신병자가 어깨를 으쓱하며 대답했다.

"그럼 우리 엄마가 좋아하는 노래들을 불러드릴게요."

"좋지!"

음음! 채나가 목을 가다듬었다.

연필신은 지금 정신이 혼미할 지경이었다.

채나는 얼마 전 강남의 유명한 재벌 2세인 유동진 회장이 노래 한 곡당 개런티 1억 원을 제시하며 생일파티에 초청했을 때도 단칼에 거절했다.

이유는 술자리까지 나가 자신의 노래를 팔고 싶지 않다는 것!

그만큼 채나는 가수로서 자긍심을 갖고 있었고 뮤지션으로 자존심이 엄청나게 강했다.

그런 채나가 이영래 사장의 정신병자 같은 수준의 노래 신청에 서슴없이 응했다.

채나는 지금 이영래 사장을 비롯한 KBC 임원들에게서 돌아가신 자신의 큰아빠와 아빠의 얼굴을 떠올렸다. 그래서 서슴없이 노래를 불러주겠다고 했던 것이다.

연필신이 몰랐던 채나의 가슴속 깊이 숨겨진 사연이었다.

채나가 부른 첫 곡은 통기타 가수로서 70년대를 풍미했던 가객 송창식이 불렀던 〈토함산〉이었다.

토함산에 올랐어라!
해를 안고 앉았어라!
세월도 아픔도 품어버렸어라!
터져 부서질 듯 미소 짓는 님의 얼굴에도 천 년에 풍파세월 딛고 서게… 아아아!

"……!"

채나가 〈토함산〉이란 노래를 내지르는 듯한 락 창법으로 정말 순수한 육성으로 딱 여기까지 불렀을 때 채나의 노래를 라이브로 듣지 못했던 이영래 사장 등은 그대로 넋이 빠지고 말았다.

기이하게도 자신들의 심장이 주인의 통제를 벗어나 채나의 노랫소리와 같은 박자로 쿵쾅거리며 뛰었기 때문이다.

한 발 두 발 걸어서 올라라―
맨발로 땀 흘려 올라라―
토함산에 올랐어라!

정녕 채나의 노래는 천 년에 풍파 세월을 이기고 뿜어내는 사자후였다.

DBS 대공개 홀을 뒤흔들었던 그 목소리가 이번에는 통일을 재촉하는 울부짖음처럼 임진강 줄기를 갈랐다.

막 〈토함산〉이라는 노래의 일절이 끝났을 때 이영래 사장은 채나의 목소리에 온몸을 두들겨 맞은 듯한 패닉 현상을 느끼며 노래를 중단시키려 했다.

이미 채나에게 무례하게 노래를 신청했던 목적을 달성했기 때문이다.

이영래 사장과 채나 아빠인 김영수 변호사, 외삼촌인 이진관 국군기무사령관은 고등학교 동기 동창이었다.

특히 이영래 사장과 채나 아빠는 대학 사 년도 같이 다녔다.

채나 아빠가 피살됐을 때 미국까지 건너가 장례식 등 뒤처리를 해줬을 만큼 각별한 사이였다.

이영래 사장은 어린 채나가 장례식장의 한구석에서 흐느껴 우는 모습을 오랜 세월이 지난 지금도 잊지 못했다.

그래서였을까?

이영래 사장은 딸의 선물을 살 때면 늘 채나의 것도 같이 샀다.

그리고 우리 딸 채나 파이팅!이라는 글을 써서 미국으로 부

쳐주곤 했었다.

이영래 사장은 확신했다.

그 유명한 가수 김채나가 늘 자신이 가슴에 담고 있었던 친구 딸 채나라면 절대 자신의 부탁을 거절하지 않으리라!

아빠가 딸에게 노래를 불러달라는데 무슨 예절이 필요한가?

채나는 이영래 사장이 기대했던 바로 그 딸이었다.

그대 가슴에 얼굴을 묻고 오늘은 울고 싶어라!

세월의 강 너머 우리 사랑은 눈물 속에 흔들리는데 얼만큼 나 더 살아야 그대를 잊을 수 있나…….

채나가 탄력을 받은 듯 이번에는 90년대 빅히트를 쳤던 〈김수희의 애모〉를 연이어 불렀다.

그때, 박지은이 노민지에게 손짓을 했다.

노민지가 가방에서 예쁘게 생긴 하모니카를 꺼내 박지은에게 건넸다.

뿜뿜뿜… 뿜뿜뿜!

박지은의 부모들이 박지은에게서 자폐 증상을 발견한 것은 바로 이 하모니카 덕분이었다.

초딩 일 학년짜리가 어느 날 하루 종일, 아니, 며칠 동안을 밥도 먹지 않고 하모니카만 불어댔던 것이다.

그 인연으로 박지은이 유일하게 다룰 수 있는 악기가 하모니카였다.

엄청난 대가는 아니었지만 웬만한 곡은 즉석에서 연주할 수 있을 정도의 실력은 됐다.

박지은이 미소를 띤 채 채나의 노래에 맞춰 하모니카 반주를 시작했다.

그대 앞에만 서면 왜 나는 작아지는가.
그대 등 뒤에 서면 나는 왜 작아지는가.
사랑 때문에 침묵해야 할 나는 당신의 여자―
그리고 추억이 있는 한 당신은 나의 남자요.

박지은이 하모니카 반주를 해주자 채나가 신이 나는 듯 몸을 가볍게 흔들며 노래를 불렀다.

느닷없이 사계절 슈퍼 뒤에서 엄청난 콘서트가 열렸다.

빌보드의 여왕 김채나가 노래를 부르고 국민배우 박지은이 하모니카로 반주를 하는 콘서트였다.

두 번 다시 볼 수 있을지 없을지 아무도 장담할 수 없는 그런 음악회였다.

헤일 수 없는 수많은 밤을 내 가슴 도려내는 아픔에 겨워 얼마나 울었던가, 동백 아가씨!

뿜뿜뿜… 뿜뿜뿜!
이번에는 채나가 박지은의 하모니카 연주와 함께 그 유명한 노래, 한때 일본색이 짙다는 명분하에 금지곡이 됐던 노래 이미자의 〈동백 아가씨〉를 불렀다.
이영래 사장 부부가 간혹 모임에서 부르는 애창곡이었다.

그리움에 지쳐서 울다 지쳐서 꽃잎은 빨갛게 멍이 들었소.
동백꽃 잎에 새겨진 사연 말 못할 그 사연을 가슴에 묻고 오늘도 기다리는 동백 아가씨!
가신님은 그 언제 그 어느 날에 외로운 동백꽃 찾아오려나.

이렇게 채나가 〈동백아가씨〉의 일절을 막 끝냈을 때였다.
와아아아아— 짜짝짝!
주위에서 엄청난 함성과 함께 우레와 같은 박수가 터져 나왔다.
슈퍼 길 사장 내외를 비롯해 보트를 타러 왔던 이십여 명의 손님이 어느새 주위에 모여 있었다.
"카야야야! 진짜 굉장하다 굉장해! 무슨 목소리가 아후후

눈물 나!"

"으으으으! 정말 소름이 쫘악 끼치네."

"미치겠어! 막 가슴을 후벼 파—"

"앙코르! 앙코르! 김채나 김채나!"

모여 있던 사람이 연신 감탄을 하며 김채나를 연호했다.

"헤헤 좋아요! 앙코르곡으로 우리 큰아빠와 삼촌들에게 드리는 제 노래예요. 제목은 남자의 꿈(DREAM OF MAN)!"

채나가 주저없이 앙코르를 받았다.

그리고 언젠가 강 관장과 함께 비가 내리는 충무로에서부터 영등포까지 뛰어갈 때 작곡했던 그 노래를 불렀다.

거리를 적시는 겨울비 속으로 친구가 떠나갔어.

흐르는 빗줄기와 함께 추억도 흘러갔지.

집으로 돌아오는 길에 친구와 자주 다녔던 선술집에 들렀어, 문득 비틀거리는 내 몸이 거울에 비춰졌어.

그 젊고 씩씩했던 청년은 어디에도 없었지.

굵은 주름살과 한숨으로 뒤덮인 초라한 사내만 보일 뿐!

너무도 창피해서 거리의 한복판을 뛰어갔어.

빗물이 튀는 낡은 구두 뒤축 뒤로 지나간 세월만이 따라왔어.

내가 이루지 못한 꿈이라는 녀석도 함께 따라왔고!

멜로디만 듣고도 캠 프로의 강 관장이 눈물을 흘렸던 곡이었다.

고단한 삶에 지친 중년 사내가 친구의 장례식을 치르고 돌아오는 길에 비오는 거리를 방황하며 부르는 슬프디슬픈 노래였다.

신기하게도 그 슬픈 노래를 채나가 부르자 꼭 하늘에서 천사가 내려와 방황하는 사내를 위로해 주는듯한 아주 사이한 노래로 변했다.

지금까지 채나가 부른 노래 중에서 가장 맑고 차가운 목소리로 부른 노래였다.

뿜!

박지은이 하모니카를 멈췄다.

도저히 멈추지 않을 수가 없었다.

박지은도 〈우스타〉 하우스 밴드들이 그러했듯 채나의 목소리에 홀려 자꾸 박자를 놓치고 음정이 흐트러졌기 때문이다.

많은 팬이 알고 있듯 박지은은 대중가요를 좋아하지 않았다.

이유는 딱 하나였다.

대중가요는 박지은이 좋아하는 클래식만큼 깊은 감동을

주지 못했다.

박지은에게 대중가요는 탄산음료였고 클래식은 오랫동안 숙성된 와인이었다.

하지만 박지은은 오늘 채나의 라이브를 듣고서야 대중가요도 얼마든지 클래식만큼 감동을 준다는 사실을 깨달았다.

그동안 들어왔던 어떤 클래식 연주보다 훌륭한 음악이었다.

박지은이 그토록 좋아하는 레너드 번스타인이 지휘했던 뉴욕 필하모니 오케스트라의 연주를 듣는 것으로 착각할 만큼!

채나는 어떤 악기로도 흉내 낼 수 없는 일인 오케스트라였다.

박지은과는 반대로 이 자리에 있는 KBC 임원들은 오랫동안 방송사에 근무하면서 직업의 특성상 가요도 많이 듣고 가수들도 많이 만났다.

특히 삼십여 년 동안 KBC에서 주로 예능 프로 담당 PD로 일해 왔던 계 본부장은 성격이나 별명과는 전혀 다르게 음악과 노래에 정통했다.

미국 버클리 음대에 유학을 가서 정식으로 음악을 공부했을 정도였다.

그동안 대한민국의 가수란 가수, 노래 좀 한다는 사람은 모조리 만났다고 해도 과언이 아니었다.

방금 채나가 불렀던 〈토함산〉과 〈애모〉의 원곡을 부른 가수들과도 여러 프로를 함께했다.

누구한테도 말하지 않았지만 계 본부장은 채나 노래를 적어도 천 번 이상은 들었다.

채나를 KBC에 데려올 수 없다면 채나와 같은 가수를 키우면 된다는 일념으로!

열흘 전, 계 본부장은 깨끗이 손을 들었다.

십 세기에 한 명, 천 년에 한 명 나올까 말까 한 가수라는 데 공감했기 때문이다.

오늘 채나의 숨소리가 들릴 만큼 가까운 거리에서 채나의 라이브를 듣고 천 년이 어쩌구 하는 평도 수정할 필요가 있다는 것을 깨달았다.

전무후무(前無後無)한 가수!

채나는 채나 이전에도 이후에도 다시는 세상에 나타날 수 없는 가수였다.

바로 신의 음성이었다.

짝짝짝!

맨 먼저 계 본부장이 자리를 박차고 일어나며 박수를 쳤다.

그때야 이영래 사장 등이 눈물을 훔치며 일제히 자리에서 일어나 박수를 쳤다.

"그래그래! 채나의 노래 선물 잘 받았다. 아주 잘 받았어! 이제야 이 큰아빠는 전에 미국에서 살았던 소녀, 가끔 예쁜 글씨로 내게 편지를 보내왔던 내 친구 딸과 세계적인 가수 김채나가 동일 인물이라는 것이 믿어지는구나!"

이영래 사장이 감격에 겨운 음성으로 찬사를 보냈다.

계 본부장도 칭찬을 하고 싶었지만 왠지 인간이 신의 소리를 듣고 답사를 한다는 것이 무례하다는 생각이 들어서 말을 삼켰다.

"많이 늦었지만 우리 채나가 모국에 와서 훌륭한 가수로 성장한 것, 채나 부모님 친구들을 대표해서 진심으로 축하한다. 개인적으로 눈물이 날 만큼 기쁘고……."

이영래 사장이 말을 하다 멈추고 다시 안경을 벗으며 손수건으로 눈가를 훔쳤다.

짝짜짝짝!

휘휘힉!

파라솔 주위에 있던 모든 사람이 재차 우레와 같은 박수를 치며 환호를 했다.

채나가 허리를 깊숙이 숙여 정중하게 인사를 했다.

채나는 그동안 많은 무대에서 많은 사람에게 박수와 환호를 받아 왔다.

그중에서 오늘 이 사계절 슈퍼 뒤의 파라솔 무대(?)에서 받은 박수와 환호가 가장 기뻤다.

　자신이 존경하는 부모님 친구들과 좋아하는 언니, 친구, 동생이 함께 한 자리였기 때문이었다.

　마치 하늘나라에서 큰아빠와 아빠, 동생 채린이가 내려와 박수를 쳐주고 환호하는 것 같았다.

　두 번 다시 보기 힘든 콘서트가 끝났을 때 채나는 이영래 사장 일행과 박지은 등을 사계절 슈퍼 이 층으로 안내했다.

　십여 개의 식탁과 삼십 여개의 의자가 놓여 있는 슈퍼 이 층은 길 사장이 단체 손님을 받는 장소였다.

　지금 이곳에는 보통 사람은 쉽게 대할 수 없는 음식들로 가득 차려져 있었다.

　거의 임금님 수라상 수준이었다.

　푸짐한 멧돼지 수육에 임진강의 명물인 황복 회와 민물 장어구이에 참게 탕까지!

　거기에 차가운 맥주와 향긋한 냄새가 진동하는 더덕 술이 항아리째 놓여 있었다.

　눈치 빠른 길 사장 부부가 채나에게 아주 귀한 손님들이 왔다는 것을 알고 최대한 신경을 썼던 것이다.

　한데, 차려진 음식과는 정반대로 실내의 분위기는 삼십 분

전쯤 채나가 노래를 할 때와는 사뭇 달랐다.

뭐랄까?

왠지 입을 떼기가 힘든 분위기였다.

사실 채나나 박지은에게 이영래 사장과 계 본부장 등은 부모님 친구들이고 대학 선배들로서 꽤 가까운 사이였지만, 한편으로는 부모님 친구들이고 대학 선배들이었기 때문에 더욱 어려웠다.

그렇다고 이영래 사장 등은 편할까?

아니었다.

채나와 박지은은 자신들이 눈만 뜨면 만나는 연예인들과는 차원이 다른 거물들이었다.

굳이 통상적인 사회직급으로 비교하자면 총리나 대통령쯤 되는 연예인들이었다.

이래저래 양쪽 다 불편할 수밖에 없었다.

그래서인가?

사인용 식탁 네 개를 이어붙인 테이블 한쪽에는 이영래 사장을 비롯한 본부장 다섯 명이 자리 잡고 있었고 맞은편에는 채나와 박지은 등이 앉아 있었는데 모두 그저 수저와 젓가락을 든 채 먹는 흉내만을 내고 있었다.

대한민국 국민 삼천만 명이 시청한다는 〈우스타〉에 출연해서도 그 공포의 먹성을 유감없이 발휘했던 국민돼지 채나조차 젓가락을 깨작댈 뿐이었고!

"우히히히히!"

그 무거운 분위기를 휴대폰을 살펴보던 연필신이 깼다.

고의인지 실수인지 모르지만 고품격 개그우먼답지 않게
그리 예쁘지 않은 웃음소리를 씩씩하게 흘렸다.

연필신이 웃으면서 옆에 앉아 있던 한미래에게 휴대폰을
건네줬다.

〈WANTED〉

집 나간 강아지를 찾습니다.

이름은 김.채.나!

여자 개(애)입니다.

며칠 전 일산 DBS 부근에서 잃어버렸습니다.

우리 MBS 예능본부 애들이 여의도에서 애타게 기다리고 있습니다.

특징은 아주 자그마한 몸매에 예쁘고 귀여운 인형처럼 생겼습니다.

하지만 함부로 쓰다듬거나 건드리지 마십시오.

큰일 납니다.

성질이 뎁다 사납거든요.

위 강아지를 보셨거나 연락처를 아시는 분은 MBS 예능본부로 연락
주시면 후사하겠습니다.

기본 MBS 라디오 AM. FM 고정 프로 두 개와 식품 CF 하나 보장

MBS 예능본부장 김 치 환.

P.S. 우리 귀여운 강아지 넘 보고 싶어 잉!

"에헤헤헤헤헤헤헤!"

한미래가 휴대폰을 든 채 입을 가리며 웃었다.

그리고 곧바로 채나에게 휴대폰을 넘겼다.

"우씨! 이 아저씨는 날 멍멍이로 아네?"

"후후후! 김 본부장님은 나도 잘 아는 분인데 진짜 재미있다. 재치도 있으시구."

"재미있긴 뭐가 재미있어? 날 집 나간 강아지 취급하는데! 뭐 성질이 뎁다 사나워?"

"우후후후후—"

채나와 박지은이 휴대폰을 보며 토닥거리자 연필신과 한미래가 폭소를 터뜨렸다.

샥! 손 하나가 휴대폰을 낚아챘다.

"어이구— 짜식이 유치하긴!"

계 본부장이 휴대폰을 흘어본 후 이영래 사장에게 건넸다.

"이 친구 나이가 몇인데 이런 메시지를 보내나?"

이영래 사장이 어이없는 표정으로 계 본부장을 보며 말했다.

"저와 갑장이니까 올해 오땡이죠. 쉰다섯!"

"햐! 쉰다섯에… 넘 보고 싶어 잉? 정말 너무 죽이고 싶다!"

"까르르르!"

이영래 사장이 휴대폰을 보며 부르르 떨자 연필신과 한미래 등이 뒤집어졌다.

덕분에 무거웠던 실내 분위기가 깨끗이 날아가 버렸다.

이영래 사장이 휴대폰에 번개처럼 메시지를 박았다.

지금 당신이 보고 싶어 하는 김채나는 KBC 임원들과 한자리에 모여 KBC의 발전을 위해 상의를 하고 있습니다.

— 채나 큰아빠 KBC 사장 이영래.

경고! 앞으로 이런 싸가지 없는 메시지를 날릴시 명예훼손으로 고발할 것임.

"이런 친구는 이렇게 박아줘야 돼!"

이영래 사장이 미소를 지으며 연필신에게 휴대폰을 건넸다.

그때, 계 본부장이 채나 앞에 다가와 앉았다.

"채나야! 난 영수 형, 아니, 니 아빠하고 대학교 때 같은 하숙방에서 고추까지 보여주며 삼 년 동안이나 동거를 한 그렇고 그런 사이다."

계 본부장이 아주 묘한 미소를 지으며 입을 열었다.

"헤헤! 아저씨 말씀 많이 들었어요. 엄마한테……."

"그럼! 당연히 말을 많이 했어야지. 경희 그 계집애 때문에 내가 얼마나 고생했는데? 뻑 하면 계집애가 하숙방으로 찾아와서 말야! 도대체 방에서 둘이 뭘 하기에 왜 그렇게 안 나오는 거야? 난 밖에서 개 떨듯 떨고 에휴휴휴—"

"우헤헤헤! 하하하!"

계 본부장이 그 옛날 학창시절을 떠올리며 리얼한 연기를 선보이자 채나와 이영래 사장 등이 폭소를 터뜨렸다.

채나는 계 본부장이 서슴없이 자신의 엄마 이름을 부르며 계집애가 어쩌구 하면서 과거 얘기를 꺼내자 자신과 아주 가까운 사이라는 것을 실감하기 시작했다.

"안 본부장이 소개했다시피 난 KBC 예능본부장을 맡고 있단다. 채나가 삼촌을 어느 정도 아는 것 같으니 몇 가지 물어보자."

"네에!"

KBC의 계석희 본부장과 MBS의 김치환 본부장 DBS의 홍의천 본부장 이 세 사람은 대한민국 연예계에서 삼대 장성으로 불렸다.

그중 계석희 본부장 계급이 가장 높았다.

서울대학교 사회학과 출신인 계 본부장은 워낙 성격이 거칠어서 개새끼 대장으로 통했으니까!

"내 기억으로는 네가 중학교 입학했을 땐가 니 엄마하고 우리 방송사에 와서 인사를 한 것 같은데 맞냐?"

"네! 초등학교 졸업식 끝나고 한국에 왔을 때 KBC에 들렀었어요."

"그럼 하나 더 물어보자 채나야! 니가 볼 때 이 삼촌이 중학교 때 만난 너를 십수 년이 흐른 뒤에도 기억할 만큼 머리가 좋아 보이냐?"

"……!"

"큭큭큭… 으흐흐!"

계 본부장의 질문에 이영래 사장 등이 쓴웃음을 터뜨렸다.

다시 계 본부장이 야릇한 미소를 머금으며 채나를 쳐다봤다.

"마지막으로 하나! KBC 예능본부장인 내가 가수 김채나가 우리 친형보다 더 가까운… 아후, 이 얄미운 놈! 말을 하면 할수록 열받네!"

"핫핫핫핫!"

계 본부장이 점잖게 말을 하다가 끝내 자기 성질을 이기지 못하고 목청을 높이며 채나 머리를 쥐어박자 이영래 사장 등이 폭소를 터뜨렸다.

"영수 형 딸이라는 것을 알면서도 DBS 예능본부에서 활동하도록 놔둘 것 같냐? 웅? KBC 예능본부장인 이 개새끼가 그렇게 너그러운 사람으로 보여?"

계 본부장이 엄청 열이 오르는지 스스로 개새끼라고 칭하며 씩씩댔다.

"제가 아무 탈 없이 잘하니까 그냥 먼발치에서 지켜보시고……."

"으하하하하—"

채나의 대답이 채 끝나기도 전에 이영래 사장 등 KBC 임원들이 뒤집어졌다.

"으으으… 내 이럴 줄 알았어! 지 엄마나 이 녀석이나 지금까지 우리가 저를 잘 알면서 부처님 같은 마음으로 지켜보고 있었는지 알아?"

"먼발치에서 지켜보시고? 대사가 아주 좋다. 김채나! 가수보다 배우가 훨씬 적성에 맞는 것 같다."

계 본부장이 기가 막힌 듯 입에 거품을 물었고 윤룡 드라마 본부장이 총평했다.

"그, 그럼 저를 모르고 계셨어요?"

채나가 당황한 듯 말을 더듬으며 물었다.

"인마! 나는 아침에 보고 나온 우리 마누라 얼굴도 저녁때면 가물가물해. 근데 초등학교 땐가 중학교 땐가 본 놈을 뭔 재주로 기억하냐? 더욱이 우리 옆집도 아니고 태평양 건너에서 살고 있는 놈을 어떻게 기억해? 네 이름도 인마, 니가 〈우스타〉에 출연했을 때 겨우 알았어."

"난 지금도 이 녀석이 영수 형 딸이라는 게 믿기지 않아. 그 공부밖에 모르던 범생이 형이 뭔 재주로 이런 녀석을 만들어?"

"지 엄마 닮았잖아? 경희 그 계집애가 아주 얌전한 척하면서 호박씨를 바가지로 깠거든. 이 녀석도 그때 우리 하숙방에서 만든 게 틀림없어!"

"아하하하하!"

계 본부장과 윤룡 본부장이 서로 맞장구를 치며 너스레를 떨자 이영래 사장 등이 다시 뒤집어졌다.

채나도 웃음이 삐져나왔지만 차마 웃을 수 없었다.

이경희 교수는 채나에게 한국에 도착하는 즉시 이영래 사장 등을 찾아뵈라고 신신당부를 했다.

딸이 연예인을 꿈꾸고 있다는 것을 잘 알기에 방송사 최고 위층에 있는 이들이 도와주면 채나가 훨씬 편하게 꿈을 이룰 수 있을 것으로 생각했기 때문이다.

사실이었다.

우리나라처럼 혈연이나 학연, 지연을 중시하는 사회에서 방송사 사장이나 회장이 연예인 하나쯤 살리고 죽이는 것은 일도 아니다.

역설적인 증거지만 DBS 김태영 회장의 딱 한마디에 그 잘나가던 채나도 〈우스타〉에서 중도 하차하지 않았던가?

어쨌든, 채나는 폐를 끼치기 싫어서 KBC에 찾아가지 않았다.

〈우스타〉에 출연하면서 어느 정도 가수로서 이름을 얻었을 때는 이영래 사장 등이 자신을 기특한 마음으로 지켜보고 있는 줄 알았다. 정말!

채나가 비록 슈퍼스타였지만 왕초보 연예인임이 분명했다.

방송사들이 얼마나 치열하게 경쟁을 펼치는지 모르는 데서 온 큰 착각이었다.

게다가 채나 자신조차도 몰랐다.

자신의 모습이 어릴 때와는 전혀 다르고 미국에서 들어올 때와도 또 다르게 변해 있었다는 사실을······.

선도를 극성으로 연마하면 하루가 다르게 몸 전체가 맑고 깨끗하게 변한다.

소위 탈태환골(脫胎換骨)이라는 것이 끊임없이 진행되어 채나의 엄마조차도 헤어진 지 몇 년쯤 지나면 채나를 쉽게 알아보지 못한다.

물론 채나가 선도를 익히지 않았어도 이영래 사장 등은 지금의 채나를 알아보지 못했을 것이다.

이들은 채나에게 장학금 등을 후원하고 전화나 서신을 교환하면서 오랫동안 관계를 이어왔지만 실제로 채나를 본 것은 안수범 기자가 고등학교 입학식 때 만난 것이 가장 최근이었다.

젊은 사람들!

특히 하루가 다르게 피어나는 아가씨들을 칠팔 년 뒤에 알아본다는 것은 결코 쉬운 일이 아니다.

"사장님하고 우리가 너하고 그 유명한 가수 김채나, 우리 KBC 예능본부를 초토화한 원수 놈하고 동일인이라는 것을 확인하는데 사흘이 걸렸다. 자그마치 사흘이 걸렸어 인마!"

"그것도 거꾸로 미국에 있는 니 엄마한테 전화를 해서 네 인적사항을 확인하고서야 겨우 알았다."

"죄, 죄송해요. 전……."

계 본부장과 이영래 사장이 공박을 하자 채나가 고개를 숙이며 사과를 했다.

"오냐! 넌 아주 나쁜 놈이야. 한국에 왔으면 인마 무조건 우리를 찾아와 인사를 했어야지? 네 엄마 아빠를 생각해서라도 말이야."

계 본부장이 정말 섭섭한 듯 얼굴을 딱딱하게 굳힌 채 채나를 꾸짖었다.

"……."

"이것만은 분명히 하자, 채나야! 내가 네 신원을 진작 알았다면 넌 지금 우리 KBC의 가수 담당 직원으로 일하고 있었을 것이다. 또 DBS나 MBS 같은 타 방송사에서 일하고 있었다 해도 결코 타의에 의해 프로그램에서 하차하는 일은 없었을 테고!"

"……!"

"한국방송사 KBC 사장은 그 정도 힘은 가지고 있다."

이영래 사장이 단언했다.

"니 엄마한테도 분명히 전해. 인마! 제 딸이 어떻게 생긴 놈인지 알아야 돌봐주든가 돌아보든가 할 거 아냐? 십수 년 만에 계집애 혼자 달랑 보내놓고 그 지랄을 하니 원. 세계적인 의대 교수고 닥터면 뭐해? 사회성이 빵점인데!"

"경희 갠 어렸을 때부터 막가파였어."

"아핫핫핫핫!"

계 본부장의 너스레에 이영래 사장 등이 다시 폭소를 터뜨렸다.

혹자는 연예계를 조폭 세계에 비교하기도 한다.

그만큼 무섭고 살벌한 세계가 연예계였다.

당연히 이경희 교수도 연예인 지망생인 딸을 친형제만큼이나 가까운 이영래 사장이나 계 본부장에게 맡기고 싶었을 것이다.

뭐 이경희 교수만큼은 연예계가 깡패 세계든, 몬스터 세계든 전혀 걱정할 필요가 없었지만 말이다.

세칭 〈동해 횟집 조폭 난입〉 사건 이후 채나가 생선회칼을 휘두르는 동영상이 인터넷을 떠돌면서 조폭들의 훈련 교재로 사용되고 있는 판이었다.

채나에게 당한 남일두를 비롯한 깡패들은 지금도 병원 입원실에서 혹시 채나가 쫓아올까 봐 한낮에도 문을 꽁꽁 잠그고 있고 채나처럼 자그마한 간호사만 봐도 화들짝 놀라는 트라우마에 시달리고 있다는 후문이다.

"그래, 지금이라도 늦지 않았어. 다시 네 자리로 돌아오면 돼!"

"김 회장이나 홍의천이한테 돈 꿔주고 못 받은 거 없지?"

"헤헤헤, 네!"

"좋아! 네가 그동안 DBS에서 큰아빠나 삼촌들 속을 깨나 썩였으니까 이제 KBC에 와서 갚아. 알았지?"

"네! 큰아빠."

이영래 사장과 계 본부장이 자신들의 딸에게 말하듯 했고 채나가 자신의 아빠나 삼촌에게 하듯 스스럼없이 대답했다.

채나는 엄마인 이경희 교수에게 이영래 사장 등 〈경남회〉 멤버들이 어떻게 자신들을 도와줬는지 들었다.

이들의 경제적인 지원이 없었다면 아빠가 돌아가신 후 채나와 이경희 교수가 미국에서 엄청난 고생을 했을 것이라는 부연설명도 해줬다.

해서 채나는 오래전부터 〈경남회〉 멤버들에게 그 빚을 갚고 싶었다. 꼭!

벌컥벌컥!

갑자기 이영래 사장이 냉수 한 컵을 들이켰다.

"푸후— 정말 보고 싶고 기다렸던 녀석인데 왜 얘기를 하면 할수록 자꾸 열이 받지?"

이영래 사장이 진짜 열이 치솟는지 얼굴이 벌겋게 변하며 연거푸 냉수를 들이켰다.

"저는 지금 위경련이 일어나고 있습니다. 우리가 얼마나 멍청했으면 오늘에서야 이 녀석 정체를 파악했을까요?"

"으흐흐흣!"

이영래 사장 등 KBC 임원들이 공감이 가는 듯 쓴웃음을 흘렸다.

"업은 애기 삼 년 찾는다더니 꼭 그 짝이었습니다. 저 녀석이 영수 형 딸인지도 모르고 어떻게든 섭외하려고 직원들을 조지면서 그 난리를 피우고… 강 관장하고 홍 간첩한테 무릎이 달도록 애걸복걸하고 씨벌!"

"야야야! 홍 간첩 얘기는 빼. 말만 들어도 머리통에 쥐가 난다."

"아하하하하."

계 본부장 등이 너털웃음을 터뜨렸다.

"……!"

연필신과 한미래의 눈이 커졌다.

간첩 홍의천!

KBC 직원들이 DBS로 옮겨간 홍 본부장을 부르는 별명이었다.

지금 KBC 직원들 입장에서 DBS의 홍 본부장은 꼭 죽여야 할 대마두였다.

"어이구! 에어컨이라고는. 도저히 더워서 안 되겠다. 차라리 밖으로 나가자!"

이영래 사장이 더 이상 참을 수 없는 듯 손수건으로 땀을 훔치며 자리에서 벌떡 일어섰다.

"어디 시원한 데로 안내 좀 해봐라. 채나야!"

"네! 큰아빠."

채나가 잽싸게 일어서서 이영래 사장을 따라나섰다.

동시에 계 본부장 등도 기다렸다는 듯 후다닥 계단을 내려갔다.

임금님 수라상처럼 차려진 식탁에서 딱 냉수 한 잔을 마신 후였다.

"헤헤헤!"

이때 연필신과 한미래가 마주 보며 웃었다.

"그 웃음… 무슨 뜻이야, 필신 씨?"

노민지가 눈치 빠른 매니저답게 웃는 이유를 물었다.

"히히! 채나가 먹을 걸 놔두고 저렇게 빨리 자리에서 일어나는 건 처음 봤거든요."

"해해! 진짜야. KBC 사장님이 무섭긴 무서운가 봐. 언니가 그 좋아하는 멧돼지 고기조차 한 점 건드리지 않았어."

"아니야! KBC 사장님이기 때문이 아니라 돌아가신 아빠 친구분이기 때문에 어려워하는 거야. 채나는……."

"……!"

역시 채나를 가장 오랫동안 사귄 박지은이 정확하게 채나를 읽었다.

그리고 연필신과 한미래는 채나에 대해 한 가지를 확실히 알았다.

돌아가신 아빠.

채나는 아빠가 계시지 않았구나.

그래서 늘 할아버지 오빠 얘기만 했었던 거야.

연필신은 갑자기 가슴이 먹먹해졌다.

2장

이제는 KBC 차례다!

광명시가 이렇게 아름다운 도시였나?

파주에 있는 연필신의 가슴이 먹먹해질 때 광명시에 있던 캔 프로 강 관장의 가슴은 좀처럼 흥분이 가시질 않았다.

저 아줌마 뭐야?

저 나이에 저 몸매에 미니스커트에 민소매 티를 걸친 거야? 미쳐!

트레이드마크인 꽃무늬 남방에 핑크색 나비넥타이를 맨 강 관장이 입꼬리가 거의 귀에 걸린 채 광명사거리 경기은행 건물 앞의 노천 벤치에 앉아 지나가는 사람들을 쳐다보며 킥킥대고 있었다.

벌써 세 시간째였다.

아침은 굶고 점심은 걸렀다.

그래도 강 관장은 배고픈 줄을 몰랐다.

오늘 오전 11시에 그렇게 갖고 싶어 했던 경기은행 빌딩의 매매 계약서에 정확하게 87억 5,000만 원에 도장을 찍었기 때문이다.

계약금으로 10억을 건네줬고!

이제 이 25층짜리 경기은행 빌딩은 강동주 관장이 주인이었다.

다음 달에 10억을 투자해 산뜻하게 리모델링을 한 후 1층부터 20층까지 임대를 하고, 21층부터 24층까지는 내가 쓰고 25층은 울 귀여운 째나에게 줘야지!

강 관장이 세 시간 전과 똑같이 경기은행 빌딩 주위를 돌아보며 중얼거렸다.

털썩!

다시 꼭 같은 자리, 노천 벤치에 돌아와 앉았다.

1층부터 20층까지 임대를 주면 월수입이 얼마나 될까?

강 관장이 전자계산기를 꺼내 눈부시게 두드렸다.

툭!

그때 강 관장의 계산기 위로 큼직한 봉투 하나가 놓였다.

"그것도 포함해서 계산해!"

대한방송사 DBS 홍의천 예능본부장이 강 관장의 맞은편 벤치에 앉으며 말했다.

"이게 뭐냐?"

"우리 방송사 대장이 채나에게 주는 위로금이다."

"위로금? 클클클… 얼만데?"

"10억."

"빌보드의 여왕을 쪼다로 만든 금액치고는 약소하구만! 뭐 나한테 주는 돈이 아니니까 일단 전달은 하마."

"며칠 동안 술만 폈더니 속이 뒤틀린다. 어디 잘하는 해장 국 집으로 가자, 강 관장!"

"오냐!"

강 관장과 홍 본부장이 벤치에서 일어났다.

"결론부터 말하지! 채나는 DBS에 어떤 감정도 없어."

강 관장이 단골집인 광명시청 앞에 있는 콩나물 해장국집에서 홍 본부장과 양 국장, 〈우스타〉의 백 부장 〈수음세〉 곽차장 등과 마주 앉아 묵직하게 입을 열었다.

콜록콜록!

갑자기 백 부장이 몸이 좋지 않은 듯 기침을 해댔다.

"죄, 죄송합니다. 요 며칠 밤을 새웠더니 감기 몸살이 와서……"

정말이었다.

백 부장은 평생 앓을 몸살을 요 근래 한꺼번에 앓고 있었다.

지금 기침은 감기 몸살 때문이기도 했지만 강 관장의 말이 너무 뜻밖이어서 튀어나온 기침이기도 했다.

전국 시청률 68%!

엊그제 채나가 마지막으로 출연했던 〈우스타〉 7라운드 셋째 주 경연을 녹화 방영한 뒤 최종 집계된 시청률 수치였다.

호랑이 담배 피우던 시절이라면 몰라도 실시간으로 시청률이 뜨는 지금에는, 게다가 드라마도 아닌 예능 프로에서는 넘사벽(넘을 수 없는 사차원의 벽)의 숫자였다.

이 시청률 쓰나미를 몰고 온 주인공을 단칼에 잘라 버리더니 대한민국 전체가 진짜 김채나 쓰나미로 뒤덮이자 부랴부랴 DBS 김 회장 일행이 제1차 진상사절로 다녀갔고 오늘 또다시 예능본부의 홍 본부장을 비롯한 간부들이 제2차 진상사절로 온 것이다.

"채나는 지금도 홍 본부장이나 백 부장에게 진심으로 고마워해. 누가 뭐래도 채나를 우리나라 최고 스타로 만들어 준 사람들이니까."

"허허… 민망하구먼!"

"하지만 채나도 자존심이 있으니까 당장 DBS에 복귀하진 않을 거야. 예전처럼 DBS에만 출연하지도 않을 거구."

"충분히, 충분히 이해합니다."

백 부장이 감격한 표정으로 연신 고개를 주억거렸다.

"여기까지가 채나의 대답이고 내 대답은……."

쾅—

큼직한 수박만 한 주먹이 벽에 박혔다.

"오늘은 내 생애 최고의 날이라서 이렇게 넘어간다. 한 번
더 채나에게 쪽을 주면 그땐 이 주먹이 벽이 아니라 너희 아
구통에 박힐 거야!"

"……!"

"홍가 네가 아무리 내 불알친구라고 해도 지금은 밥을 같
이 먹고 싶지 않다."

강 관장이 벌떡 일어서며 잇새로 말했다.

"다음에 전화해. 그때 경기은행 빌딩 내 걸로 만든 턱을 쏘
마!"

강 관장이 묵직하게 해장국 집을 떠났다.

* * *

"하아— 이 솔향기! 정말 시원하고 좋구만!"

"진작 이리 올 것 그랬네요. 사장님!"

"피톤치드가 온몸으로 스며드는 것 같습니다.

"피톤치드? 계 본부장이 그렇게 어려운 말을 다 알아?"

"아하하하하!"

이영래 사장이 계 본부장 말에 금테 안경을 치키며 반문을 하자 안수범 기자 등이 웃음을 터뜨렸다.

사계절 슈퍼에서 삼십 미터쯤 떨어진 야산.

정확히 표현하면 임진강 줄기가 내려다보이는 야트막한 언덕 위였다.

수십 미터쯤 되는 노송들이 우거진 소나무 숲 속에서 KBC 이영래 사장과 본부장들이 양복 윗저고리를 벗은 채 돗자리를 깔고 채나와 박지은 등과 함께 둘러 앉아 있었다.

"창피해서 사장님께 말씀드리지 않았습니다만 실은 제가 몸이 좀 안 좋아서 한 달 전쯤부터 정신과 치료를 받고 있었습니다."

"뭐, 뭐? 당신이 정신과 치료를 받아? 고래 힘줄 같은 신경을 가진 계 본부장이?"

"별일 아니에요 사장님! 끽해야 미친개밖에 더 되겠습니까?"

"핫핫핫핫핫!"

이영래 사장이 걱정스러운 얼굴로 되물어 오자 안수범 기자가 조크를 던지며 물을 탔고 본부장들이 폭소를 터뜨렸다.

"그래서 의사가 뭐래?"

"이틀에 한 번 정도 숲에 들어가 삼림욕을 하면 나무들이 뿜어내는 피톤치드가 제 정신 건강을 깨끗하게 회복시켜 줄 거라고 하더군요."

이영래 사장이 다시 구체적으로 질문을 했고 계 본부장이 간단명료하게 대답했다.

"해봤어?"

"예! 날마다 산에 가서 한두 시간쯤 걸었더니 정말 신기하게도 불면증과 우울증이 사라졌습니다. 시도 때도 없이 지랄하던 편두통도 깨끗이 사라졌고요."

"호오— 그래?!"

"허이구! 나도 당장 골프 때려치우고 내일부터 우리 동네 뒷산이나 올라가야겠구먼!"

"같이 가자구!"

계 본부장이 삼림욕 효과에 대해 설명하자 이영래 사장과 본부장들이 당장 골프채를 던지고 산으로 올라갔다.

피톤치드란 러시아의 토킨이라는 학자가 사용한 말로 식물(피톤)과 살균력(치드)의 합성어로써 숲 속의 식물들이 만들어 내는 살균성을 가진 물질들을 뜻했다.

이 피톤치드가 인간의 건강에 지대한 영향을 끼친다고 수많은 학자가 아주 오랫동안 주장해 왔고 또 과학적으로 확실하게 검증이 됐다.

지금은 여러 병원에서 난치병 환자들에게 일주일에 몇 시간씩 삼림욕을 시킨다.

사실, 이영래 사장이나 다른 본부장들은 계 본부장처럼 드러내 놓고 말하지는 못했지만 지난 몇 개월 동안 지독하게 쌓인 스트레스로 치료가 아니라 입원을 해야 할 지경이었다. 정신병원에!

"사장님! 여기 보고서……."

이때, 김기영 부장이 두툼한 서류 봉투를 이영래 사장에게 공손히 내밀었다.

"그래! 본부장들에게 한 부씩 돌려줘. 채나와 지은이 노 부장에게도 주고."

김기영 부장이 본부장들과 채나와 박지은, 노민지에게 숫자들이 잔뜩 쓰여 있는 A4용지를 돌렸다.

"필신이하고 미래도 빨리 와!"

이영래 사장이 음료수와 과일이 가득 담긴 쟁반을 든 채 언덕을 올라오는 연필신과 한미래에게 손짓을 했다.

서울법대 출신인 스탠다드 리 이영래 사장 특유의 스타일이었다.

누군가와 어떤 일에 관해서 의논할 때는 꼭 근거를 제시하고 서류를 놓고 애기를 했다.

절대 말로만 하는 뻥포를 쏘지 않았다.

"십수 년 만에 만나서 뜬금없이 무슨 서류부터 들이대냐고 말하지 마라. 채나야! 그 서류를 보면 이 큰아빠를 이해할 거다."

"……!"

돌연 이영래 사장의 말투가 심각하게 바뀌자 채나의 얼굴빛이 변했다.

뭔가 엄청난 실수를 저지른 듯한 불길한 예감이 스쳤기 때문이다.

"이 서류는 시청률 전문 조사기관인 ㈜미디어 타임에서 지난주 우리 KBC에서 내보낸 모든 프로그램의 전국 평균 시청률을 조사해 올린 보고서다."

이영래 사장이 A4용지 한 장을 든 채 브리핑을 시작하자 이번에는 계 본부장 등 KBC 임원들의 얼굴빛이 변했다.

생뚱맞게도 사계절 슈퍼 언덕에 있는 소나무 숲은 KBC 임원들과 유명 연예인들의 연석 회의장으로 바뀌었다.

이영래 사장이 의장이었다.

"거기 빨간 글씨… 몇 프로냐, 채나야?"

"2, 3프로예요."

"……"

이영래 사장의 질문에 채나가 대답했을 때 초여름의 소나무 숲이 시베리아의 자작나무 숲으로 변했다.

계 본부장의 정신병을 치료했던 피톤치드조차 발산이 되지 않았다.

시청률이란?

같은 시간대에 TV를 켜놓은 가구 중에서 특정 프로그램을 시청하는 가구가 얼마나 되는지 그것을 백분율로 나타낸 것이다.

과거와 달리 요즘에는 피플 미터기라는 TV에 부착하는 기계를 이용해서 조사하기에 비교적 정확했다.

전국 시청률 2%대라면 시청률의 바닥!

흔히 〈애국가 시청률〉이라고 말한다.

현재 KBC TV 전체 프로그램 평균 시청률이 바로 애국가 시청률과 비슷했다.

정말 이영래 사장 등이 정신과 의사의 도움을 받아야 할 만큼 절체절명의 위기였다.

"작년 연말에만 해도 보통 4%에서 5%를 상회했다. 한데 지난 이월 중순부터 지금까지 주말에도 5%가 넘는 프로가 없어. 결국 지난달 감사원 감사에서 최종 통보가 떨어졌다. 팔월 말까지 시청률 향상이 이뤄지지 않는다면 국민의 혈세를 낭비하는 KBC 2TV의 폐지안을 국회에 제출하겠다고!"

"바꿔 말하면 시청률 부진의 책임을 지고 사장님부터 현재

KBC의 모든 경영진에게 사표를 내라는 명령이지!"

"......!"

이영래 사장과 정구환 본부장의 비장한 말에 채나와 박지은 등이 화들짝 놀랐다.

"사실 감사들 말이 틀린 얘기가 아니야. 국민의 혈세로 운영하는 우리 KBC가 국민들의 신뢰를 얻지 못해 시청률이 2, 3%에서 헤맨다면 당연히 우리 임원진들은 사표를 내야 해!"

이영래 사장이 무감정한 목소리로 단언했다.

"한데 재미있는 것은 우리 KBC 시청률이 하락하는 결정적인 원인이 가수 김채나와 배우 박지은 때문이라는 것이다."

"켁!"

정구환 기획본부장이 채나와 박지은을 KBC 시청률 하락의 주범이라고 말하자 채나와 박지은이 마른 비명을 터뜨렸다.

"그, 그건 잘못된 보고서예요 본부장님! 저는 지난 일 년 동안 KBC의 어떤 프로에도 출연한 적이 없었어요."

"저두 마마 언니처럼 KBC 근처에도 가본 적이 없어요. 짧은 인터뷰는 몇 번 했지만."

박지은과 채나가 딱 부러지게 말했다.

"크큭! 지금 너희가 한 말 그 말이 정답이다. 너희가 우리 KBC 근처에 오지 않으니까 시청자들도 우리 KBC에 오지 않

는 거야. 어떤 프로에 출연해서 돼지처럼 밥만 잔뜩 먹고 가
도 시청률을 30% 이상 끌어 올리는 대스타 두 사람이 우리 방
송사의 정식 프로에 한 번도 안 나오니까 문제가 되는 거다."

"……!"

계 본부장이 보충 설명을 하자 채나와 박지은이 입을 다물
었다.

수긍하기 어려운 논리였지만 아주 틀린 논리도 아니었다.

"우리 KBC 시청률 하락 원인이 뭐든 너희가 믿든 안 믿든
상관없다. 이미 벌어진 일이고 진행 중인 일이니까! 문제는
시청률을 끌어 올리는 거야."

"그, 그럼 제가 KBC에 출연하면 시청률이 오를까요? 큰아
빠!"

"물론이지!"

채나가 미안한 듯 얼굴을 붉히며 황급히 물어오자 이영래
사장이 미소를 지으며 대답했다.

"네 녀석이 얼마나 인기가 있는지 우리나라 국민 열 명 중
일곱 명이 날마다 네 얼굴을 보고 싶어 한 댄다. 네 일거수일
투족을 궁금해하고! 기가 막혀서 원—"

계 본부장이 손가락으로 채나의 이마를 콕콕 찍으며 말했
고 뒤이어 정구환 본부장이 구체적인 수치까지 제시했다.

"채나가 일주일에 한 번씩 우리 KBC에서 한 시간 이상 방

영되는 프로에 출연하면 우리 방송사 전국 평균 시청률이 10% 이상 오를 것이라는 예측 통계가 이미 나왔다."

"익!"

노민지와 연필신이 마른 비명을 터뜨렸다.

노민지는 이화여대에서 신문방송학을 전공했고 국민배우 박지은의 매니저 생활을 오랫동안 해왔기에 시청률 문제에 관한 한 전문가 못지않은 지식이 있었다.

그 해박한 지식을 바탕으로 판단할 때 지금 정 본부장이 말한 수치는 국민배우 박지은이 날마다 KBC에 출연해도 불가능한 시청률 수치였다.

노민지는 아직 모르고 있었다.

현재 대한민국에서 채나의 인기가 어느 정도인지…….

채나의 인기는 이미 국민을 넘어선 지 오래였다.

건국 이래 최고의 스타라는 수식어가 달리는 판이었다.

"헤헤! 그럼 큰아빠나 삼촌들을 실업자로 만들지 않기 위해서는 제가 당장 KBC에 출연해야 하겠네요?"

"당연하지, 인마!"

"월드컵이 끝나는 7월 초순에 KBC 1, 2 TV 라디오 AM, FM 할 것 없이 대대적인 프로그램 개편이 있을 예정이다. 시청률 5%를 넘지 못하는 프로는 교양 프로든 예능 프로든 어린이 프로든 모조리 폐지될 것이고!"

채나가 웃으면서 KBC에 출연할 것을 비추자 계 본부장이 반색을 했고 박수철 제작본부장이 대뜸 프로그램 개편에 관한 말을 꺼냈다.

"프로그램이 개편되면 채나가 출연할 수 있는 프로가 예능과 교양 등을 포함해서 스무 개는 넘지 않을까 싶다. 오늘 저녁에 팩스로 넣어줄 테니까 출연하고 싶은 프로를 찍어서 넘겨라. 원하는 포맷이 있으면 간단한 기획안을 제시해 주면 더 좋고!"

곧 박수철 본부장의 말은 프로그램 개편이 있으니 채나가 편리한 시간을 선택하면 어떤 프로든 만들어서 출연시키겠다는 얘기였다.

"연필신이에겐 미안하지만 〈개판〉은 40분으로 축소되고 월요일 밤 11시 이후로 편성될 것이다."

"화, 화, 확정된 거예요, 본부장님?"

박수철 본부장이 한 발짝 더 나아가 〈개판〉의 축소 계획을 밝히자 연필신이 얼마나 놀랐는지 말까지 더듬으며 질문했다.

매주 수요일 밤 10시부터 70분 동안 방영되는 프로그램을 반으로 뚝 잘라 심야 시간대에 방영하겠다는 것이다.

그것도 시청률의 오지라고 불리는 월요일 밤에!

"그래! 너도 알다시피 요즘은 개그나 코미디 프로가 완전히 죽었어. 〈개판〉도 구로동 껑다리 아줌마 빼고 시청률 나오는 게 한 코너도 없다. 개편돼서도 시청률이 오르지 않으면 〈개판〉은 폐지된다."

"……!"

박수철 본부장의 칼날 같은 선고에 연필신이 현기증을 느꼈다.

〈개판〉은 폐지된다!

말 그대로 〈개판〉이란 프로그램의 사형 선고였다.

시청률이 나오지 않는다고 70분짜리 TV 프로를 어느 날 갑자기 반 토막으로 축소하고 다음 달에는 막을 내린다.

이것이 바로 살벌한 방송계의 현실이었다.

그래서 누군가 연예인들을 아침에 피었다가 저녁에 지는 나팔꽃 같은 인생이라고 했다.

…….

또다시 소나무 숲이 한겨울의 시베리아 자작나무 숲처럼 변했다.

여기 모인 사람들은 모두 방송사와 직간접적으로 관계를 맺고 있는 사람들이기에 〈개판〉이 폐지된다는 사실이 왠지 불편했던 것이다.

"채나야!"

계 본부장이 분위기 따위에는 아랑곳하지 않고 허연 머리

칼을 쓸며 묵직하게 입을 열었다.

"응! 개 삼촌."

"이 시키가? 발음 잘해!"

"헤헤, 미안! 개시키 삼촌!"

"아하하하하!"

채나의 개시키라는 발음에 돌연 소나무 숲이 웃음바다로 변하면서 〈개판〉 폐지 때문에 가라앉았던 분위기가 다시 살아났다.

이제 채나는 이영래 사장이나 계 본부장이 어렵지 않았다.

도리어 아빠 엄마 이름을 서슴없이 부르는 이들에게서 따뜻한 친숙함을 느꼈다.

〈우스타〉나 여타 행사에 출연하면서 만난 사람들과 얘기할 때와는 전혀 다른 기분이었다.

식구들, 가족들과 마주 앉아서 대화를 나누는 딱 그런 느낌이었다.

"이 기획안을 좀 봐라! 우리 KBC가 전 국민을 대상으로 하는 오디션 프로를 구상하고 있다. 〈우스타〉와는 콘텐츠가 다른 아마추어들을 대상으로 하는 가요 오디션 프로야!"

계 본부장이 서류 한 장을 채나에게 건네주며 말을 꺼냈다.

"고효정, 김선희, 변수지… 이 사람들이 다 뭐하는 사람들인데 심사위원으로 들어가 있어? 가요 오디션 프로라고 하지 않았나?"

"에헤헤! 가수들이야 채나 언니!"

채나가 계 본부장이 건네준 서류에 적인 이름들을 살펴보며 의아한 표정으로 묻자 한미래가 귀엽게 웃으며 대답했다.

"가수라구?"

"응! 김선희 씨는 한때 우리나라를 휩쓸었던 분이고. 지금도 올드 팬들이 많아."

"그래? 근데 왜 내가 아는 가수들은 모조리 빠졌지?"

"채나 씨가 아는 가수들이라면… 누굴 말하는 거죠?"

그동안 한마디도 하지 않았던 김기영 부장이 오디션 프로가 자신이 맡은 프로인 듯 눈을 반짝이며 물어 왔다.

"최영필, 설경도, 신영훈, 원일, CMK, 남궁수덕, 박진호, 이태청, 신화……."

채나가 우수회 회장답게 〈우스타〉에서 만나 친해진 가수들 이름을 줄줄이 불렀다.

"하하! 채나 씨가 말한 가수들은 현재 우리나라 톱 가수들입니다. 가요 프로가 아닌 평범한 오디션 프로에는 좀처럼 출연하려 하지 않아서 섭외하기가 어렵습니다."

김기영 부장이 오디션 프로에 출연하는 심사위원들에 대해서 설명을 하며 난색을 표했다.

사실이었다.

지금 채나가 호명했던 가수들은 김기영 부장이 언급한 대로 실질적으로 대한민국 가요계를 이끌고 가는 특급 가수들이었다.

모두가 현직 교수들이고 유명 음악학원의 원장들이었으며 연예기획사 오너였다.

한국 가요계의 실정에 어두운 채나였기에 범할 수 있는 착각이었다.

"유명 가수가 일반 오디션 프로에 심사위원으로 나오면 왠지 싼 티가 난다?"

"많은 가수분이 그렇게 생각하는 것 같습니다!"

채나가 고개를 갸우뚱하며 말하자 김기영 부장이 인정했다.

"미래야! 삐리 오빠 좀 바꿔 봐."

"삐리 오빠?"

"가왕 최영필 선생님요. 〈우수회〉 상임고문이세요. 김채나 회장님께서 한마디 하시면 팍팍 날라와요. 헤헤헤!"

계 본부장이 삐리 오빠에 대해 물었고 한미래가 예쁘게 대답했다.

"……!"

세상은 복잡하기도 하지만 이처럼 단순하기도 하다.

방송사 PD들조차 통화하기 힘든 가왕 최영필은 채나에게는 그저 친절한 이웃집 아저씨였다.

채나는 그 자리에서 바로 통화를 시작했고 채나의 입에서 쏟아지는 말들은 그들에게 빅뱅의 충격과 같았다.

"응응! 그래! 삐리 오빠가 심사위원장 좀 해. 나하고 지은 언니 알지? 국민배우 빅마마! 그 언니도 심사위원으로 참가할 거야. 미래하고 원일 선배, 남궁 교수, 영훈 오빠도 올 거구."

"……!"

계 본부장과 김기영 부장 등이 눈이 커진 채 채나의 입을 주시했다.

"우헤헤헤! 당근 영광이지. 나하고 지은 언니 같은 예쁜이들이 심사위원으로 출연하는데 쭈글쭈글한 삐리 오빠가 심사위원장을 맡는다는 것은 대단한 거야. 곧 KBC에서 연락이 갈 거야. 시간 좀 내봐. 응응, OK!"

이렇게 채나는 통화를 마쳤다.

아는 사람은 다 아는 사실이었지만 홍의천 본부장이 KBC에서 DBS로 옮긴 것은 계석희 KBC 예능본부장과의 경쟁에서 밀렸기 때문이었다.

그만큼 계 본부장은 음악과 미술 같은 예술에 해박했고 가수나 배우 등 연예인들과 유대관계가 좋았다.

그 계 본부장도 가왕 최영필은 열외로 생각했다.

천하제일 고수를 한낱 변방의 작은 비무 대회에 심사위원으로 초빙할 수는 없지 않은가?

이런 점에서 계 본부장과 채나의 생각은 많이 달랐다.

"삐리 오빠가 심사위원장을 맡겠다는데, 계 삼촌?"

"저, 정말이냐? 최영필 씨가 맡아주겠대?"

"헤헤! 영광이래. 지은 언니랑 내가 심사위원으로 출연하는데 자기가 심사위원장을 맡게 해줘서……."

"……!"

계 본부장 등 소나무 숲에 앉아 있던 KBC 임원들의 입이 딱 벌어졌다.

일찍이 DBS의 김태형 회장은 사람에게도 등급이 있다는 명언을 남겼다.

특히 연예인들에게 그 등급은 매우 중요했다.

소위 톱스타라는 사람이 어떤 예능 프로에 나가는데 출연자 면면이 이름조차 잘 모르는 삼류 연예인들이라면 기분이 어떨까?

천하에 가왕 최영필도 채나나 박지은이 출연하는 프로니까 서슴없이 심사위원장을 맡겠다고 했던 것이다.

이미 계 본부장과 김기영 부장 등도 그 속내를 읽었다.

"필신아! 영훈 오빠 좀 불러봐!"

"으응!"

이어진 채나의 요청에 이번에는 연필신 혼자만 놀랐다.

채나는 절대 이런 일에 나서는 사람이 아니었다.

〈우스타〉에 출연할 때도 제작진에서 채나를 여러 차례 제작 회의에 참석시켰지만 채나는 늘 밥만 축냈다.

반강제로 제작회의에 불려가는 날이면 말없이 한쪽 구석에서 앉아 통닭만 뜯을 뿐, 어떤 말도 하지 않았다.

그만큼 무신경했다.

〈우스타〉가 백두산으로 가든, 마라도로 가든, 참견을 하거나 신경을 쓰지 않았다.

약은 약사에게 진료는 의사에게!

제작은 PD가 노래는 가수가!

철저한 분업주의자, 연필신이 아는 채나는 그런 사람이었다.

그 채나가 이제 정치하기 시작했고 대한민국 연예계의 최전선에 채나 사단을 전진 배치시켰다.

"저어기 채나야…… 난 가수도 아니잖아? 근데 어떻게 가요 오디션 프로의 심사위원을 맡아?"

박지은이 근심스러운 표정으로 채나에게 말을 붙였다.

"오디션 프로도 일종의 예능이야. 노래 전문가들만 있으면 딱딱해서 잼 없어. 언니 같은 막귀도 필요해."

"마, 막귀? 아주 적당한 표현 같지만 왠지 듣는 막귀 기분 나쁘다."

"헤헤— 미안! 막귀 언니."

"어쭈! 가수질 그만하고 싶지? 김채나!"

"켁켁… 참아 참아! 누가 보면 국민배우가 아니라 조폭 배운 줄 알겠어!"

"킥킥킥킥!

채나가 막귀라고 놀리자 박지은이 양손으로 채나의 목을 졸랐고 연필신과 한미래 등이 웃어댔다.

"하하! 기분 나빠하지 마세요, 지은 씨! 가수 같은 전문가들이 듣는 노래와 비전문가들이 듣는 노래는 또 다르거든요. 지은 씨 같은 대스타가 노래를 듣고 평을 해준다면 그 나름대로 권위가 있습니다."

"거어럼! 빅마마 박지은이가 오디션 프로의 심사위원으로 나와 멘티들을 격려해 준다면 엄청난 힘이 될 거야. 프로의 퀄리티도 높아질 거구!"

"후… 그럴까요?"

김기영 부장과 계 본부장이 황급히 오디션 프로에 박지은의 필요성을 역설했다.

지금 김기영 부장이나 계 본부장 등은 열심히 표정 관리를 했지만 최영필이 오디션 프로의 심사위원장을 맡아주겠다고 했을 때보다 더 흥분하고 있었다.

특히 윤룡 드라마본부장의 놀람은 컸다.

윤 본부장은 오래전에 박지은과 여러 작품을 같이했다.

그래서 누구보다도 박지은을 잘 알았다.

박지은이 왜 이곳에서 채나와 함께 있는지는 몰랐지만 분명한 것은 자신이 아는 빅마마가 아니라는 것이다.

윤 본부장이 아는 박지은은 감독조차 말 붙이기 힘든 별명 그대로 얼음공주요, 연기머신이었다.

지금처럼 채나와 장난을 치고 깔깔대는 아가씨가 아니었다.

게다가 박지은은 지금까지 한 번도 예능 프로에 출연한 적이 없었다.

수많은 PD가 섭외했지만 모조리 실패했다.

한데 채나는 아예 박지은이 자신과 같이 예능 프로에 나가는 것으로 확정을 하고 말을 했다. 박지은 또한 그것을 기정사실로 받아들였고…….

채나 말대로 최영필과 박지은이 출연해 준다면 어떤 예능 프로든 바로 초대박이었다.

"그러니까 채나 씨는 지금 이 오디션 프로의 심사위원을 바꾸시겠다는 건가요?"

김기영 부장이 노련한 PD답게 흥분된 마음을 애써 감추며 채나의 계획을 물었다.

"당빠죠! 일단 비상시국에 맞게 심사위원들 면면을 화려하게 가지고 가서 대중들의 관심을 끄는 거예요. 그래야 오디션 프로도 살고 시청률도 높아지지 않겠어요?"

"그거야 잘 알지만… 말씀드렸다시피 가수들 섭외가 쉽지 않아서 말입니다."

김기영 부장이 채나의 성격을 확실하게 파악한 듯 우는 소리를 했다.

"전혀! 가수들 섭외는 제가 맡을게요. 삐리 오빠한테 심사위원장을 맡기고 마마 언니와 나, 미래, 영훈 오빠, 원숭이 오빠, 덕수 오빠 등이 심사위원으로 나서고 필신이가 MC를 맡으면 돼요. 물론 김 부장님 같은 경험 많은 PD가 기획과 연출을 맡으셔야겠죠!"

"……."

아주 화려한 침묵이 소나무 숲을 감쌌다.

이번에는 피톤치드가 마구 뿜어졌다.

"으흐흐흐 오냐! 그 정도 라인업이면 기본 시청률 40 이상이다. 〈우스타〉 정도는 한 방에 날릴 수 있어."

계 본부장이 흥분하면서 예능본부장이 아니라 시청률 조사기관의 본부장처럼 단언했다.

"핫핫핫! 대한민국 국가대표 가수를 뽑는 줄 알겠구먼."

이영래 사장이 흐뭇한 표정으로 엄지를 치켜들었다.

"언니 언니, 채나 언니! 내가 오디션 프로에 심사위원으로 출연하기에는 너무 어리지 않아? 난 만으로는 열아홉 살이거든!"

한미래가 흥분되는 듯 얼굴을 붉힌 채 언니를 세 번씩이나 부르며 물었다.

"넌 꼭 필요한 인재야. 바보야! 아이돌을 대표해서 심사위원이 되는 거야."

"헤… 그런 거야?"

한미래가 환하게 웃었다.

"채, 채나야! 내가 아무리 고품격 개그우먼이라도 해도 엄청난 스타들이 뛰는데 나 혼자 사회를 보는 건 좀 무리가 않을까?"

연필신이 이 엄청난 오디션 프로에 메인 MC를 맡는 것이 흥분되는지 〈개판〉이 폐지된다는 소식을 잊은 채 떨리는 목소리로 입을 열었다.

"걱정 마! 안 본부장님이 멋진 남자 캐스터 한 명을 소개해 줄 거야."

"하하하! 좋아. 요즘 제일 잘나가는 손규환이를 붙여주마."

채나가 아주 간단하게 칠월 초순에 KBC 1TV에서 주말에 방영될 오디션 프로에 출연할 심사위원들을 모조리 바꿔 버렸다.

"김 부장! 지금까지 채나 얘기 잘 들었지?"

"예! 본부장님."

"오늘 밤에 당장 예고편을 만들어서 내일 아침부터 때려! 월드컵 중계 사이에도 집어넣고 한 달 동안 계속 때리라구."

"알겠습니다."

"그리고 월드란 어휘를 꼭 넣어. 이번 기회에 우리 해외 총국들을 모조리 동원해서 해외교포들도 참가시켜 보자구. 심사위원들도 외국으로 데리고 나가구!"

"헤헤헤! 역시 계 삼촌이다. 벌써 기획이 끝났네."

"인마! 평생을 이 바닥에서 굴렀다. 자원만 있으면 시청률 백 프로도 잡을 수 있어."

"이 프로 제목은 어떻게 할까요?"

"월드 KKPOP! 약칭 KK팝으로 하구."

"알겠습니다. 본부장님!"

"그리고 부장님!"

"예! 채나 씨!"

"이 KK팝 첫 방 때 오픈 기념으로 먼저 심사위원들의 스페셜 콘서트를 하자고요. 날짜는 월드컵이 끝난 후 토요일이나 일요일쯤으로 하고요."

"심사위원들의 특별 공연?!"

채나의 제안이 너무 뜻밖인지 김기영 부장과 계 본부장 등의 귀가 당나귀만큼이나 커졌다.

"헤헤! 명색이 전 국민 오디션 프로 심사위원들인데 노래를 어느 정도 하는지 팬들이 궁금해할 거 아니겠어? 일단 심사위원들의 실력을 보여 드리고 시작하자고!"

"좋아! 아주 좋아! 어디서 공연할까? 채나야."

계 본부장이 주먹을 흔들며 자리에서 벌떡 일어났다.

"이왕이면 크게 벌려보지 뭐. 잠실 종합운동장 어때?"

"엑셀런트! 잠실종합운동장에 특설무대를 만들어놓고 멋지게 공연을 하는 거야. 우리 KBC의 부활을 만천하에 알리면서—!"

"볼 만하겠구만! 최영필, 김채나, 박지은, 원일, 한미래까지 몽땅 무대에 올라가면… 찬조 출연으로 아이돌 애들 몇 팀 올리구!"

"흐흐흐! 공연하는 날 몇 십만 명은 족히 잠실벌에 모이겠구만."

계본부장과 이영래 사장 등이 마구 흥분했다.

"아후후! 채나야? 내가 몇 십만 명이나 되는 관객 앞에서 노래를 할 수 있을까?"

"걱정되면 마마 언니는 노래하지 마! 가수도 아닌데 뭐."

"혹시 팬들이 앙코르 신청할까 봐 그래!"

"아하하하하!"

박지은의 너스레에 이영래 사장 등이 폭소를 터뜨렸다.

몇 십만 인파?

아니었다.

경찰 추산 백만 명, 방송사 추산 이백만 명이나 되는 관객들이 잠실에 모였다는 무시무시한 공연이 이렇게 간단히 결정되었다.

특히 채나가 카이저와 여성시대 등 아이돌과 어울려 수많은 팬을 단체로 공황장애로 만들어버린 그 살벌한 공연이었다.

이날 무대에 올라갔던 연예인들은 평생 다시는 공연을 하지 않아도 될 만큼 인지도를 높인 멋진 무대였다.

주말 저녁을 KBC와 DBS가 나눠 가지게 되는 결정적인 프로그램이었고!

"OK! 매 주말 토요일 저녁 7시부터 9시까지 두 시간 동안 녹화로 때린다. 월드컵이 끝나는 그 주말 토요일 밤에 생방으로 KK팝 멘토들 특별공연을 때려주고!"

계 본부장이 OK 사인을 했다.

이제 올 칠월 초순에 천재지변이 없는 한 KBC1 TV 주말에는 엄청난 오디션 프로가 시작될 것이다.

방송사에서 본부장은 자신이 담당하고 있는 분야에서 왕이었다.

지금처럼 결정하면 끝이다.

설사 사장이라 해도 특별한 이유가 없는 한 태클을 걸지 못한다. 채나가 건의한 그대로 프로그램이 제작되어 방영된다.

"내년 초에 우리 KBC 드라마본부에서는 〈나는 조선의 형사다〉라는 역사극을 제작해 방영할 것이다. 내가 직접 시나리오를 각색할 것이고."

윤룡 드라마본부장이 묵직하게 입을 열었다.

서울대학교 국문학과 출신인 윤룡 본부장은 대학 이 학년 때 신동아 일보에서 주최하는 신춘문예 중편소설 부문에서 장원으로 당선될 만큼 대단한 작가였다.

자신이 직접 시나리오를 쓰고 연출까지 맡을 만큼 유능한 PD기도 했고!

"채나는 이 드라마에 주인공으로 캐스팅됐으니까 짬나는 대로 조선 시대에 관해 공부를 해 놔. OST 곡도 준비 좀 하고!"

"네에!"

윤룡 드라마본부장이 흡사 지나가는 사람에게 말하듯 무미건조하게 말했고 채나도 오래전부터 약속한 것처럼 대답했다.

〈블랙엔젤〉이 가수 채나를 배우 채나로 바꿔놓은 드라마라면 나는 조선의 형사다(나형사)는 채나를 시대극과 현대극을 왕래하며 자유롭게 연기하는 멀티 배우로 만든 작품이었다.

"여담이지만 난 지금까지 DBS의 탁병무를 나보다 한 수 아래의 PD라고 생각했다. 채나가 첫 번째 〈우스타〉 중평에 나왔을 때 나는 너를 〈나형사〉의 주연으로 캐스팅하고 기회를 노리고 있었다. 근데 탁병무가 나보다 한발 빨리 너를 〈블랙엔젤〉에 캐스팅할 줄은 꿈에도 몰랐다. 정말 만만찮은 친구야."

"후후! 채나를 캐스팅한 건 탁 국장님이 아니라 저예요, 본부장님!"

"뭐?"

"채나하고 옛날부터 같이 작품을 해보고 싶었거든요."

"크으— 그럼 그렇지! 그 노름꾼이 포커나 잘 치지 무슨 배우 보는 눈이 있다고 채나를 캐스팅했겠어?"

"흐흐흐! 역시 윤 본부장 말대로 대단한 놈은 아니었구만."

"그렇다니까! 탁병무 같은 날라리하고 나를 같은 반열에 놓고 평가하는 걸 보면 기분 더러워. 지가 언제 시나리오를 한 줄 써봤어? 콘티를 하나 짜봤어? 순전히 감으로 드라마를 만드는 놈이 어쩌다 지은이 같은 배우들을 잘 만나서 소발에 쥐잡기로 히트작 몇 개 뽑은 거야.

"그래! 나도 박지은이나 준사마 같은 놈하고 작품 하면 그냥 쾅 소리 내겠다. 뭐 시청률 20은 보장된 놈들 아냐."

윤 본부장과 계 본부장이 경쟁방송사인 DBS의 탁병무 국장을 평가 절하했다.

"저도 〈나형사〉에 출연하나요? 본부장님."

갑자기 박지은이 아주 생뚱맞은 질문을 던졌다.

"큭! 빅마마가 출연하겠다면 마마 배역을 주지. 권력욕에 불타는 무서운 왕비!"

"후후! 재미있겠네요. 채나랑 함께 사극에 출연하는 것도 멋있구요."

이렇게 내년 초에 방영될 KBC 역사극 〈나형사〉의 제일 큰 배역 두 자리는 간단히 결정됐다.

'달라도 너무 다르다!'

연필신은 생전 처음 KBC 사장 등 방송사 고위층들과 얘기를 나눴다.

확실히 자신들과는 대화 스타일이 달랐다.

내일 당장 정신병원에 입원해야 하는 사람들일지는 몰라도 지금은 한국 방송계를 쥐락펴락하는 거물들답게 추호의 망설임도 없었다.

뭐든지 예상을 하거나 추측을 하지 않고 결정하고 단언을 했다.

"문화부장관 보좌관실입니다. 장관님께서 오늘 저녁에 사장님을 뵀으면 하신답니다."

양복을 걸친 사십대 사내나 휴대폰을 든 채 급히 올라왔다.

"그래? 왜 천 장관이 나를 찾지? 알았어. 일단 회사로 들어가자고."

이영래 사장이 양복 윗저고리를 집어 들며 자리에서 일어났다.

"내일 12시쯤 지은이하고 같이 여의도로 와. 점심이나 같이하자."

"네! 큰아빠."

이영래 사장이 한참이나 채나를 쳐다봤다.

"또다시 우리 딸 얼굴을 잊어버리지 않기 위해 열심히 기억하는 중이다."

"헤― 죄송해요."

"녀석!"

툭툭! 이영래 사장이 채나의 어깨를 가볍게 두드리고 몸을 돌렸다.

"사장님하고 점심 먹고 나한테 전화해. 넌 점심을 최소한 세 번은 먹어야 하잖아?"

"헤헤헤! 네 네."

계 본부장이 채나에게 명함을 건네주며 말했다.

그리고 이영래 사장을 비롯한 KBC 임원들이 떠났다.

쌩—

거의 동시에 채나가 바람처럼 사계절 슈퍼 이 층으로 달려갔다.

"이거 뭐야? 벌써 다 식었잖아! 황복 회만 빼고 모조리 데워 와!"

채나가 음식들을 입에 들어붓다시피 했다.

3장

코브라 문신의 사내

고오오오오오!

F15이글 한 대가 네바다 사막의 미 공군 비밀 기지.

수많은 영화에서 나왔던 그 51블럭에서 VIP 한 사람을 후방석에 태우고 이륙했다.

생전 처음 외박을 한 박지은이 〈채나원〉의 팔각정에 누워 쏟아지는 별무리를 바라보면서 유성이라고 외쳤던 그 별의 정체가 바로 이 F15이글이었다.

폭탄을 잔뜩 싣고 조기경보기나 공중급유기의 도움 없이

먼 거리를 날아가 와장창 때려 부수고 돌아올 수 있는 전투기를 만들어 보자!

이런 목적하에 탄생한 전폭기가 바로 F15 이글이었다.

2002년 현재 미 공군 주력 전투기중 하나로써 F15 시리즈 중에 최신예였다.

전장 19.43M 최대 속도 마하 2.5까지 낼 수 있는 쌍발 제트 전투기로 공대공, 공대지 미사일까지 탑재한 채 무려 3,400마일 이상의 항속능력을 자랑하는 가공할 장거리 폭격기였다.

이 F15 이글과 2002년 현재 우리나라의 최신예 전투기인 F16을 비교한다면, 유명한 빵집에서 정성스럽게 만든 케이크와 일반 구멍가게에서 파는 빵.

딱 그렇게 생각하면 알기 쉽다.

VIP의 정체는 미국 중앙정보국 CIA 작전부장 콜린 화이트였다.

작전부장이란 자리가 어찌 생각하면 그리 고위층처럼 생각되지 않지만 그건 무서운 오해다.

현 미국 해군 소장으로서 미 중앙정보국 CIA가 세계 각국에서 벌이는 모든 작전을 기획하고 종료하는 것이 그의 책임이었다.

화이트 부장은 윗선의 재가없이 미군 특수부대 병력까지

동원할 수 있었고 미 국방부에서 1994년까지 24개의 항법위성(GP)을 쏘아 올려 완성한 항법위성장치(GPS) 중에서 네 개의 위성을 자신의 임의대로 사용할 수 있는 막강한 권력의 소유자였다.

물론, 항법위성을 관리하는 미 공군 제50우주비행단에 전화 한 통은 해줘야 했지만!

간단히 말해 화이트 부장이 마음만 먹으면 이 지구상에 있는 어떤 사람도 어떤 물건도 추적할 수 있었다.

당연히 이 세상에서 그의 눈을 피할 수 있는 사람은 아무도 없었다.

구구구구궁!

미국의 네바다 비밀 기지에서 이륙한 F15이글이 초록색 지구별을 몇 시간 동안 감상하고 대한미국 경기도 오산시에 위치한 미 태평양 공군의 중추인 51전투비행단의 활주로에 착륙했다.

척!

조종사인 찰리 대위가 거칠게 숨을 몰아쉬고 있는 F15이글 앞에서 거수경례를 했다.

"모시게 되어 영광이었습니다. 장군님! 부디 즐거운 여행이 되시길!"

"수고했네. 다음에 다시 만나세."

금발의 신사 화이트 부장이 엄지를 곧추세우며 경례를 받았다.

"옛! 안녕히 가십시오!"

"굿 럭!"

화이트 부장이 조종사와 악수를 한 뒤 돌아서며 손을 흔들었다.

"여전히 한국의 하늘은 눈부시게 새파랗군!"

화이트 부장이 오산 미 공군기지의 하늘을 바라보며 무감정하게 읊조렸다.

뉴욕대학교에서 중국어학을 전공한 화이트 부장은 한국어와 일본어, 중국어에 능통했고 특히 〈논어주해〉를 석사학위 논문으로 제출할 만큼 미국인으로서는 보기 드문 한문의 달인이었다.

게다가 해군에 들어가 특수부대인 네이빌 실의 팀장으로서 동북아시아에서 작전을 펼치면서 중국, 일본, 한국을 자기 집처럼 드나들었다.

미국 군부의 동북아시아 전문가였다.

오늘은 오래전에 자신이 직접 기획하고 참가했던 어떤 작전을 완전히 종료하기 위해 한국을 다시 찾았다.

얼마나 중요한 작전이었으면 항법위성까지 임의대로 사용할 수 있다는 고위층이 직접 방문했을까?

한데, 우연의 일치인가?

화이트 부장이 한국의 가을 하늘을 보며 한 손을 들어 눈을 가릴 때 언뜻 손등에 흉측한 뱀을 새겨놓은 시퍼런 문신이 보였다.

채나의 꿈속에 나타났던 그 금발머리 사내의 손등에 새겨져 있던 킹코브라 문신과 똑같았다.

잠시 후, 중년의 미국인 부부 한 쌍이 오산 미 공군 기지를 조용히 빠져나왔다.

어깨에 캐논 카메라를 메고 나이키 티셔츠와 리바이스 청바지를 걸친 채 뉴발란스 운동화를 신은 이 부부는 누가 봐도 평범한 미국인 관광객이었다.

남편은 방금 F15 이글을 타고 기지에 내린 화이트 부장이었고 부인은 미 공군 헌병대 소속인 소올 중령이었다.

부부는 오산에서 나름 착한 먹거리로 소문난 생생 돈가스로 식사를 마친 후 근처의 독산성을 관광하고자 지곳동 사거리로 발걸음을 옮겼다.

반짝!

부부가 막 횡단보도에 발을 내딛는 순간 파란신호가 붉은 신호로 바뀌었다.

화이트 부장은 신호를 무시한 채 횡단보도를 건넜고 소올 중령은 걸음을 멈췄다.

부우우웅— 끼이익!

찰나, 트럭 한 대가 그대로 화이트 부장을 덮쳤다.

"오—! 마이 갓!"

소울 중령이 비명을 지르며 두 손으로 눈을 가렸다.

"어, 어이구! 씨발! 뒈지려고 환장을 했나? 왜 정지 신호에서 튀어나오는 거야."

트럭 운전기사가 허옇게 질린 채 마구 욕설을 하며 뛰어왔다.

"······!"

뒤이어 소울 중령과 운전기사의 눈이 휘둥그레졌다.

화이트 부장이 붉은빛이 선명한 건너편 신호등 앞에서 미소를 띤 채 손을 흔들고 있었기 때문이다.

"지, 지저스!"

"괜찮아요? 프, 프리스? 암 베리 베리 쏘리!"

소울 중령이 한숨을 내 쉬었고 운전기사가 눈을 껌벅거리며 한국어와 영어가 뒤섞인 괴상한 말을 마구 내뱉었다.

화이트 부장은 아무렇지 않은 듯 이미 몸을 돌려 저만치 걸어가고 있었다.

"갓뎀!"

소울 중령이 황급히 쫓아갔고.

"푸후후―! 완전히 용궁 갔다 왔네!"

운전기사가 마음이 놓이는 듯 한숨을 몰아쉬며 자신의 트럭 쪽으로 돌아갔다.

찰칵 찰칵!

소울 중령이 열심히 카메라 셔터를 누르고 있는 화이트 부장을 어이없는 표정으로 쳐다봤다.

'정말 별은 아무나 다는 게 아니네! 저분이 방금 전에 트럭하고 키스할 뻔했던 사람 맞아?'

소울 중령은 화이트 부장의 대단한 배짱에 경탄을 금치 못했다.

지켜봤던 자신은 아직도 심장이 쾅쾅 뛰고 진정이 되지 않았기 때문이다.

'근데, 아까 트럭이 분명히 장군님을 덮친 것 같은데… 아니었나?'

소울 중령이 고개를 갸우뚱했다.

뭔가 이상했다.

소울 중령은 뭔가 이상해서 화이트 부장에게 물어보려고 하다가 그냥 참았다.

"……?"

다시, 소울 중령이 눈을 껌벅거렸다.

또 이상한 장면을 목격했기 때문이다.

야외 학습을 나온 십여 명의 초등학생이 재잘대며 걸어오다가 독산성의 여기저기를 카메라에 담던 화이트 부장과 부딪쳤는데 신기하게도 학생들은 화이트 부장을 발견하지 못하고 스스럼없이 지나쳤다.

마치 그림자를 밟고 지나는 듯했다.

화이트 부장 또한 아무 일 없다는 듯 사진촬영에 여념이 없었고!

'뭐, 뭐지? 그래! 아까도 트럭이 장군님을 정확히 받았어. 그런데 아무 일도 없었단 말이야. 바로 지금처럼……'

뭔가 이상한 것의 실체였다.

하지만 소올 중령이 아무리 미국 공군 헌병대 중령이 아니라 하늘나라 헌병대의 장군이라 해도 지금 화이트 부장을 휘감고 있는 요기(妖氣)를 눈치챌 수는 없었다.

화이트 부장은 삼십 년 전쯤 중국대륙에서 작전을 펼쳤다.

사천성의 한 무덤 속에서 수십 일 동안 은닉을 했었는데 바로 그곳에서 양피지로 된 고문서를 습득했다.

그 고문서는 인간이 상상 할 수 없는 세월 이전부터 존재했던 중국 고대 무술의 일맥인 선문(仙門)과 자웅을 겨뤘던 마궁(魔宮)의 제3대 궁주인 사극천이 남긴 마경(魔經)이었다.

마경은 고대 중국의 황제(黃帝) 때 창힐(蒼頡)이라는 사람이 올챙이가 기어가는 모습을 보고 창안했다는 과두문자(蝌

蝌文字)로 기록돼 있었다.

아무리 한문에 달통한 화이트 부장이라고 해도 고문서를 해독하는 것은 쉽지 않았다.

그렇다고 제삼자에게 의뢰하고 싶은 마음은 손톱 밑의 때만큼도 없었다.

오랫동안 한문을 연구해 온 전문가의 촉이 고문서가 아주 귀중한 문건이라는 것을 가르쳐 주고 있었기 때문이다.

십여 년 동안 각고의 노력 끝에 겨우 고문서의 제목이 마경이라는 것과 은신술의 한 부류인 잠마술(潛魔術)의 요체를 기록한 일부를 해득할 수 있었다.

거기서 또 십 년의 세월을 보내고 나서야 잠마술의 0.01%를 겨우 익혔다.

그 잠마술의 0.01%를 연마한 화이트 부장은 자신의 모습을 약 일 분 정도 귀신도 모르게 숨길 수 있었고 아주 찰나지만 몸을 공기처럼 가볍게 만들 수도 있었다.

그런 이유로 자동차와 부닥쳤으면서도 건재할 수 있었고 지나가는 초등학생들조차 화이트 부장의 모습을 발견할 수 없었던 것이다.

어쨌든 화이트 부장과 소울 중령으로 이루어진 미국인 가짜 부부는 오산에서 천안 공주 대전을 돌아보고 김천과 대구, 마산을 관광하면서 천천히 남하했다.

소올 중령이 화이트 부장과 헤어진 것은 경상남도 남해군 해죽면사무소 앞에서였다.

곧바로 화이트 부장은 해죽포에 있는 〈海竹寨(해죽채)〉라는 현판이 걸린 꽤 오래된 한옥으로 들어섰다.

마당에서 은발의 노인 하나가 잡초를 뽑고 있었지만 화이트 부장을 발견하지 못했다.

오산의 독산성에서 초등학생들이 화이트 부장을 보지 못한 것처럼.

십 분도 채 지나지 않아서 화이트 부장이 밖으로 나왔다.

다시 한국에 올 기회가 있을까?

화이트 부장이 남해의 푸른 바다를 쳐다보다면서 이렇게 생각했다.

그리고 미국 CIA본부에 명령했다.

─현재 시간부로 K7070 작전을 종료한다!

바로 이때까지.

남해 해죽포 앞바다를 바라보면서 K7070 작전 종료를 명령할 때까지 화이트 부장은 해죽채 서재에서 자신의 흔적을 발각당할 줄은 꿈에도 몰랐다.

화이트 부장은 마경에서 해독한 잠마술을 익히는 순간 자신이 이 지구상에서 가장 강한 사람이라고 생각했다.

무소불위의 힘을 휘두르는 권력자가 빠지기 쉬운 함정이었다.

이 땅 위에는 화이트 부장보다 뛰어난 강자가 적어도 스무 명이 넘었다.

얼마 뒤에 이 서재를 방문한 사람은 화이트 부장이 간신히 0.01%를 익힌 마경의 잠마술보다 훨씬 난해한 선문의 환공을 120% 연마한 천하제일고수였다.

　　　　　*　　　　*　　　　*

팍!

한 자 길이쯤 되는 손도끼가 오색 수실로 묶인 바구니를 내려쳤다.

펑펑!

예포 소리와 함께 형형색색 풍선들과 비둘기들이 하늘 높이 날아올랐다.

뿌우웅웅―!

기적 소리가 들리며 거대한 군함 광개토함이 출항했다.

짝짝짝!

박수 소리와 함께 한복 차림인 대통령 영부인 사미연 여사가 손에 든 손도끼를 검은색 정장 차림의 박지은에게 건네줬다.

박지은은 다시 손도끼를 검은색 정장을 걸친 채나에게 넘겨줬다.

한순간, 채나의 눈꼬리가 가늘어졌다.

탕!

어디선가 총소리가 들려오고 채나가 반사적으로 몸을 날려 사미연 여사 앞을 막아서며 번개같이 권총을 꺼내 들었다.

철컥철컥!

채나가 권총을 쏘았지만 권총이 공회전을 했다.

툭!

채나가 권총을 버리고 손도끼를 주워 들었다.

"저격이다! SS를 경호해!"

굵고 단호한 명령과 함께 검은색 양복을 걸친 경호원들이 여기저기서 뛰어왔다.

채나가 손도끼를 든 채 사방을 경계하며 사미연 여사를 재빨리 검은색 리무진에 밀어 넣었다.

박지은이 하얗게 질린 채 황급히 사미연 여사 옆자리에 올라탔다.

망원경에 사미연 여사가 탄 리무진이 달려가는 모습이 클로즈업됐다.

"실패다. 모두 철수해!"

검은색 양복을 걸친 정희준이 어떤 높은 건물의 옥상에 서서 이어폰을 꽂은 채 한 손에는 망원경과 다른 한 손에는 무전기를 든 채 싸늘하게 외쳤다.

처처척!

어떤 건물의 옥상에서 등산복을 걸친 괴한1이 빠르게 저격용 소총을 분해했다.

숙달된 손놀림으로 분해된 총기를 등산용 배낭에 넣었다.

등산 배낭을 멘 괴한1이 괴한2, 3, 4, 5의 경호를 받으며 급히 옥상 문을 나섰다.

땡똥!

차임벨 소리가 들리며 어떤 건물 지하 주차장의 엘리베이터 문이 열렸다.

등산 배낭을 멘 괴한1이 엘리베이터에서 내렸다.

쾅—!

"크악!"

비명 소리와 함께 큼직한 도끼 하나가 괴한1의 어깨를 찍었다.

괴한1이 피를 뿜으며 바닥에 나뒹굴었다.

흑! 괴한2 등이 마른비명을 토했다.

씨익!

도끼를 든 채나가 엘리베이터 앞에 우뚝 서서 사이한 웃음을 날렸다.

괴한2가 반사적으로 총을 뽑으려 허리춤에 손을 가져갔다.

휘이익—!

손도끼가 마치 부메랑처럼 날아가 괴한2의 목을 스치며 채나의 손으로 돌아왔다.

"크크크억!"

괴한2가 목을 부여잡은 채 피를 뿜으며 쓰러졌다.

이어, 도끼를 든 채나가 몸을 날렸다.

쾅! 도끼가 괴한3의 머리통을 찍었다라고 생각하는 순간 숨 돌릴 틈도 없이 괴한4의 가슴을 내려쳤다.

"크아아악!"

괴한 3과 4가 비명을 토하면 바닥에 굴렀다.

괴한5가 부르르 떨며 주춤주춤 뒤로 물러났다.

씩익!

다시 한 번 채나가 사이한 미소를 띠며 그대로 도끼를 던졌다.

도끼가 경악하는 괴한5 앞에서 우뚝 멈추며 클로즈업됐다.

—DBS 대하드라마 블랙엔젤! 7월 7일 토요일 밤 9시!

검은 천사가 당신을 찾아갑니다. 블랙엔젤!

묵직한 남자 성우의 목소리와 함께 모니터의 화면이 바뀌었다.

"크흐—!"

대한방송사 DBS 드라마본부 탁병무 국장, 〈블랙엔젤〉의 책임 PD겸 감독이 비명인지 탄성인지 분간이 안 되는 기이한 소리를 토하며 의자 깊숙이 몸을 묻었다.

"이, 이거 물건인데?! 김채나……. 이거 진짜 물건이야!"

탁 국장이 은단을 입속에 털어 넣으며 감탄사를 연발했다.

탁 국장은 일단 작품을 시작하면 금주 금연을 동시에 시작했다.

모든 총명을 작품에 집중하기 위한 탁 국장 나름의 결단이었다.

"저도 깜짝 놀랐습니다. 뭐, 박 총통이 캐스팅했고 UCLA 연극영화과 출신이라고 하니까 기본은 해주겠지 했는데 상상 이상이었습니다."

탁 국장이 드라마 편집실에서 문종욱 차장 등 〈블랙엔젤〉의 스태프들과 이미 며칠 전에 찍어 전국에 내보낸 〈블랙엔젤〉의 예고편을 살펴보며 대화를 나누고 있었다.

"좋아! 한 번 더 보자."

"예! 국장님."

탁 국장이 고개를 주억거리며 말하자 저편에 앉아 있던 엔지니어 한 명이 재빨리 VTR을 리와인드시켰다.

실은, 이 〈블랙엔젤〉 예고편은 문 차장이 탁 국장 대신 감독해서 찍었다.

탁 국장은 긴급히 소집된 〈블랙엔젤〉 투자자 대표자들 모임에 미국에 출장 간 장 본부장을 대리해 참석하느라 시간이 없었다.

"야, 우지환이! 네가 언제부터 이렇게 늘었냐?"

탁 국장이 의자를 돌리며 몇 사람 건너에 앉아 있던 수염이 덥수룩한 사십대 사내를 바라보며 말했다.

"아이고, 국장님은. 제가 잘 찍은 게 아니라 문 차장님이 연출을 잘하고, 배우들이 연기를 잘한 거죠!"

우지환 카메라 감독이 머리를 긁으며 탁 국장 옆으로 다가왔다.

"아냐 아냐! 문 차장 연출도 좋고 배우들 역기도 탁월하지만 카메라 연출 솜씨가 보통이 아냐! 그림 하나하나가 생생해."

"흐흐흐! 실은 그동안 여기저기 쫓아다니며 공부 좀 했습니다."

"껄껄껄, 자식! 아주 대가리를 싸매고 공부한 게 보인다, 보여. 고생했어!"

"고맙습니다, 국장님!"

이게 왕 PD, 드라마 연출의 대가라는 〈탁병무 사단장〉의 노하우였다.

아무리 스태프들이 큰 사고를 치고 배우들이 못 봐줄 만큼 발 연기를 해도 야단을 치거나 꾸중을 하지 않았다.

항상 과하다 싶을 만큼 칭찬을 했다.

당연히 따르는 스태프들과 배우들이 많을 수밖에 없었다.

칭찬은 코끼리도 춤을 추게 한다 탁 국장의 좌우명이었다.

탁 국장이 우지환 카메라 감독의 어깨를 툭툭 치며 치사를 할 때 모니터에 다시 채나가 도끼를 든 장면이 떠올랐다.

"그래! 네가 본 느낌은 어떠냐? 문 차장이나 김 차장은 김 채나 연기를 보고 거품을 토하는데 넌 카메라 앵글을 직접 대고 작업을 해봤으니까 감이 확실하게 왔을 거 아냐?"

탁 국장이 모니터를 힐끗 본 후 다시 우지환 감독을 보면서 물었다.

"저도 차장님들이나 다른 스태프들처럼 무지 놀랐습니다. 세계적인 인기 가수니까 위에서 장사 속으로 끼워 넣었구나 하고 기대도 하지 않았습니다, 솔직히! 얼굴이 작고 귀여우니까 될 수 있으면 얼굴 위주로 가려고 작정했고요. 윗분들이나 팬들도 그걸 기대하고 계실 테니 말입니다."

"껄껄! 짜식이 카메라 솜씨만 아니라 눈치도 늘었네. 근데……?"

"막상 큐 사인이 떨어지고 김채나 씨가 연기를 시작하는데 전 정말 당황했습니다. 제가 예상했던 그런 왕초보 연기자가 아니었습니다. 아주 오랫동안 연기를 한 노련한 배우였습니다, 김채나 씨는!"

"켁!"

우 감독이 김채나의 연기를 평하자 탁 국장이 자신도 모르게 헛기침을 뱉었다.

"특히 액션이 시작됐을 때 어떻게 동작을 취하고 어떻게 시선 처리를 해야 카메라에 잘 먹히는지 익히 알고 연기를 했습니다. 카메라의 동선을 아주 자연스럽게 쫓아왔거든요. 무술 솜씨도 솜씨지만 너무 동작들이 숙달돼서 NG 한 번 없이 간단하게 촬영을 끝낼 수 있었습니다."

"호오― 그래?"

"저런 장면! 감독님께서 아시다시피 지금처럼 도끼를 던지면서 사이한 미소를 띤 채 자연스럽게 카메라 앵글을 쳐다보는 저런 컷은 경험 없는 배우들은 절대 할 수 없는 동작 아닙니까?"

"난리 났다, 난리 났어!"

우 감독이 모니터를 가리키며 채나의 연기를 칭찬하자 탁 국장이 특유의 과장된 제스처를 취하며 말을 받았다.

"네 말대로라면 김채나는 가수뿐만 아니라 배우로서도 엄청난 자질이 있다는 얘긴데……."

"제가 가장 놀란 것은 채나 씨의 그 리얼리티였습니다."

"리얼리티? 무슨 말이야?"

감독의 말에 탁 국장은 의아한 표정으로 되물었다.

"하하! 저 장면에서 저격수 역할을 하는 범진국이나 괴한들로 나오는 친구들이 겁나서 상대역을 못하겠대요. 채나 씨 몸과 눈에서 뿜어져 나오는 기가 너무 살벌해서 도끼로 자신들의 머리통을 진짜 찍을 것 같은 느낌이 들었답니다."

"정말입니다. 카메라를 잡고 있던 저조차도 섬뜩했습니다. 채나 씨 도끼가 거의 일이 센티 차이로 목과 가슴들을 스치며 날아다녔으니까요!"

문 차장과 우지환 카메라 감독이 채나의 액션 연기에 대해서 극찬을 쏟아냈다.

"맞아! 이렇게 그림으로 봐도 살벌한데 현장에서 직접 보면 어떻겠냐?"

탁 국장이 충분히 이해가 된다는 듯 고개를 끄덕였다.

"이러다가 우리 〈블랙엔젤〉 19금 판정받는 거 아닙니까, 국장님?"

"껄껄껄, 그럴 수도 있겠다. 근데 바닥 반응은 어때?"

"아주 폭발적입니다! 직접 보시지요."

탁 국장이 〈블랙엔젤〉의 예고편에 관한 시청자들의 반응을 질문하자 문 차장이 엔지니어에게 수신호를 보냈다.

50인치쯤 되는 큼직한 모니터에 누리꾼들이 달아놓은 댓글들이 쫘악 떴다.

"〈블랙엔젤〉의 예고편이 나간 후 시청자들이 우리 홈 페이지에 달아놓은 댓글들입니다."

"그래?"

문 차장이 설명을 하자 탁 국장이 모니터를 주시했다.

─블랙엔젤! 정말 멋있네요. 예고편만 보고 닭살이 돋으니…… 빨랑 본방 때렸으면 좋겠습니다.

─이거 19금 아닌가요? 우리 애기가 김채나 씨가 도끼 휘두르는 것을 보고 무서워서 울었답니다. 저는 소름이 쫙 끼쳤구요.

─누가 검은천사죠? 김채나 씨? 박지은씨?

─김채나 씨 원래 가수 아니었나요? 무슨 가수가 저렇게 연기를 잘해요?

─아후─! 울 교주님의 저 포스! 저 카리스마! 완전 간지야 간지.

이때, 댓글을 읽어가던 탁 국장이 홈페이지에 걸려 있는 링크 하나를 누르곤 흘러나오는 노래에 고개를 갸우뚱했다.

"야, 문 차장! 이게 무슨 노래냐? 우리 〈블랙엔젤〉OST곡
은 아닌 것 같은데?"

"큭큭큭! 어떤 누리꾼이 예고편을 본 후 우리 홈페이지에
〈채나 송〉이란 노래를 작곡 작사해서 깔아놨습니다."

탁 국장이 모니터에서 흘러나오는 노래에 대해서 문자 문
차장 옆에 앉아 있던 김 차장이 엔지니어를 보면서 대답했다.

엔지니어가 볼륨을 최대한 높였다.

곧 어디선가 많이 들어 본 듯한 만화영화 주제가 톤의 노래
가 들렸다.

―도끼를 마음대로 휘두르는 그 여자! 그 이름은 김채나!
성난 김채나! 착하고 아름다운 비너스 아가씨야! 목소리 죽
이는 돼지 아가씨야! 〈우스타〉를 깨부수고 저 하늘의 〈블랙
엔젤〉로 떴네! 정말 고맙다! 〈우스타〉를 깨부수고 저 하늘의
〈블랙엔젤〉로 떴네! 정말 고맙다!

"하여튼 요즘 애들은 재주도 좋아! 어떻게 만화 영화 주제
가까지 패러디해서 홈피에 올리지?"

"분명히 김채나 씨 광팬일 겁니다.

채나송!

만화 영화 주제가를 패러디해 만든 도끼를 마음대로 휘두

르는 그 여자로 시작되는 노래.

이후 이 노래는 채나의 팬들이 아주 오랫동안 아주 다양하게 개사해서 진짜 채나의 주제가(?)로 불렸다.

"푸후—! 머리에 지진 난다. 지진 나! 겨우 예고편이 나갔는데 이처럼 댓글이 폭주하고 〈채나 송〉이란 패러디 음악까지 깔리는 판인데……. 삐끗하면 완전 개박살 나겠어!"

"정말 부담스럽습니다. 본방은 시작도 안 했는데 이렇게 홈피가 마비될 만큼 폭발적인 반응이니 원!"

"전 휴대폰을 아예 꺼놨습니다. 하도 여기저기서 〈블랙엔젤〉에 대해 물어봐서……."

"그건 안 돼! 좀 귀찮아도 휴대폰을 켜놓고 친절하게 대답해 드려, 김 차장!"

탁 국장과 문 차장, 김 차장 등이 〈블랙엔젤〉의 과열된 반응을 걱정할 때 뒤에서 묵직한 음성이 들렸다.

"그게 방송사에서 밥을 먹는 PD로서의 매너야!"

김태형 DBS 회장이 오도균 전무와 홍의천 예능본부장과 함께 편집실로 들어왔다.

"어이구! 회장님 나오셨습니까?"

"안녕하십니까, 회장님!"

탁 국장과 문 차장 등 편집실에 있던 모든 직원이 분분히 일어서며 인사를 했다.

"아아, 됐어 됐어! 앉아서 일들 해!"

김태형 회장이 몹시 기분이 좋은 듯 환하게 미소를 띤 채 손을 흔들었다.

"탁 국장! 오늘 〈블랙엔젤〉 대박을 기원하는 고사를 지낸 다고 했지?"

"예, 회장님! 투자자들 하고 제작진 출연진들의 상견례도 겸해서 김천 야외 촬영장에서 모임을 갖기로 했습니다."

"에잉—! 하필 나 청와대 들어가는 날이야? 내 꼭 참석해서 격려를 해주고 싶었는데. 막걸리도 한잔하고 말이야!"

"껄껄껄! 회장님의 그 말씀만으로도 벌써 힘이 팍팍 솟습 니다."

"그래? 탁 국장이 그렇게 얘기해 주니 마음이 한결 가볍구 만. 이거 받아!"

김태형이 회장이 DBS 로고가 새겨진 봉투 두 개를 탁 국장 에게 내밀었다.

"작은 놈은 돼지 머리에 박고 큰 놈은 채나한테 맛있는 거 좀 사줘!"

"알겠습니다. 고맙습니다, 회장님!"

"좋아! 〈블랙엔젤〉 파이팅이야!"

"〈블랙엔젤〉 파이팅!"

김태형 회장이 주먹을 불끈 쥐며 선창하자 탁 국장과 문 차장 등이 환하게 웃으며 복창을 했다.

"수고들 해. 나 간다!"

"안녕히 가십시오, 회장님!"

"다음에 뵙겠습니다, 회장님!"

김태형 회장이 묵직하게 편집실을 나섰고 다시 직원들이 분분히 인사를 했다.

오도균 전무가 슬쩍 봉투 두 개를 탁 국장 손에 쥐어줬다.

"전무님⋯⋯."

"회장님과 이하 동문일세!"

오도균 전무가 손을 흔들며 저만큼 걸어가는 김태형 회장 뒤를 재빨리 쫓아갔다.

그때, 홍의천 본부장이 특유의 뚱한 표정으로 탁 국장을 쳐다봤다.

"지금 그 눈빛은 뭐유. 형?"

"신기해서 그래! 하도 재주도 많고 복도 많은 인사라서."

홍 본부장과 탁 국장은 대학교 선후배 사이였다.

딱 한 살 차이로 KBC에서 DBS로 같이 옮겨온 동지였으며, 서로 속내를 털어놓고 지내는 사내에서도 몇 안 되는 절친 중의 절친이었다.

"껄껄! 채나는 박 총통 작품이지, 내가 데려온 게 아니우."

"그러니까 더 용해. 가만히 있어도 그냥 복덩어리가 굴러

오잖아?"

"큭! 말이 그렇게 되우?"

"받아! 하나는 고사 상에 놓고 하나는 채나 밥이나 좀 사
줘."

"고맙수, 형!"

"진짜 기가 막힌 녀석이야! 연기까지 되는 놈일 줄은 꿈에
도 몰랐어."

홍 본부장이 김태형 회장과 오도균 전무와 똑같이 봉투 두
개를 탁 국장에게 건네주고 주어 없는 감탄사를 토하며 돌아
섰다.

"들었지?"

탁 국장이 다시 입에 은단을 털어 넣으며 말했다.

"저 양반들 입에서 누구 이름이 나왔는지 잊지 마!"

"……!"

"문 차장! 네 친구 백치호, 누가 부장 달아줬는지 잘 알지?"

"그, 그건……."

"백치호, 걔 〈우스타〉 하면서 직원들한테 채나 아빠라고
씹히기까지 했어. 그 결과 천하의 곽구현이까지 밟아버리고
스타 됐고! 엊그제 투자자들 모임에서 백치호가 술안주로 올
라왔는데 완전 떴더라, 떴어. 지금 당장 프리 선언하면 수십
억은 기냥 땡기겠더만!"

"……!"

"김채나 박지은이……. 똘똘한 놈들 붙여서 관리 잘해! 이번 작품의 승패는 이 녀석들 손에 달려 있어. 나를 본부장이나 너희를 부장으로 승진시키는 것도 이놈들이 결정할 거고. 내 말 알아듣겠지?"

"예! 국장님."

드라마계의 왕 PD라는 탁 국장이 뼈다귀가 콱 박힌 말을 뱉으면서 김채나 박지은의 관리를 신신당부했고 문 차장과 김 차장이 씩씩하게 대답했다.

"국장님! 준비 다 됐습니다. 출발하시죠!"

머리에 무스를 발라 한껏 멋을 낸 이십대 후반의 청년, 천 원정 PD가 잰걸음으로 다가오며 소리쳤다.

"그래, 가자! 근데 오늘 김천에 몇 명이나 모이냐, 천 PD?"

탁 국장이 은단을 씹으며 물었다.

"며, 몇 명이요?! 그건 잘……. 윽!"

"이런 딸빵한 천 원짜리 PD 놈은 절대 김채나나 박지은에게 붙여주지 마!"

탁 국장이 천 PD를 쥐어박았다.

"걱정 된다, 걱정돼! 모임을 주최하는 놈이 참석할 인원조차 파악 못하고 있으니 참!"

탁 국장이 짜증스러운 표정으로 손을 휘휘 저으며 복도를 걸어갔다.

칭찬왕 탁 국장.

이 노회한 감독도 스태프들이나 배우들이 기본적인 것을 등한시했을 때는 매정하다 싶을 만큼 야단을 쳤다.

*   *   *

운칠기삼(運七技三).

주로 도박판에서 사용하는 말로 도박에서는 운이 70% 실력이 30%쯤 작용한다는 얘기다.

그만큼 도박판에서는 운이 중요하다는 뜻이기도 했다.

물론 운칠기삼이라는 말이 꼭 도박판에서만 통용되는 말은 아니다.

연예계에서도 자연스럽게 통했다. 특히 이 사람.

대형 캠핑카를 개조해서 만든 버스에 33인치 TV 두 대를 앞에 놓고 삐딱하게 앉아 열심히 모니터를 하는 너무 잘생겨서 조금은 느끼하게까지 보이는 삼십대 중반의 남자!

준사마 정희준.

일본과 동남아시아에서 그야말로 폭풍 같은 인기를 누리는 한류스타인 정희준에게는 운칠기삼이 아니라 운팔기이, 아니, 운구기일이 딱 맞는 말이었다.

밤에는 예술전문대학을 다니고 낮에는 방송사에서 잡일을 하는 FD로 알바를 하던 정희준은 어느 날 탁병무 감독의 눈에 들어 조연급 역할을 땜빵하면서 연기자로 데뷔를 했다.

그 후, 느끼하리만치 잘생긴 얼굴 덕분에 영화 몇 편을 찍었고 마침내 박지은과 함께 출연했던 〈그해 겨울의 이야기〉, 〈여름 동화〉 등 두 편의 드라마가 빅 히트를 치면서 바야흐로 대한민국에 정희준 신드롬을 불러 일으켰다.

급기야 일본과 동남아시아까지 정희준 태풍이 상륙하면서 최고의 한류스타로 자리매김했고 준사마라는 별칭까지 얻었다.

얼굴만큼이나 잘생긴 아주 센 운(運)이란 놈이 밀어준 결과였다.

신기하게도 지금은 한국보다 일본과 동남아시아에서 그 인기가 훨씬 높았고!

—외계인이 다시 지구로 돌아왔습니다.
매 주말 KBC 1TV 오후 7시 〈월드 KK팝 오디션〉에서 만나 보십시오.
살아 있는 가요계의 전설 최영필! 국민배우 박지은!
남자의 자존심 김상도! 빌보드의 여왕 김채나!
월드컵이 끝나서 아쉬운가요?
그렇다면 서울 잠실 종합운동장으로 오십시오.

우리 〈KK팝〉 멘토들이 당신의 아쉬움을 달래 드리겠습니다.

—〈KK팝 멘토들의 레전드 공연〉

그들이 온다!

살아 있는 가요계의 전설 최영필, 국민배우 박지은,

남자의 자존심 김상도, 빌보드의 여왕 김채나……!

파주 사계절 슈퍼 뒷동산에서 채나가 이영래 KBC사장 등
과 기획했던 〈KK팝 오디션〉프로와 〈KK팝 멘토들의 레전드
공연〉을 광고하는 장면이 두 개의 모니터에서 지겨우리만치
계속됐다.

"이거 KBC에서 때린 지 며칠 됐어?"

한순간, 정희준이 알 없는 붉은 안경테 너머로 모니터를 주
시한 채 입을 열었다.

"꼭 오 일째입니다. 대표님!"

정희준의 매니저인 사공훈 팀장이 뭔가 감을 잡은 듯 아주
조심스럽게 대답했다.

정희준은 준사마로 불릴 만큼 뛰어난 배우였지만 이재에
도 아주 능해서 사 년 전에 아예 연예기획사인 ㈜JJ엔터테인
먼트를 차렸다.

㈜JJ는 주식회사 형태였지만 정희준이 백 프로 지분을 갖고

있는 유한회사였다.

그래서 연예계 사람들은 대부분 정희준을 정 사장 혹은 정 대표라고 불렀다.

일본에서는 준사마, 동남아시아에서는 주니(JOONY)라 불렸지만!

"모니터링 해봤어? 얼마나 때려?"

"얼마 정도가 아닙니다. KBC1, 2 TV를 비롯해 KBC라디오 AM FM 심지어 교육 방송 위성방송까지 몽땅 동원해 때리고 있습니다. 월드컵 중계 사이사이에도 나오구요. 거의 미친 듯……. 큭!"

퍽—!

사공훈의 말이 채 끝나기도 전에 정희준이 사공훈의 가슴을 냅다 걸어찼다.

"근데, 왜 내 이름은 없어 새꺄?"

"대, 대표님! 저 〈KK팝〉은 가요 오디션 프롭니다. 주로 가수들이……."

퍼퍽!

다시 정희준의 주먹이 사공훈의 머리통을 내질렀다.

"멍청한 새끼—! 박지은이나 김상도가 가수냐? 가수야, 임마?"

"그, 그게?!"

"좋다! 박지은이는 뭐 계집애니까 양념으로 넣었다 치자 김상도는 뭐야? 왜 긴 거야? 척 보면 모르겠냐? 모르겠냐구, 쪼다야! 딱 〈KK팝〉이 뜰 거 같으니까 밀고 들어간 거 아냐! 지가 대한민국에서 가장 잘나가는 남자 배우라고 똥 폼도 잡을 겸 말이야. 박지은이한테 살짝 얹혀서, 병신아!"

"……!"

"난 대학가요제 출신이야. 동상까지 먹었어! 김상도 저 뺀질이 새끼는 악보 하나 제대로 못 보는 놈이구! 근데 왜 내 이름이 없고 김상도가 들어가 있냐구? 새끼가 도대체 일을 어떻게 하는 거야? 어후! 동생만 아니라면 진짜—!"

정희준이 열이 뻗치는지 와락 모니터를 움켜쥐었다.

"죄, 죄송합니다. 사표 쓰겠습니다!"

"그래, 새꺄! 대신 나 저기 〈KK팝〉에 집어넣고 그만둬! 알았어?"

"예옛, 대표님!"

정희준은 또 이런 사람이었다.

운칠기삼으로 대스타가 됐지만 절대 그 운을 놓치는 사람이 아니었다.

일단 자신 앞에 기회 비슷한 것이라도 왔다 싶으면 어떤 수단과 방법을 동원해서라도 잡는 그런 사람이었다.

지금도 DBS 김천 야외 촬영장으로 가는 도중에 며칠 전 부터 KBC방송에서 죽자 사자 때리는 〈KK팝〉 광고를 모니터 하면서 김상도가 심사위원으로 나오는 것을 보고 아차 싶었던 것이다.

그 화풀이를 자신의 매니저이자 외사촌 동생인 사공훈에게 했고.

현재 대한민국에서 인지도가 가장 높은 배우는 단연 빅마마 박지은이었지만, 남자 배우는 김상도, 정희준, 황해성, 지상욱 등이 정상을 놓고 치열하게 경쟁을 했다.

굳이 서열을 매기자면 김상도가 톱이었고 간발의 차이로 정희준이 그 뒤를 따르고 있었다.

정희준이 예민해 질 수밖에 없는 상황이었다.

"푸하하―! 열 받네. 야, 이 과장! 차 문 좀 열어!"

"예옛! 대표님."

정희준이 얼굴이 벌겋게 변한 채 손바닥으로 부채질하며 소리를 지르자 운전기사가 잔뜩 겁먹은 목소리로 대답했다.

"후― 우!"

정희준이 차창 밖으로 머리를 내밀며 길게 한숨을 쉬었다.

"야! 사 팀장!"

"옛! 대표님."

"최영필 김채나 박지은이가 나오는 예능프로야. 더욱이 김채나가 〈우스타〉에서 하차하자마자 기다렸다는 듯 KBC에서 모셔가 만든 프로다. 이런 프로라면…….”

“출연료를 반납하는 한이 있어도 나가셔야죠!”

사공훈이 이제야 이해가 되는 듯 눈을 빛냈다.

“좋아! 빡이 이제 터졌구나. 무슨 수를 쓰던 나를 〈KK팝〉 심사위원에 집어넣어. 나도 잠실 종합운동장에 가서 노래 함 불러보자! 할 수 있지?”

“옙! KBC 직원을 몽땅 구워삶아서라도 꼭 성사시키겠습니다.”

사공훈이 자신 있게 대답했다.

“개쪽 팔려서 정말! 김상도 같은 어린 새끼도 끼는 판에 이준사마가 빠져?”

정희준이 좀처럼 열이 식지 않는지 계속해서 툴툴댔다.

온갖 산전수전을 다 겪으며 한류 스타가 되기까지 열심히 갈아놓은 날카로운 촉이 〈KK팝〉이란 프로는 절대 놓치면 안 된다는 것을 가르쳐 줬다.

“……?”

둥둥둥!

이 순간, 덤프트럭만 한 오토바이 한 대가 정희준이 탄 버스 옆에 멈췄다.

정희준이 창문을 연채 한쪽 팔을 내놓고 있는 그 타이밍 그 옆이었다.

헬멧을 쓴 채 오토바이 뒷좌석에 타고 있던 사람이 정희준을 향해 가볍게 손을 흔들었다.

"누구지?"

정희준이 고개를 갸우뚱했다.

어디선가 많이 본 듯한 느낌이 들었지만 헬멧을 써서 그런지 도통 기억이 나지 않았다.

콰아아아앙―!

다시 오토바이가 폭탄처럼 뛰쳐나갔다.

"호오! 제법 각이 잡히는데?"

정희준이 폭탄처럼 쏘아가는 오토바이 뒷모습을 보다가 어 생각난 듯 야구공만 한 눈이 배구공만큼 커졌다.

"…이, 이런 따! 빅마마였잖아? 박지은이야!"

정희준이 울상을 지었다.

"야야야, 남 과장! 저 오토바이 따라갈 수 없냐? 금방 지나간 트럭만 한 놈 말이야?"

"사고 납니다, 대표님! 저거 이 버스보다 훨씬 비싼 놈이에요. 지지는 폼이 벌써 대전쯤 날아가고 있을 겁니다!"

정희준이 다급하게 소리치자 운전기사가 애원하듯 대답했다.

"그래?"

박지은이가 원래 저런 여자였나?

가죽 재킷을 걸친 채 폭주족 오토바이 꽁무니에 매달려 가?

그렇다고 손까지 흔드는 박지은이를 몰라보는 난 또 뭐야?

정희준은 〈KK팝〉 건에 이어 점점 더 불쾌해졌다.

사실, 정희준은 오래전부터 박지은 빠돌이였다.

박지은과 〈여름 동화〉를 같이 찍을 때 그 감정이 시작됐다.

매니저인 사공훈만이 어렴풋이 눈치를 채고 있었다.

그래서 기를 쓰고 〈블랙엔젤〉과 〈KK팝〉에 출연하려 했던 것이고!

누굴까?

이 버스보다 비싼 오토바이에 빅마마 박지은이를 달고 튀는 놈!

정희준의 가슴 깊은 곳에서 정체불명의 불꽃이 치솟았다.

질투였다.

덤프트럭만큼이나 거대한 오토바이 꽁무니에 천하의 박지은을 달고 로켓처럼 쏘아가는 폭주족 라이더!

그놈은 바로 외계인 가수 김채나였다.

지금 채나는 박지은에게 외박에 이어서 오토바이 꽁무니에 매달리는 두 번째 일탈을 경험하게 했다.

준사마 정희준에게는 질투라는 감정을 경험하게 해줬고!

4장

블랙엔젤 스타트!

끼익!

덤프트럭만 한 오토바이가 고급 승용차들이 빽빽이 서 있는 주차장에서 멈췄다.

톡!

눈처럼 하얀 고양이 스노우가 먼저 뛰어내렸다.

"내려! 마마 언니."

채나가 헬멧을 벗으며 말했다.

"아후후후— 버, 벌써 다 온 거야??"

박지은이 오토바이 뒷좌석에 앉은 채 반쯤 풀린 눈을 억지로 치켜떴다.

"후우우! 사람들이 오토바이에 미치는 이유를 이제야 알겠어. 스치는 바람이 세포 하나하나까지 자극해. 완전 쩔었어, 쩔었어!"

박지은이 오토바이에서 내리며 연신 탄성을 터뜨렸다.

"헤헤헤! 오토바이라고 다 그런 거 아냐. 이 녀석이 워낙 잘 나가!"

채나가 예뻐 죽겠다는 듯 채나2호로 불리는 오토바이를 쓰다듬었다.

"글구… 우리 앤 가슴이 너무 뜨거워서… 심장이 튀어나오는 줄 알았어."

"됐거든! 언니―"

박지은이 채나의 허리를 꼭 안은 채 코믹한 어투로 코맹맹이 소리를 내자 채나가 펄쩍 뛰었다.

"후우! 정말이야. 넘 넘 행복했어. 우리 앤!"

"아후, 짱나! 그 잘난 앤은 나중에 찾고 지금 어디로 가야 돼?"

박지은이 계속 자신을 남자 취급하자 채나가 빽 소리쳤다.

"그, 글쎄? 민지야!"

박지은이 눈을 껌벅거리며 노민지를 찾았다.

"쳇! 민지 언니 도착하려면 한 시간은 있어야 돼."

"아, 애들은 내 차 타고 오지, 참."

박지은이 당황했다.

＊　　　＊　　　＊

DBS 김천 야외 촬영장.

대한방송사에서 경상북도 김천시 근교 삼십만 평이나 되는 대지 위에 백억 이상을 투자해 지은 시대극과 현대극 드라마를 동시에 촬영할 수 있는 세트장이었다.

전국에서 관광객들이 몰려오는 명소로 DBS 직원들이 상주하며 직접 관리하는 DBS의 큰 자산 중 하나였다.

〈블랙엔젤〉 책임 PD인 탁 국장은 〈블랙엔젤〉의 꽤 많은 부분을 이 김천 야외 촬영장에서 찍게 되자, 아예 이곳으로 〈블랙엔젤〉 투자자들과 출연진, 관계자들을 초대해 상견례 및 대박을 기원하는 고사를 지내기로 결정했다.

채나와 박지은은 채나 2호를 타고 출발했고, 연필신과 한미래는 박지은의 퍼스트 카인 벤츠S 600에 노민지와 동승한 채 서울을 떠났다.

채나가 채나 2호를 로켓과 맞먹는 스피드로 서울에서 이곳 김천까지 꼭 두 시간 만에 주파해 냈다.

그 결과 지시형 인간과 명령형 인간은 DBS 김천 야외 촬영장 주차장에서 미아가 됐다, 졸지에!

물론, 박지은은 이 촬영장이 개장될 때부터 지금까지 자기 집처럼 들락거렸지만 늘 몸종과 시녀를 열 명 이상 대동하고 행차했으니 지리에 어두울 수밖에 없었고 채나는 미국에서 살다 온 길치였다.

"허이구! 빨리 도착하셨네요. 선배님! 채나 씨!"

주차장 저편에서 탁 국장에게 딸빵하다고 쥐어 박힌 천원정 PD가 동기인 오동광 PD와 함께 부리나케 뛰어왔다.

"헤에! 몸값이 딱 천 원밖에 안 되는 천원정 PD가 여기 있었네?"

"후우……. 천 PD 알아, 채나야?"

"채나교의 광신도 중 하나야. 나 〈우스타〉 출연할 때 우리 대기실에 몇 번 놀러 왔었어. 〈우스타〉 소 PD하고 친구래!"

박지은이 미소를 띠며 딸빵한 천 원짜리 PD와의 관계를 물어보자 채나가 간단히 사연을 밝혔다.

올해 DBS에 입사한 신입 PD인 천원정은 서울대 경영학과 출신으로 박지은의 대학 직계 후배였는데 〈태황비〉 때도 같이 일을 해서 박지은과는 무척 가까운 사이였다.

덕분에 문 차장이 어쩔 수 없이 딸빵한 천 PD를 박지은 관리책으로 임명했다.

"기다리게 해서 죄송합니다. 선배님! 채나 씨! 노부장님께

전화 받자마자 튀어왔는데 늦었습니다. 헉헉!"

"괜찮아, 천 PD! 우리도 지금 막 도착했는데 뭐."

천 PD가 거친 숨을 몰아쉬며 사과하자 박지은이 미소를 지으며 손을 흔들었다.

"이거… 귀찮으시더라도 가슴에 좀 달아주세요."

"뭐야 이게?"

청와대 경호실 소속 경호원
대통령 영부인 전담 경호원
암호명 S1
이름 김채나

이렇게 인쇄된 신분증을 들고 채나가 얼굴을 찌푸렸다.

"후후! 〈블랙엔젤〉 신분증이야. 상견례 때 많은 분이 오시니까 알아보기 쉽게 착용하는 일종의 이름표야."

박지은이 천 PD에게 받은 명찰을 채나에게 달아주며 설명했다.

청와대 제2부속실장
대통령 영부인 비서관
암호명 X1

이름 박지은

채나가 이렇게 인쇄된 신분증을 박지은의 가슴에 달아줬다.

"어후— 지겨워! 이 개 목걸이를 또 달아야 하는 거야?"

"후후후! 나도 그래, 채나야. 이런 이름표를 달고 인사를 한 게 벌써 몇 번짼지 몰라. 어느 땐 내 이름조차 헷갈려! 〈여름 동화〉에서 나온 상안지 〈첫사랑〉에서 나온 연희인지 박지은인지……."

채나가 가슴에 달린 〈블랙엔젤〉 신분증을 쳐다보며 투덜대자 박지은이 수십 년 동안 비슷한 이름표를 달고 상견례를 해왔던 자신의 처지를 토로했다.

서로 경우는 달랐지만, 정말 채나나 박지은은 채나의 표현대로 개목걸이 홍수 속에서 살아왔다.

채나는 중학교 때부터 사격 선수로 활동하면서 각종 대회에 참가할 때마다 선수 등록증이니 숙소 출입증이니 총기 허가증이니 하는 것을 목에 걸고 다녔다.

세계대회나 올림픽 같은 메이저 대회에 출전하면 아예 주렁주렁 매달았고!

박지은은 아역배우로 시작해 지금까지 다양한 배역을 맡았고 그때마다 이름이 다른 명찰을 달고 상견례를 했고 인사했다.

지겹고 헛갈릴 만했다.

"후우! 그래도 오늘은 〈블랙엔젤〉 스태프들이나 출연진 등과 처음 인사하는 날이니까 명찰을 달아두는 게 좋아, 채나야."

박지은이 툴툴대는 채나를 달랬다.

바, 박지은 선배가 원래 이런 사람이었나?!

몸값이 딱 천 원밖에 안 되는 천원정 PD는 이름이 아니라 사람이 헛갈렸다.

채나는 〈우스타〉에서 봤던 툴툴거리기 잘하는 그 채나가 맞았다.

하지만 박지은은 〈태황비〉에서 만났던 그 빅마마가 아니었다.

천 PD가 본 박지은 그저 말하는 기계인형 같았다.

감정 없이 조용히 웃으며 단답형으로 말하는.

한데, 오늘은 완전히 바뀌어 있었다.

채나에게 명찰을 달아주고 혹시라도 채나가 기분이 상할까 봐 여러 말을 하면서 살살 비위까지 맞췄다.

마치 초등학교 입학식장에서 귀찮다고 이름표를 달지 않으려는 딸을 달래는 엄마 같았다.

소문처럼 굉장히 가까운 사이였구나.

뉴욕행 비행기 티켓까지 예매한 채나 씨를 박지은 선배가 주저 앉혔다고 하더니…….

〈블랙엔젤〉, 〈KK팝〉, 〈비행기 티켓〉!

지금 이 시각 인터넷 포털 사이트 검색어 순위 1, 2, 3위였다.

셋 중에 어느 단어든 하나를 검색을 해보면 채나가 〈블랙엔젤〉에 출연하게 된 동기부터 〈KK팝〉이 기획된 과정과 채나가 며칠 날 어느 항공사 비행기 티켓을 예매했는지까지 줄줄이 떴다.

마치 그 시간 그 장소에서 채나와 박지은의 옆에 있었던 것처럼!

DBS와 KBC에서 소위 언론 플레이를 했기 때문이었다.

아이큐가 세퍼트와 비슷한 강 관장도 오랜만에 한수 질렀고!

"어이구— 띨빵스!"

천 PD가 호기심이 잔뜩 어린 눈으로 박지은과 채나를 쳐다보다가 뭔가 생각난 듯 자신의 머리를 쥐어박았다.

"야, 오 PD! 빨랑 인사드려. 그 유명한 박지은 선배님과 김채나 씨야!"

천 PD가 뻘쭘하게 서 있는 땅딸한 이십대 남자에게 급히 손짓을 했다.

주차장에 도착한지 무려 십 분이 지나서였다.

그만큼 천 PD가 딸빵했고, 오 PD의 존재감이 없었다.

"오동광 PD입니다. 선배님! 채나 씨!"

"푸훗!"

오 PD가 야구 모자를 벗으며 수줍게 인사를 하자 박지은이 입을 가리며 웃음을 터뜨렸다.

"히히히!"

"쩝쩝."

천 PD가 박지은이 웃는 이유를 잘 알고 있다는 듯 실소를 흘렸고 오 PD가 겸연쩍은 듯 입맛을 다셨다.

좀처럼 타인에게 관심이 없는 박지은이 오 PD를 보고 웃었다.

박지은이 아니라 그 누구라도 오 PD를 보면 웃음이 나올 수밖에 없었다.

나이에 걸맞지 않게 홀딱 벗겨진 대머리에 축 처진 팔자 눈썹, 그 눈썹만큼이나 가느다란 눈, 한곳에 모이다시피한 이목구비와 짧고 통통한 팔과 다리, 거기에 톡 튀어나온 배까지……

딱 인간이 되기 바로 전 단계.

코미디언이나 개그맨 같은 전형적인 희극배우 모습이었다.

그런데?

"감시하러 온 거야? 나 사고 칠까 봐!"

채나는 오 PD의 모습을 보고도 아무렇지 않은 듯 스노우를 안으며 특유의 무뚝뚝한 표정으로 말을 뱉었다.

"가, 감시하러 온 건 아닙니다. 채나 씨가 〈블랙엔젤〉을 촬영하시면서 뭔가 불편한 점이 있으시면 도와드리려고……."

"고마워, 똥광 오빠!"

"저어… 오동광인데요. 채나 씨!"

"오동광이나 똥광이나 그게 그거지, 바보야!"

"그거야 그렇지만……."

채나가 오동광 PD를 아주 오래전부터 사귄 사람처럼 스스럼없이 대했다.

채나는 정말 오동광 PD의 용모에 익숙했다.

바로 돌아가신 짱 할아버지, 장룡의 모습이었기 때문이다.

오동광 PD는 마치 짱 할아버지 주니어, 젊은 시절을 보는 듯했다.

'울 할아버지 진짜 만만찮아! 내가 또 사고를 칠까 봐 감시원을 보냈어. 당신 모습 그대로.'

채나는 오 PD를 이렇게 생각했다.

그래서 짱 할아버지 주니어인 오 PD에게 서슴없이 반말을 했고!

"배고파! 똥광 오빠!"

"아, 예예! 저쪽으로 가시죠. 채나 씨!"

오동광 PD가 싹싹하게 대답했다.

오동광 PD는 지금 기분이 이상했다.

대한민국 건국 이래 최고의 스타라는 김채나가 자신의 희극배우 같은 모습을 보고도 전혀 웃지 않았기 때문이다.

아니, 웃기는커녕 자신을 똥광 오빠라고 부르며 나름 살갑게 대했다.

서울대학교 외교학과를 졸업한 오 PD는 어릴 때 병을 앓고 난 후 머리가 더 이상 자라지 않았다.

그때부터 오뚝이, 똥광, 둘리, ET, 오금보, 쌀벌레, 눈사람 등등 수많은 별명이 경쟁적으로 붙으면서 놀림을 받아와 외모에 대해서는 일찌감치 포기를 했다.

오로지 공부에만 매달렸다.

공부를 잘하면 선생님들이나 친구들도 놀리지 않았기 때문이다.

덕분에 초등학교 때부터 고등학교 때까지 모조리 전교 일등을 했다.

오백 대 일이라는 살인적인 경쟁을 뚫고 DBS PD로 입사할 수 있었고!

하지만 방송사에 들어와 드라마 본부에 발령받았을 때 그동안 까맣게 잊고 있었던 외모에 대한 트라우마가 다시 살아났다.

어떤 일인가를 시작하려면 상대방이 웃기만 했고 PD로서의 말이 먹히지 않았다.

당연히 PD로서의 자질을 의심받으면서 구박을 당했고 심각하게 이직을 고려하는 와중에 채나를 만났던 것이다.

"에휴! 클 났네. 채나 씨가 오 PD가 마음에 안 드나 보네. 말투가 영⋯⋯."

천 PD가 박지은과 같이 주차장을 걸어 나오며 오 PD와 채나를 걱정스러운 표정으로 쳐다보며 말했다.

"후후! 마음에 들었어. 채나가 먹보지만 아무에게나 배고프다는 말은 하지 않거든!"

박지은이 엄마답게 딸 채나의 습성을 꿰찼다.

"그, 그럼 다행이구요! 문 차장님이 채나 씨나 선배님한테 까이면 오 PD하고 저를 〈블랙엔젤〉 스태프에서 자른다고 하시더라구요."

"안심해. 내가 나중에 문 차장님께 잘 말씀드릴게."

부익부 빈인빈.

이 자본주의 논리는 어김없이 자본주의의 최전방이라는 드라마계에도 적용이 됐다.

어떤 드라마를 제작하게 되면 채나나 박지은 같은 거물 출연자에게는 한두 사람의 전담 스태프가 붙는다.

제작진과 출연자와의 민활한 커뮤니케이션 때문이기도 했지만, 대스타를 대접하는 일종의 예우기도 했다.

물론 단역 배우들은 이름조차 기억하지 못했고.

"그저 선배님만 믿을게요. 아직도 왕초보 티를 벗지 못해서 일이 영 서툴거든요. 죄송합니다!"

"후! 알았어."

천 PD가 또다시 박지은을 살펴봤다.

'확실히 박지은 선배는 〈태황비〉 찍을 때의 그 빅 마마가 아니야. 그때는 이렇게 다정다감한 누나가 아니었어!'

정말 박지은은 많이 달라져 있었다.

마구 외박을 시키고 어느 때는 오토바이 꽁무니에 매달고 뛰는 아주 질 나쁜 연하의 남자 친구를 사귀고 있을 만큼!

               *   *   *

웅성웅성.

막 저녁 일곱 시가 지났을 때 한 여름의 푸르른 잔디밭에서 가든파티가 시작되고 있었다.

〈靑瓦臺〉라고 음각된 머릿돌과 깨끗한 콘크리트 건물에 새파란 기와들이 올라간 청와대 본관이 보였다.

대한민국 대통령의 집무실과 관저가 있는 청와대였다.

짝짝짝! 아하하하!

박수 소리와 함께 웃음소리가 들리는 분수대 앞의 잔디밭에는 음식이 가득 차려진 수십 개의 테이블이 놓여 있었고 그 주위로 가슴에 명찰을 착용하고 각양각색의 복장을 한 이백여 명의 남녀가 환한 미소를 띤 채 앉아 있었다.

단지, 마이크를 든 채 테이블 앞에 나와 연설을 하는 사람이 박두성 대통령이 아니라 〈블랙엔젤〉의 스태프들 중 넘버 쓰리인 김 차장이라는 점이 청와대와 달랐다.

바로 DBS 김천 야외 촬영장의 현대극 세트장이었다.

짝짝짝!

김 차장이 〈블랙엔젤〉의 스태프들을 한 명 한 명 소개하자 테이블에서 연신 박수가 터졌다.

〈블랙엔젤〉의 스태프 투자자 출연진 관계자들의 상견례!

어느 드라마든 슛을 들어가기 전에 스태프진들과 출연진들이 모여 인사를 나눈다.

대부분 방송사의 출연진 대기실이나 스튜디오에서 대본 리딩을 겸해서 한다.

하지만 〈블랙엔젤〉의 CP, 책임 PD인 탁 국장은 이런 상견례나 단합대회 경조사 등 드라마 촬영의 외적인 행사를 아주 중요시했다.

그래서 번거로웠지만 투자자들과 매니저들까지 모조리 이곳으로 초대했던 것이고!

'출연진과 스태프들의 화합이 드라마의 성패를 좌우한다.'

드라마 감독으로 평생을 보낸 탁 국장의 첫 번째 좌우명이었다.

'한 국가의 흥망성쇠 뒤에는 늘 여성이 있었다.'

두 번째 좌우명이었다.

젊은 여성 출연자!

그중에서도 스타라고 불리는 채나나 박지은 같은 여배우들을 아무 잡음이 없이 철저하게 관리하는 것이 탁 국장만의 독특한 노하우였다.

'껄껄! 간만에 우리 똥 PD가 밥값을 하네.'

탁 국장이 김 차장의 소개를 받고 정중하게 인사를 한 뒤 자리에 앉으며 흐뭇한 표정으로 저편을 바라보았다.

똥 PD!

DBS 드라마 본부의 고참 PD들이 오동광 PD를 부르는 별명이었다.

오 PD는 지금 연필신, 한미래에 이어 제3기 김채나 노예가 돼 있었다.

아예 잔디밭 한쪽 구석에 쪼그리고 앉아 휴대용 가스버너로 열심히 고기를 구워 채나의 입으로 실어 날랐다.

늘 그렇듯 채나는 제비새끼처럼 입만 딱딱 벌리고 있었고!

"이상 우리 〈블랙엔젤〉 스태프들의 소개를 모두 마치고 탁 국장님께서 나오셔서 〈블랙엔젤〉의 출연진들을 소개해 주시겠습니다."

삑삑삑! 짝짝짝!

휘파람 소리와 함께 우레와 같은 박수 소리가 청와대 녹지원과 똑같은 잔디밭을 울렸다.

"출연진을 소개하기 전에 몇 가지 안내 말씀을 좀 드리겠습니다."

탁 국장이 개구쟁이 같은 미소를 지으며 자리에서 일어났다.

"제가 오랫동안 드라마 감독을 하면서 그때마다 거르지 않고 대박을 기원하는 고사를 지내왔는데, 이상하게 많은 분들이 돼지머리에 꽂힌 봉투에 대해서 관심을 가지시더라구요. 그것도 아주 많이요!"

"아하하하하!"

탁 국장이 특유의 느물거리는 유머를 날리자 테이블에 앉아 있던 모든 사람이 폭소를 터뜨렸다.

"꼭 절도 안 하고 봉투도 내놓지 않는 분들이 말입니다."

"와하하하하!"

다시 잔디밭이 웃음으로 뒤 덮였다.

마이크를 든 탁 국장의 옆에는 큼직한 돼지머리와 떡과 케이크, 과일 등이 홍동백서 동두서미의 예법에 따라 차려진 고사상이 놓여 있었다.

여기서 잠깐!

왜 우리는 대박을 기원하는 고사나 개업식, 산신제 등에서 하필 돼지 머리를 쓸까?

소나 말이 아닌!

뭐, 옥황상제 밑의 복(福) 장군이 돼지로 환생하여 어쩌고⋯⋯.

돼지를 한문으로 쓸 때 돈(豚)이라는 어휘가 우리 말 인 돈이랑 비슷해서.

도야지가 잘 되어야지라는 말과 어감이 비슷해서 등등 여러 가지 설이 있다.

결정적인 이유는 딱 하나다.

돼지는 말이나 소보다 싸기 때문이다.

우리나라 중국의 옛날이야기 책을 읽다 보면 황제께서는 황소 한 마리를 잡아서, 백마를 잡아서와 같은 문구들이 많이 나온다.

즉, 왕 같은 부유한 고관대작들은 소나 말을 잡아서 고사를 지냈고 가난한 백성들은 돼지나 염소, 닭 등을 잡아서 지냈던 것이다.

〈블랙엔젤〉의 제작진들은 역시 가난한 백성들답게 돼지 머리를 상에 올려놓았다.

돼지 머리 백 두쯤 살 수 있는 봉투들이 주렁주렁 걸려 있었지만!

"그 궁금해하시는 분들을 위해서 말씀드리겠습니다. 돼지 머리에 꽂힌 모든 봉투는 우리 〈블랙엔젤〉 출연진들과 제작진들의 회식비로 사용하겠습니다. 이 탁병무가 담배 한 개비, 막걸리 한 통 사먹지 않을 것을 약속드립니다."

"화하하하하!"

웃음소리와 함께 박수 소리가 김천 야외 촬영장을 메아리 쳤다.

역시 노회한 왕 PD였다.

자칫 지루해 지기 쉬운 상견례 장에서 살짝 유머라는 양념을 쳐 분위기를 띄웠다.

"에, 또… 다음 주 토요일 코리아 호텔에서 열리는 〈블랙엔젤〉 제작발표회 문젠데……. 많은 분이 저희 스태프에게 전화를 주셨습니다. 이 자리에서 분명히 밝혀 드리죠. 제작발표회는 우리 〈블랙엔젤〉 제작진에서 주관을 하지만 주최는 ㈜P&P에서 합니다."

탁 국장이 헤드테이블에 앉아 있는 세련된 중년 신사.

대한민국 연예계의 총통이라는 ㈜P&P의 박영찬 회장을 바라보며 말을 이어갔다.

"간단히 말해, 그날 돈 들어가는 것은 모두 P&P에서 하고 돈 안 들어가는 허드렛일들은 우리 제작진에서 합니다."

"아하하하하!"

헤드테이블에 앉아 있는 박영찬 회장과 한울타리 아트의 경정수 사장 등이 대소를 터뜨렸다.

"당연히 돈이 들어가는 초대 손님들 명단도 P&P에서 작성하죠. 지금 저희가 이 장소에 초대한 출연진들이 약 오십 분쯤 되는데, 그분들이 몽땅 그날 초대받으셨는지 아니면 모조리 집에 계신지 저조차 알지 못합니다."

"까르르르르!"

탁 국장과 십여 미터 정도 떨어진 테이블에 앉아 있던 〈탁병무 사단〉의 여배우들인 최정화와 오신혜가 배꼽을 쥐었다.

"아니, 두당 오만 원짜리 뷔페를 때린다는데 우리 제작진이 무슨 돈이 있어서 초대를 하겠습니까? 결론은 〈블랙엔젤〉 제작발표회에 초대받지 못하셨고 저희 제작진에게 항의하지 마시고 여기 계신 박 회장님이나 이 상무님 등 P&P 관계자들께 전화하시라는 말씀!"

"와하하하핫!"

다시 푸르른 잔디밭이 웃음바다로 일렁였다.

탁 국장은 이미 잘 알고 있었다.

이곳에 모인 모든 사람은 한 사람도 빠짐없이 〈블랙엔젤〉 제작 발표회에 초대받았다는 사실을!

"자아ㅡ! 그럼 우리 〈블랙엔젤〉의 황금 라인업을 소개하겠습니다. 먼저 주인공인 X1에 빅마마 박지은 양입니다."

탁 국장이 특유의 커다란 제스처를 취하며 우렁차게 박지은을 소개했다.

"반갑습니다. 박지은입니다. 〈블랙엔젤〉의 쫑파티가 있는 날 여기 계신 모든 분을 건강한 모습으로 다시 뵙고 싶습니다. 열심히 하겠습니다."

박지은이 저편 테이블에서 일어나 마이크를 든 채 인사를 했다.

"부디 잘 부탁합니다. 박지은 양! 몸이 좀 이상하면 지체없이 말씀하세요. 우리 유능한 스태프들이 대신 아파드릴 테니까!"

"와하하하하!"

계속되는 탁 국장의 너스레에 잠깐 주춤했던 분위기가 활짝 피었다.

"다음 분은 남자 주인공 A1입니다. 아시아 최고의 스타죠. 준사마 정희준 씨!"

타타탁!

정희준이 테이블에서 일어나 잰걸음으로 탁 국장 옆으로 나왔다.

"영광입니다. 저를 〈블랙엔젤〉의 남자 주인공으로 캐스팅해 주신 탁 국장님, 박 회장님께 다시 한 번 진심으로 감사를 드리겠습니다. 〈블랙엔젤〉이 하늘나라에서 내려오는 그날까지 최선을 다하겠습니다. 고맙습니다."

짝짝짝!

정희준이 최대한 허리를 굽혀 정중하게 인사를 했다.

정희준은 또 이런 사람이었다.

사석에서는 매니저에게 육두문자를 날리고 주먹질을 해대지만 공개석상에서 그 누구보다 확실한 매너를 선보였다.

우리 사회에서 흔히 볼 수 있는 전형적인 이중 인격자였다.

강자에게는 약하고 약자에게는 강한!

이 점을 탁 국장이나 박 회장 등 많은 연예계 관계자가 알고 있었고 그때부터 정희준은 한국에서 더 이상 크지 못했다.

이번 〈블랙엔젤〉에 캐스팅된 것도 박 회장과 모종의 거래가 있었기 때문이다.

"다음은 여자 조연 S1입니다."

웅성웅성!

탁 국장이 여기까지 얘기했을 때 갑자기 잔디밭이 떠들썩해졌다.

"우리나라에 언제 또 이런 대스타가 출현할까요? 빌보드의 여왕 김채나 양입니다!"

"와아아아아아!"

채나가 일어나기도 전에 함성이 먼저 터졌다.

"김채나예요. 제가 이 자리에 설 수 있도록 도와주신 마마 언니와 박 회장님께 감사드립니다!"

와후—! 삑삑삑! 짝짝짝짝!

채나가 누구에게 어떻게 인사를 했던 상관없이 엄청난 환호성과 함께 요란한 박수 소리가 연이어 터졌다.

거의 DBS 김천 야외 촬영장이 떠나갈 정도였다.

"껄껄껄! 역시 김채나 양 인기가 대단하군요. 김채나 양 노래를 라이브로 들으면 중년 사내들은 막 오줌까지 지리는 패닉 현상이 온다는데 꼭 한번 라이브를 들어 봐야겠습니다. 늙어서 그런지 영 오줌발이 시원찮아서……."

"아하하하하!"

"김채나! 김채나! 김채나!"

탁 국장의 능청에 웃음소리와 함께 채나를 연호하는 함성이 이어졌다.

정말 특이한 경우였다.

배슬아치, 배우짱, 까렌트라는 말이 있다.

배슬아치란 배우와 벼슬아치의 합성어다.

배우짱은 가수나 개그맨들보다 배우가 위에 있는 뜻이었고 까렌트는 아이돌 같은 가수들이 드라마에 출연해 탤런트 역할을 할 때 비웃는 말이고!

결국 가수나 개그맨들보다 배우들이 훨씬 수준 높은 연예인이라는 뜻이었다.

한데, 그 오십여 명의 배우가 가수인 채나에게 박지은이나 정희준에게 보내는 환호보다 훨씬 큰 환호를 보냈다.

지구 최고의 총잡이요, 빌보드의 여왕에게 보내는 존경의 표시였다.

"우리나라보다 홍콩이나 중국에서 더 유명한 분이죠. 남자 조연 Z1에 지상욱 씨!"

탁국장이 한손을 가볍게 들며 채나에 이어 남자 배우를 소개했다.

"안녕하십니까! 지상욱입니다. 목숨 걸고 뛰겠습니다. 〈블랙엔젤〉 파이팅!"

훤칠한 호남형의 지상욱이 텀블링을 하며 뛰어 나왔다.

짝짝짝!

다시 우레와 같은 박수가 터졌다.

박영찬 회장 건너편에 앉아 있던 ㈜K7 기획의 지 대표가 제일 열심히 쳤다.

지상욱은 지 대표의 친동생이었다.

물론 정희준도 박수를 쳤다.

일 분에 한 번씩 띄엄띄엄!

"야, 문 차장! 이광석이 이놈 아직도 안 온 거냐?"

지상욱이 정중하게 인사를 한 뒤 자리로 들어갈 때 탁 국장이 A4 용지를 살펴보며 인상을 썼다.

"삼십 분 전쯤 매니저에게 좀 늦는다는 연락이 왔습니다."

문 차장이 겸연쩍은 얼굴로 대답했다.

"에이이—! 이 새끼는 정말 이 씹팔단이 맞아. 꼭 이럴 때 늦거든 이 씹팔놈은!"

탁 국장이 오 분 전과는 전혀 다르게 살기까지 튀며 육두문자를 뱉었다.

탁 국장이 가장 싫어하는 유형이었다.

행사 때는 제일 늦게 오고 뭐 먹을 때는 가장 빨리 가는 인간!

"야— 씨발 놈아. 한마디만 하고 간다니까?"

"안 돼요 형님! 너무 많이 취하셨어요!"

"하실 말씀이 있으시면 다음에 하세요. 회사에 가서 하시든지요."

바로 이때, 청와대 녹지원과 흡사한 잔디밭으로 올라오는 계단 쪽이 소란해졌다.

탁 국장과 문 차장 등이 출연진들을 소개하다 말고 고개를 돌렸다.

"이 새끼들이 근데? 누굴 주정뱅이 취급하는 거야—?! 나임마 쌩쌩해다니까!"

짧은 스포츠머리에 깡마르고 흡사 늑대 같은 용모의 삼십대 사내.

이광석이 고함을 치며 이십대 청년들과 함께 계단을 올라왔다.

"……."

오 분 전까지만 해도 화기애애하던 상견례장이 갑자기 오물을 뿌린 듯 아주 기괴한 분위기로 바뀌었다.

화기애애한 분위기에 일순간 똥 탕을 튀겨 살기등등한 분위기로 바꾸는 특이한 재주를 갖은 이 이광석이란 사람은?

중학교를 중퇴하고 소위 다찌마와리 영화판에서 잔뼈가 굵었다는 우리나라 배우 중 최고의 액션 배우였다.

합기도, 유도, 태권도, 검도, 쿵푸 등 무술이 도합 이십팔단이나 된다는 고수였다.

술버릇이 고약한 이광석을 사람들은 무술 단수에 빗대어 이씹팔단이라고 불렀다.

다찌마와리 영화란 한국 액션 영화를 뜻하는 속어다.

"어이구! 이게 뉘십니까? 그 위대하신 탁 국장님 아니십니까?"

이광석이 술이 취한 듯 비틀거리며 탁 국장 쪽으로 걸어왔다.

"뭐, 뭐야 저놈! 또 취한 거야?"

"제가 알아서 처리하겠습니다. 국장님께서는 계속 진행하십시오!"

탁 국장이 비틀거리는 이광석을 보고 인상을 쓰자 문 차장이 잽싸게 이광석에게 달려갔다.

"야야— 이광석이! 여기가 어디라고 함부로—!"

K7의 지 대표가 문 차장보다 한 발 빨리 뛰쳐나가 이광석을 붙잡았다.

이광석은 K7 소속 배우였다.

"큭큭! 이분은 또 뉘셔? 뻥쟁이 지 대표님 아니신가?"

이광석이 비릿한 미소를 띠며 지 대표를 쳐다봤다.

"이, 이 새끼들아! 뭐하는 거야? 빨랑 데리고 나가지 못해?!"

지 대표가 이광석과 같이 온 청년들을 보며 소리쳤다.

"그, 그게 꼭 하실 말씀이 있다고……."

"이런 미친 새끼들—! 술 취한 놈 말을 듣는 거야, 지금? 어서 데리고 나가! 어서!"

지 대표가 연신 박 회장 눈치를 보며 어쩔 줄을 몰랐다.

슥!

곰보 사내가 조용히 박 회장 뒤에 다가왔다.

그는 박지은의 경호 책임자인 육명천 실장.

육 실장은 이광석을 아주 잘 알았다.

이 광석이 자신이나 피대치 팀장 못지않은 무술의 고수로서 술을 먹으면 완전 미친개로 변한다는 사실을 익히 알고 있었기에 박 회장을 경호하려고 다가온 것이다.

"어이 지 대표! 나 취하지 않았어. 진짜 취한 놈은 당신이야! 내가 도대체 지상욱이나 정희준이보다 못한 게 뭐야, 씨발!"

"야야, 광석아! 그만해라 그만해! 제발 회사에 가서 얘기하자."

"동생이라고 밀어주고— 그럼 난 뭐야? 씨발! 학벌도 빽도 좆도 없는 중 중퇴 새끼라고 무시하는 거야, 지금?"

"혀, 형님! 제발 참으세요!"

"그런 얘기는 나중에 하세… 켁—"

빠빡!

이광석이 주먹을 휘둘러 간단히 청년들을 날려 버렸다.

"꺼져—! 개새끼들아! 니들이 내 속을 알아?!"

퍽퍽!

다시 이광석이 쓰러진 청년들을 냅다 발로 차며 소리를 질렀다.

"이보셔, 탁 국장님! 당신은 삼십 년 동안이나 감독 생활을 했으니까 잘 알지?"

이번에는 이광석이 탁 국장을 물고 늘어졌다.

"이광석씨! 저쪽에 가서 나랑 얘기합시다. 국장님은 행사를 진행하셔야 되… 윽!"

"쫄따구는 빠지시고!"

이광석의 손바닥에 가슴을 맞은 문 차장이 저편 잔디밭으로 나뒹굴었다.

지금 육 실장이 눈을 빛내며 박 회장 뒤에 서 있는 이유였다.

이광석은 술에 취하면 마구 행패를 부렸다.

하지만 아무도 말리지 못했다.

합계 이십팔 단이나 되는 무술의 고수가 날뛰는데 누가 감히 말릴 수 있겠는가?

"탁 국장! 다 술 안 취했어. 말해봐! 내가 지상욱이나 정희준이보다 못한 게 뭐야? 앙! 도대체 뭐가 부족해서 난 맨날 개새끼들 꼬마나 해야 되는 거야. 씨발!"

"이 사범! 다음에 얘기하자고! 지금은……."

"확실히 말해, 십째끼야! 여기 지상욱이하고 정희준이 있는데서 말해봐!"

부욱!

이광석이 탁 국장 옆에 놓여 있던 두꺼운 책자, 박지은이 채나원으로 가지고 왔던 〈블랙엔젤〉의 대본을 찢어발기며 고래고래 소리를 질렀다.

"씨발! 이따위 시나리오가 있으면 뭐해? 주연, 조연 될 연놈들은 미리 다 짜고 해 처먹는데."

부욱! 부욱!

이광석이 계속해서 대본을 찢었다.

이광석의 말이 틀린 얘기는 아니었다.

어느 계통이든 기득권 세력이 있다.

그 세력을 누르고 자리를 잡으려면 전쟁을 방불케 하는 과정을 거쳐야 한다.

배우들 세계도 마찬가지였다.

박지은을 뛰어넘어 주연 자리를 꿰차려면 박지은보다 몇 배 노력을 해야 한다.

아역부터 시작해서 수십 년 동안 쌓아온 아성을 무너뜨리려면 박지은이 가진 돈이나 파워보다 몇 배 투자를 더 해야 했고!

"이봐, 이봐! 그렇게 한 장 한 장 찢어서 언제 이 많은 걸 다 찢어?"

구린내가 나면 파리들이 모여들고 피 냄새가 나면 맹수들이 몰려온다.

피 냄새를 맡고 큼직한 암사자 한 마리가 어슬렁거리며 다가왔다.

채나였다.

눈꼬리가 가늘어지고 사이한 미소를 띠고 있었다.

채나가 가장 화가 났을 때 나오는 리액션이었다.

"으흐흐! 이 쥐불알만 한 년은 누구야?"

이광석은 술이 알딸딸하게 취해 채나를 몰라봤다.

채나는 이광석의 눈에 익은 박지은이나 지상욱 같은 배우가 아니었다.

탁 국장이나 박 회장에게 사이드 머니를 찔러주고 들어온 신인 배우였다.

이광석의 눈에는 그렇게 보였다.

"웅! 너한테 이 책자 찢는 법을 가르쳐 줄 년이야. 봐봐!"

부욱!

채나가 〈블랙엔젤〉의 시나리오 책자 한 권을 움켜쥔 채 그대로 찢어버렸다.

"……!"

순간, 탁 국장 등의 눈이 커졌다.

무려 이백 쪽이 넘는 삼 센티 두께의 〈블랙엔젤〉 시나리오 책자였다.

비록 이광석이 술에 취해 있었지만 〈블랙엔젤〉 시나리오 책자가 얼마나 두꺼운지는 알고 있었다.

그 책자를 세로도 아니고 가로로 찢어버렸던 것이다.

"봐아! 이렇게 한 권씩 찢으니까 금방 찢잖아? 아, 이것도 좀 느리지? 그럼 이렇게 찢어."

부욱—

이번에는 채나가 서너 권의 책자들 양손에 움켜쥐고 그대로 찢어버렸다.

그 옛날에 공중전화 박스에 걸려 있던 공중전화 번호 책과 비슷한 두께였다.

"아후! 이것도 꽤 느리다 그치? 이것 좀 잠깐 잡아봐 봐!"

채나가 〈블랙엔젤〉의 시나리오 책자 십여 권을 주섬주섬 들어서 이광석의 가슴에 안겼다.

삼십 센티 두께가 훨씬 넘었다.

퍼억!

기음과 함께 채나의 오른손이 칼날처럼 펼쳐진 채 책자를 관통하고 이광석의 가슴, 바로 명치 앞에서 그대로 멈췄다.

"허걱—"

이광석의 마른 비명을 터뜨렸다.

"궁금하지? 여기서 손가락이 몇 센티만 더 파고 들어갔으면 어떻게 됐을까?"

추욱!

채나가 손가락을 책자에서 빼내며 싸늘한 음성으로 물었다.

"……!"

이광석의 얼굴이 노랗게 변했다.

술이 확 깼다.

옛날 공중전화번호 두께의 책자를 손가락으로 찢고, 손칼을 사용해 삼십 센티 두께가 넘는 책자를 관통한다는 것은 무술이 이십팔 단이 아니라 이백팔십 단이라도 불가능했다.

주먹을 내질러 판자를 격파하는 것과는 전혀 차원이 다른 무술이었다.

책자를 만드는 종이의 밀도는 나무와 비교할 수 없을 만큼 엄청 높기 때문이다.

무술의 고수인 이광석은 누구보다도 이런 사실을 잘 알고 있었다.

"흥! 예능 판이나 드라마 판이나 웬 깡패 새끼들이 이렇게 많지? 이놈의 연예계, 문제 많아."

턱!

찰나, 채나의 발이 이광석의 발목을 때리는 동시에 팔목 관절이 이광석의 명치 부분을 가볍게 쳤다.

휘익— 풍덩!

이광석이 허수아비처럼 날아가 그대로 호수에 빠졌다.

"어푸어푸!"

이광석이 호수에 빠져 허우적거렸다.

차라라락!

거의 동시에 채나가 탁 국장이 들고 있던 마이크에 연결된 전선을 잡아채 호수에 빠진 이광석의 목을 향해 날렸다.

촤촤촤촤악! 털썩!

한순간, 이광석이 전선에 발목이 감긴 채 호수 앞에 서 있는 소나무 위에 매달렸다.

목이 땅바닥을 향하고 있는 모습.

켁켁켁! 이광석이 소나무 위에 거꾸로 매달려 토악질을 해 댔다.

<u>스스스슥!</u>

채나의 등 뒤에서 흡사 강시처럼 생긴 장발의 무사가 몸을 일으켰다.

환공이었다.

밤이었고 야외였다.

환공을 펼치기에 가장 좋은 환경이었다.

"이씹팔단… 너 도깨비 스님한테… 그렇게 배웠냐?"

척!

장발 무사가 호수 근처에 놓여 있던 녹이 잔뜩 쓴 삽을 집어 들고 소나무에 매달린 이광석에게 다가가며 사이한 음성을 날렸다.

"커커컥! 죄, 죄송합니다!"

이광석이 몸을 마구 흔들며 대답했다.

이광석은 이제야 채나를 기억했다.

자신이 세상에서 유일하게 존경하는 사람인 도깨비 스님과 맞절을 하던 귀여운 소녀!

"도깨비 스님이 널 그렇게 가르쳤냐고, 임마! 술 먹고 꼬장이나 부리고 사람 때리라고 무술을 가르쳤어?"

"아, 아닙니다! 제, 제, 제가 그만… 우엑엑!"

이광석이 공포에 질린 음성으로 대꾸하다가 다시 구역질을 했다.

"이거 어디 힘없는 놈 겁나서 세상 살겠냐? 무술 좀 익혔다고, 운동 좀 했다고 어른이든 애든 마구 두들겨?!"

장발 무사가 천천히 삽을 치켜들었다.

"너 잘 걸렸다. 어디 너도 한 번 맞아봐라. 시원할 거야!"

"자자자, 자, 잘못했습니다. 다, 다, 다, 다, 다시는……."

이광석이 새파랗게 질린 채 이빨 부딪치며 말을 뱉었다.

"크큭! 우선 머리통부터 가자구!"

"안 돼요— 채나 씨!"

장발 무사가 치켜든 녹슨 삽이 막 휘둘러지려 할 때 오 PD가 양손을 번쩍 든 채 앞을 막아섰다.

주춤!

녹슨 삽이 허공에서 그대로 멈췄다.

―안 된다, 아가야!

짱 할아버지가 근엄한 표정으로 장발 무사의 앞에 우뚝 서 있었다.

장발 무사의 얼굴이 천천히 채나의 얼굴로 바뀌었다.

"차, 참으세요, 채나 씨! 더, 더 이상은……."

오 PD가 온몸을 덜덜 떨며 말했다.

꽈꽝!

허공에서 멈췄던 녹슨 삽이 떨어지며 이광석의 머리통 대신 호수 가에 있던 바위를 박살 냈다.

"푸후―"

채나가 한숨을 길게 쉬었다.

'또 또 오버를 했다. 하마터면 큰일 날 뻔했어!'

채나가 이제야 정신이 드는지 고개를 흔들었다.

"고마워. 똥광 오빠!"

채나가 희미한 미소를 지으며 오 PD의 이마를 콕콕 찔렀다.

채나는 진심으로 오 PD가 고마웠다.

만약, 오 PD가 막아서지 않았고 오 PD의 모습이 짱 할아버지로 보이지 않았다면 채나의 녹슨 삽은 절대 멈추지 않았다.

그럼 이광석은 다시는 돌아올 수 없는 길로 떠났고.

채나는 무척이나 피곤한 일을 겪어야 했을 것이다.

"네네! 저, 저쪽으로 가세요! 아까 찾으신 꽃등심 올려놨거든요."

"OK!"

저벅저벅!

채나가 고개를 주억거리며 삽을 든 채 다시 소나무 위에 매달린 이광석에게 다가갔다.

촤악! 꽈다다당—

채나가 삽을 휘두르자 전선이 끊어지며 이광석이 땅바닥에 굴렀다.

쩔그렁!

채나가 삽을 던졌다.

"지켜보겠어! 또다시 미친놈이 되면 그땐 네가 아니라… 도깨비 스님을 깰 거야."

"하합—!"

이광석이 무릎을 꿇으며 정중하게 절을 했다.

그때, 탁 국장이 오 PD를 쳐다보며 턱짓을 했다.

오 PD가 잽싸게 고개를 끄떡였다.

"채, 채나 씨! 빨리 가시죠. 고기 다 타겠어요."

"응!"

오 PD가 채나를 데리고 황급히 사라졌다.

"어이이구!"

탁 국장이 신음을 토하며 그대로 주저앉았다.

"죄, 죄송합니다, 탁 국장님! 술이 많이……."

이광석이 탁 국장에게 다가가 사과를 했다.

철썩!

탁 국장이 이광석의 뺨을 후려쳤다.

확실히, 드라마를 시작하려면 고사는 꼭 지내야 했다.

*　　　*　　　*

㈜P&P의 박영찬 회장이 연기가 모락모락 피어오르는 담배를 든 채 어떤 건물의 창가에 서서 오색 불빛이 반짝이는 도시의 야경을 내려다 봤다.

똑똑! 노크 소리가 들렸다.

"찾으셨습니까, 회장님."

핑크빛 넥타이가 유난히 잘 어울리는 조일행 부장이 다가와 공손하게 허리를 접었다.

"그래요! 우리가 동원할 수 있는 현찰이 얼마나 되오? 다음

주 수요일까지."

박 회장이 몸을 돌리며 대뜸 동원할 수 있는 현금 액수를 물었다.

반말과 존대를 섞어서 사용하는 것!

부하직원들과 대화할 때 나오는 박 회장 특유의 말버릇이었다.

"5천억에서 6천억은 마련할 수 있습니다. 사흘쯤 시간을 더 주시면 1조까지 가능합니다."

조일행 부장이 지체없이 대답했다.

"많이 부족하겠군!"

"……?"

"후우―!"

박 회장이 담배 연기를 길게 뿜었다.

"김채나 씨를 우리 회사로 데려오려면 얼마면 될까요, 조 부장?"

"그, 글쎄요? 하루가 다르게 몸값이 뛰는 친구라서……."

조 부장이 계산하는 듯 새끼손가락으로 자신의 무릎에 뭔가를 열심히 쓰면서 말을 받았다.

"이번 주 월요일 날짜로 계산하면요?"

"2조에서 3조는 필요할 것 같습니다."

조 부장이 계산을 끝낸 듯 명쾌하게 대답했다.

"2조에서 3조라? 제법 만만찮은 금액이군요. 그럼 다음 달이면?"

"5조 정도는 각오하셔야 될 겁니다. 〈블랙엔젤〉의 예고편이 방영된 후 치솟는 몸값에 가속도가 붙었으니까요."

"결국… 현재 우리 회사의 능력으로는 데려오기가 불가능하다는 것!"

"솔직하게 말씀드리면 그렇습니다. 김채나 씨를 스카우트할 만한 회사는 현재 우리나라에는 없습니다. 미국이나 일본의 메이저 엔터테인먼트 회사 두세 개 정도. 뭐 그 회사들도 올해까지는 어떻게 가능하겠지만 내년에는 쉽지 않을 것입니다. 지금 추세라면 10조도 간단히 넘을 테니까요!"

푸후—

박 회장이 다시 담배 연기를 길게 뿜었다.

"수고했어요. 나가서 일 보세요."

"예! 회장님!"

조 부장이 몸을 돌려 나가며 고개를 갸우뚱했다.

회장님이 담배를 피셨나??

"다음 달이면 5조 원이 필요하다? 1조 원쯤 더해야겠군. 깡패 잡는 솜씨가 그 정도 가치는 될 테니까!"

털썩!

박 회장이 가죽소파에 주저앉았다.

담배를 재떨이에 비벼 끄고 다시 새 담배를 꺼냈다.

찰칵!

㈜한울타리 아트의 경정수 사장이 라이터를 켜 불을 붙여
줬다.

"어떻게 결정했나요? 지 대표!"

박 회장이 커피 잔을 든 채 건너편 의자에 앉아 있는 ㈜K7 기
획의 지 대표를 쳐다보며 말했다.

"제, 제가 은퇴를 하겠습니다. 회장님!"

지 대표가 몸을 가늘게 떨며 대답했다.

"잘 생각했어요. 자신의 회사에 소속된 배우 하나도 제대
로 휘어잡지 못하는 사람이 무슨 연예기획사를 운영하나요?
이것저것 정리하려면 시간이 필요하겠죠. 다음 주 월요일에
인수인계하기로 하죠."

"큭!"

박 회장의 말이 끝나자 지 대표가 감정이 복받치는지 기이
한 신음과 함께 머리를 떨궜다.

"경 사장!"

"예, 회장님!"

"당분간 당신이 지 대표 대신 K7기획을 관리하도록 하세
요."

"최선을 다하겠습니다, 회장님!"

"좋아요. 〈회색도시〉에 캐스팅된 친구들은 한울타리 소속 배우들로 모조리 교체하세요. 〈블랙엔젤〉의 지상욱이 하고 깡패 놈 자리는 P&P에 있는 친구들로 대체할 테니까 그리 알 고."

"잘 알겠습니다, 회장님!"

"그래요. 매스컴 쪽은 내가 알아서 할 테니까 경 사장이 실 무적인 부분은 처리하세요. 다시는 이 바닥에 이광석이 같은 깡패 놈이 발을 들이지 못하도록 철저하게 관리하세요."

"명심하겠습니다, 회장님."

후우— 박 회장이 담배를 길게 빨며 소파의 등받이에 몸을 눕혔다.

"도저히 이해할 수 없어! 아무리 험악한 세상이라고 해도 그렇지 어떻게 배우가 감독에게 손찌검을 하고 씨팔 좆팔을 찾을 수 있나요? 무슨 술자리도 아니고 수백 명이 모인 공개 석상에서 말이에요."

박 회장이 지나가는 말처럼 읊조렸다.

"……."

"김채나 씨 말대로 이거 어디 힘없는 놈 무서워서 세상 살 겠어요?"

"입이 열 개라도 할 말이 없습니다, 회장님! 속상하시겠지 만 잊으시지요. 제가 다시 한 번 사과드리겠습니다."

"아아, 됐어요. 지 대표……."

삐익!

이때 인터폰을 울렸다.

"뭡니까?"

박 회장이 인터폰을 받았다.

─이광석이라는 분이 회장님을 찾아오셨습니다. 꼭 드릴 말씀이 있답니다.

"돌려보내세요. 모르는 사람입니다."

박 회장이 차갑게 말을 뱉으며 인터폰을 끊으려 할 때 음성이 다급하게 이어졌다.

─회장님께서 만나주시지 않으면 여기서 배를 가르시겠다구 하세요. 카, 칼을 들고 오셨어요.

"좋아요! 들여보내세요."

─네! 회장님!

박회장이 인터폰을 내려놨다.

"훗! 내가 만나주지 않겠다면 할복을 하겠답니다. 이씹팔단이라는 깡패가 말이에요."

박 회장이 다시 담배를 입에 물며 잇새로 말했다.

"이, 이광석이가 여기까지 찾아왔습니까, 회장님?"

"이 새끼가 완전히 갈 데까지 갔구만. 당장 경찰에 연락하겠습니다."

경 사장과 지 대표가 부르르 떨며 몸을 일으켰다.

"아아! 잘됐어요. 아무리 중죄인이라 해도 소명의 기회는 줘야죠. 그래야 나중에 원망을 하지 않죠!"

박 회장이 빠르게 손을 저었다.

터벅터벅!

이광석이 핏기 없는 얼굴로 웃통을 벗어젖힌 채 한 자쯤 되는 칼을 들고 다가왔다.

철퍽!

무릎을 꿇었다.

"모든 죄는 제가 범했습니다. 책임 또한 제가 지겠습니다. 지 대표님은 용서해 주십시오, 회장님!"

"아직도… 술이 안 깼나요?"

"아닙니다. 앞으로 뒈질망정 술은 먹지 않겠습니다."

"좋아요. 그럼 이광석 씨는 어떻게 책임을 질 생각이죠?"

"부족하겠지만 제 목으로 지겠습니다!"

"흑!"

말이 끝나는 동시에 이광석이 칼을 자신의 복부에 꽂았다.

아니, 꽂은 것처럼 박 회장이나 지 대표는 느꼈다.

쩔그렁—

거의 동시에, 이광석이 쥐고 있던 칼이 저만큼 날아가 뒹굴었다.

박지은의 경호 책임자 육명천 실장이 우뚝 서 있었다.

육 실장이 박 회장을 향해 가볍게 머리를 숙였다.

"······."

한참 동안 죽음보다 깊은 침묵이 실내를 감쌌다.

박 회장이 바닥에 머리를 박은 채 몸을 가늘게 떨고 있는 이광석을 쳐다봤다.

박 회장이 담배를 꺼내 입에 물었다.

철컥!

경 사장이 다시 라이터로 불을 붙여줬다.

박 회장은 이십 년 전 막내 동생인 박지은을 돌보면서 담배를 끊었다.

어린 박지은이 담배 냄새를 지독하게 싫어했기 때문이다.

그리고 오늘 밤 다시 담배를 입에 물었다.

너무 속이 상했다.

인간시장, 화류계, 동물의 세계, 깡패들의 놀이터, 광대천지, 마약 대리점, 고급창녀촌 등등.

많은 사람이 연예계를 이렇게 불렀다.

박 회장은 그 소리가 듣기 싫어서 지난 이십여 년 동안 그 누구보다도 연예계의 정화를 위해 헌신적인 노력을 해왔다.

그 노력을 이광석이 하루아침에 물거품으로 만들었다.

연예계는 여전히 깡패들의 놀이터였다.

"육 실장!"

"예, 회장님!"

"저 깡패 놈 딱 일주일 동안 병원에 입원할 만큼만 패세요."

"알겠습니다."

퍼퍽퍽!

육 실장의 주먹이 이광석의 양쪽 허벅지와 양쪽 가슴에 전광석화처럼 박혔다.

"커어어억!"

비명과 함께 이광석이 핏줄기를 토하며 바닥에 나뒹굴었다.

"〈블랙엔젤〉에서 증명해 보세요. 이광석 씨 능력이 정희준 씨나 지상욱 씨 못지않다는 것을!"

"고, 고맙습니다, 회장님."

박 회장이 시체처럼 널브러진 이광석을 향해 운을 떼자 이광석이 쓰러질듯 몸을 일으키며 인사를 했다.

"〈블랙엔젤〉이 끝났을 때 이광석 씨 능력이 정희준 씨나 지상욱 씨보다 뛰어나다고 판단이 되면 당신이 오늘 저질렀던 모든 만행을 정당하다고 인정하겠어요. 아니면……."

"미련 없이 이 바닥을 떠나겠습니다. 회장님을 비롯한 모든 분께 사죄를 드리고!"

박 회장이 법정의 판사처럼 선고를 했고 이광석이 서슴없이 받아들였다.

"아까 결정했던 모든 사항은 〈블랙엔젤〉이 끝나는 날까지 유보하죠. 지 대표!"

"가, 감사합니다. 회장님!"

지 대표가 자리에서 일어나 박 회장에게 정중하게 인사를 했다.

대한민국 연예계의 총통이라는 박영찬 회장은 이런 인물이었다.

천하의 망나니 이썹팔단조차 품을 수 있는 큰 그릇.

결정적으로 박 회장이 이광석에게 기회를 준 이유는 딱 하나였다.

이광석이 채나와 어떤 관계가 있다는 것을 눈치챘기 때문이었다.

박 회장은 자신도 모르는 사이에 채나교의 광신도가 돼 있었다.

*　　*　　*

"핫핫핫핫핫!"

강동주 체육관장이요, 캔 프로모션의 회장인 강 관장의 웃음소리가 캔 프로의 사무실을 뚫고 나와 채나 단골집인 〈장충동 왕족발〉집을 지나 광명시청까지 들렸다.

자신이 꼭 한 번 만나보고 싶어 했던 인물.

먼저 만나자고 말하기에는 나이라는 깡패 때문에 망설이고 망설였던 그 사람.

대한민국 연예계의 총통이라는 ㈜P&P 엔터테인먼트의 박영찬 회장이 막내 동생인 국민배우 박지은과 함께 캔 프로 사무실을 방문했다.

채나가 캔 프로 소속 연예인으로서 〈블랙엔젤〉에 S1으로 출연한 덕분이었다.

"이거 어제 먹은 술이 아직 덜 깼나? 왜 자꾸 헛것이 보이지? 내 앞에 서 있는 신사가 꼭 P&P의 박 회장님처럼 보이네!"

"하하하! 죄송합니다, 강 관장님! 늘 찾아뵙는다는 게 많이 늦었습니다."

"핫핫! 무슨 말씀을? 박 회장님이 여기까지 와주신 것만 해도 영광이오."

강 관장과 박 회장이 환하게 웃으면서 굳게 악수를 나눴다.

기획사란 말 그대로 어떤 일을 계획하는 회사다.

현재 우리나라에서는 아주 다양한 기획사들이 성업 중이다.

연예기획사, 광고기획사, 스포츠기획사, 부동산기획사, 웨딩기획사, 이벤트기획사 등등 정말 헤아릴 수 없을 만큼 많다.

그중 연예계의 총통과 스포츠계의 제왕이라는 두 거물이 만났다.

"자자! 앉읍시다. P&P 사무실보다는 좀 구리겠지만 뭐 아직 비가 새는 정도는 아니니까 말 몇 마디 나눌 정도는 되오."

"하하! 말씀대로 많이 구리네요. 캔 프로는 사무실 벽지도 꽃무늬일 줄 알았습니다."

"이거 박 회장님 뼈꾸기도 만만찮소이다. 핫핫핫!"

박 회장이 강 관장의 등록상표인 꽃무늬 남방을 빗대어 조크를 던지자 강 관장이 통쾌하게 웃었다.

"거기 노 부장하고 지은 양도 그쪽으로 앉고!"

"채나는 어디 있어요? 관장님."

"누구? 채나? 김채나?"

박지은의 물음에 강관장이 당혹했다.

아주 오랜만에 채나를 어린 동생처럼 부르는 말을 들었기 때문이다.

강 관장은 직업상 연예계나 스포츠계통에서 일하는 사람들을 많이 만난다.

그중에서 채나의 친구인 연필신을 빼고 누구도 지금처럼

딱 부러지게 채나라고 호칭하는 사람은 없었다.

심지어 방송사의 PD들조차 김채나라고 하지 않고 김 회장이라는 별명을 불렀다.

근데 빅마마 박지은이 꼭 친언니 같은 말투로 채나를 찾았다.

언제부터 채나를 알았지? 말투로 미뤄 보통 가까운 사이가 아닌데?

강 관장이 고개를 갸우뚱하며 자신의 책상 옆에 놓여 있던 스피커 볼륨을 높였다.

"채나 집에 있어."

—사랑하는 친구 너는 지금 어디에 있니? 너무 보고 싶어. 나는 지금 어두운 도시의 골목길을 걸어간다. 어릴 때 너와 같이 뛰어 놀던 그 바닷가…….

스피커에서 아주 깨끗한 채나의 음성이 흘러나왔다.

벌써 23주 동안이나 빌보드 싱글차트에 1위를 차지하고 있는 노래!

"후우! 채나 노래야, 〈디어 마이 프랜드〉!"

"아후후! 역시 강 관장님 사무실이라서 그 귀한 채나 씨 CD가 다 있네요. 완전 품절이라서 인터넷에서 경매까지 한다는데!"

박지은과 노민지가 채나교의 광신도들답게 듣자마자 노래 제목까지 말했다.

"CD? 이거 라이브야."

강 관장이 박지은과 노민지의 잘못된 상식을 정정해 줬다.

"......!"

"체육관 애들 등쌀에 못 이겨서 내가 돈 좀 썼어. 노래 연습실에서 선을 빼서 헬스클럽 권투체육관 이 사무실 등에 스피커를 달았지."

"그, 그럼 지금 채나가 연습하고 있는 노래예요? 이 노래가?!"

"세상에?! 너무 목소리가 깨끗하고 맑아서 정말 CD로 착각했어요, 어쩜 좋아?"

강 관장이 의기양양하게 설명하자 박지은과 노민지 등이 눈이 커졌다

─다음은 제가 정말 사랑하고 존경하는 우리 국민배우 박지은 언니께 드리는 노래예요. 곡목은 〈더 파이팅〉!

그때 스피커에서 채나의 멘트가 튀어 나왔다.

"핫핫! 채나가 지은 언니를 사랑하고 존경한대? 채나의 스

페셜 앨범 CD에 담긴 멘트였나? 영 기억이 나질 않네?"

"와아아아!"

강 관장의 너스레에 이어 엄청난 함성이 동주빌딩을 울렸다.

"이건 우리 체육관 애들이 박지은 양을 환영하는 멘트고!"

"후후후! 이 때지가 가끔 사람 감동시킨다니까! 두 분 말씀 나누세요. 저희는 노래 연습실에 가 있을게요."

박지은이 노민지와 함께 바람처럼 사무실을 나갔다.

"흠! 빅마마가 소문과 달리 굉장히 활달한 것 같습니다. 박회장님!"

"하하! 사실은 강 관장님과 김채나 씨께 개인적으로 인사를 드리고 싶었습니다. 김채나 씨를 만나면서 지은이가 저렇게 밝아졌으니까요."

"호오! 그래요?"

"김채나 씨가 미국에서 사격선수 생활을 할 때부터 팬이었답니다."

"하아— 박 회장의 그 한마디에 내 머릿속이 환해졌수다! 이제 감이 잡혔소."

강 관장은 프로 권투 세계챔피언을 지낸 사람이었다.

현역 시절 십여 개의 후원회가 조직돼 강 관장을 응원하고 밀어줬다.

요즘 유행하는 팬클럽 하고는 성격이 많이 달랐지만 그래도 채나와 박지은의 사이를 충분히 짐작할 만했다.

강 관장은 지금도 그 옛날 〈강동주 선수 후원 회장〉을 아버지처럼 모셨다.

"토요일 날 시간 좀 내시죠, 강 관장님!"

박 회장이 화려하게 디자인된 봉투 하나를 강 관장 앞에 꺼내 놓았다.

"이거 〈블랙엔젤〉 제작 발표회 초청장 아닙니까?"

강 관장이 봉투를 살펴보며 말했다.

"네! 이번 발표회는 좀 색다르게 꾸며봤습니다. 기존 발표회처럼 단순히 기자들이나 초청해서 대화를 하며 밥이나 먹는 게 아니라 각계 VIP들도 초청해서 식사도 하면서 출연진들이 노래도 하는… 디너쇼 형식으로 꾸몄습니다."

"반발이 좀 있지 않겠소? 출연진들이 몽땅 내로라하는 대스타들인데!"

"하하하! 그래서 이번 제작발표회부터 아예 한 회 출연으로 계산해 출연료를 지급하려고 합니다. 뭐 삼성그룹에서 스폰비를 좀 받았더니 출연료를 지급하고 꽤 남더군요."

"하핫핫! 삼성그룹까지 후원사로 끌어드리다니 역시 박 총통이오!"

"제가 부탁한 것이 아니라 삼성 쪽에서 먼저 콜이 왔습니다. 현대하고 신우 쪽에서도 오구요."

스포츠 프로모션계의 제왕이라는 강 관장이 연예기획사 박 회장에게 부러운 것이 있다면 바로 이 점이었다.

어떻게든 대기업을 끌어 들여 행사를 거창하고 화려하게 치르는 능력!

박 회장은 채나가 〈블랙엔젤〉에 출연하자 대대적인 홍보와 함께 모든 기획을 수정하면서 〈블랙엔젤〉이란 파이를 왕창 키웠다.

디너쇼 형식으로 바뀐 제작발표회도 그중 하나였고, 애초에 러시아와 일본 정도로 계획했던 해외로케도 미국, 동유럽, 베트남, 중국, 남미 등 세계 각처로 확대시켰다.

박 회장의 사업 마인드는 작은 파이를 만들어 혼자 먹는 것이 아니라 파이를 크게 만들어 여러 사람이 배부르게 먹는 것이었다.

대한민국 연예계 총통은 아무나 되는 게 아니었다.

"김채나 씨가 제작 발표회에 출연해서 OST곡 포함해 세 곡에서 네 곡쯤 불러줬으면 합니다. 물론 노래에 대한 개런티는 별도로 지급하겠습니다. 어떻습니까, 강 관장님?

"응? 그걸 왜 나한테 물어보시오, 박 회장?"

"하하하! 김채나 씨 소속사 회장님이시니까요!"

"누가 그럽디까? 내가 김채나 소속사 회장이라구?"

"예?"

강 관장의 뜻밖의 발언에 박 회장의 눈이 커졌다.

"내가 아는 김채나는 어떤 회사에도 소속돼 있지 않소. 당연히 채나가 제작 발표회에 참석하든 말든 노래를 한 곡 부르든 열 곡을 부르든 본인 마음이오. 또 가수를 치우고 배우로 나가든 뭘 하든 말이오. 지금까지 그렇게 해왔고 앞으로도 변함이 없을 거요."

"……!"

"채나는 나보다 천 배는 노래를 잘하오. 나는 채나보다 천 배는 세상을 잘 알고! 그래서 채나는 노래를 부르고 나는 사람들을 만나 흥정을 하고 수금을 해왔소. 간단히 말해 우리는 동업자요."

"……!"

"제작 발표회 참석 유무는 채나와 상의하시오. 그 뒤에 나와 개런티 문제를 의논합시다."

"아주 잘 알겠습니다."

"핫핫! 알아들었으면 나가서 밥이나 한 그릇 사시오. 박 회장!"

"뭐 손님이 밥 사는 것이 캔 프로의 룰이라면 그렇게 하죠."

"으핫핫핫! 내가 졌소. 갑시다, 내가 밥 사리다!"

강 관장과 박 회장이 대소를 터뜨리며 기분 좋게 캔 프로 사무실을 나섰다.

5장

당구장의 타짜들

채나가 〈장충동 왕족발〉집을 나오면서 엊그제 잡은 멧돼지 얼굴만큼이나 퉁퉁 부르터 있었다.

"후! 우리 때지 교주님은 왜 이렇게 입이 튀어나오셨을까?"

"씨이! 언니 땜에 서빙하느라고 제대로 먹지도 못했잖아?"

박지은이 채나의 얼굴을 콕콕 찌르며 말하자 채나가 툴툴 댔다.

"어후— 제대로·못 먹은 게 족발 두 개에 막국수 세 그릇이야?"

"여기 족발은 양이 작아서 네 개는 먹어줘야 돼."

"호호! 그럼 이차 내기하세요. 소화도 시킬 겸 당구라도 치시면서……."

"당구??"

"……."

노민지가 이차 내기를 제안했다.

종목은 당구.

구한말 순종 때 일본에서 들어왔다는 스포츠였다.

박 회장과 박지은이 눈을 반짝였고 강 관장과 채나는 뿌루퉁했다.

㈜P&P 박 회장은 전형적인 운동치였다.

대학 시절 배웠던 테니스나 사회에 나와서 배운 골프는 자신이 최선을 다해야 상대가 좋아했다. 접대용으로 딱이었으니까!

그래도 한 가지.

운동이라고 하기에는 쪼오오끔 무리가 있는 종목인 당구는 어디 가서 쉽게 지지 않았다.

사실 당구도 본인이 배우고 싶어서 배운 게 아니었다.

박지은이 자폐 증세를 보이던 시절 치료의 일환으로 박효원 박사가 집 안에 당구대를 만들어놓고 개인 코치를 초빙해 박지은을 가르칠 때 스파링 파트너를 하면서 익혔던 것이다.

우리가 잘 알고 있는 사구를 육백 점에서 칠백 점쯤 치는 고수였다.

그런 연유로 박지은은 올봄 국민생활체육 전국당구대회에 서울시 포켓볼 대표로 출전해 준우승을 차지한 막강 고수였고!

해서 영악한 노민지가 당구 시합을 제안했던 것이다.

하지만 영악한 노민지도 박 회장과 박지은의 실력은 잘 알았지만 강 관장과 채나의 당구 실력은 아는 바 없었다.

세상 모든 일이 그렇듯 어떤 일을 제대로 알지도 못하고 주책없이 나서면 다친다.

꼭!

"어이! 김 회장, 당구 칠 줄 아나?"

강 관장이 채나에게 지나가는 말로 물었다.

같은 캔 프로 동지였지만 채나도 강 관장도 한 번도 둘이 당구 경기를 해본 적이 없었기에 서로의 실력을 몰랐다.

"오빠는 좀 쳐?"

채나가 퉁명스럽게 되물었다.

"쫘식! 내가 세 번째 잘하는 게 당구다."

"나도 미국에서 대학 다닐 때 좀 쳐봤어."

강 관장은 뚱한 표정으로 채나와 대화를 나눴지만 속으로는 회심의 미소를 짓고 있었다.

강 관장은 세상에서 제일 잘하는 것이 딱 세 가지였고 제일 못하는 것도 딱 세 가지였다.

권투, 노래, 당구는 누가 뭐래도 고수였다.

고스톱, 고스톱, 고스톱은 누가 뭐래도 하수였다.

"보자! 당구장이 어디 있나?

"저기 쫑생쫑사… 애들이 저기가 괜찮다고 했어"

"쫑생쫑사? 거 당구장 이름 한번 특이하네."

채나가 족발집 건너편에 있는 당구장을 가리키며 말하자 강 관장이 당구장을 쳐다보며 피식 웃었다.

실은, 강 관장은 이 쫑 당구장을 아주 잘 알았다.

광명시에서 거주한 지 벌써 삼십 년이 다 돼 가는데 광명시 어디를 모를까.

사실 쫑 당구장 이름도 농담처럼 이곳 사장에게 강 관장이 턱하고 던져준 것이었다.

"저기 쫑 당구장으로 가십시다, 박 회장!"

"하하하! 강 관장님 진짜 한 큐 하시는 모양입니다?"

"흠! 그리 말씀하시는 분도 당구에 관해선 고수라는 소리를 얼핏 들은 것 같은데요?"

"예! 전 완전히 운동친데 그래도 당구는 쪼끔 합니다. 고수 소리도 많이 들었습니다."

박 회장이 당구의 고수답게 솔직히 털어놓았다.

"와따매— 벌써 사지가 부들부들 떨려 부러야!"

"하하하!"

강 관장이 호남 사투리를 쓰며 너스레를 떨자 박 회장 등이 웃음보를 터뜨렸다.

"한데 편을 어찌 먹어야 하나? 넷이 각개 전투로 뛰면 지루할거고!"

"호호! 회사 대항으로 하면 되죠. P&P 대 캔! 캔 대 P&P!"

"어구구! 회사 대항이면 내가 빠져야지. 체육관에 가서 오 코치 켁—"

채나가 오버액션 하는 강 관장의 옆구리를 꼬집었다.

"그만 오버해! 우리가 지면 손님 접대한 걸로 치자고!"

"아냐, 김 회장! 오늘 왠지 노 부장 네다바이에 걸려든 것 같아서 그래."

"호호호!"

노민지 등이 웃으면서 쫑에 죽고 쫑에 사는 당구장으로 들어갔다.

사구대와 포켓볼대를 무려 열다섯 개나 갖춘 쫑 당구장은 광명에서 가장 좋은 시설을 자랑하는 당구장이었다.

당연히 요금도 광명시에서 가장 비쌌다.

쫑 당구장 윤 사장이 가장 좋아하는 손님이 이런 사람들이었다.

남녀 혼성에 나이도 혼성인 팀.

대부분 직장 동료들이거나 가족들로서 절대 외상도 없고 깽판도 부리지 않는다.

더욱이 손님 중에 자신이 존경하는 전 세계챔피언 강동주 관장이 있었으니 반가울 수밖에 없었다.

윤 사장이 환하게 웃으며 채나 일행을 일번 당구대에 안내를 했다.

일번 당구대는 쫑 당구장에서 가장 좋은 테이블로 호랑이 담배 피던 시절부터 우리나라에서 성행했던 사구를 치는 테이블이었다.

박 회장이 사구밖에 칠 줄 모른다고 엄살을 떨어서 쓰리쿠션 종목으로 시합을 하기로 합의를 했다.

"야, 윤 사장! 오늘 회사 대항시합이야. 당신이 와서 심판 좀 봐. 여기 노 부장은 간첩이라서 영 믿을 수가 없어. 물론 심판 비용은 따로 계산하마!"

"아하하하! 알겠습니다. 관장님!"

"저 사장님은 어떻게 믿죠? 관장님하고 아주 가까운 것 같은데요?"

강 관장이 윤 사장에게 소리치자 노민지의 눈이 실처럼 가늘어졌다.

"강 관장님과 가깝긴 하지만 제가 한국당구협회 공인 심판이라서 믿으실 수 있을 겁니다."

윤 사장이 격식을 갖추기로 작정했는지 초록색 심판 재킷까지 입고 나섰다.

"여기― 강 관장님 큐(CUE:당구공을 치는 긴 막대)!"

"호오? 당구장에 개인 큐를 보관하고 있다는 것은 무슨 뜻이죠, 강 관장님? 혹시 엄청난 고수라는 뜻은 아닐까요?"

"핫핫! 무슨. 윤 사장 큐를 좀 빌려 쓰는 거지!"

노민지가 눈치로 먹고 사는 매니저답게 예리하게 지적하자 강 관장이 얼버무렸다.

그때, 말끔한 양복을 걸친 삼십대 사내가 두 개의 가방을 들고 일번 당구대 쪽으로 조용히 다가왔다.

"회장님 큐 하고 박 이사님 큐. 여기 있습니다."

"그래! 수고했어요, 용 대리."

"예에! 회장님."

사내가 박 회장에게 가방을 건넨 후 정중히 인사를 하고 당구장을 나갔다.

"어험험! 이 상황은 어떻게 설명해야 하나? 노 부장! 아예 큐를 승용차에 싣고 다니는 분은 어떤 분이셔?"

"우, 우리 회장님은 아까 말씀하셨잖아요? 당구를 좀 치신다고!"

당구장 사장이 직접 큐를 꺼내 건네주고 승용차에서 큐를 꺼내온다면 이건 타짜들이란 증거!

만만찮은 선수라는 반증이었다.

"어? 박지은 선수 아니세요?!"

갑자기 윤 사장이 박지은을 보며 반색을 했다.

"뭐, 뭐?! 박지은 선수?!"

윤 사장 말에 강 관장이 펄쩍 뛰었다.

강 관장 계산에는 박 회장은 들어 있었지만 박지은은 빠져 있었다.

그저 친구 따라 오빠 따라 재미삼아 당구장을 몇 번 들락거렸던 아가씨!

펀치드렁크에 시달리는 강 관장의 계산이었다.

"후우! 저를 아세요?"

"아이구! 박지은 선수를 모르면 어떻게 당구장을 해서 밥을 먹어요? 당구도 당구지만 그 유명한 빅마마 국민배우시잖아요. 지난번 전국대회 진짜 아깝더라구요. 전 왕팬이라서 무지하게 응원했는데 마지막 공이 속을 썩이는 바람에……. 아후! 지금 생각해도 열 받습니다!"

"응원해 주셔서 고맙습니다, 윤 사장님!"

"하아아아! 천만에 말씀! 그 유명한 빅마마께서 저희 당구장을 찾아주신 것만 해도 제 생애 가장 기쁜 일입니다. 가시

기 전에 꼭 사인 꼭 해주셔야 합니다. 인증 샷도 꼭 해주시
고!"

윤 사장이 체격에 어울리지 않게 박지은의 옆에서 꼬리를
마구 흔들었다.

언뜻 보면 불독이 주인에게 애교를 떠는 것처럼 보였다.

"집에 가자, 채나야. 니가 존경하는 언니 국민배우 박지은
이 서울시 당구 대표선수래. 그러면서 우리 같은 초짜하고 내
기 당구를 치잔다? 세상 무섭다, 무서워!"

강 관장이 큐를 던지며 채나 손을 잡았다.

"아하하! 하여튼 강 관장님 엄살 알아줘야 돼. 관장님도 한
때 경기도 일대에서 먹어주는 타짜셨잖아요? 지금도 사구는
팔백 점 이상 치시고!"

"헥!"

이번에는 박 회장이 뒤집어졌다.

"그, 그거야 이 사람아, 팔팔할 때 얘기고! 내일모레면 환갑
이야! 환갑!"

강 관장이 급히 변명을 했다.

"우후후— 미치겠다! 강 관장님이 한때 경기도 일대를 주
름잡는 타짜셨다고? 현재 사구를 팔백 점 이상 치는 고수??"

"아까부터 강 관장님이 페인팅을 하시는 게 영 수상했어
요. 회장님!"

"그게 지금 서울시 대표 선수 낀 팀에서 하실 말씀이오? 박 회장, 노 부장?"

짝짝짝!

지켜보던 윤 사장이 미소를 띤 채 박수를 치며 당구대 앞으로 나섰다.

"아하하! 제가 심판으로 나서길 정말 잘한 것 같습니다. 네 분 모두 모여주세요!"

강 관장이 떫은 표정으로 큐를 든 채 제일 먼저 당구대 앞으로 다가갔다.

"눈치로 봐서 네 분 모두 고수인 것 같으니 긴말하지 않겠습니다. 사구 점수도 고수들답게 속이지 마시고 불러주세요. 우선 강 관장님은 제가 아니까 팔백 점!"

"이, 이 사람이?! 요즘 내가 공 안 친지가 얼만데 팔백이래? 지금은 겨우 오륙백이나 될까?"

윤 사장이 강 관장 말을 한 귀로 흘리고 박 회장을 쳐다봤다.

"박 회장님은 점수가?"

"한 칠백 점쯤 됩니다."

"치, 칠백 점쯤? 박 회장! 지금 칠백 점이라고 하셨소?"

강 관장은 박 회장이 사구 점수를 부르는 순간 두 손을 번쩍 들고 기권을 했다.

여자 선수가 서울시 대표고 남자 선수가 칠백 점을 치는 고수가 페어로 들어온다면 자신이 왕년에 경기도 일대에서 방방 뜨는 타짜를 지냈어도 이기기엔 불가능했다.

물론, 강 관장 생각이었다.

"그게 저도 공을 친 지 꽤 돼서 사오백 점이 될지 말지 합니다."

"알겠습니다. 박 회장님 점수는 칠백으로 하고 박지은 선수는 뭐, 천 점으로 하겠습니다."

"사구는 주 종목이 아니라서 잘 모르지만 그 정도면 될 거예요."

윤 사장이 박지은의 사구 점수를 천 점이라고 결정하자 박지은이 흔쾌히 인정했다.

"천 점! 천 점이라— 내가 당구에 한참 미쳤을 때 희망하던 그 환상의 점수구만! 글러브를 내려놓고 당구장에서 살 때."

강 관장이 입맛을 다시며 부러운 눈으로 박지은을 쳐다봤다.

"채나 씨는 몇 점이나 놓을까요? 이백 점? 삼백 점?"

윤 사장이 채나를 보면서 말했다.

"글세, 뭐 천 점쯤?"

채나가 머리를 긁적거리며 시큰둥하게 말했다.

"예예? 천, 천 점이요?!"

윤 사장 눈이 커졌다.

동시에 강 관장과 박 회장 등이 일제히 채나를 주시했다.

"저도 정확한 점수는 잘 몰라요. 애들이 말해준 거니까요."

채나가 큐에 초크를 칠하며 특유의 무표정한 얼굴로 대답했다.

"뺀철이 일당?"

강 관장이 눈을 가늘게 뜨며 확인했다.

"미성년자는 보호자가 있어야 당구장 출입이 가능하다고 나를 끌고 오기에 몇 번 어울렸는데 내 사구 점수가 한 천 점쯤 될 거래!"

"으흐흐! 오늘따라 칼잡이 김채나가 유난히 사랑스럽게 보이네?"

강 관장이 눈을 게슴츠레하게 뜨고 채나를 쳐다봤다.

채나가 미소를 띠며 손으로 V자를 그렸다.

일찍이 채나는 선문의 대종사가 되는 과정에서 잡학을 배웠다.

잡학 중에서 음악(音樂)과 도술(賭術)을 주로 배웠고!

막대한 돈을 들여 카드, 마작, 화투, 당구 등의 달인에게 기술을 사사했다.

그중에서도 당구는 사격과 비슷한 멘탈스포츠라서 채나가

손쉽게 익힐 수 있었다.

당연히 채나의 당구 실력도 무시무시했다.

사구 점수로 환산하면 이천 점쯤 됐다.

특히 지금 치는 쓰리쿠션은 채나의 주종목이었다.

"아하하하! 굉장합니다. 전국 대회를 하는 것 같습니다. 네 분 다 칠백에서 천 점을 상회하는 고수시니 아주 흥미진진한 게임이 될 것 같습니다. 페어로 경기를 하면 점수가 너무 많은 관계로 심판 직권으로 하프 게임으로 하겠습니다."

윤 사장이 한국당구협회 공인 심판답게 씩씩하게 멘트를 했다.

"노 부장님! 거기 주판대의 알을 85개, 하나는 90개만 올려 주세요."

"네에!"

노민지가 일번 당구대 옆에 있는 주판대의 빨갛고 하얀 알을 올려놨다.

삐익!

"어이쿠! 첫 빽이네."

게임은 경로우대 원칙에 의해 강 관장이 먼저 큐를 잡았고 큐 사리로 시작했다.

게임이 시작된 지 한 이십 분이나 됐을까?

"……!"

채나 등이 게임을 하는 일번 당구대 옆에서 짜장면을 시켜 먹던 이십대 청년이 갑자기 눈이 커졌다.

급히 짜장면 그릇을 내려놓고 휴대폰을 든 채 잽싸게 당구장 밖으로 튀어 나갔다.

"야아 병신아一! 진짜라니까, 진짜야! 빅마마 박지은하고 외계인 가수 김채나가 여기서 당구를 쳐! 내가 짜장면을 시켜 먹고 있는 바로 옆 테이블에서! 쫑 당구장 임마! 그래! 와서 확인하면 될 거 아냐, 시키야! 켁켁… 짜장면 먹다가 놀래서 걸렸나 봐!"

청년이 쫑 당구장 입구 복도에 서서 휴대폰을 든 채 잔뜩 흥분된 목소리로 외쳤다

"그래一 국민배우 박지은! 빌보트 차트의 여왕 김채나! 응응! 빨랑 와봐! 실물이 장난 아냐! 완전 죽여줘!"

"맞아! 캔 프로에 놀러 왔대. 강 관장님도 계셔! 쓰발 박지은 졸라졸라 예뻐!"

"지, 지금 한 게임 끝났는데, 세상에……. 김채나 하고 박지은이 사구 천 점을 치는 고수래! 장난 아니라니까! 와一 빅마마! 포스一 완전 죽여줘."

짜장면을 먹던 청년은 좀 늦었다.

어느새 쫑 당구장으로 통하는 계단에는 십여 명의 남자가 저마다 휴대폰을 들고 통화를 하고 있었다.

그 결과, 김채나 팀과 박지은 팀이 일대일로 비기고 덮어쓰기로 들어가려고 할 때 더 이상 게임을 진행할 수가 없었다.

광명 시민의 반 이상이 쫑 당구장으로 몰려온 탓이었다.

*　　　*　　　*

강 관장이 채나를 업고 가로등이 환하게 켜져 있는 철산동에서 광명시 실내체육관이 있는 쪽으로 걸어갔다.

아까 박 회장팀과 내기 당구를 쳐 패한 벌칙을 이행하기 위해서였다.

벌칙은 진 팀은 남자가 여자를 업고 동네를 한 바퀴 돌기였다.

이긴 팀은 여자가 남자 등에 업혀 동네 뒷산을 왕복하는 거였고!

무승부는 홈그라운드의 이점을 살리지 못했음으로 패한 것으로 간주한다는 승부사 채나의 엄격한 판정이었다.

"김 회장! 자네 당구 잘 치더만. 엄청난 고수야! 져주는 것도 아주 부드러워."

"마마 언니는 손님이잖아? 그래서 대접해 준 거야."

강 관장이 채나의 당구 실력을 재평가했고 채나가 특유의 무감정한 목소리로 대답했다.

"핫핫! 그래 보이더만. 그나저나 박 총통이 자넬 데리고 가고 싶어 하는 것 같던데?"

"강 오빠가 그럴 어떻게 알아?"

강 관장이 뜬금없이 박 총통의 속내를 밝혔고 채나가 고개를 갸우뚱했다.

"나이는 헛먹은 게 아니야! 자네가 맘에 없으면 박 총통이 이 변두리까지 올 이유가 없어. 초청장이야 애들 시키면 되는 거고. 또 나처럼 흉한 놈이 보고 싶어서 왔겠어? 펀치드렁크가 얼마나 진행돼서 언제 죽을지 궁금해서?!"

"헤헤헤! 말 된다. 이럴 줄 알았으면 쫌 더 잘해 드릴 걸 그랬네. 괜히 아까 어려운 볼을 드렸어."

"흐흣! 가고 싶으면 언제든지 가. 내 눈치 보지 말고! 김 회장 자네는 이미 나한테 떼돈을 안겨줬잖아? P&P에는 괜찮은 애들이 많아. 앞으로 자네가 활동하기에 아주 좋을 거야. 월드 투어도 하고 할리우드에도 진출하려면 그런 조직이 꼭 필요해!"

"그거야 그렇겠지. 근데 경기은행 건물인가 뭔가는 샀어?"

강 관장이 채나의 P&P 이적을 흔쾌히 허락했다.

채나가 관심 없다는 듯 말을 돌렸고!

"하아아아, 참! 빨리도 물어본다. 미국에서 귀국한 다음

날, 도장 찍고 곧바로 리모델링 시작했어."

"돈 부족하지는 않았어? 요새 눈뜨면 부동산이 오른다며?"

"뭐, 그래도 적당하더라고! 경기은행 건물처럼 덩어리가 큰 것들은 쉽게 안 움직이거든. 리모델링 비용까지 해서… 쪼, 쪼끔 남았어. 쪼끔!"

강 관장이 채나 눈치를 보며 쪼끔을 강조했다.

채나와 강 관장은 돈으로 계약한 것이 아니라 물건으로 계약했다.

오십억이 되든, 오백억이 되든 채나는 경기은행 건물을 사 주면 되는 것이고 강 관장은 그 건물은 받으면 끝나는 계약이었다.

하지만 강 관장은 현금, 그것도 US달러로 받아갔다.

한국에서 미국 달러는 여전히 강세였다.

"아! 그리고 앞으로는 경기은행 건물이라고 부르지 마. 광명 채나빌로 이름 바꿨어!"

"광명 채나빌? 화아— 이름 멋있다. 내가 왠지 엄청난 사람이 된 것 같은데?"

"흐흐훗! 큰일이다. 자네는 아직도 자네가 어떤 사람인지 모르는구만. 왜 낮에 당구장에서 쫓겨났는지 이해가 안 돼?"

"짜증 나! 몇 달 전만 해도 기수 후보생으로 오해를 받아서 말똥까지 치웠는데 이젠 깜깜한 밤에나 겨우 돌아다닐 수 있으니……."

"그게 대중의 사랑을 받는 스타들이 필히 치러야 하는 대가야. 단단히 각오해! 겨우 시작이라고. 지금 김 회장 인기가 그야말로 욱일승천의 기세로 치솟고 있어."

"헤헤헤……."

강 관장의 경고에 채나가 씁쓸함인지, 쓸쓸함인지 모를 웃음으로 답했다.

"근데, 우린 이제 완전 남남이 된 거야?

"큭! 남남 되려면 멀었어. 선금을 받았는데 내가 평생 자네 수발을 들어야지, 이 사람아! 내가 프로모터지, 남의 돈 떼어먹는 양아치는 아니잖아?"

채나가 강 관장과의 계약 관계를 물었고 강 관장이 명확하게 대답했다.

"그럼 왜 내가 P&P에 가? 오빠한테 깔린 돈이 얼만데?"

"핫핫핫! 얘기가 그렇게 되는구만!"

"헤헤! 그렇다고 너무 걱정하지 마. 앞으로도 용돈은 쫌씩 줄게."

"흐흐, 고맙네! 하지만 신경 끊어. 광명 채나빌에서 나오는 수익이 꽤 쏠쏠할 거야. 그 돈으로 가수 몇 놈을 키워보려고 해. 혹시 아나? 자네 대를 이어서 63빌딩을 사줄 놈이 나올지! 사실 권투 쪽은 이제 맛이 갔더든. 별 메리트가 없어."

"그래?"

탈싹!

채나가 가수라는 말이 나오자 눈을 빛내며 강 관장의 등에서 내렸다.

그리고 천천히 하안동의 주공 아파트 단지 어린이 놀이터로 들어섰다.

채나가 그네에 앉고 강 관장이 그네를 밀어줬다.

삐꺽삐꺽!

랜턴을 들고 순찰하던 아파트 경비원이 채나를 힐끗 쳐다보며 무슨 말인가 하려다가 다시 몸을 돌려 걸어갔다.

경비원은 채나가 어른인 줄 알고 제지를 하려다 초등학교 5학년쯤 된 어린이로 착각한 것이다.

채나는 선도의 화후가 깊어지면서 점점 더 예뻐지고 귀여워졌다.

"어떤 식으로 키울 거야?"

"오디션을 봐야지! 자네 덕분에 우리 캔 프로의 인지도가 만만찮게 올라갔거든. 우선 두세 명을 뽑아서 보컬트레이너와 댄스트레이너를 붙여 혹독하게 트레이닝을 시킨 뒤 시장에 내보낼 거야. 가수들은 배우들과 달리 어느 정도 수준만 되면 제 밥벌이는 하거든. 손해 볼 게 없어. 그 녀석들이 괜찮으면 잽싸게 걸 그룹도 하나 만들고!"

"내가 말 안 했나? KBC에서 시작되는 오디션 프로에 나랑 마마 언니 등이 출연한다고!"

"KK팝? 아주 예고편부터 죽여주던데. KBC에서 새파랗게 칼을 갈은 게 보여. 만만찮은 예능프로 하나가 또 나왔어."

"실은 그 사장님, 아니, 또 이렇게 말하면 혼나지! 우리 큰 아빠가 KBC사장님이시거든."

"자, 자네 큰아빠가 KBC사장님이셨어? 왜 그 말을 이제야 하나?"

"뭐, 일이 그렇게 됐어. 그건 중요한 게 아니고… 그 KK팝에 우리 캔이 살짝 끼자고! 스폰비 좀 내구. 최종 결승에 오르는 친구들을 우리가 데려다가 계약하고 캔 프로 소속으로 활동하게 하는 거야. 어때? 경비도 훨씬 절약되고 좋지 않을까?"

"오호! 아주 죽이는 아이디언데. 근데 KBC에서 응할까?"

채나가 영악한 연예기획사 대표 같은 아이템을 내자 강 관장이 눈을 빛냈다.

"우씨— 응하고 말고가 어딨어? 나랑 큰아빠 등이 모여서 기획한 거니까 나한테도 그 프로에 대한 지분이 30%쯤 있다고. 공짜도 아니고 스폰비를 내는데 뭘!"

"그, 그래?!"

"신인들이 들어오면 내가 데리고 다니면서 키우면 되잖아.

여기저기 행사하고 연말에 있을 내 콘서트와 투어에도 데리고 가고. 미국에 가서 내 앨범 발표할 때 쇼 케이스에도 출연시키고!"

"......!"

가수들이 새 앨범을 발표할 때 혹은 회사에서 어떤 물건을 선전할 때 광고를 위해 펼치는 행사를 쇼 케이스라고 한다.

"그러다 보면 애들 인지도도 훨씬 빠르게 올라가고 밥벌이도 빨리 할 거 아니겠어?"

"와우우우! 김 회장 대단하네. 완전 장사꾼이야."

"헤헤헤! 원래 내가 장사꾼 기질이 놀놀해. 머리 쓰는 것을 귀찮아 해서 탈이지."

"좋아―! 일단 그렇게 가자고!"

짝!

두 사람이 강 관장 사무실에서 노예 계약을 할 때처럼 하이 파이브를 했다.

"집으로 갈까! 동업자끼리 단합대회 한번 해야지."

"그럼그럼! 사람은 죽을 때 죽더라도 먹고 죽어야 돼."

"핫핫핫핫―"

동업자!

이날 이후 ㈜캔 프로의 지분은 채나와 강 관장이 정확히 반씩 나눠 가졌다.

두 사람의 동업은 강 관장이 펀치드렁크에 시달리다가 사망한 그날까지 계속됐다. 한 번도 다툼이 없이!

당연히 이 이야기는 아주 먼 훗날 이야기다.

*　　　*　　　*

"헉헉헉— 지은아! 그만 내려서 걸어가면 안 되겠니?"

"안 돼! 약속은 약속이잖아? 이긴 팀은 여자가 남자가 등에 업혀 동네 뒷산 왕복하기."

"야! 우리가 언제 이겼어? 간신히 비겼잖아, 무승부라고!"

"무슨 소리야? 월드컵도 안 봤어! 어웨이 경기에서 무승부면 무조건 이긴 거래."

"헉헉헉… 어쨌든 여긴 너무 높다. 언제부터 남산이 이렇게 높았지?"

"치이! 옛날에는 잘도 업고 올라가더니 벌써 늙은 거야?"

박 회장이 자신과 체격이 거의 비슷한 박지은을 업고 가로등이 켜져 있는 남산 초입에 놓인 돌계단을 비틀비틀 올라갔다.

"내, 내가 늙은 게 아니라 임마 니가 커진 거야. 넌 키만 해도 170이 넘잖아?"

"말이 넘 많아. 당구도 구리구리하게 치면서……."

"야야야! 내가 못 친 게 아니라 그 사람들이 고수야. 김채나 씨는 너보다도 몇 수 위야. 가끔 교묘하게 봐주더라고."

"고게 언니라고 엄청 생각한다니까. 귀여워 죽겠어!"

"헉헉― 그러니까 이제 내려주라?"

"봐줬다."

탈싹!

박지은이 박 회장의 등에서 내렸다.

후우우!

박 회장이 비지땀을 흘리면서 한숨을 길게 내쉬었다.

노민지가 얼른 수건을 건넸다.

"고맙다, 노 부장! 그리고 박지은은 다이어트 좀 해. 무슨 큰 돼지를 업고 가는 것 같아."

"후후후! 그래도 요즘 운동을 열심히 해서 많이 빠진 거야."

대한민국 연예계에서 가장 유명한 오누이가 가로등이 놓여 있는 산길 옆의 통나무 의자에 앉았다

"오빠, 채나 데려오고 싶어?"

"하하! 내 속이 그렇게 간단히 보였냐?"

박지은이 미소를 지으며 물어보자 박 회장이 쓴웃음을 지었다.

"강 관장님 좋아하지 않았잖아? 주먹잡이라고! 그런데 캔

프로까지 갔고."

"궁금했어. 복서나 격투기 선수들을 길러내는 분이 어떻게 김채나 씨 같은 연예인을 발굴할 수 있었을까? 옛날하고 완전히 다른 이 디지털 시대에 말이야."

"감상은?"

"내 생각대로였어. 백 퍼센트 운! 강 관장님이 전생에 우리나라 독립 운동을 했는지 몰라도 그냥 우연히 김채나 씨가 캔 프로에 들어간 거야. 어느 인터뷰에서 밝혔든 처음에 복서로 키우려 했을 만큼 무지했고!"

박 회장이 오늘 캔 프로를 방문한 것은 몇 가지 이유가 있었다.

물론 첫 번째는 캔 프로의 강 관장에게 〈블랙엔젤〉 제작 발표회의 초청장을 전달하기 위해서였다.

두 번째는 〈블랙엔젤〉 상견례 때 이광석의 만행에 연예계의 어른이요, 선배로서 채나에게 못 볼 것을 보여준 것 같아서 사과하는 뜻에서 진상사절로 갔다.

마지막으로 김채나라는 물건을 직접 세세히 확인하고 간을 보기 위해서였다.

"김채나 씨는 약간의 시차가 있었을지 몰라도 캔 프로든, 우리 P&P든, K7이든 어딜 갔었어도 대스타가 됐을 거야. 미국에서 잘 세공되어 들어온 다이아몬드였으니까!"

박 회장이 김채나 물건을 살펴본 소감을 간단히 말했다.

"실은 나도 채나를 우리 회사로 데려오려고 싶었어. P&P의 내 지분을 모조리 팔아서라도 말이야."

"……!"

박지은도 속내를 밝혔다.

"내가 정말 좋아하는 녀석인데 이상한 회사에서 노예처럼 살고 있으면 어떡해? 하지만 강 관장님이 채나를 바라보는 눈빛을 보고 마음을 놓았어."

"어떤 눈빛이었는데?"

"우리 아빠가 나를 바라보는 눈빛!"

"……."

"걱정하지 말고 뛰어라, 뒤에는 아빠가 있다. 아빠는 언제든지 너를 위해 희생할 준비가 돼 있어. 강 관장님도 채나에게 이렇게 말하고 있더라고. 우리 아빠처럼!"

박지은이 수십 년을 연예계에서 보낸 베테랑 배우답게 강 관장과 채나 사이를 정확히 짚었다.

쓰스룽룽! 쓰룽!

박지은이 버릇처럼 오빠인 박 회장의 팔짱을 끼고 풀벌레 소리가 요란한 남산의 산책로를 걸어갔다.

"그래! 강 관장님이 직접 얘기하시더라. 김채나 씨와 당신은 동업자 관계라고."

박 회장이 고개를 주억거렸다.

"후후! 이젠 동업자도 아냐. 강 관장님이 채나를 평생 돌보는 일만 남았어."

"그럼 김채나 씨, 정말 미국의 EMA와 계약한 거냐?"

"응! 사실이야. 아까 노래 연습실에서… 민지도 봤지?"

"네! EMA 스태프 수십 명이 죽치고 있었습니다. 그중 열명은 금발머리에 파란 눈이었고요. 호호호!"

박 회장의 질문에 박지은과 노민지가 씩씩하게 대답했다.

"계약금하고 선금 체재비 등 합해서 총1억 1,500만 달러 받았대."

박지은이 좀 더 구체적으로 설명했다.

"일억 달러가 넘었어?! 뭐, 뭔가 잘못 들은 거 아냐?"

"장본인인 채나한테 직접 들었는데 뭐! 그 애길 들으니까 기가 많이 죽더라고. 나고 미국의 파라마운트 영화사 하고 계약할 때……."

"3천만 달러짜리 핵폭탄이었지!"

"쓰읍! 채나는 내 따따블이야. 게다가 중국과 일본 메이저 방송사 하고도 어떤 약속이 돼 있대."

"중국과 일본 방송사하고도??"

"그건 채나가 말한 게 아니고 필신이가 그러더라고. 미국보다 일본, 일본보다 중국에서 배팅을 더 세게 했다고!"

"하하! 이젠 우리 회사를 팔아도 김채나 씨를 데려오지 못하겠구만."

㈜P&P의 박영찬 회장은 처음으로 어떤 좌절감을 느꼈다.

박 회장은 지금까지 대한민국 연예계에서 어떤 연예인도 스카우트하지 못한 사람이 없었다.

영화배우든, 탤런트든, 아이돌 그룹이든 자신이 욕심나는 연예인들은 모조리 데려왔다.

정 안 되면 회사를 통째로 사들였고!

하지만 딱 한 명, 채나는 어쩔 수 없었다.

덩치가 커도 너무 컸다. 억이 아니라 조 단위였다.

그것도 두 자리 숫자 조! 조!

"후후! 우리 P&P에서 데려오지 못해도 채나는 빅마마 소속 연예인이 될 거야."

"……!"

"앞으로 채나의 국내 콘서트나 월드투어 같은 큰 행사는 내가 직접 관리해야겠어. 살짝 확인해 봤는데 EMA와의 계약도 싼 맛이 좀 있더라구. 바보가 주먹만 잘 쓰지, 머리는 영 아니야."

"김채나 씨 하고 얘기가 된 거냐, 지은아?!"

"정말이에요, 이사님??"

박 회장과 노민지가 화들짝 놀라며 거의 동시에 물었다.

"무슨 말이 필요해? 녀석은 세상에 딱 하나밖에 없는 내 동생이야! 난 언니로서 돌봐줄 책임이 있단 말이야!"

"……!"

이때까지만 해도 박 회장과 노민지는 박지은의 말을 반신반의했다.

하지만 진짜였다.

박지은은 정말 채나의 국내 콘서트나 월드 투어 등을 직접 나서서 계약을 했고 진두지휘했다.

박지은은 연필신 같은 알바 매니저와는 차원이 달랐다.

서울대학교 MBA 출신의 샤프한 두뇌와 수십 년 동안의 연예계 경험을 갖춘 면도칼 같은 프로페셔널 매니저였다.

그럴 때면 채나는 그저 저쪽 구석에서 뭔가 열심히 먹어대고 있었고!

6장

달라진 위상들

* 이 보고서는 2002년 5월 15일부터 5월 30일까지 보름 동안 전국 오대도시 수도권 부산 대구 광주 대전에서 13세에서 70세 남녀를 대상으로 조사했습니다.

* 신뢰도 96% 오차범위 ± 3%입니다.

* 오차범위 0%를 지향하는 여론조사 전문 회사 코리아 리비우 제공

—2002년 상반기 한국 〈여자〉 연예인 인기 순위 TOP 10

1위 김채나 (가수)

2위 박지은 (영화배우)

3위 이민아 (탤런트)

4위 백혜수 (영화배우)

…(중략)…….

7위 오신혜 (탤런트)

…(중략)…….

9위 연필신 (개그우먼)

10위 최라희(영화배우)

—2002년 상반기 한국 〈남자〉 연예인 인기 순위 TOP 10

1위 김상도 (영화배우)

2위 정희준(영화배우)

…(중략)…….

5위 지상욱 (영화배우)

6위 황해성(영화배우)

7위 유종철 (개그맨)

…(중략)…….

9위 이광석 (영화배우)

10위 원 일 (가수)

—2002년 상반기 한국 연예인 인기 순위 TOP 10

1위 김채나 (가수)

2위 박지은 (영화배우)

3위 김상도 (영화배우)

4위 정희준 (영화배우)

5위 이민아 (탤런트)

6위 지상욱 (영화배우)

7위 황해성 (영화배우)

8위 유종철 (개그맨)

9위 오신혜 (탤런트)

10위 연필신 (개그우먼)

'채나랑 마마 언니가 1, 2위를 차지하는 건 너무 당연하다. 그, 근데 왜 내 이름이 여기 올라 와 있지? 왜 내 이름이?!'

〈블랙엔젤〉 제작 발표회 2부 사회자로 초대 받아 서울 코리아 호텔에 도착한 연필신이 무궁화홀 특설무대에 놓여 있는 디지털 피아노 앞에 주저앉아 자신의 이름이 인쇄된 A4 용지를 살펴보며 계속 같은 말을 중얼거리고 있었다.

2부 행사 리허설이 막 끝나고 카메라 기자들에게 공식적인 촬영시간이 주어지는 포토타임이 시작됐을 무렵이었다.

"헤헤! 그만 봐, 언니. 잘못하면 눈 빠지겠어!"

"빠져도 돼! 내 눈은 하도 작아서 있으나 없으나 똑같거든."

"에헤헤헤헤헤ㅡ"

방금 채나와 함께 〈블랙엔젤〉 OST곡인 〈끝없는 사랑〉을 부르면서 리허설을 끝낸 한미래가 장난스럽게 옆구리를 콕콕 찌르며 말을 걸자 연필신이 여전히 A4 용지에서 시선을 떼지 못한 채 귀찮다는 듯 대꾸했다.

"근데 미래야, 이 보고서 어디서 구했냐? 혹시 증권가에 나도는 찌라시 아냐? 그 왜, 말도 안 되는 유언비어만 냅다 긁어 놓는 불온문서 말이야?"

연필신이 뭔가 불길한 생각이 떠오른 듯 황급히 한미래에게 물었다.

"아냐 아냐, 언니! 아침에 큰형부가 준 거야. 언니한테 축하 인사도 같이 전해 달라고 하셨어!"

"네… 큰형부라면 ㈜HANA 엔터테인먼트 사장님?!"

"응! 아주 정확한 문건이래. 증권가의 정보지 따위가 아니라 우리나라의 모든 방송사와 연예기획사 광고회사들이 많은 돈을 지불하고 받아 보는 보고서라고 하시던데?"

"맞아 맞아! 이제 기억난다. 이 회사 코리아 리뷰, 연예인들의 인기도를 조사하는데 족집게라고 하더라!"

한미래가 연예인들의 인기도를 조사한 보고서에 대해서 설명하자 그제야 연필신도 생각이 난 듯 환하게 웃으며 A4용지를 흔들어 댔다.

"하아아아아— 근데 내가 어떻게 우리나라 인기 연예인 톱텐에 들어가 있지?

혹시 오차 범위 내에 있는 거 아닐까, 내가?"

"내 말이. 너무 신기해! 구로동 꺽다리 아줌마가 대한민국 최고 인기 연예인 열 명 중 하나라니… 도무지 믿어지지 않아. 에헤헤!"

"이, 이 시키가……?"

"미안 미안! 필신 언니가 십대 연예인이 되니까 너무 너무 좋아서 그래!"

"좋아아아! 오늘은 어떤 말도 어떤 행동도 다 용서한다."

"헤헤헤헤헤!"

연필신이 좀처럼 흥분이 가시지 않는 듯 얼굴이 벌게진 채 주먹을 흔들었다.

"오냐! 찌라시면 어떻고 불온문서면 어떠냐? 지금부터 이 보고서는 내가 확실히 접수했다."

연필신이 A4용지를 꼭 껴안고 떨리는 음성으로 말했다.

"이왕이면 깨끗한 거 줄게, 언니! 코팅해서 보관하려고 그러잖아?"

"NO! 코팅 가지고 안 돼. 확대 복사를 해서 표구를 하고 액자에 넣어 우리 집 대문부터 안방까지 쫘악 도배를 할 거야. 내가 아는 지인들에게 모조리 쐬줄 거고!"

"아후— 부럽다! 난 언제 언니처럼 우리나라 십대 연예인 이 돼서 그렇게 해보지?"

"험험, 많이 부러워 해! 난 잠시 화장실에 가서 이 기쁨을 만끽하고 와야겠어. 주책없이 쏟아지는 이 눈물도 좀 처치하고!"

연필신이 정말 눈물이 나오는 듯 눈을 가리며 얼른 몸을 돌렸다.

"같이 가, 언니! 나도 메이크업 고쳐야 돼."

연필신과 한미래가 무대 뒤편으로 총총히 빠져나갔다.

'내가 우리나라 십대 인기 연예인 중 한 명?? 이럴 땐 어떻게 해야지? 오늘을 대한민국 임시 공휴일로 정하고 전 국민에게 떡을 돌려야 되나?! 떡 보다 빵이 좋을까?'

겨우 이십 미터밖에 떨어져 있지 않은 화장실이었지만 연필신은 그곳까지 가면서 정말 만감이 교차했다.

2002년도 상반기 대한민국에서 가장 인기가 있는 연예인 열 명!

그중 하나가 자신이라니… 연필신이 감격하고 흥분할 만했다.

연예인은 인기에 살고 인기에 죽는다.

연예인은 밥을 먹고사는 게 아니라 인기를 먹고산다.

연예인에게 인기는 곧 돈이요, 인격이요, 힘이었다.

2002년도 연예인 협회에 공식적으로 등록된 연예인 숫자만도 일만 명이 넘었다.

등록되지 않은 무명 연예인들이 그 배가 넘었고!

톱 텐이라면 그 많은 연예인 중에서 열 손가락 안에 들었다는 뜻이다.

그것도 주먹구구식으로 조사한 것이 아니라 공신력 있는 회사에서 막대한 인력과 돈을 들여 조사한 신뢰도 96%짜리 보고서였다.

수많은 연예기획사에서 갖은 방법을 다 동원해 이 순위에 자신들의 회사에 소속된 연예인들을 올리려고 필사적인 노력을 했다.

한데, 변변한 소속사조차 없는 연필신이 대한민국 인기 연예인 톱 텐에 그 이름을 당당히 기록했으니!

그야말로 개천에서 용이 나왔다.

물론 이 순위가 100% 정확하다고 할 수는 없었다.

연필신이 걱정했듯 오차 범위라는 게 있기 때문이다.

하지만 지금처럼 내로라하는 스타들이 포토라인에 함께 서 있고 수많은 카메라 기자가 몰려와 촬영을 한다면 그 인기도를 100% 정확하게 측정할 수 있다.

매스미디어에 종사하는 카메라 기자들은 본능적으로 인기가 조금이라도 높은 스타에게 포커스를 맞췄다.

스타들의 인기 서열을 귀신처럼 알아냈다.

신뢰도 100% 오차범위 0%짜리였다.

파파팍! 번쩍 번쩍!

〈블랙엔젤〉 제작발표회 2부 리허설이 끝나고 포토타임이 시작된 지 이미 삼십 분이 지났건만 카메라 플래시들은 여전히 지칠 줄 모르고 터졌다.

"진짜 굉장하다 굉장해! 기자들이 끝없이 몰려오네."

"정말이야! 무슨 아카데미 시상식장도 아니고 겨우 TV 드라마 제작발표회에 세계 각국의 기자들이 몽땅 참석했어. 미국, 일본, 중국, 영국, 홍콩, 캐나다, 호주, 심지어 브라질과 러시아 기자들까지 왔어."

연필신이 대한민국 인기연예인 톱 텐답게 감격에 겨워 떨던 몸을 화장실에 가서 재빨리 진정시켰다.

그 진정된 마음은 화장실에서 돌아와 한미래와 함께 다시 디지털 피아노 앞에 앉았을 때 간단하게 깨졌다.

점점 더 짙어지는 이 카메라 플래시들 때문이었다.

찰칵! 찰칵! 파파파팍—!

"미래야! 카메라 플래시 많이 쏘이면 암 걸려 죽는다는 말 못 들어봤냐?"

"에헤헤! 정말 걱정된다. 잘못하면 우리 때지 언니 오늘 전자파에 맞아 죽겠어!"

"쩝쩝, 저 정도면 전자파가 아니라 레이저 광선이야. 아니방사선, 방사선 수준이다."

"진짜 스타워즈 따로 없네!"

지금 포토라인이 그려져 있는 무대 아래에서는 방금 한미래가 말한 것처럼 별들의 전쟁이 벌어지고 있었다.

카메라 플래시가 흡사 레이저 빔처럼 쏟아져 눈을 똑바로 뜰 수 없을 정도였다.

세계 각국에서 날아온 카메라 기자들이 무차별적으로 카메라 플래시를 난사했고, 채나와 박지은, 정희준, 지상욱, 오신혜 등 〈블랙엔젤〉의 주요 출연진들이 최대한 멋진 포즈를 취한 채 온몸으로 플래시 세례를 막아냈다.

실로, 기가 막힌 일이었다.

어느 나라 대통령 취임식도 아니고 무슨 국가 비상사태가 발생되어 긴급 기자 회견을 하는 것도 아니었다.

단지 제작비를 다른 작품보다 조금 많이 투자한 드라마 제작 발표회였다.

한데 디지털 카메라부터 ENG카메라까지 든 카메라 기자만 수백 명이었다.

대한방송사 DBS의 사회부 연예부 기자들을 필두로 해서 메이저 방송사인 MBS, KBC와 지역 방송사인 ITV, OBC의 기자들까지 모조리 참석했고, 조선신문, 대한일보, 신동아일보, 민주일보 등 중앙일간지와 각 시도의 지방 신문기자들도 깡

그리 몰려와 있었다. 매일 스포츠 등 주요 스포츠 신문이나 연예 잡지 기자들은 리허설 장면까지 빠짐없이 카메라에 담았고!

더불어, 미국의 삼대 방송사인 ABC, NBC, CBS와 CNN의 기자들과 영국의 BBC 일본의 NHK, FUJI, 중국의 CCTV 등 세계 각국의 방송사 기자들, 로이터, UPI, AP, AFP 등 세계 주요 통신사 기자들과 뉴욕 타임즈, USA투데이, 더 선, 마이니찌, 아사이 등 세계 메이저 신문사 기자들까지 총출동해서 그야말로 아수라장을 이루고 있었다.

〈블랙엔젤〉에 쏠려 있는 팬들의 관심이 어느 정도인지 확실하게 피부로 느낄 수 있는 그런 장면이었다.

"험험! 우리가 이해하자, 미래야! 마마 언니하고 준사마 인기만 해도 엄청난데 우리 귀염둥이까지 가담했으니 저 정도면 보통이지 뭐."

"아냐, 언니! 마마 언니나 준사마가 아시아권에서는 높은 인지도를 자랑하지만 미국이나 영국 같은 서구에서는 그리 유명하지 않아. 그냥 동양의 잘나가는 배우 정도야!"

연필신이 박지은과 정희준의 인기를 거론하며 채나를 같은 서열로 평가하자 한미래가 즉각 반발했다.

"그럼 저 노랑머리 기자들은?"

"당근! 때지 언니 때문에 온 거야."

연필신이 좀 있어 보이는 금발이라는 표현 대신 왠지 싼티가 나는 노랑머리라는 어휘를 사용했다.

평소 서양 사람을 좋아하지 않는 연필신식 표현이었다.

"저, 정말이야?"

"뭐, 우리나라에서야 때지 언니랑 마마 언니 준사마 등이 인기 연예인 톱을 놓고 아웅다웅하지만 서구 쪽에서는 마마 언니나 준사마는 겜도 안 돼!"

"게임이 안 돼?!"

한미래는 만으로 열아홉, 아직 미성년자였다.

쉽게 말해 사회적으로 아직 어린 사람이라는 뜻이다.

어린 사람들은 한번 어떤 스타를 좋아하면 다른 스타들은 쳐다보지도 않는다.

한미래도 그중 한 명이었다.

단어 하나하나를 골라 사용하는 한미래가 때지 언니라고 부를 만큼 채나를 따랐다.

한미래도 분명히 가수였고 연예인이었지만 채나를 따라 〈우스타〉에서 자진하차 할 만큼 채나의 광팬이기도 했다.

당연히 한미래의 눈에는 채나가 세계 톱, 아니, 우주 톱 연예인이었다.

연필신도 그걸 잘 알기에 다시 한 번 확인한 것이다.

"호주에서 살 때 미국이나 유럽을 여행해 봐서 좀 알아! 현재 전 세계에 존재하는 동양인 중에서 서양인들한테 가장 인기가 있는 사람이 바로 때지 언니야. 물론 몇 달 뒤면 때지 언니가 세계 최고의 인기인이 되겠지만!"

"그으으으래? 우리 귀염둥이가 대단하긴 대단하구나. 이히히히!"

호주에 살면서 미국, 유럽 등을 여행했다는 해외파의 말에 대학교 졸업 여행 때 딱 한 번 일본에 다녀온 국내파가 깨끗이 승복했다.

"지난 시드니 올림픽 때 때지 언니가 미국 대표팀 선수들하고 호주에 도착했을 때 수상이 직접 공항까지 마중 나갔어."

"화아아— 호주 수상이 직접 마중을 나가??"

"지구상의 모든 스포츠 종목을 통틀어서 남자 선수들과 경쟁을 해서 이길 수 있는 유일한 여자 선수가 때지 언니래! 그래서 서양 사람들이 언니를 광적으로 좋아하고."

"오호! 이제야 저 노랑머리들이 벌떼처럼 몰려온 이유를 확실히 알겠다. 그렇게 유명한 스포츠 스타가 노래까지 불러 세계적인 메가 히트를 치고 이제 드라마까지 출연하니까 완전 빡이 간 거구만!"

"땅똥땡……! 정답입니다."

파파팟! 팍팍!

    연필신과 한미래가 채나를 세계 연예인들 중에 짱이란 결론을 내렸을 때도 카메라 플래시는 여전히 멈추지 않고 있었다.

    "강춘식 선생님! 사미연 선생님! 죄송합니다. 뒤로 좀 빠져주세요!"

    "뭐요? 위대하신 대한민국 대통령 부처에게 빠져라 마라 하는 거요. 지금?!"

    "어머머— 아무리 기자들이지만 넘 싸가지 없다. 조선신문 최 기자! 당신 내일부터 청와대 들어오지 마. 끝이야! 끝!"

    "아하하하하!"

    〈블랙엔젤〉에서 대통령 역을 맡은 원로배우 강춘식과 영부인 역을 맡은 사미연이 인상을 쓰며 너스레를 떨자 기자들이 폭소를 터뜨렸다.

    "미안합니다, 황해성 씨, 오신혜 씨! 잠깐만 비켜주십시오."

    원로배우 강춘식과 사미연에 이어 〈태황비〉에서 방방 뜨며 가전제품 광고시장까지 진출했던 인기 영화배우 황해성과 탤런트 오신혜가 한 방에 아웃됐다.

    "저기 김채나 씨, 박지은 씨, 정희준 씨, 지상욱 씨!"

    "네 분— 포즈 좀 취해주세요!"

    "네네네! 아주 좋습니다, 김채나 씨! 활짝 웃으시고 여길 좀 봐주세요!"

김채나, 박지은, 정희준, 지상욱.

어느새 카메라 기자들이 그 이름만으로도 대한민국, 아니,
세계를 떠들썩하게 하는, 이십여 명의 〈블랙엔젤〉 메인 출연
진 중에서 가장 인기가 있는 네 명의 톱스타를 추려냈다.

밀려난 황해성이나 오신혜는 반항을 하고 싶어도 별 뾰족
한 방법이 없었다.

기자들이 자신들보다 인기 있는 네 사람만 촬영하겠다는
데 뭐라고 하겠는가.

"고맙습니다, 정희준 씨, 지상욱 씨! 두 분, 잠깐 숙녀분들
께 양보 좀 해주세요!"

다시 기자들이 서슴없이 두 명을 골라냈다.

"연필신 씨, 한미래 씨! 거기서 뭐하세요?"

"이리 내려오셔서 채나 씨하고 지은 씨랑 포즈 좀 취해 주
세요!"

기자들이 무대 위 피아노 앞에 앉아서 수다를 떠는 연필신
과 한미래를 불렀다.

"히히! 저희는 〈블랙엔젤〉 출연진이 아니에요. 허 기자
님!"

연필신이 웃으면서 손을 저었다.

"무슨 말씀이세요? 두 분 다 까메오로 나오시잖아요? 그리

고 오늘 사회도 보시고 미래 씨는 블랙엔젤 OST곡도 부르셨잖아요!"

"시간 없어요! 두 분 빨리 내려오세요."

"헤헤헤……. 가자, 언니!"

대한일보 허운 기자가 소리치자 어쩔 수 없이 한미래와 연필신이 무대에서 내려왔다.

"아뇨 아뇨! 채나 씨가 맨 좌측! 지은 씨, 필신 씨, 미래 씨 이렇게 서야 키가 맞습니다."

허운 기자가 열병식장의 지휘관처럼 자리를 배치시켰다.

"우쓰— 전부 농구선수들이네?"

"아닌데? 우린 경마 기수들이야!"

"아하하하하!"

채나가 키가 큰 박지은 등을 흘겨보며 투덜대자 박지은이 조크를 던졌고 카메라 기자들이 폭소를 터뜨렸다.

기자들은 채나가 작은 키 때문에 마사회를 방문했을 때 경마 기수 후보생으로 오인받아 말똥까지 치웠다는 처절한 비사를 너무나 잘 알고 있었다.

찡긋!

채나가 박지은을 보며 인상을 쓰자 박지은이 예쁘게 윙크를 했다.

카메라 기자들은 이런 장면을 좋아했다.

당연히 놓치지 않고 찍었다.

역시 세계 오대 영화제를 휩쓴 국민배우 박지은이었다.

기자들을 위해서 아주 노련하게 연출을 해줬다.

"네네! 지은 씨! 좀 더 활짝 웃어주세요."

"아주 좋습니다. 정말 이 무궁화 홀에 무궁화 꽃이 활짝 핀 것 같습니다."

"네 분 꼭 우리 일간 스포츠 구독하세요! 내일 아침 일면에 대한민국 연예계를 이끄는 여성 사인방이란 제목으로 대문짝만 하게 실릴 겁니다."

"쟤네 신문사도 더럽게 힘든가 보다? 카메라 기자까지 영업사원으로 내보냈네!"

"낄낄낄!"

기자들이 웃음을 터뜨리며 카메라 셔터를 눌러댔다.

대한민국 연예계를 이끄는 여성 사인방!

연필신은 입에 자크가 달려 있었으면 좋겠다는 생각이 자꾸 들었다.

자신의 입술이 통제를 벗어나 계속해서 귀 쪽으로 찢어지고 있었기 때문이다.

몇 달 전만해도 〈개판〉 한 코너에 매달려 아등바등했는데 어느새 대한민국 인기연예인 톱 텐이니 우리나라 정상급 개그우먼이니 대한민국 연예계를 이끄는 여성 사인방이니 하는 찬사를 듣게 되다니… 정녕 믿어지지 않았다.

연필신은 믿어도 좋았다.

채나와 함께 〈우스타〉에 출연하면서 인지도가 눈부시게 올라갔고 명문 고려대학교 출신으로 수학선생님 경력까지 있다는 사실이 대중들에게 호감을 주면서 연필신을 진정한 고품격 개그우먼으로 만들었다.

비록 회원이 백여 명밖에 되지는 않았지만 인터넷 포털 사이트에 연필신의 팬클럽, 키 큰 이들의 모임, 〈큰 이모〉가 결성되기도 했다.

"예예! 포즈 좋습니다. 그렇게요!"

"자아, 필신 씨 하고 미래 씨! 잠깐만 빠져주십시오."

카메라 기자들이 게스트들도 추려냈다.

이제 남은 사람은 채나와 박지은뿐이었다.

채나는 〈블랙엔젤〉에서 영부인의 경호원으로 나오는 S1의 유니폼인 흰색 브라우스에 검은 정장을 걸치고 있었고, 박지은은 〈블랙엔젤〉에서 영부인의 비서관이 좋아하는 코디인 오렌지색 재킷에 흰 치마를 입고 있었다.

박지은은 지적이면서도 당당한 커리어우먼의 자태가 역력했고 반면에 채나는 완전히 변신을 해서 고유의 캐릭터인 귀요미가 사라진 채 차가운 총잡이 같은 포스가 물씬 풍겼다.

최종 결승전에 올라온 연예인다운 카리스마였다.

"네네! 채나 씨, 지은 씨 그렇게 서주세요. 여기 좀 봐주세요."

"채나 씨! 얼굴 이쪽으로요. 그렇게요! 네네! 아주 좋습니다."

"야! 허 기자! 머리 좀 치워. 대갈통이 어찌나 큰지 채나 씨 몸 전체를 가린다!"

"카카카카!"

"형도 참! 나 머리 커지는 데 뭐 도와준 거 있어?"

"많이 도와줬지, 임마! 어제도 술값 낼 때 되니까 너 도망갔잖아? 아, 아니 채나 씨! 아직 촬영 안 끝났어요. 아직 움직이면 안 돼요!"

"야, 허 기자! 도끼 좀 찾아봐. 채나 씨가 도끼를 들어야 〈블랙엔젤〉 S1 포스가 제대로 나오지."

"어이구, 형님은. 우리가 무장 강도예요? 무슨 호텔에서 도끼를 찾아?"

신문사와 방송사 기자들!

머리 터지게 경쟁하는 회사에 소속된 관계로 그 사이가 소원할 것 같지만 결코 그렇지 않다.

아니, 친해지기 싫어도 친해질 수밖에 없는 관계였다.

청와대, 국회, 정부청사, 법원, 경찰서 등에서 날마다 얼굴을 마주치며 함께 취재를 하다 보면 자연스럽게 대화도 나누고 밥이나 술도 같이 먹게 된다.

그러다 보면 자신들도 모르게 정이 든다.

덕분에 기자들은 나름대로 선후배 관계가 엄격했고 서로 집안의 경조사도 챙겨줄 만큼 가까웠다.

물론 누대로 내려온 신문사와 방송사 기자들 간의 알력은 여전했지만!

이때, 〈블랙엔젤〉의 채나 담당인 오동광 PD가 큼직한 야전용 손도끼를 잽싸게 채나에게 건네줬다.

"와우! 역시 유능한 똥 PD야."

"기자들이 채나 씨를 촬영할 때 도끼를 찾을지도 모른다?

"공포의 센스! 대단해!"

"아까워! 얼굴만 쫌 받쳐 줬으면 다음 대 DBS 회장감인데."

기자들이 입에 침을 튀기자 오동광 PD가 민망한 듯 머리를 긁었다.

기자들과 PD들은 동종업계에 종사하는 사촌쯤 되는 친구들이었다.

"아주 좋아요. 네네! 도끼를 그렇게 들고 그대로!"

"OK! 죽여줍니다, 채나 씨."

"진짜 도끼를 마음대로 휘두르는 여자답습니다."

번쩍! 번쩍!

플래시가 계속해서 채나를 향해 터졌다.

결국 카메라 기자들이 최종 우승자를 골라냈다.

박지은이 미소를 띤 채 우승자를 남겨두고 조용히 퇴장했다.

박지은은 아역 배우를 시작으로 이십여 년 동안 연극 영화 드라마에서 활동해 온 베테랑이었다.

지금 카메라 기자들이 누굴 원하는지 정확히 알고 있었다.

또 채나의 인기가 이미 자신을 넘어섰다는 것도 잘 알고 있었다.

질투? 박지은에게 그런 것은 없었다.

채나는 박지은이 순수한 팬으로서 마음의 문을 활짝 열고 열렬히 응원하며 사랑해 왔던 스포츠 스타였다.

박지은은 채나가 한국에 와서 가수가 되고 자신과 같이 연예인의 길을 가고 있다는 그 사실만으로도 잠을 설칠 만큼 기뻤다.

박지은이 박 회장과 노민지에게 말했듯 채나는 세상에 딱 하나밖에 없는 동생이었다.

늘 돌봐줘야 하는 동생.

'봐봐? 결국 기자들이 때지 언니한테만 달라붙잖아!'

'대박— 우리 귀염둥이가 국민배우를 간단히 젖혔어!'

한미래와 연필신이 마치 자신들이 최종 우승자가 된 듯 활짝 웃었다.

"……?"

그때, 특설무대 아래에서 마이크 스탠드를 앞에 놓고 서 있던 DBS 드라마본부의 문종욱 차장이 휴대폰을 쳐다보며 눈살을 찌푸렸다.

계속해서 터지는 카메라 플래시와 ENG카메라, HD카메라, 방송용 캠코더 등 수백 대의 카메라가 밝혀놓은 조명들이 반사되면서 휴대폰 화면이 보이지 않았기 때문이다.

할 수 없이 혹시 해서 준비해 왔던 선글라스를 찾아 썼다.

"흑!"

선그라스를 쓰고 휴대폰을 살피던 문 차장이 마른 비명을 터뜨렸다.

오후 6시 30분 현재 〈블랙엔젤〉의 관계자 500여 명. 내외신 기자 약 1,000명.

내빈 약 1,000명. 현재 입장인원 약 2,500명임. 참고하시압.

〈블랙엔젤〉의 연출을 맡은 후배인 김주 PD가 보낸 메시지였다.

기획단계부터 워낙 화제가 됐던 드라마라서 어느 정도 반응은 예상했지만 세계 각국의 기자들이 천여 명이나 몰려올 줄이야?

문 차장이 새삼 흥분이 되는 듯 얼굴이 벌겋게 달아오른 채 이 많은 기자 군단을 불러들인 주인공들을 천천히 확인했다.

금빛 조명 아래 'DBS 창사특집 대하드라마 〈블랙엔젤〉'이라는 글씨가 화려하게 인테리어 된 특설무대!

그 무대 위 맨 앞줄에는 P&P의 박 회장을 중심으로 왼쪽으로는 DBS 예능본부의 장 본부장, K7기획 지 대표, 극동연예의 배 사장, 한울타리사의 경정수 사장 등이 뛰는 심장을 간신히 진정시키며 점잖게 앉아 있었고, 오른쪽에는 DBS의 탁병무 국장과 〈블랙엔젤〉의 원작자인 김남훈 작가, 각색을 한 조일한, 김나영, 황보순 작가와 한국 대통령 역할의 강춘식과 영부인 역할의 사미연, 남자 주연인 정희준, 남자 조연인 지상욱, 여자 주연인 박지은, 여자 조연인 채나가 자리 잡고 있었다.

그 뒷줄에는 이광석, 황해성, 오신혜, 최정화 등 십여 명의 준 조연급 배우들이 나름대로 최대한 멋진 표정을 짓고 있었고!

'빌어먹을! 괜히 사회를 맡았어. 이렇게 많은 인간이 몰려올 줄 알았으면 얼굴 두꺼운 김 차장을 시키는 건데…….'

갑자기 문 차장이 〈블랙엔젤〉 제작발표회 1부 사회를 맡은 것을 후회했다.

세계 각국의 기자들이 몰려와 산을 만들고 바다를 이룬 자리였다.

말 한마디만 삐끗해도 망신살이 세계만방에 뻗친다.

매끄럽게 진행했다고 해서 경쟁사 기자들이 칭찬해 줄 리도 만무했고!

후회는 아무리 빨리 해도 늦는다.

뭐, 후회를 하든, 말든 오늘 1부 사회는 원래 문 차장 몫이었다.

DBS 드라마본부에서 이 〈블랙엔젤〉에 투입한 PD가 자그마치 열두 명이나 됐지만 책임 PD 겸 감독인 탁 국장을 제외하고 문종욱 차장이 가장 고참이었고, 제작발표회도 여러번 진행을 해본 경험이 있었기 때문이다.

거기에 방송사에서 나온 출장 수당 4만 5천 원과 박영찬 회장이 찔러준 100만 원을 부리나케 챙긴 원죄도 컸고!

'어쨌든 손님들이 많이 오니까 기분은 좋구만! 이광석 이 씹팔단 새끼가 상견례 때 진상을 떨어서 김이 확 샜었는데ㅡ'

문 차장이 선글라스를 벗었다.

"후우우우!"

천천히 심호흡을 했다.

"감사합니다. 이것으로서 포토타임을 모두 마치겠습니다. 카메라 기자분들께서는 그만 자리해 주시기 바랍니다."

문 차장이 조심스럽게 멘트를 시작했다.

팍팍팍!

카메라 기자들이 아쉬운 듯 연신 플래시를 터뜨리며 물러났다.

털썩!

그 순간, 채나가 의자 뒤로 몸을 벌렁 눕혔다.

채나에게서는 좀처럼 나오지 않는 자세였다.

"아후……."

이어 채나가 눈을 감으며 무궁화 홀이 내려앉을 만큼 길게 한숨을 내쉬었다.

"으헉—! 비상! 비상! 채나가 엄청 배가 고픈가봐? 미래야."

"진짜? 때지 언니 저런 자세 나오면 미국의 형부가 와도 말을 할까 말까 하는데!"

채나의 노예와 몸종 신분인 연필신과 한미래가 걱정스러운 표정으로 마주봤다.

연필신은 퇴직금으로 미화 100만 달러를 받을 만큼 채나의 초특급 매니저였다.

당연히 채나가 오늘 어떤 속옷을 입고 나왔는지도 잘 알았다.

얼마 전에 매니저를 그만뒀지만 퇴직금을 워낙 많이 챙겼기에 노예 신분에서 완전히 해방되지 못했다.

한미래는 스스로 지원한 비정규직 무보수 몸종이었고!

"빨리 마마 언니한테 말해! 쟤 저대로 두면 내일까지도 한마디 안 해."

"웅! 언니."

한미래가 잽싸게 채나 옆에 앉아 있는 박지은에게 다가가 귓속말을 했다.

박지은이 미소를 띤 채 눈을 뜬 건지 감은 건지 전혀 구분이 안 되는 채나를 살펴보며 박 회장에게 메모지를 전했다.

박 회장이 손짓을 하자 대기하고 있던 이 상무가 구르듯 무대에서 내려가 문 차장에게 귀엣말을 했다.

박 회장이나 문 차장 등은 아주 잘 알고 있었다.

채나는 배가 고프면 절대 말을 안 하고 채나가 말을 안 하면 오늘 제작발표회는 여기서 끝을 내든지, 연기를 하든지 둘 중 하나를 택해야 한다는 사실을!

"카메라 기자 여러분들 수고 많이 하셨습니다. 벌써 오후 여섯 시가 넘었습니다. 홀 내 좌우편에 보시면 한식, 양식, 일식, 중식 등 다양한 음식이 준비돼 있습니다. 이 시간 이후부터는 식사하면서 편안하게 진행하도록 하겠습니다. 감사합니다!"

문 차장이 식사를 해도 된다는 친절한 안내 멘트를 날렸다.

하지만, 누구 하나 움직이지 않았다.

여섯 시라는 시간이 저녁을 먹기에 약간 이른 시간이라는 점도 있었지만 기자들이 여기 온 것은 밥을 먹기 위한 것이 아니라 일을 하기 위해서였다.

내빈들은 음식을 먹고 싶어도 아무도 움직이질 않으니 체면상 먹지 못하고 있었고!

〈블랙엔젤〉 출연진이나 제작진들은 밥을 퍼서 입속에 넣어줘도 들어가지 않는 상황이었다.

내외신 기자들이 무려 천여 명이 와 있었고 DBS에서는 방송 중계차까지 동원해 녹화까지 뜨고 있는 판이었으니까!

늘 그렇듯 예외는 있다.

채나의 친구겸 노예인 연필신과 몸종인 한미래가 이 호텔에서 가장 큰 접시에 소갈비, 육회, 참치회, 탕수육 등을 최대한 꽉꽉 눌러 담아 채나 테이블에 탑처럼 쌓아놓았다.

"때지 언니야. 밥!"

"으으응, 고마워."

한미래가 나직이 말하자 채나가 거의 죽어가는 음성으로 대답하면서 허겁지겁 음식들을 먹기 시작했다.

훗!

박지은이 실소를 날리며 채나를 쳐다봤지만 말은 시키지

않았다.

밥 먹을 때 건드리면 무는 것은 사나운 개뿐만 아니었다.

사람도 물었다.

특히 채나는 꽉꽉 물었다.

〈블랙엔젤〉 제작진들이나 출연진들도 채나를 쳐다보며 미소를 지을 뿐 아무도 뭐라고 하지 않았다.

솔직히 부러웠다.

역시 천하의 김채나였다.

내외신 기자가 천 명이 오든, 만 명이 오든 눈치 보지 않고 소신껏 자신의 맡은바 임무를 다하지 않는가?

게다가 이들은 채나의 〈김천 삽자루 만행 사건〉을 목격했다.

그것도 생생한 레알로!

―내가 또라이냐? 저 무지막지한 놈이 밥을 먹는데 시비 걸어서 삽자루 맞을 일 있냐고.

이들의 표정은 하나같이 이렇게 말했다.

"그럼 지금부터 투자사들을 대표해서 ㈜P&P의 박영찬 회장님께서 인사 말씀을 해주시겠습니다."

문 차장의 소개가 끝나자 박영찬 회장이 조심스럽게 일어나 간단하게 인사말을 했다.

뒤이어 DBS 장재홍 드라마본부장이 나와 제작진들을 대표해 〈블랙엔젤〉의 TV 방영 스케줄을 설명하면서 인사를 대신했고 원로배우 강춘식이 출연진을 대표해 정중하게 인사를 했다.

"고맙습니다. 이것으로 간략하게나마 〈블랙엔젤〉의 촬영 스케줄을 말씀드렸습니다. 기자분들께서는 우리가 미국, 러시아, 중국, 일본, 베트남 등 해외 십여 개국을 돌면서 촬영한다는 사실을 팬들께 꼭 좀 전해주시기 바랍니다."

"아하하하!"

탁병무 국장이 앞으로 진행될 〈블랙엔젤〉의 촬영 일정을 간략하게 보고한 후 해외 십여 개 국에서 진행될 로케이션 장소를 강조하자 무대 아래 앉아 있던 기자들과 내빈들이 웃음을 터뜨렸다.

"탁 국장님, 수고하셨습니다."

문 차장이 탁 국장에게 의례적인 인사를 했다.

"박 회장님께서 〈블랙엔젤〉의 제작비를 100억에서 50억을 더 투자해 총투자금을 150억 원으로 상향 조정했으며 이미 일본, 중국 등의 바이어들과 가계약을 맺으면서 제작비의 손익분기점을 넘었다는 빅뉴스를 전해주셨습니다. 정말 우리나라가 월드컵 4강에 올라갔다는 소식만큼이나 기쁘군요."

짝짝짝! 와아아아아!

이어서 문 차장이 박 회장이 발표한 소식을 흥분된 어조로 정리해서 말하자 다시 한 번 박수와 환호가 터져 나왔다.

박 회장이 재차 무대 앞으로 나가 정중히 인사를 했다.

"그리고 우리 DBS 장재홍 본부장님께서 〈블랙엔젤〉은 다음 달 첫째 주 토, 일요일 오후 9시부터 10시 30분까지 전국에 방영한다는 설명도 해주셨습니다."

문 차장이 긴장이 풀리는 듯 무대 아래 앉아 있는 기자들을 살펴보며 또박또박 말을 이어갔다.

"제발 기자분들께서는 〈블랙엔젤〉 방영시간을 시청자 여러분들이 알기 쉽게 전해주셨으면 합니다. 어떤 기자분들은 밑도 끝도 없이 9시부터 방영될 예정! 뭐, 이렇게 내보내시더라고요. 특히 KBC와 MBS 기자분들! 잘 좀 부탁드립니다."

"아하하하하!"

다시 무궁화 홀 여기저기서 웃음이 터졌다.

"그럼― 지금부터 우리 〈블랙엔젤〉 투자자 제작진 출연진들과 내외신 기자분들의 인터뷰를 시작하겠습니다. 회견 시간은 약 두 시간입니다."

문 차장이 방송사 PD답게 침착하게 진행을 했다.

"보시다시피 지금 무대 위에는 삼십여 명의 투자사 제작진 출연진 대표들이 대기하고 계십니다. 기자분들께서는 어떤 특정한 분에게 집중하지 마시고 골고루 많은 분들께 질문을 부탁드립니다. 질문 시간은 진행 관계상 일인 삼 분 정도 로⋯⋯."

"사회자님! 의사 진행 발언이요."

깔끔하게 이어지던 문 차장의 멘트가 KBC 한국방송사 사회부 〈우스타〉 담당이었던 주호승 기자에 의해 잘렸다.

"의사 진행 발언요? 주 기자께서 언제 국회 출입 기자로 가셨습니까?"

"아하하하!"

문 차장이 초장부터 태클을 거는 〈여의도 가시〉 주호승 기자가 얄미운지 한마디 쥐어박았다.

"사회자께서 지금 오버하시는 거예요! 기자들이 사회자에게 궁금한 점이 있으면 여러 가지 물어볼 수도 있는 거죠. 무슨 군부 독재시절 대통령 연두 기자회견 하는 것도 아니고 특정인에게 질문을 하라 마라 하실 것까지는 없다고 생각하는데요?"

역시 여의도 가시라는 별명답게 가시가 돋친 의사진행 발언이었다.

여의도 가시의 소속 회사는 여의도 KBC였고, 〈블랙엔젤〉은 경쟁사인 DBS에서 방영될 예정이었다.

"정정하겠습니다. 제가 그런 말씀을 드린 것은 진행

상……."

"예에— 기자분들 편한 대로 하십시오! 여기 무대 위에 계신 어떤 분들에게도 똑같은 질문만 아니라면 열 번이든, 백 번이든 자유롭게 하셔도 상관없습니다. 제발 청컨대 저에게 많이 좀 물어봐 주십시오. 이참에 저도 스포트라이트 좀 받고 스타 감독으로 빵 떠봐야겠습니다. 정년도 얼마 안 남았고 뭐……."

"핫핫핫핫!"

탁 국장이 노회한 왕 PD답게 살짝 열이 받아 말투가 갈라지는 문 차장의 말을 가로채 부드럽게 마무리했다.

'어휴! 주 기자, 저 가시는 대한민국에 기자가 저 혼자밖에 없는 줄 알아? 지보다 내가 이 바닥 밥을 먹어도 얼마를 더 먹었는데 새끼가 선배도 몰라보고 매너가 개야, 개! 저놈을 어떻게 죽이지?'

문 차장이 주 기자를 죽일 궁리를 하고 있을 때 기자 하나가 손을 들었다.

"조선신문의 맹인규 기자입니다. 아까 박 회장님께서 일본, 중국 등과 가계약을 맺음으로써 투자한 제작비의 손익분기점을 넘었다고 말씀하셨습니다. 그럼 미국이나 유럽 등의 바이어들과는 어떻게 됐나요? 아직 계약을 맺지 않으신 겁니까? 아니면 아예 그쪽에서는 관심이 없는 겁니까?"

"결론부터 말씀드리면 관심은 아주 많습니다."

박 회장이 연예계의 총통답게 주저없이 입을 열었다.

"월드컵 때문인지 한류 열풍 때문인지 정확한 이유는 모르겠습니다만 미국뿐만 아니라 유럽 쪽에서도 많은 바이어가 왔습니다. 하지만 단가가 맞질 않습니다. 미국이나 유럽은 우리 드라마를 쉽게 보고 수긍할 수 없는 가격을 제시했습니다."

박 회장이 눈을 빛내며 답변을 이어갔다.

"〈블랙엔젤〉은 대한민국 최고의 연기자들이 출연하는 블록버스터로 누구나 제작할 수 있는 드라마가 아닙니다. 아주 높은 퀄리티를 자랑하는 드라마가 될 것입니다. 공짜로 주면 줬지, 절대 헐값에는 팔지 않겠습니다."

와우우! 짝짝짝!

박회장의 애국심이 풀풀 풍기는 대답이 끝나자 우레와 같은 박수가 터졌다.

내신 기자들과 내빈들만의 반응이었다.

"대한일보 조재환입니다. 박 회장님께 다시 질문을 드리겠습니다. 예측컨대 〈블랙엔젤〉이 본격적으로 방영되면 보나마나 빅히트를 칠 것이고 그동안 저울질해 왔던 해외 바이어들도 달려들어 수많은 국가에 수출이 될 것입니다."

"고맙습니다, 조 기자님! 나중에 제가 개인적으로 술 한 잔

사겠습니다.”

“하하하!”

박 회장의 술을 사겠다는 멘트에 가벼운 웃음이 터졌다.

이미 박 회장은 술 한 잔이 아니라 술 열 말쯤 샀다.

엊그제 각 신문사와 방송사의 사회부 연예부 데스크들을 모조리 강남 룸살롱으로 불러 약을 쳤다.

박 회장은 〈블랙엔젤〉에 무려 120억 원을 쏟아부었다.

〈블랙엔젤〉 기획 과정에서 70억을 투자했고 채나가 S1으로 출연하자 50억을 더 쓸어 넣었다.

지금까지 박지은, 정희준, 김채나가 같이 출연한 드라마는 한 편도 없었다.

만들고 싶었어도 못 만들었다.

박지은이나 정희준이야 연예계의 경력이 만만찮은 존재들이었지만 채나는 몇 개월 전에 그야말로 아공간을 가르는 초음속 로켓처럼 출연한 스타였다.

이렇게 세 명의 대스타가 함께 출연하는 것은 어쩌면 〈블랙엔젤〉이 처음이자 마지막일지도 모른다.

‘세 사람이 가지고 있는 인지도만 합쳐도 최하 본전은 돼. 그렇다면 몰빵, 올 인을 해야 한다!’

이렇게 박 회장은 생각했다. 그 결과—

“최종적으로 〈블랙엔젤〉이 벌어들이는 순수익이 얼마나

될까요? 뭐, 약간 민감한 질문일수도 있습니다만 많은 국민이 궁금해서요. 박 회장님 개인이 예상하시는 금액이라도 말씀해 주시면 고맙겠습니다."

"아, 예— 전 미니멈 500억에서 맥시멈 1,000억 정도로 예측하고 있습니다."

"오, 오백억 원에서 천억 원요 순수익이?!"

박 회장이 기다렸다는 듯 노타임으로 대답하자 기자들이 입을 딱 벌렸다.

"그렇습니다. 뭐, 지금 추세라면 1,000억 정도는 간단히 넘을 것 같은데 그래도 끝까지 지켜봐야 되지 않겠습니까? 일이라는 건 항상 변수가 존재하니까요."

"……."

순간, 이천오백여 명이 들어와 있는 서울 코리아 호텔 무궁화 홀이 바늘 하나만 떨어져도 눈치챌 수 있을 만큼 조용해졌다.

반대로 투자사들 대표나 제작진 출연진들의 머릿속에서는 계산기 굴러가는 소리가 전차 캐터펄트 돌아가는 소리만큼이나 요란하게 들렸다.

컴퓨터는 실수를 해도 박영찬은 실수를 하지 않는다!

대한민국 연예계에서 박영찬 회장의 말은 진리요, 생명이요, 곧 길이었다.

그 박영찬 회장의 입에서 최하 500억, 최고 1,000억 정도의 수익이 예상된다는 말이 나왔다.

그럼 그냥 믿으면 된다. 정답이니까!

'혹시 나중에 상처 입지 않도록 최하 오백억으로 잡자고! 으흐흐흐! 간단히 20억은 먹겠구만. 내일 아침에 미스 송 보고 내 명함을 바꾸라고 해야겠어. ㈜한울타리 아트 경정수 회장 경 회장! 어감도 아주 좋네.'

한울타리 아트의 경정수 사장이 표정 관리를 위해 최대한 인상을 쓰며 자신에게 떨어질 몫을 계산하고 명함 바꿀 준비를 했다.

이것이 바로 영상산업의 무서운 점이었다.

드라마 한 편, 영화 한 편을 잘 만들어 수출하면 자동차 수만 대를 수출하는 효과를 가져온다.

더욱이 제조업처럼 기술자를 두고 귀찮게 AS니, 뭐니 뒤처리 할 필요도 없다.

그저 돈을 받고 필름이나 테이프를 넘겨주면 땡이었다.

해적판이 돌면 국제변호사를 시켜 고소를 하면 되고!

"신동아 일보의 박재후입니다. 탁 국장님께서는 〈블랙엔젤〉감독을 고사하시다가 막판에 수락하셨는데 그 이유가 뭐죠?"

박재후 기자가 그냥 접대용으로 질문하는 듯 무미건조하

게 말을 했다.

하지만 탁 국장은 진지하게 대답했다.

지금 상황에서는 기자들은 갑이었고 탁 국장은 을이었기 때문이다.

"세 가지 이유가 있었습니다. 첫 번째는 우리 막둥이 대학 등록금 때문이었습니다."

"하하하!"

탁 국장이 아주 솔직하게 대답했다.

"두 번째 이유는 여러분이 〈탁병무 사단〉이라고 붙여준 우리 친구들에게 신세를 갚기 위해서였고, 세 번째는 〈블랙엔젤〉을 통해서 그동안 제게 따라 다니던 꼬리표를 잘라 버리고 싶었습니다."

"꼬리표라면 그 감각에만 의존해서 찍는다느니, 머리통이 비었다느니 하는 루머 말씀이십니까?"

"그렇습니다. 하, 한데 박 기자님! 방금 머리통이 비었다는 말을 너무 크게 하신 아닙니까?"

"아하핫핫!"

탁 국장이 당황하며 지적하자 기자 회견장이 웃음바다가 됐다.

역시 드라마의 왕 PD라는 탁 국장이었다.

적절하게 조크를 던지며 분위기를 이끌어갔다.

"이제 기자 분들도 〈블랙엔젤〉의 제작과정을 지켜보시면서 이 탁병무도 한번 잘 살펴보시죠. 골이 텅 빈 놈인지 꽉 찬 놈인지 말입니다."

"으핫핫핫핫!"

탁 국장은 드라마 PD로 일하면서 가깝게는 얼마 전에 끝난 〈태황비〉부터 멀게는 82년도 작품인 〈산동네 사람들〉까지 수많은 히트작을 제작하고 연출했다.

그래도 늘 〈감 병무〉, 〈골빈 감독〉, 〈탁 노름꾼〉, 〈뻥 PD〉니 하는 탁 국장을 비하 하는 별명들이 붙어 다녔다.

서울대 출신임에도 불구하고.

질투에서 나오는 음해였다.

해서 탁 국장은 화제의 작품인 〈블랙엔젤〉을 맡아 다시 한번 자신의 진정한 능력을 만천하에 증명하고 싶었던 것이다.

아까 살짝 운을 뗀 것처럼 정년퇴직 후의 몸값도 계산에 넣었고!

"MBS의 공갈배 기잡니다. 지난번 〈블랙엔젤〉 관계자들의 모임에서 상당한 소란이 있었다는 후문이 있던데 무슨 일이 있었습니까, 탁 국장님?"

KBC의 주호승 기자와 함께 〈우스타〉에서 스파이로 암약했던 공 기자가 국민 싸가지 다운 질문을 했다.

어떻게 냄새를 맡았는지 상견례를 겸해 고사를 지내는 자리에서 이광석이 진상을 떨었던 그 사건, 〈김천 삽자루 만행 사건〉을 찔러왔다.

"공 기자님! 여기는 〈블랙엔젤〉 제작발표회장입니다. 관련이 없는 질문은 삼가주시기 바랍니다."

"무슨 말씀이시죠? 전 분명히 〈블랙엔젤〉 관계자들이라고 말씀드렸을 텐데요? 분명히 〈블랙엔젤〉과 관련이 있는 질문입니다."

문 차장이 남의 잔치 집에 와서 웬 삽질이냐는 뜻으로 주의를 주자 공갈배 기자가 말을 교묘하게 돌리며 으르렁거렸다.

요즘 공갈배 기자를 비롯한 MBS 직원들은 아침저녁으로 깨지고 있었다.

DBS의 〈블랙엔젤〉과 KBC에서 미친 듯이 광고를 때리는 〈KK팝〉이란 프로 때문이었다.

"두 방송사에서는 전 국민의 관심을 모으는 화제의 프로를 제작해 세상을 발칵 뒤집고 있는데 니들은 뭐하냐? 놈들의 코를 납작하게 해줄 수 있는 프로그램을 만들란 말이야, 이 식충이들아!"

이렇게 말이다.

그 불똥이 이제 드라마나 예능프로 하고는 전혀 관계가 없는 보도본부의 기자들과 PD들한테까지 튄 것이다.

당연히 공갈배 기자 입에서 까칠한 질문이 나올 수밖에 없었다.

〈블랙엔젤〉 때문에 깨졌으니 〈블랙엔젤〉을 깨야 되지 않겠는가.

"껄껄! 공 기자께서도 잘 알면서 왜 그러십니까? 세상에 어떤 조직이 출발할 때부터 참기름 바른 것처럼 매끄럽게 갑니까? 사람이 많이 모이면 당연히 불협화음이 있게 마련이지요."

"제가 소란을 피운 장본인입니다!"

탁 국장이 공 기자의 질문에 아주 노련하게 삼천포 쪽으로 빠지면서 답변할 때 이씹팔단, 이광석이 벌떡 일어나 말을 뱉었다.

"며칠 전에 제가 우리 회사 사장님과 탁 국장님께 떼를 좀 썼습니다."

"......!"

공갈배 기자가 흠칫했다.

사실, DBS 김천 야외 촬영장에서 일어났던 〈김천 삽자루 만행 사건〉은 지금 이 자리에 와 있는 모든 내신 기자는 처음부터 끝까지 잘 알고 있었다.

공 기자는 죄인 이광석을 부관참시하기 위해서가 아니라 어떻게든 〈블랙엔절〉에게 흠집을 내고 싶어서 거론했던 것이다.

한데 뜻밖에도 이광석이 양심선언을 했으니!

"이 자리에 계신 기자분들과 내빈들께 약속드리겠습니다. 또다시 저로 인해 〈블랙엔젤〉의 제작과정에서 불미스러운 일이 일어난다면 바로 63빌딩에 올라가 뛰어내리겠습니다. 배우 이광석이 아닌 무술인 이광석으로 맹세합니다!"

웅성웅성!

갑자기 기자석이 소란해졌다.

이광석이 자신 때문에 〈블랙엔젤〉 제작과정에서 다시 불협화음이 생긴다면 63빌딩에서 뛰어내리겠다고 선언했다.

이광석은 생각보다 인지도가 높은 영화배우 겸 무술감독이었다.

많은 사회부 연예부 기자가 이광석의 성품을 어느 정도 알고 있었다.

성질이 지랄 같다고 이씹팔단이라는 별명을 붙여준 것도 기자들이었다.

이광석의 평소 성질대로라면 63빌딩 아니라 엠파이어스테이트 빌딩이라도 올라가서 뛰어내릴 위인이었다.

"야! 이 씹팔단……."

딱!

바로 그때, 채나가 숟가락을 내려놓으며 이광석을 불렀다.

"······!"

동시에 〈블랙엔젤〉의 출연진과 투자자 제작진들이 앉아 있던 특설 무대가 거짓말처럼 얼어붙었다.

에러가 나서 느닷없이 정지된 모니터 화면처럼 일제히 얼굴을 굳힌 채 정면만을 주시하고 있었다.

이들은 이미 〈김천 삽자루 만행 사건〉에서 채나가 얼마나 살벌한 인물인지 똑똑히 확인했다.

밥 먹을 때는 그렇게 좋아하는 장한국 박사가 불러도 짜증을 내는 채나가 밥 먹는 것을 멈추고 입을 열었다.

결국 이광석이는 오늘 돼지는구나!

〈블랙엔젤〉 투자자 제작진 등 모두가 이렇게 생각했다.

"너 양아치야?"

"아, 아닙니다! 여, 영화배웁니다."

채나가 천천히 일어서며 싸늘하게 말을 뱉자 이광석이 허옇게 질린 얼굴로 엉덩이를 반쯤 의자에 걸친 엉거주춤한 자세로 대답했다.

"근데 왜 뛰어내리느니 뭐니 하는 소리를 지껄이는 거야?"

따박따박!

채나가 태엽으로 움직이는 기계인형처럼 이 광석을 향해 다가가며 물었다.

"으헉—!"

찰나, 이광석과 황해성 등이 마른 비명을 토했다.

거대한 호랑이 한 마리가 살기를 띤 채 자신들을 향해 다가왔기 때문이다.

아니, 황해성의 눈에는 독을 뿜어내는 코브라처럼 보였다.

또 오신혜의 눈에는 사자 한 마리가 접근하는 것처럼 보였고!

선문의 독문 절예인 환공을 극성까지 연마했을 때 나타나는 현상으로 상대는 자신의 마음속에 숨겨진 가장 공포스러운 존재로 보인다.

환공을 운기하고 있는 사람이!

선문의 97대 대종사였던 쌍 할아버지 장룡조차도 생전에 도달하지 못했던 경지였다.

"아직 버릇 못 고친거야? 주먹 좀 쓴다고 또 공갈치는 거냐고."

"아 아닙니다! 저 절대 그렇지 않습니다. 저는 정말······."

이광석이 온몸을 부들부들 떨며 완강하게 부인했다.

"좋아! 난 네 마음을 이해했다치자. 다른 사람들도 나 같을까? 무술이 수십 단이 되는 작자가 빌딩에서 뛰어내리느니 어쩌니 하는데?"

탈싹!

채나가 이광석 옆에 주저앉으며 말했다.

"……!"

"어디 겁나서 같이 일 하겠어? 어떤 감독이 빌딩에서 뛰어내리느니 배를 가르니 하는 놈하고 일하겠냐고, 맹추야!"

콕콕!

채나가 손가락으로 이광석의 가슴을 찌르며 말했다.

"똑똑한 척 앵앵대지만 말고 이미지 관리나 좀 해 멍청아! 알았어?"

"예예옛! 명심하겠습니다."

이광석이 고개를 주억거리며 힘차게 대답하자 채나가 이광석의 얼굴을 가볍게 두드리며 자리에서 일어났다.

"아무리 인지도가 높고 액션 연기의 대가면 뭐해? 대가리가 칡뿌린데, 예효!"

채나가 돌아서며 독백처럼 읊조렸다.

대가리가 칡뿌리?

정확한 뜻은 모르겠지만 머리가 나쁘다는 말 같았다.

박지은은 채나가 이해하기 힘든 말을 몇 마디 늘어놓자 마음이 놓였다.

채나는 항상 말보다 행동이 빠른 사람이다.

만약 이광석을 죽이겠다고 마음먹었다면 이광석은 벌써 뇌수가 터져 무대 아래서 뒹굴고 있을 것이다.

"진짜 불가사의야. 도깨비 스님이 엄청 똑똑한 분인데 어떻게 저런 놈을 후계자로 삼았대?"

채나가 계속해서 뜻 모를 말을 중얼거리며 천천히 자리에 돌아와 앉았다.

그리고 남겼던 음식을 다시 먹기 시작했다.

무대 위에 앉아 있던 사람들에게는 꽤나 긴 시간으로 느껴졌지만 채나와 이광석이 대화를 나누는데 걸린 시간은 고작 이삼 분 정도였다.

무대 아래 앉아 있던 기자들에게는 채나가 이광석을 위로하는 것처럼 보였다.

"핫핫핫! 진짜 기자 분들 이러실 거요? 명색이 제가 2030년대 통일한국을 이끄는 대통령인데 그래 소감 한마디 안 물어보시깁니까?"

"오호호호! 글쎄 말이에요. 영부인은 아무나 되는 줄 아시나봐! 저기 민주일보 서 기자! 뭐하는 거야? 오늘 나한테 몇 가지 질문해 주기로 약속하고 내가 엊그제 냉면 샀잖아? 그냥 냉면만 먹고 튀는 거야? 먹튀냐구?"

"아하하하하!"

역시 짬밥은 무시할 수가 없었다.

이광석 때문에 약간 다운됐던 분위기를 원로배우 강춘식과 사미연이 한 방에 날렸다.

더불어 십 년 묵은 체증도 한 방에 내려갔다.

그동안 강춘식과 사미연은 꽤 많은 사극과 액션극에 출현했었다.

언제부턴지 무술감독인 이광석을 만나게 됐고!

그때마다 채나가 지적한 것처럼 이광석의 거친 말투와 행동이 영 거슬렸고 부담스러웠다.

그렇다고 대놓고 이광석에게 주의를 주고 혼낼 용기도 없었다.

보나마나 성질이 개채반인 이씹팔단이 선배고 어른이고 안면 까면서 지랄발광을 할 게 틀림없었기 때문이다.

속에서 울화가 터졌지만 벙어리 냉가슴 앓듯 못 본 척하고 넘어갔다.

한데, 어느 날 갑자기 채나가 출연해서 이씹팔단을 고양이 쥐 잡듯 했다.

덤으로 그동안 어깨에 힘을 주며 건방을 떨던 몇몇 젊은 배우 놈들도 눈치를 살살 보고.

채나가 한우갈비를 좋아한다고 했지?

요즘 한우갈비 한 짝에 얼마나 하나?

내일 마장동에 가서 좋은 놈을 사서 선사해야 되겠어.

그래야 앞으로 더욱 힘내서 이씹팔단 같은 놈들을 때려잡지!

강춘식과 사미연 등 원로배우와 제작진들의 하나같은 생각이었다.

　"저기 채나 씨, 손님이 찾아오셨는데요."

　이때, 오 PD가 식사량이 부족한 듯 떫은 표정으로 앉아 있는 채나에게 다가가 조심스럽게 말을 붙였다.

　"손님?"

　채나가 퉁명스럽게 대꾸했다.

　"예! 잠깐 뵙고 오시죠?"

　"대체 누군데 여기까지 찾아 왔대?"

　"그건 잘……. 꽤 급하신 모양이던데요."

　오 PD가 툴툴거리는 채나를 데리고 조용히 무대 뒤로 빠져나갔다.

　"에헤헤헤ㅡ 똥꽝 오빠 넌 멋있어!"

　한순간 채나의 탄성이 울렸다.

　"이 정도 목소리면 장 박사님이 미국에서 왔을 때와 EMA와 1억 달러짜리 음반 계약을 맺었을 때와 거의 맞먹는 환호성인데?"

　궁금한 것은 일 초도 참치 못하는 연필신이 고개를 갸우뚱했다.

　일 초 뒤에 한미래와 함께 무대 뒤로 사라졌다.

　"완전 때지 언니 회갑잔치상이네?"

"화아— 정말 많이도 차려 놨다."

한미래와 연필신이 입을 딱 벌렸다.

"어서 와! 김채나 레스토랑 서울 코리아 호텔 분점이야."

채나가 흐뭇한 표정으로 큼직한 돼지 족발을 뜯으며 인사를 했다.

"헤에에! 채나 씨가 배고플까 봐요. 배고프면 컨디션이 급격히 떨어지고."

오 PD가 머리를 긁적이며 말했다.

어느 무대든 마찬가지지만 무대 뒤나 옆에는 꼭 창고가 한두 개 있게 마련이다.

전기 콘트롤 박스나 청소도구 등을 보관하는.

당연히 이 서울 코리아 호텔 무궁화 홀 특설무대 뒤에도 창고가 몇 개 있었다.

그 창고 중 하나를 오 PD가 채나 전용 식당으로 만들어 놨다.

지금 무궁화 홀에 세팅해 놓은 뷔페 음식의 절반쯤을 옮겨 놓았던 것이다.

한식부터 양식, 중식, 일식까지!

'오동광 PD라고 했지? 이 사람… 보통사람 아니다. 단 며칠 만에 왕까칠쟁이 채나를 완전히 사로잡았어.'

연필신은 고대 나온 여자답게 태산처럼 쌓인 음식에 놀란 것이 아니라 그 음식을 쌓아놓은 오 PD에게 놀랐다.

채나와 오동광 PD의 만남.

그것은 또 다른 인연이었다.

7장

오우, 마이 갯

"오랜만에 뵙습니다, 정희준 씨! 한반도일보의 김경학 기자입니다."

김경학 기자가 힐끗 무대 뒤쪽을 쳐다본 후 준사마 정희준에게 미소를 지었다.

"하하! 정말 김 기자님 오랜만이네요."

"그동안 일본에서 쭉 활동하시다가 한국에 다시 오셨는데 어떠신지요? 박지은 씨하고는 세 번째 작품이시죠? 소감 한마디 해주시죠!"

"네에! 저는 이 〈블랙엔젤〉의 시나리오를……."

김경학 기자가 의례적인 질문을 던졌지만 정희준은 길고 세세하게 말했다.

　"DBS 박은혜 기자입니다. 지상욱 씨는 이번에……."

　"저야 영광이죠! 국민배우 박지은 씨나 준사마 정희준 선배님과 같이 작품을……."

　지상욱이 박은혜 기자의 접대용 질문에도 불구하고 씩씩하게 대답했다.

　'이 친구들 지금 뭐하자는 거야? 질문이 박지은이나 김채나한테 몰릴 것을 예상해서 골고루 질문을 하라고 했더니 정말 엉뚱한 사람들에게만 하네. 그것도 지독하게 성의 없는 질문들을 말이야.'

　문 차장이 얼굴을 찌푸렸다.

　정말 문 차장 말 그대로였다.

　약 삼십여 분 동안 기자들과 제작진 출연진들과의 일문일답이 오갔지만 아주 무미건조했다. 정확히 말하면 기자들의 질문이 그랬다.

　왠지 성의가 없어 보였다.

　"서울 스포츠의 남형덕 기잡니다. 저기……."

　남 기자도 말을 하다가 힐끗 채나가 사라진 무대 뒤쪽을 쳐다봤다.

　"……!"

이제야 문 차장은 눈치를 챘다.

'이 자식들이 지금 기다리고 있었구만. 김채나가 돌아올 때까지 말이야. 살살 간 보는 질문이나 던지면서……'

그랬다.

이 자리에 모인 기자들의 관심은 온통 채나에게 쏠려 있었다.

그래서 기다리고 있었던 것이다.

아니, 채나 정도의 거물이라면 기다릴 수밖에 없었다.

사실 채나와 비교하면 정희준이나 지상욱의 인지도는 그야말로 보름달과 반디불 차이였다.

기자들은 정희준을 영화계의 아이돌 취급을 했다.

정희준이 준사마라는 별명과 함께 일본 등지에서 엄청난 인기를 누리고 있었지만

그건 일본뿐이었다.

한국에서는 이미 한물간 배우였다.

지상욱은 미국 스탠퍼드대학 출신이라는 화려한 학력과 삼년 전에 홍콩영화사와 찍은 〈북벌〉이라는 액션 영화가 중국과 홍콩에서 히트를 쳤고 그 스펙을 업고 한국에서 활동을 해왔다.

전문가들은 지상욱을 영화계의 전형적인 엄친아라고 평했다.

연기는 개발이지만 스펙 좋고 빽 좋은!

그래도 박 회장이 이들을 캐스팅한 것은 작품의 질 때문이 아닌 일본팬, 중국팬들에게 보여주기 위한 흥행용 조커였기 때문이었다.

끄윽!

잠시 후 채나가 트림을 하면서 자리에 앉았다.

"아후— 이제야 좀 살겠네!"

"후후! 진짜 살아 돌아왔네? 아까는 거의 다 죽었는데."

박지은이 웃으면서 손수건으로 채나의 입술을 닦아줬다.

"드라마 찍을 때마다 이렇게 굶으면서 하는 거야? 언니!"

"얘는? 누가 들으면 정말 제작진에서 쫄쫄 굶긴 줄 알겠다. 세 시간 전에 간식 먹었잖아? 빵, 떡, 바나나 등……."

"참나! 내가 〈우스타〉 찍을 때는 어떻게 했는지 알아? 무대에 올라가 노래 부를 때 빼고 하루 종일 먹으면서 촬영했어. 뭘 먹어야 힘이 나서 노래도 부르고 연기도 할 거 아냐, 바보 언니야! 배우가 이렇게 극한의 직업이라면 진짜 심각하게 고려해 봐야겠어!"

"훗! 극한직업? 알았어, 알았어, 걱정하지 마. 내가 제작진에게 말해서 앞으로 촬영 딱 시작하면 네 옆에 황소 한 마리를 대기시켜 놓으라고 할게. 절대 극한직업이 되지 않게 말이야!"

"꼭! 꼭! 꼭! 말해, 언니! 지금 우리가 먹자고 일하는 거지, 굶자고 일하는 건 아니잖아?"

"우홋홋! 아하하핫!"

옆에서 듣던 정희준과 지상욱 등이 고개를 숙이며 웃음을 터뜨렸다.

"김채나 씨! 동양일보의 마원주 기잡니다. 식사는 다하셨어요?"

"아 네! 기다리게 해서 죄송해요. 아침부터 굶어서……."

헤어밴드로 머리를 묶은 삼십대 여성 마원주 기자가 미소를 지으며 말을 붙이자 채나가 입가를 훔치며 마원주 기자를 바라봤다.

"반갑습니다. 정말 반갑습니다. 김채나 씨! 진짜 뵙고 싶었어요. 개인적으로 김채나 씨 팬이라서 혹시 미국이나 일본으로 떠나시면 어떻게 하나 하고 무지 초조했어요."

"헤헤! 걱정해 주셔서 고마워요. 마 기자님."

"저어, 근데 무례한 부탁인데요! 먼저 김채나 씨 노래 한 곡 들었으면 하는데… 어떻게 안 될까요? 기자가 아닌 팬으로서 부탁합니다."

"채나 씨! 한 곡 부탁합니다."

"너무 너무 듣고 싶어요, 김채나 씨!"

기자들이 기다렸다는 듯 여기저기서 소리를 쳤다.

"아니, 기자 여러분! 지금 무슨 말씀들을 하시는 겁니까? 여긴 회견하는 자리예요. 공연장이 아닙니다. 뜬금없이 김채나 씨한테 노래를 불러달라니요? 아무리 김채나 씨가 가수고 여러분들이 기자들이라 해도 이건 인격모독에 가까운 횡포입니다. 기다리세요! 2부 순서에 김채나 씨 라이브 공연이 준비돼 있습니다."

문 차장이 씩씩대며 단칼에 잘랐다.

"흥! 사회자께서는 좀 빠지시죠. 전 도저히 그때까지 못 기다리겠어요. 난 지금 당장 김채나 씨 노래를 듣지 않으면 미치겠어요. 여기 기자들 대부분이 그럴 거예요!"

"맞아 맞아! 당신은 빠져! 빠져!"

"기자 회견 자리에서 노래 불러달라면 경찰이 잡아간대?"

"걱정 마! 내가 경찰청 출입기자 십 년을 했어!"

"지금 문 차장한테 말했어? 김채나 씨한테 부탁했잖아! 왜 당신이 나서는데?"

다시 마원주 기자와 함께 기자들이 아우성쳤다.

"……!"

일순, 문 차장은 할 말을 잃어버렸다.

기자들의 얼굴에서 농담이나 장난이 아니라는 것을 읽었

기 때문이다.

"아후— 이거 곤란하네?"

채나가 얼굴을 찌푸리며 박 회장을 쳐다봤다.

"하하! 불러드리세요, 김채나 씨! 지금 채나 씨가 기자분들을 위해서 불러드리는 노래 개런티는 제가 따로 계산해 드리겠습니다."

"그, 그게 아니라 선배님들이 기다리고 계신데 무슨 노래까지……."

"신경 쓰지 마세요, 김채나 씨! 저분들도 다 김채나 씨 노래를 듣고 싶어 해요. 체면상 말씀을 못하실 뿐이죠."

채나가 난색을 표하자 마원주 기자가 계속해서 들이댔다.

"헛헛헛, 그래, 채나 씨! 우리 개의치 말고 한 곡 해. 마 기자님 말마따나 우리도 세계적인 가수 채나 씨의 노래를 듣고 싶은 건 사실이야."

원로배우 강춘식이 웃으면서 채나에게 손을 흔들었다.

"그럼 딱 한 곡만 할게요. 〈블랙엔젤〉의 OST곡인 〈끝없는 사랑〉을 불러 드리죠."

채나가 떫은 표정으로 무대 한편에 놓인 디지털 피아노 앞으로 다가갔다.

"이히히히……."

연필신이 한미래와 함께 무대 한구석에 서서 키득댔다.

"무슨 기자회견장에서 노래를 불러 달래? 외계인하고 기자회견을 하면 기자들 외계인스러워 지나봐, 미래야."

"힝, 언니……. 나도 저런 노래 신청 함 받아봤음 소원이 없겠다. 저건 일종의 채나 언니 금단증상이야 언니! 마약중독자가 마약을 복용하지 않으면 미치는 것처럼 채나 언니 노래를 듣지 않으면 견디질 못 하는 거지!"

"CD로 들으면 되지?"

"CD로 듣기엔 양이 차지 않는 거야. 중독이 너무 너무 심하니까!"

"그럼 저 기자들도 모조리 채나 광팬?!"

"웅! 지금 저 기자들의 눈빛을 봐봐 언니"

"……!"

연필신은 정말 깜짝 놀랐다.

마원주 기자를 비롯한 수많은 기자가 피아노 앞에 앉아 목을 풀고 있는 채나를 바라보는 눈빛이 하나같이 밤하늘의 별빛처럼 초롱초롱했다.

기대가 가득 담긴 눈빛.

알코올 중독자가 일주일 동안 단주하고 고급 양주를 앞에 놓고 입맛을 다시는 마약 중독자가 침을 질질 흘리며 아편을 복용하기 직전 그 눈빛 그 표정이었다.

사실, 이 서울 코리아 호텔 무궁화 홀에 모인 내빈들과 〈블랙엔젤〉관계자와 내외신 기자들 중에는 채나의 노래를 라이브로 들어본 사람이 그리 많지 않았다.

모두 TV를 통해 봤거나 CD나 테이프를 통해 들었다.

그럼에도 불구하고 채나의 광팬이 되었다.

과연 라이브로 듣는 채나의 노래는 어떨까?

하얀 눈 위에 당신의 발자국은 내 가슴속의 슬픔.

빰-빰-빰!

채나가 피아노를 치면서 맑고 차가운 목소리로 노래를 시작했다.

"아후— 저 목소리!"

"으으으으! 진짜 미치겠다."

채나가 겨우 세 마디 정도 노래를 했을 때 마원주 기자를 비롯한 기자들이 탄성을 발하며 의자 뒤로 몸을 뉘었다.

당신의 숨결이 멈춰진 저 바람소리는 내 영혼의 흔적.

채나가 노래를 시작한 지 십 초쯤 지났을 때 서울 코리아호텔 무궁화 홀이 마치 차가운 눈보라가 쏟아지듯 싸늘하게 얼어붙었다.

오우, 마이 갓! **279**

"푸후후— 어떡해? 어떡해? 어떡해?"

"도, 도대체 무슨 노래를 저렇게 잘 불러!"

마원주 기자를 비롯한 수백 명의 기자가 일제히 한숨인지 탄성인지 헷갈리는 신음을 내뱉었다.

그리고 모든 사람의 눈과 귀가 채나를 향해 쏠렸다.

피보다 진한 눈물과 눈물보다 맑은 피는 우리 사랑의 순간…….

그때 그날들— 이제 다시 오지 않네!

멀리 떠나간 아주 멀리 떠나간 내 사랑! 내 사랑! 내 사랑!

땅!

채나가 한미래에게 피처링도 시키지 않은 채 〈끝없는 사랑〉의 일 절만 부르고 노래와 피아노 반주를 끝냈다.

짝짝짝—!

와아아아!

삐삐삐!

짝짝짝짝—!

내외신 기자들을 비롯한 서울 코리아 호텔 무궁화 홀에 모여 있던 모든 사람이 일제히 기립 박수를 보냈다.

박수가 막 잦아들 때 다시 채나가 피아노를 치면서 〈끝없는 사랑〉을 이번에는 영어 버전으로 불렀다.

"……."

갑자기 무궁화 홀이 정체를 알 수 없는 침묵에 싸였다.

외국어로 노래를 한다는 것.

불러본 사람은 알지만 결코 쉬운 일이 아니다.

외국어가 우리말처럼 입에 붙고 몸에 배야만 노래가 자연스럽게 나온다.

게다가 그 나라 문화를 깊숙이 이해해야 감정이 살아난다.

그래도 지금 채나처럼 영어, 중국어, 일본어 버전으로 교대로 노래를 한다는 것은 삼 개 국어에 달통한 노래의 명인이 아니면 결코 도전할 수 없는 경지였다.

영어권, 화교권, 일본의 기자들이 잔뜩 몰려온 자리에서!

빰빰— 빰!

채나가 마지막 일본어 버전으로 〈끝없는 사랑〉을 부르며 피아노 연주와 함께 노래를 끝냈다.

"외신 기자분들이 많이 오셨기에 영어, 중국어, 일본어 버전으로도 불러드렸습니다. 감사합니다."

채나가 피아노 앞에 서서 정중하게 인사를 했다.

"……."

이때까지도 기이한 침묵만이 계속될 뿐 어떤 사람도 박수도 환호도 보내지 않았다.

"오우, 마이 갓ㅡ! 뷰티풀!"

맨 먼저 미국 CNN의 로버트 다임슬러 기자가 박수를 치며 환호성을 질렀다.

"흔하오 흔하오! 쩐 하우 칸!"

"스바라시! 스테키! 도떼모 이이ㅡ 도떼모 이이!"

동시에 중국과 일본의 기자들이 소리를 지르며 박수를 쳤다.

짝짝짝!

삑삑삑ㅡ!

이어, 박수 소리와 휘파람 소리 등 환호성이 무려 십여 분 동안이나 계속됐다.

채나가 어색한 표정으로 다시 무대 앞에 나가 인사를 하고 잽싸게 자기 자리로 돌아와 앉았다.

'저, 저거 진짜 노래 귀신이었네.'

채나의 노래를 처음 라이브로 들은 탁 국장의 생각이었다.

'노래가 아니라 드라마야 드라마! 일본애들이 그 난리를 치더니 이유를 이제야 알겠어.'

준사마 정희준은 돈으로 졸업장을 샀든, 뭐했든 일본에서 유명대학원까지 졸업하면서 십여 년 동안 활동을 해왔다.

그만큼 일본어와 일본문화에 익숙해져 있어서 채나가 일본어 버전으로 부른 〈끝없는 사랑〉을 일본인처럼 들을 수 있었고 평할 수 있었다.

'큰일 났군. 저 녀석에 대한 욕심이 점점 커져!'

박 회장은 이런 계산을 했다.

'우히히히! 우리 귀염둥이가 쌈하고 노래는 세계 짱, 아니, 우주 짱이지, 짱이야!'

채나의 가장 가까운 친구 연핀실은 이렇게 생각하면 시원한 식혜 한 대접을 채나 테이블에 올려놓았다.

"육회, 육회가 좋아, 필신아."

"히히히, 알았어!"

"또 또! 먹는 거야?"

박지은이 눈이 커진 채 입을 딱 벌렸다.

박지은은 좀처럼 채나 식성에 적응이 되지 않았다.

"아후, 짱나! 방금 일하고 왔잖아? 노래 한 곡 부르면 아무리 많이 먹었어도 꽝이야. 꽝! 영어, 일어, 중국어 버전으로 노래를 했으니 한식, 양식, 일식, 중식을 모조리 먹어야 돼!"

"후훗! 정말 재미있는 논리다. 암튼 우리 교주네 집은 엥겔지수가 엄청 높겠구나."

박지은이 MBA 출신답게 경제 용어까지 써서 채나의 먹성에 감탄을 표했다.

"엥겔지수?"

"가계의 지출총액 중에서 식료품비로 나가는 돈의 비율을 말합니다. 엥겔지수가 높을수록 빈곤층에 가깝습니다."

미국 스탠포드 출신의 지상욱이 찬찬히 설명을 했다.

"우헤헤! 그럼 난 미국에서 사격선수 생활을 할 때는 최악의 극빈층이었겠네?"

"얼마나 썼는데?"

"월급의 80%쯤 썼어. 20%는 간식비용으로 썼구!"

"워, 월급의 100%를 먹는 데 다 소비했다는 말이잖아?"

"우씨! 그것도 쫌씩 부족하더라고. 월급이라고 쥐꼬리만큼 줬거든."

"아하하하!"

박지은과 옆에 앉아 있던 지상욱과 정희준이 폭소를 터뜨렸다.

"미국이란 나라 정말 문제야! 문제! 얼마나 후진 나라면 그래 국가대표 사격선수 월급을 밥값도 안 되게 줬을까요?"

지상욱이 심각한 표정을 지으며 너스레를 떨었다.

"혹시 교주가 너무 많이 먹는 건 아닐까?"

"아후, 언니는 정말! 내가 뭘 얼마나 먹는다고 그래? 진짜 월급이 적었다니까."

"후후! 알았어. 알았어. 흥분하지 마! 또 배고파진다."

꼬르르륵!

이때, 채나의 배에서 기다렸다는 듯 배꼽시계가 울렸다.

"얘는 진짜— 쓸데없이 왜 이럴 때 나서는 거야!"

채나가 배를 툭 쳤다.

"아하하하, 우후후후!"

박지은, 정희준, 지상욱이 간단하게 뒤집어졌다.

박지은도 그랬지만 정희준이나 지상욱은 채나의 이런 점이 마음에 들었다.

자신들은 절대 지닐 수 없는 매력.

어딘지 부족해 보여서 쉽게 친해질 수 있는 사람.

세계적인 스타라기보다는 철없는 귀여운 막내 동생이었다.

그리고 시작됐다.

장장 한 시간이 넘도록 박지은과 채나에게 퍼부어진 질문 공세의 포문이 열렸다.

"고맙습니다, 김채나 씨! 정말 노래 잘 들었습니다. 이제 좀 김채나 금단증상에서 깨어났습니다."

"헤헤! 이따 2부에서는 아주 세게 불러드릴게요, 마 기자님!"

"깔깔깔, 알겠습니다. 이제 잠깐 박지은 씨와 김채나 씨 두 분께 질문 좀 드릴게요. 두 분은 지난 몇 주 간 우리 국민들을 깜짝 놀라게 하셨습니다. 채나 씨는 그야말로 엄청난 인기를 얻으며 고공행진을 하던 그 유명한 〈우스타〉에서 자진하차를 발표하셨고 박지은 씨는 곧바로 김채나 씨를 〈블랙엔젤〉의 S1으로 추천하신 것으로 알고 있습니다. 박지은 씨는 김채나 씨의 연기 실력을 잘 알고 계셨나요?"

"네! 기자 분들도 이제 잘 아시겠지만 저는 사격선수 채나 킴의 팬 카페인 〈채나교〉의 임원입니다. 여러분들이 생각하는 것보다 훨씬 가까운 사이예요. 오래전부터 친분이 있었구요. UCLA 졸업 작품으로 채나가 주연을 맡은 〈더블 페이스〉, 삼십 분짜리 단편 영화도 봤고 평도 해줬습니다."

"제작자는 그 유명한 노벨상에 빛나는 장한국 씨였죠. 울 오빠, 아니, 우리 신랑이 돈을 다 댔습니다. 한 푼도 못 건졌죠. 헤헤헤ㅡ"

"아하하하하!"

박지은과 기자들이 폭소를 터뜨렸다.

"그리고 오래전에 할리우드의 뮤지컬 전문 영화사인 화이트 시네마에서 제작한 채나가 주연으로 출연했던 로미오와 줄리엣 등 네 편의 뮤지컬 영화 원판도 봤습니다."

"하아! 박지은 씨 말씀은 사전에 김채나 씨의 배우로서의 능력을 세심하게 조사하셨다는 말씀이시네요."

"후우! 조사라는 말은 좀 이상하고 옛날부터 채나의 배우로서의 자질에 관심이 있었던 것은 사실이에요. 투자금액이 백억이니 이백억이니 하는 〈블랙엔젤〉이 장난으로 찍는 드라마는 아니잖아요? 그런 드라마에 여자 조연으로 추천하려면… 최소한 〈블랙엔젤〉의 예고편에서 나오는 S1 정도는 돼야죠!"

와아아! 삑삑삑!

박지은이 구체적이고 재치 있게 채나의 배우로서의 능력을 평가하자 채나교의 광신도들이 환호성을 보냈다.

"안녕하세요! 뵙고 싶었습니다. 채나 씨! 저 기억하시죠! KBC의 주호승이에요."

"네에! 제가 어떻게 주 기자님을 잊겠어요."

기자들이 깜짝 놀랐다.

여의도 가시라는 주 기자가 채나에게 마치 짝사랑하는 남자처럼 애교를 떨었다.

"먼저 축하 드려요! 김채나 씨가 부른 〈거꾸로 흐르는 강물을 따라〉가 김채나 씨와 장한국 박사님이 듀엣으로 부른 〈디어 마이 프랜드〉에 이어 미국 빌보드 싱글차트 1위에 등극했어요. 또 일본의 오리콘 차트, 영국의 UK차트, 중국의 바이두 차트 등 전 세계 사십여 개국의 음악 차트에서 1위를 달리고 있구요! 소감이 어떠신지요?"

"헤헤헤! 고맙습니다. 모두 주 기자님 같은 분들이 밀어주신 덕분에 이렇게 된 것 같습니다."

채나가 지극히 접대용 멘트로 대답했다.

많은 사람이 알고 있듯 채나는 노래 부르는 것을 좋아 할 뿐이지 노래 순위에는 별 관심이 없었다.

"게다가 김채나 씨가 영어버전으로 부른 〈히어로〉, 〈디어 마이 프랜드〉, 〈레드 로즈〉, 〈거꾸로 흐르는 강물을 따라〉, 이 네 곡 전부가 이번 주 빌보드차트 1, 2, 5, 8위에 랭크돼 있습니다. 정말 믿을 수 없게도 정상을 놓고 김채나 씨 노래들끼리 경쟁하고 있는 상황입니다."

주 기자가 노트북을 살펴보며 순위까지 정확하게 밝히며 말을 이었다.

"게다가 방금 불러주신 〈끝없는 사랑〉과 〈우스타〉에 출연하셔서 부른 〈슬픈 사랑〉이 한국어 버전임에도 불구하고 빌보드 차트에 각기 12위와 15위에 올라가 있어요! 가요 전문가들은 이런 식으로 나가면 김채나 씨 정규 앨범이 발매되면 빌보드 차트의 톱 텐을 모조리 차지하는 게 아닌가 하더군요. 팝의 황제라는 마이클 잭슨처럼 말이에요."

실제로 팝의 황제로 불리는 마이클 잭슨은 리즈 시절 빌보드 차트 톱 텐에 한꺼번에 자신의 노래를 무려 다섯 곡씩이나 올려놓았었다.

"그리고 지난 5월에 출시된 〈김채나 스페셜〉 앨범이 800만장을 돌파한 것! 진심으로 축하드려요."

우와아아아! 짝짝짝짝!

채나의 노래들이 빌보드 차트를 싹쓸이하다시피 하고 스페셜 앨범이 무려 팔백만 장을 돌파했다는 주호승 기자의 말에 홀 내에 있던 기자들이 경악에 가까운 탄성을 터뜨리며 우레와 같은 박수를 쳤다.

"아후, 고맙습니다. 뭐라고 인사를 드려야 할지 모르겠네요."

채나가 다시 자리에서 일어나 깊숙이 허리를 접으며 사의를 표했다.

이번에는 접대용 멘트가 아니었다.

박지은이 성의껏 대답하라고 눈치를 줬기 때문이었다.

"암튼 죄송해요. 팬 여러분! 가뜩이나 월드컵 때문에 티켓값이다 생맥주값이다 해서 지출도 많으실 텐데 제 CD까지 사주시느라 출혈이 크셨죠?"

"아하하하!"

"정말 업계에서는 김채나 씨가 대단하다고 하시더군요. 이런 월드컵이나 올림픽 같은 세계적인 행사기간에는 음반 판매량이 뚝 떨어져서 많은 가수가 될 수 있으면 피한다고 하는데 김채나 씨는 전혀 아랑곳하지 않고 발매를 강행하셨습니다. 그 결과는 초대박으로 이어졌고요! 처음부터 이런 초대박을 예상하셨나요?"

주기자의 질문을 받아 DBS 이수진 기자가 마무리를 했다.

"그게… 어디 계신가? 그건 캔 프로의 강 오빠 작품이신데……."

"핫핫핫! 여기여기ー"

채나가 무대 아래를 쳐다보며 강 관장을 찾자 빨간 중절모자에 꽃무늬 남방을 걸친 약장사 강 관장이 호탕하게 웃으며 손을 흔들었다.

"또 김채나 씨 CD가 그토록 엄청나게 팔리는 데는 김채나 씨 노래를 들으며 암 같은 난치병이 치료가 된다는 소문이 한몫을 했다고 생각하는데 이 점은 어떻게 보시죠?"

"제, 제 노래를 들으면 암까지 치료가 돼요?!"

이어지는 이수진 기자의 질문에 채나가 화들짝 놀랐다.

"호호! 소문을 못 들으신 모양이군요. 지금 각 방송사나 신문사에 김채나 씨 노래를 신청하면서 그런 사연을 써 보내는 분들이 아주 많아요. 실제 저도 그런 편지를 읽어본 적이 있어요."

"어이구ー 결국 제가 무면허 의료행위를 하고 있다는 거네요?"

"후후! 채나 큰일났다. 곧 경찰에 끌려가겠어. 무면허 의료행위는 형량도 높더라구!"

"뭐, 뭐야? 그럼 나 또 TV에 못 나가는 거야? 이제 감방 가서 노래해야 돼?!"

"아하하하하!"

채나와 박지은이 주고받으며 너스레를 떨자 무궁화 홀이 웃음바다로 변했다.

"무면허 의료행위인지는 잘 모르겠지만 확실히 김채나 씨 노래를 정말 기분이 좋아지고 스트레스가 풀리는 것은 사실이에요."

이수진 기자가 웃으면서 말했다.

"헤헤헤! 어쨌든 제 노래를 듣고 팬들께서 암까지 치료됐다고 하시니 기분이 좋네요. 이번 기회에 약속드릴게요. 언제일지는 모르지만 소록도나 국립 암 센터 같은 곳에 가서 그분들의 완치를 기원하는 무료 콘서트를 하겠습니다. 꼭!"

와아아앙! 짝짝짝!

다시 박수와 환호의 물결이 서울 코리아호텔 무궁화 홀을 일렁였다.

"이제 그만."

문 차장이 기자들에게 뭔가 말하려 할 때 남자 기자 한 사람이 반 박자 빠르게 튀어나왔다.

"서울일보의 박용서 기자입니다. 노래 얘기가 나와서 잠깐 김채나 씨께 노래에 관련된 질문을 하나 드리겠습니다."

"〈블랙엔젤〉과 관련이 있다고 바꿔서 말씀하시고 질문하세요."

"아하하하!"

채나가 문 차장을 힐끗 보며 능청을 떨자 박용서 기자 등이 뒤집어졌다.

"아아! 〈블랙엔젤〉과 아주 심각한 관련이 있는 질문입니다. 사실 우리나라, 중국, 일본 등 동양권 뮤지션들이 미국이나 영국 같은 서양에서 성공한 사람이 거의 없습니다. 김채나 씨처럼 정상을 휩쓸면서 네 곡씩이나 빌보드 차트 톱 텐에 올려놓은 뮤지션은 전무하구요. 그럼 김채나 씨께서 볼 때 우리 가요계에서 김채나 씨 뒤를 이어 빌보드 차트의 정상에 도전할 뮤지션이 있다고 생각하시는지요?"

"물론이죠! 정말 세계 어디에 가도 꿀리지 않는 뮤지션들이 너무 많이 있습니다."

채나가 거의 노타임으로 대답했다.

"그분들을 소개해 주실 수 있을까요?"

"……!"

기자들이 일제히 채나의 입을 주시했다.

어떻게 보면 한 뮤지션의 운명을 바꿔 놓을 수도 있는 순간이었다.

세계 각국의 기자들이 모인 자리에서 빌보드의 여왕이라

는 채나에게 찬사를 받는 뮤지션이 얼마나 될까?

"그러죠 뭐! 홍보는 것은 아니니까 그분들이 저를 쫓아와 욕하지는 않겠죠. 먼저 최영필 선배님을 말씀드리고 싶어요. 그리고 원숭이 오빱니다."

"……!"

"최영필 선배님은 연세가 있으시니까 예외로 치고 원숭이 오빠는 정말 대단한 가수가 틀림없어요."

"원숭이 오빠라면… 원일 씨를 말씀하십니까?'

채나가 최영필에 이어 원일을 거론하자 기자들이 다시 한번 확인을 했다.

"네! 콘서트에 게스트로 갔었는데 어휴— 두고 보세요. 분명히 원숭이 오빠는 세계 가요계의 큰 별이 될 거예요!'

정말이었다.

채나의 장담대로 원일은 꼭 삼 년 뒤 한국인 남자 가수로서는 처음으로 빌보드 차트 톱 텐에 오르며 엄청난 아티스트가 됐다.

"또 한 사람… 미래! 한미래 씨죠!'

채나가 디지털 피아노 앞에서 귀를 쫑끗 세우고 있는 한미래를 쳐다보며 말했다.

"켁켁켁—"

한미래가 얼마나 놀랐는지 사래가 들려 한참 동안이나 기침을 했다.

"어쩌면 우리나라에서 지금 활동하고 있는 가수들 중에서 가장 저평가된 가수가 바로 한미래 씨일 거예요. 저하고 내길 해도 좋아요. 한미래 씨는 아주 초대형 가수가 될 겁니다!"

와아아아! 짝짝짝!

기자들이 한미래를 쳐다보며 환호와 함께 박수를 보냈다.

한미래가 얼굴이 홍시처럼 새빨갛게 변한 채 어쩔 줄 몰랐다.

자신이 빌보드 차트의 정상을 넘볼 수 있는 가수라니?

한미래는 채나가 농담이라도 허튼소리를 하지 않는다는 것을 잘 알고 있었다.

오늘은 한미래에게 인생 역전이 되는 날이었다.

"공갈배 기잡니다."

한미래가 비몽사몽을 헤맬 때 국민 싸가지 공갈배 기자가 문 차장을 힐끗 보며 묵직하게 입을 열었다.

"김채나 씨가 모 방송사 프로에서 자진하차를 하시면서……."

"공 기자님! 지금 무슨 말씀을 하시는 겁니까? 여기는 〈블랙엔젤〉 제작 발표회장입니다. 〈우스타〉하고는 전혀 상관없는 자리예요."

공갈배가 기자가 채나의 〈우스타〉 자진 하차 부분에 대해서 질문하려고 하자 문 차장이 펄쩍 뛰며 거품을 물었다.

이는 〈블랙엔젤〉을 시작하기도 전에 초를 치려는 의도처럼 보이기도 하는 문제라 예민하게 반응하는 것이다.

"아니, 문 차장님! 〈블랙엔젤〉과 분명히 관계가 있어요. 게다가 많은 국민이 무척 궁금해하고 계십니다."

"많은 국민이 궁금해하시는지 어쩐지 몰라도 제 귀에는 경쟁 방송사에서 우리 〈블랙엔젤〉을 까려는 뜻으로밖에 안 들립니다. 다음 기자 분 질문하시죠!"

"어이구! 문 차장님 사람 잡으시겠네?"

공갈배 기자와 문 차장이 옥신각신하듯 가볍게 언쟁을 주고받았다.

서로 경쟁사인 데다가, MBS 입장에선 〈블랙엔젤〉이 잘되는 것만큼 배 아픈 일도 없을 건 당연한 일이었다.

그러니 이는 어쩌면 당연한 수순일 수 있었다.

그러나 경쟁을 하는 건 두 방송사만이 아니었다.

그때 DBS 사회부의 채종신 기자가 재빨리 나서서 탁 국장에게 추가적인 질문을 던진 것이다.

DBS 기자답게 MBS 기자인 공갈배의 입을 교묘하게 막으려는 행동이기도 했고, 또 다른 측에 대한 견제이기도 했다.

"이번 〈블랙엔젤〉 해외로케 장소를 보면 중국 같은 공산권

국가도 있던데 어떤 문제가 없을까요? 〈블랙엔젤〉 테마 자체가 민주주의와 공산주의의 대결 구도로 설정된 드라마 아닙니까?"

나름 예리한 질문이었다.

"껄껄껄! 결론부터 말씀 드리면 어떤 문제도 없을 겁니다. 왜냐하면……."

탁 국장이 노회한 PD답게 채 기자의 뜻을 눈치채고 답변을 길게 끌었다.

바로 그때였다.

서울 코리아 호텔 직원 유니폼인 흰색 재킷을 걸친 이십대 사내가 쟁반을 든 채 무궁화 홀로 들어온 것은!

쓰윽!

사내가 탁 국장이 마이크를 잡고 진지하게 답변하는 무대 위를 쳐다봤다.

'저기군!'

사내가 한 손에 쟁반을 받쳐 든 채 시장 통을 방불케 하는 무궁화 홀을 가로질렀다.

그리고 그는 이내 뷔페 음식들이 세팅된 테이블 옆을 지나쳐 갔다.

"……!"

바로 그 순간, 테이블 밑에서 테니스공을 가지고 놀던 스노우가 고개를 반짝 들었다.

사사삭!

스노우가 진짜 고양이처럼 테이블 사이를 빠르게 달려갔다.

그런 반응과 맞물려 또 한 존재가 마찬가지로 예민한 반응을 보였다.

다름 아닌, 채나였다.

'이 냄새는… 화약!?'

채나가 얼굴을 찌푸렸다.

화약 냄새!

채나에게 세상에서 가장 익숙한 냄새였다.

그렇기 때문에 거의 본능적으로 맡을 수 있는 냄새이기도 했다.

쏙!

스노우가 채나 품에 안겼다.

스노우가 채나에게 뭔가 얘기하듯 얼굴을 핥았다.

'그래! 나도 눈치챘어.'

스노우를 쓰다듬으며 채나가 예리하게 눈을 빛냈다.

'놈이 노리는 것은 나 아니면 언니다.'

채나의 오감에 이은 육감!

그것은 인간이 보여줄 수 있는 종류의 것이 결코 아니었다.

채나가 자신의 테이블에 놓여 있던 볼펜으로 메모지에 뭔가 빠르게 써서 옆자리에 앉아 있던 박지은에게 건넸다.

지금 기자들 테이블 사이로 흰색 재킷을 걸치고 쟁반을 든 채 다가오는 놈을 주시해. 자연스럽게. 내 손에서 접시가 날아가는 순간 테이블 밑으로 몸을 숨겨.

"……!"
박지은이 움찔하며 채나를 바라보려다가 미소를 지으며 시선을 돌렸다.

그녀는 서울 코리아 호텔 직원 유니폼을 걸친 채 서빙을 하는 웨이터처럼 쟁반을 들고 천천히 다가오는 사내를 쳐다봤다.

채나의 언질에 이렇게 행동할 수 있는 것은 박지은과 채나의 관계에 있었다.

박지은은 채나가 어떤 인물인지 너무 잘 안다.

채나가 말한 대로 행동하는 것은 자신은 물론이거니와 채나의 주변 사람에게 언제나 위기를 넘기게 하는 힘이 있었다.

박지은은 세계적인 배우답게 표정 하나 변하지 않고 자연스럽게 사내를 주시하면서 몸을 최대한 낮췄다.

자신도 모르게 자꾸 몸이 떨려 왔지만!

탁!

채나가 가볍게 양손의 다섯 손가락끼리 마주쳤다.

그러자 뒤에 앉아 있던 이광석이 바람처럼 채나 옆으로 다가왔다.

[전방 15미터. 흰색 자켓. 나비 넥타이. 머리에 무스. 쟁반을 든 놈. 총을 소지하고 있어. 내 손에서 접시가 날아가는 순간 덮쳐!]

[예옛!]

이광석보다 반보쯤 느리게 도착한 육 실장이 대답은 그보다 반 박자 더 빠르게 했다.

채나의 명에 이광석, 그리고 육 실장이 이내 타깃을 노려보았다.

흰색 재킷을 걸친 채 쟁반을 한 손에 든 사내는 여전히 무대를 향해 다가오고 있는 상황이었다.

그 모습은 지극히 평범하고, 자연스러웠고, 서빙하는 웨이터 그 이상도 이하도 아니었다.

그러나 단지, 좌우를 돌아보며 빠르게 무대 쪽을 향해 다가오고 있다는 게 조금 다를 뿐.

10미터! 8미터! 5미터!

사내가 무대에서 약 4미터쯤 떨어진 곳까지 다가왔을 무렵, 오른손을 수건에 덮인 쟁반 쪽으로 가져갔다.

바로 그때였다!

팟―!

채나가 접시를 날렸다.

동시에 박지은이 마치 함정에 빠진 듯 테이블 밑으로 몸을 낮췄다.

부우우웅!

이광석이 무대에서 그대로 몸을 날리며 사내를 덮치고 그 이광석의 몸보다 육 실장의 구둣발이 먼저 사내의 턱을 때렸다.

그 순간, 채나가 던진 접시에 맞은 사내의 왼손에서 쟁반이 허공으로 날아가며 쟁반에 놓여 있던 권총도 함께 천장을 향해 비행했다.

꽈다다당!

이광석이 사내의 목을 틀어쥐었다.

탕!

그제야 사내가 들고 있던 쟁반에서 천정으로 날았던 권총이 바닥에 떨어지며 총알 하나가 허공을 향해 발사됐다.

허공을 향해 발사된 총소리―!

〈블랙엔젤〉의 제작 발표회 엔딩을 알리는 신호였다.

탕!

세계적인 행사인 월드컵 축구가 열리고 있는 대한민국의

서울.

그 한복판에 자리 한 서울 코리아 호텔 무궁화 홀에서 한 발의 총성이 울렸다.

*   *   *

―서울 코리아 호텔 식음료부 직원 유니폼을 걸친 이십대 사내가 러시아제 권총을 소지한 채 무궁화 홀에 잠입. 영화배우 박지은과 가수 김채나 등이 앉아 있던 무대를 향해 다가가다 김채나가 날린 접시에 의해 권총을 숨기고 있던 쟁반을 떨어뜨리고, 배우 이광석과 경호원 육명천이 사내를 덮친 사건이 발생했다. 그리고 그 과정에서 총알이 한 발 발사됐다. 사내는 때마침 내빈 경호차 무궁화 홀에서 잠복근무하던 서울 경찰청 특수수사대 대원들에게 체포되었다.

이는 당시에 벌어진 피습 사건의 간략한 줄거리였다.

물론 그 내용만을 두고 따진다면 간단한 게 맞다.

그러나 그 파급 효과는 결코 그렇지 않았고, 가공할 만했다.

세계 각국에서 모여든 천여 명의 기자가 있는 자리에서 일어난 사건인 탓이었다.

덕분에 〈블랙엔젤〉은 오대양 육대주 위를 훨훨 날아다니는 데 결정적인 도움이 되었다는 사실은 부정할 수 없었다.

그렇게 〈블랙엔젤〉은 그 시작부터 파격적인 행보를 보여주게 된 것이다.

『그레이트 원』 5권에 계속…

수십 년 전, 용병왕의 등장으로 생겨난
왕국과 용병의 세계.
평소엔 한없이 가볍지만 화나면 누구보다 무서운,
놀고먹고 싶은 그가 돌아왔다!

하지만 바람과는 달리 과거 그의 앙숙과 대륙의 판도는
도저히 그를 놓아주질 않는데……

"용병은 그냥, 돈 받고 칼을 빌려주는 놈들이니까."

그의 용병 철학은 단순했다.

"물론, 누구에게 빌려주느냐가 문제겠지."

도시의 주인

말리브 장편 소설
FUSION FANTASTIC STORY

말리브 작가의 신작 현대 판타지!

죽기 위해 오른 히말라야.
그러나, 죽음의 끝에 기연을 만나다!

『도시의 주인』

다시 한 번 주어진 운명.
이제까지의 과거는 없다!

소중한 이를 위해! 정의를 외친다!

Book Publishing CHUNGEORAM

전마님,
빛활
하셨도다

KB078234

천마님, 부활하셨도다 5

정영교 新무협 판타지 소설

초판 1쇄 찍은 날 § 2017년 5월 19일
초판 1쇄 펴낸 날 § 2017년 5월 26일

지은이 § 정영교
펴낸이 § 서경석

편집책임 § 신보라
편집 § 이지연

펴낸곳 § 도서출판 청어람
등록번호 § 제387-1999-000006호
등록일자 § 1999. 5. 31
어람번호 § 제2-2708호

주소 § 경기도 부천시 부일로 483번길 40 서경B/D 3F (우) 14640
전화 § 032-656-4452 팩스 § 032-656-4453
http://www.chungeoram.com
E-mail § chungeorambook@daum.net

ⓒ 정영교, 2017

ISBN 979-11-04-91334-1 04810
ISBN 979-11-04-91193-4 (세트)

천마님,
부활
하셨도다

정영교 新무협 판타지 소설
FANTASTIC ORIENTAL HEROES

5

도서출판 청어람

33장
마교의 안가

내전으로 죽었다고 알려진 천극염은 놀랍게도 멀쩡히 살아 있었다.

엄밀히 얘기한다면 멀쩡한 것은 아니었다.

무림맹과의 전쟁에서 양팔이 잘린 것도 모자라 심각한 내상까지 입어서 거의 반병신으로 근근이 목숨을 이어오고 있었다.

그러던 와중에 갑자기 부교주인 남마검 마중달이 모반까지 일으켰다.

다행스러운 것은 마교의 세력 일부는 여전히 충성도가 높다는 점이었다.

종교적인 마교의 특성 덕분이기도 했다.

이 장로를 비롯한 육, 칠 장로들이 배반을 했지만 삼, 오 장로들을 비롯한 마교의 호법들이 그를 모시고 필사적으로 탈출을 감행했다.

"후후, 사타 선생. 그대가 아니었다면 다신 젓가락질도 못 할 뻔했지."

천극염이 자신의 두 팔로 주먹을 꾹 쥐며 말했다.

누구에게도 알려지지 않은 마교의 안가로 찾아온 뜻밖의 손님.

중원 무림에서 약선과 더불어 최고의 의원으로 불리는 사타는 천극염의 양팔을 접합시켰고, 몇 달 동안 끊어진 경맥을 잇는 데 도움을 주었다.

'괴물 같은 회복력이군. 마치 그놈을 보는 듯해.'

사타는 내심 감탄을 금치 못했다.

비록 천마의 명을 받고 이곳까지 왔지만 처음 천극염의 상태는 최악 그 자체였다.

거의 폐인이나 다름없는 상태였다.

그나마 다행인 것은 단전이 깨져서 무공이 폐하지 않았다.

다만 양팔이 잘리고 상당수의 경맥이 손상되었다는 것이 문제였다.

"이제 대다수의 경맥들이 이어져서 활성화되었소, 교주."

사타의 말에 천극염 역시 긍정했다.

그가 말하지 않더라도 원활하게 전신의 경맥을 타고 흐르는 내공은 그것을 증명했다.

"그렇다는 건?"

"켈켈, 부상이 완전히 치유되었단 것이오."

천극염의 입꼬리가 올라갔다.

"때가 되었군."

오랜 기다림의 끝을 알리는 완치 선언에 천극염은 희열을 느꼈다.

마교를 빠져나가고 근 반년이라는 시간이 흘렀다.

현화단의 정보원들을 통해 그는 흘러가는 세태를 전부 알고 있었다.

'긴 기다림이었다.'

부상을 치료하는 그 시간보다 괴로운 건 자신은 아무것도 할 수 없다는 점이었다.

부교주인 남마검에게 마교를 빼앗겼고, 딸인 천나연이 무림맹에 볼모로 잡혀 있다.

역대 마교의 역사상 한 번도 타 세력에게 무릎을 꿇은 적이 없건만 처음으로 무림맹에 항복을 하는 사태마저 일어났다.

'선조님들을 뵐 낯이 없구나.'

특히 전대 교주였던 아버지 천여극에게 죄송스러웠다.

전대 오황의 위치에서 마교를 군림했던 전대 교주를 생각하면 너무도 부끄러웠다.

으득!

천극염이 입술을 질끈 깨물었다.

하지만 드디어 자신의 부상이 치료되었다.

부상을 치료하며 무공을 재연마하는 사이, 교주 직속 정보단인 현화단의 도움을 받아 중원 곳곳에 자리한 분타의 세력들을 규합해 나갔다.

반년에 걸쳐 안가로 모인 세력들만 해도 자그마치 이천 명에 이른다.

이런 대규모의 인원이 무림맹이나 남마검의 정황에 포착되지 않은 것은 현화단의 뛰어난 정보 차단 덕분이기도 했다.

'어차피 더 이상 수용할 수 있는 한계치를 넘어섰다.'

비록 안가가 위치한 이곳이 장가계 협곡 내의 터 중에서 가장 넓은 규모라곤 해도, 이 이상은 한계였다.

임시로 지은 산채들은 더 이상 늘릴 수 없을 만큼 포화 상태였다.

그때 산채의 문을 두드리며 밖에서 호위를 서던 좌호법 위가태의 목소리가 들려왔다.

"교주님, 현화단주가 존안 뵙기를 청합니다."

"드디어 왔군. 들어오라 해라."

천극염의 얼굴이 환해졌다.

그녀가 가져올 소식만을 애타게 기다렸던 천극염이었다.

산채 내로 자줏빛의 단아한 의복을 입은 아름다운 여인이 들어왔다.

그녀는 현화단의 단주인 매선화였다.

매선화가 한쪽 무릎을 꿇고 천극염에게 고개를 숙이며 인사했다.

"위대하신 신교의 교주님을 배알하옵니다."

"어서 오게, 현화단주."

천극염이 그녀를 일으켜 세우며 반가움을 표했다.

매선화 역시도 전에 보았을 때보다도 훨씬 안색이 좋아진 천극염의 모습에 기분이 들떴다.

'목소리에 정기가 넘치시는 것을 보니 정말 부상이 완치되셨나 보구나.'

이것은 마교에 있어서 정말 가뭄에 단비 같은 소식이었다.

아무리 세력을 규합시킨다고 한들 구심점이 될 교주가 부재한다면 그 힘의 지속력을 잃고 말 것이다.

"교주님, 그동안 기다리셨던……."

"아! 잠깐만 기다리게, 좌호법."

천극염이 그녀의 말을 잠시 끊고 산채 바같에 있던 좌호법을 불렀다.

좌호법이 산채 안으로 들어와 한쪽 무릎을 꿇고 답했다.

"교주님! 부르셨습니까?"

"장로들과 우호법, 소교주를 부르게."

"아아… 그렇다면……."

"그래, 드디어 때가 되었네."

"알겠습니다! 좌호법 위가태가 교주의 명을 받듭니다."

때가 되었다는 말에 좌호법이 감격스럽다는 듯 눈시울을 붉혔다.

그동안 와신상담(臥薪嘗膽)의 마음으로 참아왔던 마교의 교도들이었다.

좌호법이 빠르게 경공을 펼쳐서 명을 이행하기 위해 사라졌다.

그가 첫 번째로 향한 곳은 소교주가 있는 장소였다.

'분명 그곳에 계시겠지.'

안가에서 얼마 떨어지지 않은 나무 우거진 곳에 연무장으로 만들어놓은 터가 있었다.

몇 달 전부터 소교주 천여휘는 그곳에서 늘 시간을 보내고 있었다.

파파팍!

무공을 펼치는 파공음이 들려왔다.

'역시……'

예상대로 연무장에 천여휘가 있었다.

그런데 그 혼자만 있는 게 아니었다.

오 장로를 비롯한 우호법이 있었는데 그들은 목검을 들고 비무를 하고 있었다.

"오오!"

놀라운 것은 오 장로와 우호법은 합벽을 펼치고 있었고, 천여휘는 혼자서 그것을 상대하고 있다는 점이었다.

얼마 전만 하더라도 오 장로를 상대하는 데 진땀을 흘렸던 천여휘였다.

그런데 고작 몇 달 만에 사람이 바뀌었다.

오 장로와 우호법은 초절정의 고수였다.

천여휘는 여유로운 것은 아니었지만 그들의 합벽에 잘 견뎌 내고 있었다.

'정말 대단하시다. 과연 천양지체로구나.'

현천신공을 대성할 수 있다고 알려진 최적의 신체라 불리는 천양지체.

불과 몇 달 만에 천여휘는 팔 단공의 성취를 얻었다.

마교에 있을 무렵만 하더라도 현천신공의 오 단공에 불과했던 그였다.

"소교주, 조심하시오!"

오 장로의 검초들 사이로 우호법의 퇴법이 천여휘의 가슴에 닿았다.

그러나 강한 반탄력이 일어나며 오히려 우호법의 발이 튕겨 나가고 말았다.

'우호법보다도 내공이 강한 건가?'

아직까지 초식을 펼치는 것은 불안했지만 내공의 성취만큼은 대단하다 할 만했다.

좌호법은 이런 천여휘의 발전에 흐뭇함을 감출 수가 없었다.

무림맹과의 전쟁을 비롯해 마교의 내전을 겪으면서 많은 시련과 고난을 이겨내야만 했던 천여휘는 어느새 많이 단단해져 있었다.

'난세가 사람을 만들지. 저분이야말로 훗날 마교를 부흥시키실 것이다.'

단지 현재의 어두운 상황을 이겨낸다면 말이다.

비무가 끝나는 것을 기다려야 하는 것인가 망설이던 좌호법이 연무장으로 들어섰다.

교주의 명이 어느 것보다도 우선이었다.

탁!

갑작스럽게 나타난 좌호법의 신형에 그들이 비무를 하던 것을 멈췄다.

천여휘가 의아한 눈빛으로 물었다.

"좌호법, 보다시피 비무 중인데 갑자기 무슨 일이오?"

비무 도중에 난입한 것에 대해서 기분이 나쁜 듯했다.

그것을 알기에 좌호법이 고개를 숙여 먼저 사과를 한 후 말했다.

"죄송합니다, 소교주! 교주님께서 급히 찾으십니다."

"아버님께서? 혹시 무슨 연유인지 알고 있소?"

"현화단주가 돌아왔습니다."

"그, 그게 정말이오?"

현화단주라는 말에 천여휘의 표정이 바뀌었다.

지금과 같이 마교의 안가 내에 은거하고 있는 상황 속에서 현화단주의 방문은 답답한 숨통을 트이게 하는 역할을 해주었다.

모든 것을 잃었다고 생각하던 찰나, 현화단주가 나타나 괴의 사타를 데려오더니 교주의 치료를 도운 것을 비롯해 흩어진 분타 세력들을 규합하는 데 큰 역할을 해주었다.

"아! 오 장로님과 우호법도 찾으십니다."

"교주께서 우리도 찾으셨단 말인가?"

오 장로의 눈빛이 반짝였다.

그것이 의미하는 바가 무엇인지 짐작했기 때문이었다.

최근 들어 안가 내에서는 천극염의 회복으로 인해 분위기가 고조되어 가고 있었다.

"일단 아버님의 산채로 가보도록 하시죠."

"그렇게 하시죠."

"저는 삼 장로님도 모셔오겠습니다."

　좌호법을 제외한 그들은 천극염이 있는 산채로 향했다.

　얼마 있지 않아 좌호법이 삼 장로를 데려오는 것을 마지막으로 산채 안엔 마교의 간부들이 전부 모였다.

　조용한 분위기였지만 그들의 눈빛은 기대감으로 젖어 있었다.

"그동안 와신상담으로 본좌의 회복을 기다리느라 고생이 많았소."

"교주님, 어찌 그런 말씀을 하십니까?"

　교주 천극염이 먼저 입을 열자 자리에 모인 모두가 이구동성으로 아니라며 부정했다.

　그런 그들을 둘러보며 천극염이 위엄 있는 목소리로 말했다.

"그대들의 노고에 감사하오. 이제… 드디어 그때가 온 것 같소."

"오오오! 드디어……."

　오 장로가 감격했다는 듯이 눈물을 글썽였다.

그것은 다른 이들도 마찬가지였다.

그동안 겪은 수모를 생각하면 견디기 힘든 나날의 연속이었다.

"현화단주, 그럼 시작하시오."

"네, 교주님!"

교주 천극염의 분부에 매선화가 빙그레 웃으며 이야기를 시작했다.

그것은 현재 무림맹의 정세였다.

내분이 일어난 마교를 장악하게 된 남마검 마중달은 기다렸다는 듯이 무림맹에 항복을 하며 동시에 그 산하로 가입을 신청했다.

교주 일파를 밀어냈지만 여전히 천극염을 추종하는 이가 많았다.

그렇기에 남마검이 취한 전략은 외부의 힘을 빌리는 것이었다.

"덕분에 분타 세력을 규합한다고 해도 마교 탈환을 하려면 무림맹과도 부딪쳐야 하는 상황이었습니다. 하지만."

몇 달 전부터 무림맹의 움직임이 이상했다.

무림 통일을 하기 위해 쉬지 않고 달려왔던 무림맹이 일순간 움직임을 멈췄다.

대외적인 전략은 정지된 상태였고, 정기적으로 이뤄지던 각 문파 회의 역시도 중지되었다.

무림맹주이자 검문의 문주인 북검황과 그의 대제자인 종현이 공식 석상에서 모습을 감춘 지도 벌써 몇 달이라는 시간이 흘렀다.

더군다나 검문 산하에서 충성을 다하던 검하칠위의 움직임이 달라졌다.

세를 확장해 가며 그 규모를 불리기 시작한 것이다.

그로 인해 무림의 문파들을 비롯해 정보 조직들은 같은 결론을 도출할 수밖에 없었다.

"그건 바로 지도층의 부재입니다."

검문 내에서 어떤 일이 벌어졌는지는 알 수 없으나 의심이 갈 만한 상황이었다.

하지만 아무리 지도층이 부재한다고 해도 검문은 검문이었다.

함부로 타초경사의 우를 범할 수 없기에 현화단에서 확실한 정보를 얻기 위해 서역으로 사람을 보냈다.

"서역으로 보냈다 하면?"

"백타산입니다."

"그렇다면 설마… 서독황에게 사람을 보냈단 말이오?"

오황 중에서 가장 괴팍한 성정과 어디로 튈지 모른다고 알려진 서독황이다.

그에게 사람을 보낼 생각까지 했다는 것은 확실한 정보를 원한 것이었다.

"그런데 왜 서역이오?"

"그건……."

사실 서역으로 사람을 보내라 지시한 것은 바로 천마였다.

검문의 대제자인 종현이 독에 중독된 것은 암암리 많은 이에게 소문이 퍼져 있었다.

그러나 천마가 확인하려는 것은 그 독의 전염성이었다.

"…검문의 종현이 서독황의 독수에 중독되었다는 정보가 있었는데 그것을 확인하기 위해서입니다."

매선화는 천마의 지시라는 것만 빼고 이야기를 했다.

그 이유는 천마가 자신의 부활을 아직 교에 알리지 말라고 당부했기 때문이었다.

사람을 보낸 결과가 궁금해진 천여휘가 재촉하듯이 물었다.

"그렇다면 어떻게 되었습니까? 받아냈습니까?"

"서독황의 답신을… 얻었습니다!"

"오오오!"

그녀의 말에 좌중의 분위기가 고조되었다.

매선화가 자신의 품에 가지고 있던 서찰을 꺼내서 폈다.

모두가 긴장된 얼굴로 집중했다.

넓은 서찰 안에는 별다른 글이 없었다.

단 한 구절의 글만 적혀 있었는데, 그것은 이들이 기다려 왔던 답이었다.

검황 역시 중독되었다.

검황이 중독되었다는 말에 모두의 눈빛이 변했다.

그것이 의미하는 바가 컸다.

정말로 무림맹과 검문의 지도층에 부재 상황이 일어난 것이 었다.

단순히 추측성이 아닌 확실한 정보라면 지금이 확실한 적 시라고 할 수 있었다.

"그 괴팍한 자가 이렇게 도움이 될 줄이야, 후후."

천극염의 얼굴에 만족스러운 미소가 피어올랐다.

서독황이 저지른 짓은 중원 무림 정세의 판도를 바꿔 버릴 수 있었다.

한편으로는 그의 독수가 얼마나 무서운지를 짐작하게 만들 었다.

'현경의 고수를 독에 중독시키다니. 중원에서 제일 위험한 자는 어쩌면 서독황일지도 모르겠군.'

하지만 중요한 것은 그가 아니었다.

서독황의 독수는 다시 마교를 탈환할 수 있는 계기를 만들어주었다.

"상황이 확실하다면 이제 시기가 무르익었다는 말이 아닙니까!"

"오오! 교주님!"

우호법과 오 장로의 목소리가 감격에 겨워서 높게 올라갔다.

무림맹과의 전쟁에서 패한 것도 모자라 마교마저 외부 초빙 인사에게 빼앗겼다.

그 수모를 견디는 것만으로도 하루하루 쓰디쓴 나날을 보내던 그들이었다.

"무르익어?"

"그, 그게……."

천극염이 인상을 쓰자 우호법이 실수를 했는가 싶어 당황스러워했다.

그러자 천극염이 그를 향해 호쾌한 목소리로 말했다.

"무르익은 것이 아니라 때가 된 거네."

"하, 하하하핫! 그렇지요!"

오랜만에 들어보는 천극염의 실없는 농담이었다.

그가 부상을 입기 전에는 종종 들었던 이 실없는 농담을 오랜만에 들으니 왠지 모르게 코끝이 찡해지는 우호법이었다.

"교주님! 드, 드디어 신교를 되찾으시는 것입니까?"

오 장로가 떨리는 목소리로 물었다.

이에 교주 천극염이 고개를 끄덕이며 긍정을 표했다.

"당연한 게 아닌가! 오 장로."

"이 미천한 신교의 종이 이 순간만을 얼마나 기다려 왔는지 모릅니다."

"본좌 역시도 기다려 온 일이네."

무림맹의 간섭이 없는 이 순간이야말로 절호의 기회였다.

그러나 그들이 간과한 게 있었다.

삼 장로인 탈마도 오맹추가 날카롭게 그 점을 지적했다.

"하지만 교주님, 분명 시기적으로 좋은 기회이긴 하나 전력에서 밀립니다. 그것을 극복하실 좋은 혜안이 있으신지?"

"허어."

산채 내로 탄식에 가까운 신음성이 흘러나왔다.

반년 동안 교주의 회복과 분타의 세력을 규합한 것은 좋았다.

하지만 근본적인 전력에 관해서 비교한다면 암담하기 짝이 없었다.

상대는 오황 중의 일인이자 현경의 고수인 남마검 마중달이었다.

천극염 역시도 그것을 어느 정도 염두에 두고 있었다.

"현화단주."

"네, 교주님."

"수치상으로 전력을 비교할 수 있나?"

"완전히 정확하다고는 할 수 없으나 내전이 벌어지기 전까지 파악된 수치와, 세작을 통해 파악된 수치를 보고드리겠습니다."

아무리 현화단이 정보 조직으로서 발군이라고는 해도, 마교 내에도 공식적인 정보 조직이 존재했고, 그들은 내전이 끝난 후부터 외부로 퍼져 나가는 정보를 차단하기 시작했다.

"십만대산에 있는 인구수는 이만 명에 이릅니다."

단일 문파 권역의 인구수로는 최고라 할 수 있었다.

그런 이만 명 중에서 비전투원이 팔천 명이었고, 전력으로 칠 수 있는 인원이 만 이천 명이었다.

그중에 무림맹과의 전쟁으로 육 할 이상이 목숨을 잃었다.

그래서 남은 수가 사천 명가량이었다.

"이 사천 명의 인원 중에서 내전 당시 또다시 전력이 감소됩니다."

게다가 내전으로 양분화된 결과, 삼천 명가량으로 줄었다.

여기서 중요한 것은 내전까지의 결과가 삼천 명이라는 것이었다.

광동성의 패자라 불리는 그가 원래 가지고 있던 세력들이
마교 내로 입성했다.

"그들의 수는?"

"대략 천여 명 정도 되는 걸로 알고 있습니다."

워낙 많은 인원이다 보니 십만대산으로 움직이는 정황이 포
착되었다.

그 수가 자그마치 천 명에 이르렀다.

결과적으로 남은 삼천 명과 천 명이 합쳐지면서 현 남마검
이 지배하는 마교의 세력은 사천 명을 넘어서는 전력을 가지
고 있다고 볼 수 있었다.

"허어, 거의 두 배에 가까운 전력이군."

분타 세력을 규합해서 이룬 수는 이천 명 정도였다.

전력에서 확연한 차이가 드러나니 오 장로는 자신도 모르
게 탄식이 흘러나왔다.

"문제는 그 전력도 파악된 수치일 뿐입니다."

남마검 마중달은 무공뿐만이 아니라 다양한 군략에도 능
한 자였다.

마교를 수중에 넣은 남마검이 취한 전략은 무림맹의 산하
로 들어간 것뿐만이 아니었다.

내실을 다지는 한편으로 다시 세를 불리기 시작했다.

"그리고 공개적으로 인원을 늘리고 있습니다."

무사 모집을 통해 마인들을 모집하고 있었다.

사실 분타 세력을 모으는 것이 빠르게 세력을 늘릴 수 있는 더욱 효과적인 방법이었지만 남마검은 어리석은 자가 아니었다.

분타의 경우 본 단보다도 세력을 규합하기 까다로웠다.

마교의 정책상 충성심이 높고 포교 활동에 적극적인 이들을 분타로 파견했기 때문이었다.

그들은 여전히 원래의 교주인 천극염에 대한 충성심이 강했고, 내전을 통해 교주의 자리를 차지한 남마검을 인정하지 않았다.

"그 점이 저희에게 득이 되었지만 전력은 못해도 두 배 이상 차이가 납니다. 그리고 수치상을 넘어서 고수의 분포도로 하면 더욱 그 차이가 커집니다."

현경의 고수인 남마검 본인을 비롯해서 이 장로인 벽마도 역시 화경의 고수다.

문제는 남마검이 마교로 데리고 온 두 명의 가신 중 한 명도 최근에 화경의 경지에 올랐다는 소문이 파다하다는 것이었다.

그러나 결과적으로 본다면 다른 두 사람보다도 마중달이 문제였다.

'하아, 현경이라⋯⋯.'

무림에서 다섯 절대자인 오황만이 오른 경지.

천극염은 그 경지에 아직 손조차 닿지 못했다.

결국 모반을 일으킨 자가 오히려 정통성이 있는 교주인 자신보다 강한 상황이었다.

"…정면으로 부딪치는 건 무리군."

현화단주 매선화의 보고가 끝난 후, 장내의 분위기가 아까와는 사뭇 달라졌다.

분명 지금이 마교를 되찾을 수 있는 적기임에는 틀림없었다.

더욱 시간이 흐른다면 남마검이 완전히 마교를 장악하고 세를 불려서 그 시기를 놓칠 수 있다.

진퇴양난과도 같은 상황에서 그들이 취할 수 있는 효과적인 전략을 찾아야만 했다.

하지만 현 시국에서 그런 방향을 찾기가 쉽지 않았다.

무작정 십만대산으로 진격을 했다가 낭패를 볼 확률이 더 높았다.

"군사의 부재가 크군."

마교에서 원래 군사의 역할을 하던 자는 일 장로인 마뇌 섬준경이었다.

무공도 장로들 중에서 수위권에 속했던 그였지만 무림맹과의 전쟁에서 죽음을 맞이하고 말았다.

어쩌면 지금 그들에게 시급한 것은 전략에 능한 군사를 초빙하는 일일지도 몰랐다.

십만대산이었다면 그 내에 훈련 기관이 있기에 배출이 가능했으나 현재로서는 그 외에는 특별한 방도가 없었다.

"흐음……."

모두가 고민으로 침묵에 빠진 상황이었다.

그런 상황에서 오 장로가 조심스럽게 교주에게 말했다.

"교주님, 군사를 굳이 초빙할 이유가 있겠습니까?"

"그게 무슨 말인가?"

"교주님을 낫게 할 의원인 괴의 사타를 섭외한 것을 비롯해, 분타 세력들을 규합하라는 안을 냈던 것도 전부 한 사람입니다."

"호오, 그것도 그렇지."

그들 모두의 시선이 현화단주 매선화에게로 향했다.

그러자 현화단주 매선화는 당황스러운 나머지 어쩔 줄 몰라 했다.

'앗, 이를 어째?'

실상 지금까지의 전략의 큰 줄기는 천마가 지시한 것이기 때문이었다.

천마의 당부대로 그의 존재를 드러내지 않았더니 엉뚱한 방향으로 오해가 시작되었다.

"현화단주."

"네넵, 교주님."

"본좌가 그대에게 정보단의 단주만이 아닌 군사직을 맡기려 하는데, 어떤가?"

"아아… 교주님, 그것은……."

천극염의 단도직입적인 권유에 매선화가 곤란함을 감추지 못했다.

그러다 보니 그녀의 얼굴이 붉게 상기되었다.

"허허, 그리 부끄러워하지 않아도 되네. 본좌도 그대가 군사직을 맡는다면 귀를 기울여서 들을 테니 말일세."

"아아, 교주님, 그게 아니오라……."

정보단의 단주로서의 재능은 발군이라 할 수 있는 그녀이지만 전략이나 군사적인 재능을 갖춘 것이 아니었다.

이러다 정말 자신이 군사직을 맡게 되겠다 싶은 그녀는 결국 한 가지 사실을 밝혀야만 했다.

매선화가 갑자기 교주에게 무릎을 꿇었다.

이에 천극염이 의아한 눈빛으로 물었다.

"…현화단주, 이게 무슨 짓인가?"

"속하가 교주님께 미처 보고드리지 못한 것이 있습니다."

"보고하지 못했다니, 그게 무엇이지?"

"괴의를 이곳으로 보낸 것을 비롯해 분타를 규합하는 것은 제가 아닌 다른 분의 고견이었습니다."

"다른 분?"

다른 누군가의 의견이 반영되었다는 말에 천극염이 얼굴이 묘하게 바뀌었다.

그도 그럴 것이 현화단주도 아닌 다른 누군가에 의해서 현재의 상황이 이뤄졌다는 말이 아닌가.

"아니, 그것을 대체 왜 교주님께 보고하지 않은 것이오?"

삼 장로가 이해할 수 없다는 표정을 지으며 그녀를 다그쳤다.

다른 누구도 아닌 교주에게 비밀을 만들었다는 것은 중대한 문제였다.

그것은 다른 이들도 마찬가지였다.

뭔가를 추궁하려 드는 분위기에 천극염이 손을 들어 제지하고 물었다.

"현화단주."

"넵!"

"본좌에게 그것을 숨긴 것은 나무라지 않겠네. 그것이 악의적인 의도가 있어 보이진 않았으니 말일세."

"…교주님의 너그러운 은혜에 감사드립니다."

"그러나 그대가 말하지 않은 그자가 누구인지는 말을 하게."

"그, 그것은……."

"분명 그자가 본좌를 도운 것임이 틀림없으니 그를 해하진 않을 것이네."

천극염의 물음에 매선화는 난감해졌다.

모두의 시선이 그녀에게로 향해 있었다.

여기서 그분의 정체를 밝히지 않으면 계속해서 추궁할 것이 분명했다.

"아아……."

한 분은 현 마교의 교주였고, 한 분은 마교를 세운 시조였으니 누구의 명에 따라야 할지 곤란하던 찰나였다.

다다다닥!

그때 누군가 산채로 달려오는 소리가 들렸다.

그리고 산채 바깥에서 다급한 목소리도 들려왔다.

"급히 아룁니다!"

"지금 중대한 회의 중인 것을 모르느냐!"

중요한 순간에 나타난 교도의 보고에 좌호법이 나가서 그를 다그쳤다.

그러나 교도의 표정을 보아하니 굉장히 다급한 일인 듯했다.

"무슨 일이냐?"

"저, 적습입니다!"

"뭣?"

"지, 지금… 헉, 헉… 안가 입구로 알 수 없는 적이 나타났습니다!"

적습이라는 말에 놀란 교주와 간부들이 전부 산채 바깥으로 뛰쳐나왔다.

아직까지 구체적인 전략도 짜지 않은 상황에서 안가의 위치가 공개되었다는 것은 심각한 사태라고 할 수 있었다.

헐레벌떡 달려왔는지 호흡하는 데 벅차하는 교도의 어깨를 붙들고 천극염이 물었다.

"적습이라니? 적의 수는?"

"그, 그것이……."

"왜 말을 하지 못하느냐?"

교도의 뭔가 이상한 태도에 좌호법이 그를 다그쳤다.

교도는 당황스럽다는 듯이 말했다.

"다, 단 한 명입니다!"

"뭣?"

단 한 명의 적이 습격했다는 말에 그들이 황당한 눈빛으로 교도를 쳐다보았다.

고작 한 명이 나타난 걸로 호들갑을 떨었으니 말이다.

"한 명이 나타났는데 대체 왜 그러는 것이야?"

"뭐… 뭐라고 설명을 드려야 할지… 지, 직접 보셔야 할 것 같습니다."

교도는 정말로 어떻게 말을 해야 할지 몰라 했다.

결국 답답함을 느낀 교주 천극염과 장로들, 호법들은 곧장 안가의 입구 쪽으로 향했다.

*　　　　　*　　　　　*

장가계의 협곡의 봉우리들 사이로 자리하고 있는 마교의 안가.

그곳은 천연의 요새라고 할 수 있었다.

쉽게 찾을 수 없는 위치에 있을뿐더러 협곡의 중턱에 암석들로 둘러싸여 있다.

안가 내로 들어올 수 있는 입구도 단 하나뿐이었기에 대규모의 적이 들어온다고 해도 방어를 하기에 좋은 조건을 갖추고 있었다.

그래서인지 안가의 입구를 지키고 있는 교도들은 실상 지루하기 짝이 없었다.

들어오는 자들이라고 해봐야 조금씩 늘어가는 분타의 교도들이었다.

그것마저도 이제 포화 상태였기에 며칠 전부터는 누구의 발걸음도 없는 상태였다.

"조용하기 짝이 없구먼."

"그러게 말일세."

짐승들도 오가기 힘든 산행 길에 사람이 보일 리가 만무했다.

벌써 해가 중천에 떠 있었다.

이곳 안가의 경우 사방이 봉우리에 둘러싸여서 햇빛이 환하게 비치진 않는다.

하늘을 쳐다봐야 해가 어디쯤 떠 있는지 짐작만 할 뿐이었다.

꼬르륵!

"키킥, 많이 배고픈가 보구먼."

"아침도 못 먹고 교대를 했으니 그렇지."

한 사람의 배에서 소리가 나니, 전염이라도 된 듯이 입구를 지키는 교도들은 허기가 져왔다.

결국 그들은 싸온 보따리에서 점심으로 가져온 주먹밥을 꺼내 들었다.

그러고는 바위 같은 곳에 걸터앉아 경치를 보며 주먹밥을 우물거리고 있을 때였다.

툭! 툭! 툭!

뭔가 미묘하게 들려오는 작은 소리.

젊은 교도인 방유는 밥을 먹다 뭔가 거슬리는 소리에 조심스레 절벽 쪽으로 다가갔다.

잘못 들었을 거라 여겼는데 가까이 다가갈수록 그 소리가
선명하게 들려왔다.

툭! 툭! 툭!

"서, 설마?"

소리가 들리는 방향은 가파른 절벽으로, 무림인들도 쉽게
올라오기 힘든 곳이었다.

이곳으로 오려면 빙 둘러서 와야만 했다.

혹시나 하는 마음에 방유가 고개를 절벽 밑으로 내려다보
았다.

그 순간, 그의 눈앞에 뭔가 검은 인영이 스쳐 지나갔다.

"어이쿠!"

화들짝 놀란 방유가 뒤로 넘어지며 엉덩방아를 찧었다.

아픈 것도 잠시, 방유가 검을 빼 들고 재빨리 몸을 돌렸다.

검은 장포를 두른 건장한 사내의 뒷모습이 보였다.

"누, 누구냐!"

방유의 외침에 주먹밥을 먹던 교도들이 일어나 검을 빼 들
었다.

전혀 예상치 못한 곳에서 튀어나온 정체 모를 사내의 등장
에 모두가 긴장할 수밖에 없었다.

'젊어?'

몸을 돌려 그들과 마주한 정체 모를 사내는 생각보다 젊었다.

훤칠한 외모에 고작해야 약관 정도로밖에 보이지 않는 청년이었다.

그는 다름 아닌 천마였다.

"흐음, 여기에 온 것도 오랜만이로군."

소림에서의 사건이 벌어진 지 열흘 만에 남하해서 호남성의 장가계에 도착한 그였다.

천마는 교도들을 전혀 신경 쓰지 않는 듯 다시 뒤를 돌아 경치를 감상했다.

"여전히 멋지군."

"이놈, 대체 무슨 소리를 하는 것이냐! 정체를 밝혀라!"

한 교도가 용감하게도 천마의 뒤로 검을 들이대며 큰 소리로 외쳤다.

등 뒤에서 느껴지는 검의 예기에 천마가 피식하고 웃었다.

팅!

"어엇?"

전혀 움직이지도 않았는데, 교도가 자신이 들고 있던 검을 놓쳤다.

놓친 검이 바닥에 내리꽂혔다.

교도들의 얼굴에서 식은땀이 흘러내렸다.

'…고, 고수다.'

잔뜩 긴장해 있는 그들을 전혀 아랑곳하지 않고 안가의 입구 방향으로 걸어왔다.

마치 시간이 멈춘 것처럼 그들은 천마가 자신들을 스쳐 지나가는 데도 아무것도 할 수가 없었다.

"지, 지금 뭐 하는 거얏!"

방유가 다른 교도들을 향해 소리쳤다.

자신도 놀라서 오금이 저려왔지만 입구지기로서 정체 모를 자를 안가 내로 들일 수는 없었다.

떨리는 손으로 검을 꽉 쥔 그가 천마를 향해 달려들었다.

팅! 휘릭!

그러나 검이 미처 닿기도 전에 뭔가에 막힌 듯 튕겨져 나가버렸다.

신기와도 같은 일에 방유도 어안이 벙벙해졌다.

고작 해야 이류 무사에 불과한 그들이 기로써 막을 쳤음을 알 리가 없었다.

"날파리처럼 귀찮게 하지 말고 하던 일이나 계속해라."

별 신경을 쓰지 않으려 했건만 계속해서 달려드니 귀찮아진 천마였다.

공포심에 가득 찬 입구지기 교도들은 아무런 대답도 할 수 없었다.

천마가 안가의 입구로 들어가자 그제야 정신을 차렸는지 놀라서 입구 옆 암벽에 달려 있는 붉은 천이 묶인 노끈을 잡아당겼다.

댕, 댕, 댕, 댕!

그것은 안가 내부에 있는 종과 연결이 되어 있었다.

시끄럽게 울리는 종소리에 천마가 인상을 찌푸렸다.

"하… 이것들, 정말 귀찮게 하네."

조용히 들어와서 곧장 교주가 있는 거처로 가려 했는데 일이 꼬여 버린 듯했다.

사실 엄밀히 말해 이 사달의 원흉은 천마였다.

정체를 밝히고 들어갔으면 됐을 텐데, 단지 설명하기 귀찮다는 이유로 그냥 들어와 버렸으니 말이다.

"호오?"

안가의 입구를 통과하자 내부가 모습을 드러냈다.

원래는 몇 개의 산채만이 자리하고 있고, 연못 등을 비롯해 유유자적하게 지낼 수 있게 과일 나무를 심어놨었는데.

"아주 빼곡하게 이주했구만."

틈이 없을 만큼 가득한 수백 채의 산채들을 보며 천마가 고개를 흔들었다.

뭔가 마음에 들지 않았다.

한편 그런 그를 환영하기라도 하듯 산채에서 수많은 교도들이 무기를 들고 튀어나왔다.

위급한 상황을 알리는 종소리에 황급히 나온 것이었다.

"어디야! 적이 어디 있다는 거야?"

먼저 산채 밖으로 나온 이들이 입구 쪽으로 달려와 호들갑을 떨었다.

그럴 만도 한 게 적습이라는 말에 놀라서 나왔는데, 입구 쪽에 단 한 명만 서 있으니 의아해진 탓이었다.

'제법 빠르긴 하군.'

무림맹과의 전쟁, 그리고 마교의 내전을 겪은 탓에 훈련이 잘되어 있었다.

종이 울린 지 고작 몇 초도 되지 않아, 얼핏 삼백여 명에 가까운 교도들이 몰려왔다.

교도들 중에 하남성의 분타주로 있던 섬뢰도 오욱이 있었다.

모두가 의아해하는 와중에 그가 도를 빼 들고 천마의 앞으로 다가왔다.

"그대가 이곳에 멋대로 들어온 적이 맞는가?"

"…네놈, 바보냐?"

"뭣?"

"빨리 모여든 것까진 좋은데. 이거 뭐, 긴장감이 죽어 있군. 적에게 용무를 묻는 것을 보니 말이야, 쯧쯧."

천마는 실망했다는 듯이 혀를 찼다.

자신들의 안가로 정체 모를 자가 들어왔는데, 누구 한 명이 대표로 나서서 적이 맞느냐고 묻는 꼴이 우스웠다.

"뭐, 뭐라고? 이자가 감히!"

비웃음을 당했다는 생각이 든 섬뢰도 오욱은 순간 분노를 이기지 못했다.

그의 신형이 허공으로 솟구치며 도가 번개처럼 천마의 머리로 내리쳐졌다.

절정의 고수인 그의 일도는 눈앞에 있는 어떠한 것이라도 벨 기세였다.

그러나 상대는 천마였다.

깡!

"엇?"

분명 쪼개지는 소리는 아니었다.

놀랍게도 천마는 오른손으로 그의 도를 맨손으로 잡았다.

오히려 도를 내려친 오욱의 손이 마치 맨바닥에 도를 내려친 것처럼 떨려왔다.

'무슨, 이런 말도 안 되는……!'

"뭘 그리 놀라느냐. 저기로 꺼져 있어라."

"어어어!"

휙! 쾅!

도를 잡아낸 천마는 그 채로 오욱을 옆으로 날려 버렸다.

덕분에 애꿎은 산채 하나가 통째로 무너져 버렸다.

섬뢰도 오욱이 허무하게 무너지자 놀란 교도들의 태도가 바뀌었다.

'고수다! 당장 없애야 한다!'

'합공을 해야만 해!'

그렇게 생각한 교도들 수백 명이 한순간에 파도처럼 천마를 향해 공격을 시작했다.

몰려드는 교도들의 공세에 천마의 입꼬리가 올라갔다.

"…그렇지 않아도 손을 보려고 했는데 잘됐군."

천마가 손을 위로 들더니 가볍게 밑으로 내렸다.

그 순간 천마를 향해 달려들던 수백 명의 교도가 일제히 강한 압력이라도 받은 것처럼 바닥으로 무릎을 꿇었다.

쿵!!!

이해할 수 없는 일이 벌어졌다.

교도들은 눈이 휘둥그레져서 서로를 쳐다보며 당황스러워했다.

그들 중에 일부가 공력을 끌어 올려 알 수 없는 힘에 대항하려 했지만, 단전에 있는 내공은 움직이지 않았다.

"이익! 모, 몸이 안 움직여!"

"이, 이게 무슨 귀신이 곡할 노릇이여."

삼백여 명이 놀라서 웅성거리는 통에 좌중이 시끄러워졌다.

한 번도 겪어본 적이 없는 사태로 혼란에 빠진 것이었다.

그런 그들을 향해 천마가 다시 한 번 손을 움직였다.

"시끄럽군. 숙여라!"

그 순간, 무릎을 꿇고 있던 교도들이 이번에는 머리를 바닥에 박았다.

어찌나 세게 박았는지 그들의 이마가 깨져서 피가 흘러나왔다.

영문을 알 수 없는 일을 겪자 교도들은 혼란을 넘어서 공포에 빠져들었다.

"말도 안 돼! 어, 어떻게 이런 일이?"

그들 외에도 급하게 산채에서 뛰쳐나온 교도들이 그 모습에 두려움을 금치 못했다.

안가의 입구 방향에 서 있는 검은 장포의 사내에게서 풍겨져 나오는 심연과도 같은 기운은 마치 자신들을 옥죄이는 것만 같았다.

그의 앞에 머리를 조아리고 있는 수많은 교도를 보면서 그들은 섣불리 몸을 움직일 수가 없었다.

과연 이게 한 사람의 인간이 가진 위압감이라 할 수 있겠는가.

바로 그때였다.

"이, 이게 대체 무슨 일인가?"

"교도들이 왜 저자에게 머리를 숙이고 있죠?"

"설마 저자 혼자서 이런 상황을 만들었단 말이오?"

그곳에 나타난 이들은 교도의 보고를 받고 달려온 장로들과 호법들이었다.

적습이라는 말에 달려왔는데 이건 뭐라고 해야 할지 모를 상황이었다.

반면 오 장로와 소교주 천여휘의 표정이 묘했다.

어디선가 느껴본 적이 있는 그런 기운이 이곳 안가 전체를 장악하고 있었다.

'이상하다. 뭔가 낯익은 기운이다.'

'설마⋯⋯?'

갑작스러운 사태에 영문을 모르고 놀라워하는 그들과 달리 현화단주 매선화는 천마의 모습에 얼굴이 환해졌다.

'조사님!'

반가움과 동시에 그녀는 내심 놀라움을 감추지 못했다.

마지막으로 봤을 때와는 확연하게 다른 천마의 기운 때문이었다.

멀리서 보고 있는 데도, 심연과도 같은 어둠이 사방을 잠식하는 느낌이었다.

'저 괴물은 대체 무엇인가?'

마교의 간부들 한가운데에 서 있던 교주 천극염 역시도 놀라움을 금치 못했다.

멀리서 보고 있는 데도 뚜렷이 느껴지는 기운.

'이건 분명 마기다.'

심연과도 같은 어둠이면서 매우 순도 깊은 마기였다.

그것은 천극염이 가진 마기보다도 훨씬 깊었다.

돌아가신 자신의 아버지인 태상교주 천여극이 눈앞에 다시 나타난다면 이런 기운을 가졌을까?

아니었다.

'아버님조차도 이런 마기를 가지진 못했다.'

그러나 중요한 것은 그게 아니었다.

자신의 교도들이 정체 모를 청년에게 머리를 숙이고 있었다.

신교의 교주로서 그런 일은 있어선 안 된다.

부들부들!

'이제 밝혀도 되겠구나.'

분노로 몸이 떨려오는 천극염을 향해 매선화가 조심스럽게 천마의 정체를 밝히려 했다.

어차피 천마가 이곳에 나타난 이상 그 존재를 숨길 필요가 없었다.

그러나.

탓!

어느새 천극염의 신형이 천마의 앞으로 나타났다.

화경의 경지에 오른 고수답게 가까이에 있던 간부들이 그 움직임을 파악하지 못할 정도였다.

"아······."

그것을 보며 매선화가 자신도 모르게 중얼거렸다.

"아… 늦었다."

"교주님이시다!"

"교주님께서 오시다니!"

웅성웅성!

"신교의 교인이 삼가 교주님을 뵙나이다!"

천극염을 발견한 교도들이 무릎을 꿇고 예를 표했다.

천 명이 넘는 교도의 목소리에 안가 전체가 떠나가라 할 만큼 울려 퍼졌다.

그러나 가까이에 있던 교도들은 천마의 앞에서 박고 있는 머리를 떼고 싶어도 아무것도 할 수 없었다.

일으켜 세우려고 안간힘을 써도 내공이 움직이지 않았다.

"이익!"

"이게 무슨… 헥헥!"

교주인 천극염의 입장에서는 참으로 심기불편해지는 순간

이었다.

그런 그들을 뒤로한 채, 천마의 앞에 마주 선 천극염.

눈앞의 천마를 보면서 느낀 인상은 멀리서 볼 때와 달랐다.

'젊군. 그런데……'

분명 외견은 젊은데 이상하게도 그렇게 느껴지지 않았다.

오히려 노고수를 앞에 둔 것만 같은 느낌이었다.

마치 자신의 아버지인 태상교주 천여극과 마주했을 때와 흡사했다.

'…숨 막힐 것 같은 마기로군.'

전신에서 풍겨져 오는 마기는 그 깊이를 헤아리기가 힘들었다.

하지만 천극염 역시도 현천신공을 십 단공까지 성취했다.

기세에서 밀려선 안 된다고 판단한 천극염이 현천신공을 운용했다.

고오오오!

그의 몸에서 강렬한 마기가 폭사되어 나왔다.

흑색 기운이 사방으로 퍼져 나가며 좌중의 교도들의 입에서 함성이 터져 나왔다.

마공을 익힌 교도들에게 있어서 교주의 마기는 봉화와도 같았다.

"역시 교주님이시다!"

"와아아아!"

천극염이 한 손을 들어 올리자 떠나갈 듯이 함성이 멎었다.

교도들이 숨을 죽이자 천극염이 위엄 있는 목소리로 천마에게 말했다.

"누구기에 감히 신교의 교도들을 건드리는가? 그대의 정체가 뭐지?"

"내 정체? 글쎄……."

퉁명스러운 천마의 대답에 천극염이 인상을 찌푸렸다.

아무리 강하다고 한들 이 많은 수의 적들 속에서 무슨 배짱으로 이러는 것인지 궁금해졌다.

"뭔가 믿는 구석이 있는가 보군. 한데 이곳에서 살아 나갈 수 있을 거라 보나?"

"나갈 생각은 없는데, 흠……."

천마가 고개를 갸우뚱했다.

눈썹마저 치켜 올라간 그는 이해할 수 없다는 표정을 지었다.

"흠? 이게 다느냐?"

"지금 뭐라고?"

"아직 회복이 다 되지 않은 것이냐? 아니면 이게 한계인 것이냐?"

천마의 뜬금없는 질문에 순간 천극염은 어이가 없었다.

잘못 들은 것이 아니라면 분명 자신의 현 상태를 묻는 것 같았다.

그것은 정답이었다.

천마는 이미 천극염이 나타났을 때부터 흘러나오는 현천신공의 기운만으로 그가 교주라는 것은 파악했다.

단지 그가 생각한 만큼의 성취가 아니었기에 묻는 것이었다.

"그대가 누구인지는 모르겠으나 본좌를 능멸하는 것이라면……."

"능멸은 개뿔이고… 쯧, 보는 것만으로는 판단이 안 가니 실력부터 봐볼까."

"뭣?"

천극염이 뭐라고 말을 하기도 전에 천마의 일 장이 날아왔다.

기습과도 같은 갑작스러운 공격에 천극염은 당황스러워하면서도 동시에 일 장을 날렸다.

팍!

두 사람의 일 장이 부딪치자 강한 기의 회오리가 일어났다.

적어도 화경 이상의 고수들끼리 부딪쳐야 이런 여파가 일어날 수 있다.

가까이에 있던 교도들의 입에서 선혈이 튀어나왔다.

"쿨럭!"

다행스러운 것은 그들을 옥죄어오던 알 수 없는 힘이 사라졌다.

"엇? 우, 움직인다!"

"빠, 빨리 벗어나!"

그 순간 머리를 박고 있던 교도들이 재빨리 일어나 썰물이 빠지듯이 빠르게 그들과 거리를 벌렸다.

"큭!"

천극염의 입에서 신음성이 튀어나왔다.

화경의 경지였기에 공력의 순환이 빠른 그였다.

빠르게 팔 성 이상의 공력을 끌어 올려 일 장을 막았는데, 거의 내공 면에서 차이가 없었다.

'고작 약관에 불과해 보이는데 본좌와 맞먹는 공력이라니!'

천마의 모습은 고작해야 약관의 청년.

그런데 내공에서 전혀 차이가 없다는 것은 충격과도 같았다.

"내공은 뭐 그럭저럭이구나."

천마의 한마디는 천극염의 심기를 건드렸다.

천극염의 손에서 검은 빛깔의 강기가 맺혔다.

진노한 천극염의 권이 성난 황소처럼 천마에게 쇄도했다.

"호오? 기세가 제법이군."

"건방진 놈! 여유가 넘치는구나!"

파팍!

천마가 쇄도해 오는 권격을 부드러운 장법으로 휘감았다.

부드럽게 권격을 휘감아 그 기세를 분산시켰다.

쾅!

덕분에 주위로 분산된 권강으로 인해 주위 산채들이 부서졌다.

권으로 대응하리라 여겼는데, 오히려 부드러운 장법으로 권격을 흘려보내자 천극염의 눈에서 이채가 띠었다.

'내 권을 이렇게 쉽게 막아내다니?'

천극염의 현천강권은 그의 아버지인 태상교주 천여극이 만든 것이었다.

강골인 그의 성격과는 딱 맞는 강권이었다.

'부드러운 장법으로 권격을 흘려낸다면! 이건 어쩔 테냐!'

"하압!"

이 초식인 현붕여뢰(玄崩勵雷).

허공으로 몸이 치솟은 천극염의 권에서 낙뢰가 내리치듯 권강이 속사포처럼 천마에게 쏟아져 내렸다.

'처음 보는 권인데 제법이군.'

내심 현 교주인 천극염에게 실망하고 있던 천마였다.

그러나 자신이 만든 무공이 아닌 새로운 것을 접하자 흥미로워졌다.

검법과 장법의 이 절로 유명한 만큼 권에는 익숙하지 않은 천마였지만 최근에 얻었던 권법이 하나 있었다.

천마의 오른손에 강기가 맺혔다.

강기가 맺힌 오른손 주먹을 회전하며 허리로 끌어당기자 그 주변에 묘한 진동이 일어나 대기가 빨려 들어가는 소리가 났다.

'뭐지?'

갑자기 오른손에서 굉장한 기가 밀집되는 것을 느낀 천극염이 내심 불안해졌다.

찰나의 순간.

천마가 날아오는 현붕여뢰의 권강 세례를 향해 일권을 내밀자 포탄이 터져 나가듯이 거대한 권강이 치솟았다.

현붕여뢰의 권강이 작은 덩어리들이라면 천마가 내뿜은 권강은 거대했다.

파파파파팍!

수많은 권강이 부딪쳤지만 거대한 권강에는 속수무책이었다.

현붕여뢰의 권강들이 튕겨져 나가며 안가를 둘러싼 봉우리의 암석들로 퍼져 나갔다.

콰콰콰쾅!

'봉우리의 암석들이 깊게 패일 정도인 저 권강을 튕겨내?'

'뭐지? 이런 무식한 권강은?'

그것은 북호투황의 독문 무공인 투호권강이었다.

다른 무공은 직접 견식하지 않아서 모르지만 팔에 남겨진 내공의 순환 경로로 익힌 것이었다.

무식할 정도의 거대한 권강이 들이닥치자 천극염은 기겁을 하며 허공에서 몸을 뒤틀었다.

그러나 그것이 끝이 아니었다.

"헛?"

"허공에서 이것도 피할 수 있을까?"

어느새 천마의 신형이 허공의 천극염에게 도달해 있었다.

일격을 먹이려는 듯 천마의 일권이 천극염의 가슴으로 쇄도했다.

'큭, 틈을 주지 않는구나.'

천극염은 놀라는 한편으로 침착하게 퇴법을 펼쳐 천마를 견제하려 들었다.

권을 발차기로 막아내며 그 반동을 이용하여 몸을 회전시킨 후 반대 발로 찍어 내리는 이 초식은 천마군퇴였다.

'네놈도 허공에서 이 초식을 막을 수 없을 것이다!'

그러나 그것은 천극염의 오산이었다.

천마의 손이 흐르는 물처럼 부드럽게 회전하며 천극염의 퇴법의 방향의 축을 뒤틀었다.

덕분에 균형을 잃은 천극염의 신형이 옆으로 휘청거렸다.

천마는 부드럽게 장력으로 끌어당기는 시늉을 하자, 천극염의 신형이 당겨지며 동시에 그 발목을 움켜잡았다.

'발목을 잡다니?'

천극염이 내공을 끌어 올려 반탄강기를 펼치려 했다.

그 순간.

찌릿!

발목을 타고 흘러들어 오는 마기에 내공이 흩어졌다.

놀란 천극염의 두 눈이 커졌다.

'이건 대체?'

어떻게 대응할 틈도 없이 천마가 움켜쥐고 있던 발목을 휘둘러 천극염을 바닥으로 내팽개쳤다.

내공이 흩어지는 바람에 천극염은 아무런 방비 없이 땅에 떨어지고 말았다.

쾅!

"교, 교주님!"

그제야 지켜보던 장로와 호법들이 튀어나와 천극염에게 왔다.

설마 천극염이 밀릴 거라고는 상상도 하지 못했던 그들의 얼굴에 당황스러움으로 가득 찼다.

이것은 쉽게 넘길 일이 아니었다.

모든 교도가 지켜보는 앞에서 교주가 알 수 없는 적에게 패했다.

비등하게 싸운 것도 아니라 거의 밀리다시피 했다.

"쿨럭쿨럭!"

"교주님, 괜찮으십니까?"

바닥에 떨어진 충격으로 내상을 입은 천극염이 선혈을 토했다.

갈비뼈도 부러졌는지 통증이 심했다.

겨우 재정비를 갖춰서 마교를 탈환하려 했던 그들이었기에 이 상황이 황당하기만 했다.

탁!

허공에 있던 천마의 신형이 가볍게 땅에 닿았다.

천마는 주위로 몰려든 간부들을 보며 못마땅하다는 듯이 쳐다보았다.

"감히 교주님께 위해를 가하다니! 이놈, 살아서 나갈 생각 따윈 버려라!"

챙!

같은 화경의 고수인 삼 장로의 도에서 검은 강기가 맺혔다.

탈마도라 불리는 그는 정사마의 고수들을 통틀어 도로써

세 손가락 안에 드는 고수였다.

그가 나서자 주위에 있던 다른 교도들 역시 임전태세를 갖췄다.

"후우."

이에 천마는 한숨을 푹 내쉬었다.

아무리 부상을 입었다가 겨우 회복했다고는 하지만 이 정도까지 무력하리라고는 상상조차 하지 못했다.

적어도 적에 관해서 전의를 불태우는 모습은 보일 줄 알았는데 그런 것조차 없었다.

"…네놈들에게 매~ 우 실망스럽구나."

"무슨 헛소리를 하는 것이냐! 하압!"

삼 장로가 천마를 향해 패도적인 도를 휘둘렀다.

그러나 초식이 미처 펼쳐지기도 전에 그의 몸을 짓누르는 강대한 마기에 무릎이 꿇렸다.

의식하지 못했는데 사방에 어느새 검은 기운들이 옅은 운무처럼 퍼져 나가 있었다.

그것은 이곳 안가 전체를 가득 메우고 있었다.

"꿇어라."

쿵!

천마의 말이 끝남과 동시에 간부들을 비롯한 교도들이 무릎이 바닥에 꿇렸다.

그것이 끝이 아니었다.

천마가 손바닥을 위로 향했다 아래로 내리자 이천 명에 이르는 마교의 대인원이 천마의 앞에 강제로 머리를 숙여야만 했다.

"대… 대체 이게 무슨?"

"모, 몸에 내공이 모이지 않아."

삼 장로를 비롯한 간부들이 내공을 끌어 올려 반항해 보려 했으나 아무 소용이 없었다.

굴욕감에 얼굴에 핏줄까지 서서 안간힘을 썼지만 마치 육신의 제어권을 빼앗긴 것처럼 힘이 빠졌다.

'이건 화경이 아니야.'

삼 장로의 동공이 심하게 흔들렸다.

내공에 있어서 극에 이르는 것이 화경이다.

그렇기에 화경의 고수들 간에 내공은 크게 차이가 없다.

연마가 길어진 고수일수록 내공이 더욱 심후해질지는 모르나 그것도 종이 한 장 차였다.

"혀… 현경……."

삼 장로의 말에 다른 이들의 눈이 동그랗게 커졌다.

그들도 그제야 이 상황이 납득이 가기 시작했다.

자신의 내공만이 아니라 주위의 자연에서 기를 끌어다 쓸 수 있는 현경의 경지만이 이것이 가능했다.

'아니야. 그게… 아니야.'

그러나 천여휘와 오 장로의 생각은 달랐다.

고개를 들지 못하면서도 그들은 얼굴이 상기된 것을 넘어 눈시울이 붉어져 있었다.

이 익숙한 상황을 그들은 반년 전에 겪어본 적이 있었다.

그때의 그 느낌을 아직도 잊을 수 없었다.

"삼 장로… 그, 그게 아니오. 이건……."

"네?"

"현천신공의 십이 단공……."

그의 말이 끝나기도 전에 머리를 숙이고 있던 현화단주 매선화가 큰 목소리로 외쳤다.

"신교의 미천한 교도인 현화단주 매선화가 위대하신 신교의 조사님이신 천마님을 배알하나이다!"

웅성웅성!

매선화의 충격적인 외침에 좌중의 교도들의 어안이 벙벙해졌다.

그것은 교도들뿐만이 아니었다.

내상을 입어서 선혈을 흘리고 있는 천극염조차 적잖게 당황했는지 눈이 커다랗게 떠졌다.

천마 조사라는 이름이 가진 그 의미는 마교에 있어서 상상 그 이상이었다.

마교의 개파 조사이면서 무림에서 절대자라 불렸던 전지적인 인물이었다.

"처, 천마 조사라니? 그게 무슨 소리요?"

삼 장로가 당황스러운 눈치로 매선화에게 물었다.

그도 그럴 것이 대부분의 간부, 교도들은 천마의 부활 의식이 이뤄졌다는 사실을 전혀 모르고 있었다.

극비리에 행했기에 소교주와 오 장로, 제사장들, 그리고 교주 직속 정보단인 현화단 외에는 알려지지 않았다.

"말 그대로입니다. 신교의 개파 조사이신 천마님이십니다."

"저 젊은 청… 흠흠, 분이 조사님이라고 말씀하는 것이오?"

쉽게 납득이 가지 않았으나 삼 장로의 말투가 조심스러워졌다.

그때 엎드려 있던 매선화의 몸이 자연스레 일으켜졌다.

"아!"

천마가 그녀를 압박하고 있던 마기를 해제한 것이었다.

매선화가 무릎을 꿇고 포권을 취하며 천마에게 감사를 표했다.

"조사님의 너그러움에 감사드립니다."

그녀의 몸이 일으켜진 것을 곁눈질로 확인한 천여휘와 오 장로가 조심스럽게 몸을 일으켜 보려 했으나 요지부동이었다.

'어째서 현화단주만!'

억울한 눈빛이 되었지만 고개를 숙이고 있으니 보일 리가 없었다.

천마가 뒷짐을 지고 혀를 차며 바닥에 엎드려 있는 교주와 간부들의 주위를 빙 둘렀다.

처음 겪어보는 상황에 이들은 침이 바짝 말랐다.

그런 와중에 한참을 가만히 있던 교주 천극염이 입을 열었다.

"진정……."

"음?"

"진정 천마 조사님이옵니까?"

공손해진 목소리에는 의구심이 가득했다.

사실 젊은 외양의 천마를 보면 누가 그를 마교의 개파 조사로 생각하겠는가.

그런 천극염의 말에 대답을 한 것은 매선화가 아닌 천여휘였다.

"아버님, 아니, 교주님. 저분은 정말로 조사님이 맞으시옵니다. 교주님께서 깨어나셨을 때 말씀드렸던 그 의식을 기억하십니까?"

'부활 의식?'

천여휘의 말에 천극염의 동공이 흔들렸다.

양팔이 잘리고 극심한 내상으로 혼수상태에 빠졌던 그가 깨어났을 때 천여휘는 그동안에 있었던 일들을 천극염에게 상세히 일렀었다.

'정말로 그 의식이 성공했단 말인가?'

천극염 역시도 마교에 숨겨져 있던 부활 의식은 알고 있었다.

하지만 마교 내에서도 금지된 의식이었기에 전혀 신경 쓰지 않았던 부분이었다.

"그때 분명 실패했다고 하지 않았느냐?"

보고를 받았을 때는 의식에 실패를 했다고 들었다.

부활을 했었으나 도중에 혼백이 사라졌다고 들어서 그저 어처구니가 없다고만 여겼다.

"그, 그렇습니다. 하지만 단지 조사님의 혼백이……."

"…그걸 본좌 보고 믿으라고 하는 것이냐?"

교주인 천극염은 지극히 현실적인 자였다.

일종의 교리를 전파하고 불을 숭배하는 천마신교의 교주였지만 내세에 대해서도 크게 연연하지 않는 그였다.

그저 아들인 여휘와 오 장로가 급한 마음에 지푸라기라도 붙잡는 심정으로 그런 의식을 펼쳤다고 치부했었다.

"쯧쯧."

혀를 차며 천마가 손을 들어 올렸다.

그러자 엎드려 있던 천여휘와 오 장로의 몸이 일으켜 세워졌다.

이에 자신들에게도 자비를 베푸는 것인가 싶어 둘은 감동하는 얼굴로 다시 엎드려서 머리를 박으며 감사했다.

"오오오! 조사님!"

"이렇게 무사히 부활하셨을 줄은 몰랐습니다!"

그런데 무심결에 쳐다본 천마의 표정이 이상했다.

분명 한쪽 입꼬리만 올라간 것이 마치 반년 전 그날을 떠올리게 했다.

그 순간이었다.

퍽!

"끄헉!"

천마의 발차기에 천여휘가 턱을 맞고 뒤로 발라당 넘어졌다.

한데 그것이 끝이 아니었다.

천마는 옆에 있던 오 장로 역시도 발로 걷어찼다.

퍽!

"으허헉!"

둘 다 무방비 상태로 맞아서 그 고통이 상당했다.

천여휘는 턱을 맞으면서 혀까지 깨물어 입에서 피가 줄줄 흘러내렸다.

역시 천마의 불같은 성정에 곱게 넘어갈 리가 없었다.

"미친놈들, 무슨 짓을 한 거냐?"

"눼… 눼엡? 구… 구게 뭐선……."

"넌… 됐다."

혀를 깨물어서 입에 피가 고인 천여휘는 제대로 발음을 할 수가 없었다.

이에 천마의 시선이 자연스레 오 장로에게로 향했다.

천마의 발길질에 발라당 넘어졌던 오 장로가 얼른 다시 무릎을 꿇으며 머리를 박고 말했다.

"조사님, 호, 혹시 그때 다시 치른 의식을 말씀하시는……."

"그럼 내가 다른 걸 말할 줄 알았느냐?"

천마의 일갈에 오 장로가 고개를 바닥에 찍으며 울먹이며 말했다.

그 모습이 애처롭기까지 했다.

"미천한 늙은이가 조사님께 죽을죄를 지었사옵니다!"

"알긴 아는구나."

다시 행해진 부활 의식이 실패하면서 천마가 겪은 고생은 말로 이룰 수가 없었다.

팔이 잘려서 단전마저 폐해진 몸에 들어가는 바람에 온갖 절망을 맛봐야 했다.

그런 와중에 마교가 외부에서 초빙했다던 남마검에게 빼앗겼다는 소식을 듣자 분노가 극에 달했다.

쿵쿵쿵!

어찌나 머리를 계속 찍어대는지 오 장로의 이마가 찢어져 피가 흘러내렸다.

얼굴이 피로 뒤덮이면서도 오 장로는 쉬지 않았다.

이에 천마가 미련스럽다는 눈빛으로 손을 들어 올리자 오 장로의 몸이 일으켜 세워졌다.

"조, 조사님!"

오 장로가 감격스러운 눈빛으로 천마를 쳐다보았다.

하지만 천마는 그에 아랑곳하지 않고 냉정한 목소리로 물었다.

"왜 의식에 실패한 것이냐?"

"그, 그것이… 그때 간자가 또 한 명이 있었습니다."

"간자가 있었다?"

"그, 그렇습니다. 당시 제사장 무리에 숨어 있던 간자가 부활 의식을 위한 주문이 아닌 제령 의식의 주문을 외우는 바람에 의식이 꼬여 버렸습니다."

"뭐? 제령 의식?"

제령 의식.

그것은 혼을 다시 저승으로 돌려 보내는 의식이었다.

부활 의식이 펼쳐지는 도중에 제령 의식을 누군가 펼쳤다는 것은 천마를 저승으로 보낼 작정이었던 것이었다.

"그, 그렇습니다."

"하… 씨발."

오랜만에 천마의 입에서 걸쭉한 욕이 튀어나왔다.

천여휘나 오 장로는 이미 반년 전에 겪었기에 별생각이 없었으나 그것을 처음 듣는 교주와 호법들은 뭔가 자신들이 상상했던 천마의 환상이 깨지고 있었다.

'정말 조사님이신가?'

그런 환상과는 별개로 의구심은 변해가고 있었다.

소교주인 천여휘와 제사장들을 통솔하는 오 장로가 대화하는 것을 들어보면 정말로 천마 조사인 것 같았다.

"그놈의 간자가 또 있었다? …주도면밀한 놈이군."

천마가 자신의 턱을 쓰다듬으며 중얼거렸다.

하마터면 정말로 저승으로 돌아갈 뻔했다.

물론 사마세가의 사마영천의 몸에 들어간 것만으로도 꽤 고생을 했지만 말이다.

"뭐, 상관없다."

"네?"

"어차피 이제 곧 보게 될 놈이니. 그때 청산한다."

'곧'이라는 말에 오 장로의 눈빛이 반짝였다.

천마가 하는 말의 의미를 곧장 파악했기 때문이었다.

'역시 조사님께서도 지금이 적기임을 알고 계시는구나.'

오 장로는 심장이 두근거렸다.

현 교주인 천극염에게는 죄송스러운 마음이었지만 천마의 존재가 이렇게 클 줄은 몰랐다.

천마가 나타남으로 인해서 모든 것이 해결될 것만 같은 예감이 들었다.

'정말 천마 조사란 말인가?'

그들의 대화를 들으며 천극염은 극심한 혼란에 빠졌다.

자신을 제압할 정도의 뛰어난 무공 실력.

그리고 오 장로나 소교주와의 대화를 보면 분명 부활 의식에 관한 것마저도 정확히 알고 있었다.

'직관적인 정보만을 믿는 녀석이군.'

그런 불신적인 감정을 천마가 느끼지 못할 리가 없었다.

지금의 천마는 원영신을 열어놓은 상태였기에 천극염의 의구심이 가득한 감정이 느껴졌다.

천마가 현천검을 뽑아서 경공을 펼쳐 허공으로 치솟았다.

그러더니 안가를 둘러싼 암벽을 향해 검을 휘둘렀다.

콰콰콰쾅!

암벽에 천마의 검기가 스쳐 지나가며 검흔이 새겨졌다.

"엄청난 검법이다!"

검흔을 쳐다보는 교도들의 입에서 탄성이 흘러나왔다.

가히 절세검법이라 할 만한 검흔이 암벽에 새겨져 있었다.

"이… 럴수가……."

천극염의 입에서 경악성이 튀어나왔다.

고개만을 겨우 돌려서 바라본 암석에 새겨진 검흔은 누구보다도 그가 잘 알고 있는 것이었다.

그것은 역대 교주들에게만 전수된다는 현천검공의 마지막 초식인 현천파월(玄天破月)이었다.

'아… 아직 여휘 녀석이 익힌 것이 아닌데……'

소교주인 천여휘를 의심해 보았지만 아니다.

천마검공의 후반부 세 초식은 교주의 자리에 오르기 전에 익히는 것이었다.

구두로 전수되기 때문에 다른 누군가 익힌다는 것은 언감생심이었다.

"후우, 오랜만에 해보는군."

천마가 암벽에 새겨진 자신의 검흔을 보며 중얼거렸다.

별리검법을 창안한 후로는 처음으로 펼쳐보는 현천검공이었는데, 그 패도적인 위력은 여전했다.

"조사… 조사 어른, 마기를 거둬주십시오."

한참을 멍하니 암벽의 검흔을 쳐다보던 교주 천극염이 천마에게 말을 걸었다.

그것도 조사 어른이라는 표현과 함께 공손한 말투로 말이다.

"교, 교주님!"

오 장로가 천마를 향해 애처로운 눈빛을 보냈다.

그래도 명색이 신교의 교주인데 내상을 입은 상태로 바닥에 엎드리는 것은 안 될 일이었다.

만약에 그를 엎드리게 한 것이 개파 조사인 천마가 아니었다면 용납될 수 없는 상황이었다.

"흥."

천마가 손을 들어 올리자 그의 몸을 압박하던 마기의 기운이 사라졌다.

갈비뼈가 부러지고 내상을 입어서 몸을 지탱하기 힘들었지만 천극염은 이를 깨물고 몸을 일으켜 세웠다.

"그래도 제법 강골이구나."

천마의 칭찬 아닌 칭찬에 천극염이 고개를 숙였다.

그런데 고개를 숙인 그가 뭔가 생각에 잠긴 사람처럼 멈춰섰다.

강골이라고 했던 천마의 말은 아버지였던 태상교주 천여극이 생전에 그에게 자주 했던 말이었다.

천마의 겉모습은 전혀 닮은 것 하나 없는데 왜 천여극이 투영되는 것일까.

괜한 생각에 웃음이 나오는 천극염이었다.

"뭘 하는 거냐?"

천마의 물음에 천극염이 고개를 들었다.

그러고는 아픈 몸으로 천천히 한쪽 무릎을 바닥으로 꿇었다.

'아, 아닛?'

웅성웅성!

강제도 아닌 자의로 교주인 천극염이 바닥에 무릎을 꿇자 좌중이 혼란스러워졌다.

그것은 교도들뿐만이 아니라 좌우호법과 삼 장로 역시도 마찬가지였다.

그렇게 바닥에 한쪽 무릎을 꿇고 양손을 모아 포권을 취한 천극염이 큰 목소리로 외쳤다.

"대천마신교의 이십이대 교주인 천극염이 개파 조사이신 천마 조사님을 배알합니다!"

그가 외친 것과 동시에 천여휘와 오 장로, 매선화도 같이 무릎을 꿇고 외쳤다.

"천마 조사님을 배알합니다!"

"훙, 빨리도 인사를 하는구나, 후손 놈들아."

천마가 양팔을 사방으로 뻗자 사방에 흩어져 있던 거대한 마기가 순식간에 천마에게로 빨려 들어왔다.

그와 동시에 움직일 수 없었던 교도들의 몸의 제어가 풀렸다.

그것은 좌우 호법들과 삼 장로 역시도 마찬가지였다.

몸이 움직여지자 잠시 멈칫거리던 삼 장로와 호법들이 무릎을 꿇고 외쳤다.

"천마 조사님을 배알합니다!"
"천마 조사님을 배알합니다!"

간부들이 인사를 하니 자연스럽게 교도들로 이어졌다.

이천 명이 넘는 교도가 동시에 무릎을 꿇고 외치자 귀가 떠나갈 만큼 마교의 안가가 울려 퍼졌다.

그 외침에 봉우리의 암석들에서 진동이 느껴질 정도였다.

이렇게 우여곡절 끝에 드디어 개파 조사인 천마가 현 교주인 천극염과 교도들을 만났다.

34장
뛰는 마중달, 나는 천마님上

십만대산에 있는 마교의 교주전.

원래의 교주전은 권위의 상징이라 할 만큼 검고 붉은 재단 등으로 꾸며서 어둡고 위엄이 넘치는 분위기였다.

그러나 남마검 마중달이 집권한 후로 그 분위기가 달라졌다.

교주전이 전체적으로 밝은 계통의 호화로운 재질의 가구들로 바뀌었다.

마공을 익힌 마중달이었지만 어두운 것을 싫어하는 그의 성격 때문이었다.

똑똑!

교주전 바깥에서 문을 두드리는 소리가 들렸다.

권좌에 앉아 서책을 읽고 있던 마중달이 고개를 들고 입을 열었다.

"무슨 일인가?"

"교주님, 우호법이 뵙기를 청합니다."

"들라 하라."

마중달의 허락이 떨어지자 교주전의 문이 열리며 한 중년의 남자가 들어왔다.

그는 민둥 머리에 흡사 승려와 같은 복장을 하고 있었지만 승려와는 두 가지 다른 점이 있었다.

검은 가사에 목에 건 염주는 해골을 엮어서 만든 것이었다.

"우호법 왔는가?"

"주공… 아니, 삼가 교주님을 뵙습니다."

"여전히 익숙하지 않은가 보군."

"이십 년 가까이 부르던 호칭이라 입에 배어서 그런지 쉽게 바뀌지가 않는군요."

"후후후."

마교의 새로운 우호법, 마승 우태봉.

그는 이십 년 동안이나 마중달을 모셔왔던 가신이었다.

본래 소림의 승려였던 우태봉은 소림십계승의 일원이었다.

하지만 오욕칠정을 통제할 수 없었던 그는 소림의 승려로서 해서는 안 될 금기를 범하면서 파계승이 되어 떠돌다 마중달의 밑으로 들어간 인물이었다.

마중달이 교주의 권좌에 앉게 되면서 마교로 입성하게 된 그는 우호법의 자리를 차지하게 되었다.

갑작스러운 인사 채용에 불만이 많았으나 마중달이 임명한 두 호법들은 무림 내에서도 명성이 자자한 이들이었기에 대놓고 거론되진 않았다.

"그래, 무슨 일인가?"

"조금 문제가 생겼습니다."

"무슨 문제지?"

"…마교의 안가에 파견되어 있던 간자들의 연락이 끊겼습니다."

"뭐?"

우호법 마승의 보고에 마중달이 짐짓 놀란 눈빛으로 되물었다.

"안가로 잠입했던 간자들이 주기적으로 보내던 서신이 끊겼습니다. 혹시나 문제가 있을 수도 있어서 기다렸지만 세 번의 주기를 놓친 걸로 보아선……."

"확실한 거군?"

마중달의 말에 우호법 마승이 고개를 끄덕였다.

여기서 놀라운 점은 마중달은 이미 마교에 안가가 있었음을 파악하고 있었다.

주도면밀한 그는 무엇이든 확실하게 처리하는 사람이었다.

내전을 통해 정권을 잡았지만 여전히 교주를 비롯한 소교주와 장로, 호법들의 시신이 발견되지 않았기에 숨겨진 안가가 있음을 확신했었다.

"흠, 천극염은 머리를 쓸 줄 아는 위인이 아닐 텐데. 용케 알아챘군."

그가 부교주로 있던 시절에 보았던 천극염은 전략에 능한 사람은 아니었다.

군사인 일 장로도 부재했기에 간자가 들킬 확률이 지극히 적을 것으로 생각했는데 그것도 아닌 모양이었다.

"다시 한 번 지부나 분타들 사이에 껴서 파견하는 것은 어떻겠습니까?"

그랬다.

마교의 안가에 침투한 간자들은 지부와 분타에 껴 있던 자들이었다.

현화단에서 최대한 솎아냈지만 이천 명이 넘는 인원이었기에 빈틈이 생길 수밖에 없었다.

"지금도 저희가 이 정보를 파악한 줄도 모르고 꾸준히 분타 세력을 규합 중일 테니 말입니다."

마교를 장악한 마중달은 세력 확장을 위해 다양한 안을 구상했다.

그중에서 마교의 분타나 지부들의 규합이 없었던 것은 아니었다.

단지 그들이 기존의 교주에 대한 충성도가 높기에 조심스레 접근하려 했을 뿐이었다.

"아니야. 그 방법은 이제 안 통해."

"네?"

"간자가 있다는 것을 눈치챘는데, 또다시 파견하는 것은 괜한 경각심만 불러일으키네."

마중달이 마교의 안가를 알게 된 것은 의도적으로 지부나 분타에 관한 정보가 차단되고 있다는 사실을 알아챘기 때문이었다.

분타나 지부로 사람을 파견할 때마다 지부에 있어야 할 인물들이 보이지 않았다.

마교의 정보 조직인 암명단을 관리하는 칠 장로는 분타의 인원들이 줄고 있고, 그에 관한 정보가 계속 차단되고 있음을 보고했다.

"쉬운 일이 없군. 그저 잔존 세력을 처리하는 수준을 넘어섰어."

불과 반년 사이에 일어난 변화에 마중달은 감탄했다.

군사의 부재와 정보 조직이 없다는 판단하에 천극염이 다시 재기할 수 있는 확률은 전무하다고 판단했었다.

그런데 불과 반년 만에 현재의 마교를 위협할 만한 조직을 갖췄다.

당장의 전력을 비교한다면 우위에 서 있지만 그것도 이젠 확신하기 힘들었다.

만약 정면 대결을 한다면 상당한 타격을 입을 수도 있었다.

'의외야. 역시 마교의 저력을 우습게 볼 수 없군. 그런데 더 문제는……'

자신이 모르는 숨겨진 정보 조직이 있을뿐더러 지금 이들을 움직이는 존재가 있다.

그것도 군략에 매우 능한 자가 말이다.

정보 조직도 성가셨지만 마중달이 더 심각하게 여기는 것은 바로 그 존재였다.

'교주 외에도 내가 모르는 누군가가 이 장기판을 움직이고 있다. 그렇다면 먼저 손을 써야 한다.'

무림맹에 가입했던 것도 사전에 '그자'와의 협약이 있기도 했지만 기존의 잔존 세력들을 견제하기 위함도 있었다.

그런데 지금 그 무림맹이 침묵하고 있는 상태이다.

만약 자신이 기존 교주파의 세력이었다면 지금이 적기였다.

고민하던 마중달이 중대한 결단을 내렸다.

"지금 당장 마교의 안가를 쳐야겠네."

"네?"

"시간이 더 흐른다면 걷잡을 수 없을 걸세. 먼저 손을 써야 겠어."

마중달의 결단에 우호법 마승이 곤란하다는 표정으로 답했 다.

"하나 저희가 파악한 걸로는 적들의 전력이 이천 명에 이르 는데, 적어도 그들을 제압하려면……."

그에 상응하는 인원이 필요했다.

적어도 피해를 줄이기 위해서는 더욱 많은 전력이나 혹은.

"본좌가 직접 갈 것이네. 이참에 확실하게 잔존 세력을 정리 할 것이야."

"아아! 그러하시다면! 명을 받듭니다!"

현경의 고수인 그가 나선다면 확실한 승리를 보장할 수 있 다.

적어도 천극염 교주의 세력권에는 현경의 경지에 오른 고수 가 없는 것은 확실했다.

광동성과 광서성의 경계에 있는 십만대산에서 호남성에 있 는 장가계까지는 그리 오랜 시간이 소요되지 않는다.

마중달은 화경의 고수인 이 장로를 대동해 이천 명의 교도를 이끌고 친정을 천명했다.

만반의 준비를 마치고 출발 기일을 닷새 뒤로 잡았다.

한편, 같은 시각 장가계에 위치한 마교의 안가.

빽빽하게 산채가 밀집해 있는 안가의 한가운데에 세 명의 수급이 창 꼬챙이에 꽂혀서 자리하고 있었다.

방치된 지 며칠이 지났는지 핏기가 가셔서 하얗게 마른 수급은 하나같이 공통점이 있었다.

그들의 얼굴은 공포와 절망에 찬 표정을 짓고 있었다.

"아이고! 섬뜩하구만."

그곳을 지나갈 때마다 교도들은 그 모습에 소름이 돋았다.

무림인으로서 사람의 시신이나 잘린 목을 보지 못한 것은 아니지만, 저런 표정을 짓고 죽은 사람을 보면 누구나 오한이 들 것이다.

*   *   *

교주인 천극염의 산채에 간부들이 전부 모여 있었다.

그들의 상석에 자리하고 있는 사람은 다름 아닌 천마였다.

비록 천극염이 현재의 교주이기는 했으나, 천마는 여느 역대 교주를 넘어선 개파 조사였다.

또 엄밀히 얘기하면 천극염과 천여휘에게 있어서는 머나먼 조상님이자 시조이기도 했다.

그런 그를 제치고 상석에 앉을 수는 없었다.

"조사님 말씀대로 교도들의 조직을 새로이 개편했습니다."

삼 장로가 준비해 둔 서류를 꺼내서 천마에게 제출했다.

천마가 그것을 훑어보며 못마땅하다는 듯이 말했다.

"멍청하긴. 이런 식의 개편은 소용없다. 어차피 기존의 본교에 있던 세력이 아니고, 더군다나 장시간에 걸쳐 훈련이 가능한 상황이 아니니 무공의 특성이나 무공의 상하 고하로 나누기보다는 군략에 맞춰서 해라."

"군략이라 함은……?"

"활을 비롯해 원거리 공격이 가능한 부대, 근접 부대, 기동성이 빠른 부대, 기습 부대, 보급 부대 식으로 개편을 해라."

"삼가 명을 받듭니다!"

장로들을 비롯해 호법들이 바쁘게 각자가 맡은 소임에 관련된 보고를 하고 그것을 천마가 지적하면서 점차 뚜렷하게 형체를 갖춰가고 있었다.

그 모습을 바라보며 천여휘는 존경스러운 눈빛이 되어 있었다.

며칠 전에 안가 내에 숨어 있던 간자들을 잡아낸 것을 비롯해 일사천리로 모든 일을 진행하는 천마를 보며 정말 대단하다는 생각이 들었다.

'이분의 한계는 대체 무엇일까?'

"똑바로 못 해, 새끼야!"

"컥!"

보고를 받다가 답답해진 천마가 홧김에 우호법을 발로 걷어찼다.

그가 발로 차는 부위는 항상 갈비뼈나 턱이었다.

턱을 맞아 피를 흘리면서 재빨리 제자리로 원상 복귀하는 우호법을 보며 천여휘는 속으로 신음을 흘렸다.

'음……'

내심 불같은 성정과 찰진 욕이 생각났지만 그건 중요하지 않았다.

부활 의식을 실패하고 다시 재회한 천마는 그 무공이 교주인 천극염마저 가볍게 상회하고 있었다.

천마 스스로가 무공 수위에 대한 언급은 없었지만 다들 짐작하기로는 화경의 끝이거나 현경일 것이라 예상하고 있었다.

그도 그럴 것이 아무리 마기를 유형화하는 경지인 현천신공의 십삼 단공만으로 그 많은 교도를 제압한다는 것은 불가능에 가까워 보였다.

'물어보면… 화내시겠지.'

차마 물어볼 용기가 나지 않는다.

정 궁금해한다면 대답을 해주기는 하겠지만, 제대로 알아듣지 못할 때 날아오는 발차기가 무섭다.

한편으로 근래에 들어 제일 찬밥 신세인 것은 교주인 천극염이었다.

생각 외로 진척되는 사안들이 전부 천마를 중심으로 돌아가면서 교주인 천극염은 병풍처럼 앉아 있기 일쑤였다.

한배에 사공이 둘이면 배가 산으로 갈 수 있다는 말이 있듯이 천마가 주도적으로 나서면서 천극염은 한발 물러나서 지켜만 보는 형태였다.

천마 역시도 그것을 알기에 천극염에게는 뭔가를 따로 요구하진 않았다.

그것은 교주로서의 권위와 체면을 살려주기 위함도 있었다.

그러나 한 조직의 수장으로서 명령권 없이 단순히 보고만을 받는 것은 쉬운 일이 아니었다.

'아버님께서 가장 힘들 수도 있겠구나.'

천여휘가 안쓰러운 얼굴로 천극염을 바라보았다.

그러나 그런 걱정과 달리 스스로의 권위보다도 복수와 교의 탈환을 먼저 꿈꾸고 있는 천극염이었기에 그런 부분은 크게 개의치 않았다.

"조사 어른."

며칠 전부터 보고를 비롯해 돌아가는 상황을 듣기만 하던 천극염이 오랜만에 입을 열었다. 덕분에 산채 내의 시선이 그에게로 몰렸다.

"조사 어른, 정말 예측대로 그들이 움직일까요?"

천극염이 이렇게 묻는 데는 이유가 있었다.

왜냐하면 며칠 전에 간자를 잡아낸 천마가 모두의 앞에서 확언을 했기 때문이다.

빠른 시일 내로 마중달이 이곳 안가로 쳐들어올 것이라고 말이다.

"예측이 아니라 확신이다."

하지만 천극염의 생각은 달랐다.

비록 안가의 위치가 알려졌다고 하지만 이곳은 봉우리 암석에 둘러싸인 천연의 요새였다.

마중달같이 신중하고 지략에 능한 자가 정면 대결을 하면 전과는 비교도 할 수 없을 만큼 피해를 볼 수 있는 상황을 자초할까 의구심이 들었다.

"전에는 기습적으로 내부에서 싸우면서 축출되었지만 이번에는 다릅니다. 조사님의 말씀대로 설사 남마검 일파가 쳐들어온다고 한다면 오히려 안가를 거점으로 방어를 하는 것이 좋지 않겠습니까?"

천극염의 말에 일부 간부들이 동의하는지 고개를 끄덕였다.

기습을 당했던 그 당시와 달리 지금은 세력도 갖추고 있었고, 충분히 방비를 할 수 있는 상황이었다.

"후우, 멍청하긴. 병법을 전혀 모르는구나."

"넷?"

어지간하면 교주인 천극염에게 안 좋은 소리를 하지 않았던 천마지만 결국 그가 한마디 했다.

"단기전이라면 이곳이 천연의 요새가 될지 모르나, 적이 훨씬 많은 전력을 가진 상태에서 장기전을 벌인다면 이곳은 요새가 아니게 된다."

병법에서 가장 피해야 하는 상황은 적들에 의해 고립되어 도망칠 퇴로를 잃는 것을 의미한다.

그것은 병가에 있어서 최악의 상황에 직면했다고 볼 수 있었다.

"이곳이 봉우리에 둘러싸여서 적이 장기전을 유도하면 식량이 부족해지거나, 혹은 고립된 상황에 화계라도 쓴다면 꼼짝없이 당할 수밖에 없다."

천마의 말에 누구도 반박할 수 없었다.

어느 것 하나 틀린 말이 없었기에 천극염 역시 말문이 막히고 말았다.

"이 상황을 타개할 수 있나?"

"…없습니다."

"알았다면 계획대로 진행해라. 현시점에서 적이 침공해 올 경우 가장 큰 방비는 선제공격이다."

"알겠습니다!"

천마의 단호한 말에 호법들과 장로들이 대답했다.

'선제공격이라……. 실패하면 모든 것을 잃을 수도 있다. 정말 괜찮은 걸까?'

우려가 되는 부분도 있었지만 병법이나 전략에 있어서 천마의 식견이 높았기에 천극염 역시도 결국 수긍해야만 했다.

*   *   *

안가 내부가 바쁘게 출정 준비를 할 무렵.

가까운 산채에 괴의 사타가 머무는 거처가 있었다.

며칠 전부터 사타는 특유의 호기심 때문에 밤잠을 설치고 있었다.

"허어……."

사타가 이렇게 골똘히 생각에 잠긴 것은 오직 단 한 사람 때문이었다.

그 사람은 바로 천마였다.

사타는 여태껏 천마를 그저 사마세가의 셋째 아들인 사마
영천으로 알고 있었다.

뭔가 숨겨진 내막이 있을 거라고 여겼지만 그것은 단순히
정신적인 변화로만 추측했었다.

그런데 그가 마교의 개파 조사인 천마라는 소식을 듣고는
큰 충격에 빠졌다.

'천마라니… 허, 참'

무림을 살아가는 사람이라면 누구나 아는 이름이었다.

마교의 개파 조사이면서 무림의 절대자라 불렸던 천마.

그 이름이 가진 무게는 마교를 떠나서 중원의 모두에게 크
게 다가온다.

'그 성질머리 더러운 놈이 천마라……'

사마세가에서의 그를 떠올리면 도무지 이해가 가지 않았
다.

하지만 그보다도 더 이해가 가지 않는 것이 있었다.

'천 년 전에 죽은 놈이 다시 살아 돌아온다는 것이 있을 수
있는 일인가?'

평생을 의술에 매진했던 사타다.

그가 익혀온 의술에서는 혼백의 여부를 믿지 않는다.

죽은 자는 그저 시체가 되고, 그것이 썩어서 한 줌의 먼지
가 되는 것이다.

'이놈의 세상은 노부가 모르는 것투성이구나.'

고민하면 고민할수록 미궁에 빠져들었다.

이 답답함을 해결할 수 있는 가장 큰 타개책은 천마를 직접 만나는 것이다.

그런데 정체가 드러난 후로 더욱 만나기가 힘들다.

"아니, 뭘 만나야 물어보든지 하는데……."

이건 교주보다도 더 거물이어서 만나기도 힘들었다.

얼마 전에는 심지어 이런 일도 있었다.

오 장로를 통해 천마의 정체를 알고 나서 믿을 수가 없다며 그를 봐야겠다고 말했다가 한 소리를 제대로 듣고 말았다.

"조사님께서 직접 찾으실 때까지 먼저 뵈려고 하지 마시오!"

이런 통에 천마와 따로 시간을 내기가 힘들었다.

그리고 안가 한복판에 저 수급이 달린 후부터는 종일 교주를 비롯한 간부들과 회의를 했고, 교도들도 큰 전쟁이라도 치르는 것처럼 출정 준비에 매달리고 있었다.

결국 이 안가 내에서 가장 한가로운 사람은 사타 본인뿐이었다.

문제는 너무 한가하다 보니 생각이 많아진다는 거지만 말이다.

'아이고, 다 늙어서 무슨 복수를 하겠다고 충성을 맹세해 가지고……. 사타야, 사타야, 전부 네가 자초한 거다.'

호기심이 어느새 우울함으로 바뀌는 사타였다.

그러던 찰나에 누군가 산채 문을 두드렸다.

쿵쿵!

"켈켈, 누구시오?"

누군가의 방문이 어찌나 반가웠던지 다시 특유의 웃음이 나오는 사타다.

산채 문을 열고 들어온 사람은 교주의 호위를 맡고 있는 좌호법이었다.

"좌호법이 아니시오?"

"사타 선생, 조사님께서 찾으십니다."

"그놈이… 아, 아니… 조, 조사께서 말이시오?"

천마에게 충성을 맹세했으나 워낙 평소 때 그놈이라고 불렀던 것이 입버릇처럼 튀어나올 뻔했다.

좌호법의 인상이 무섭게 바뀌는 것을 보고서야 말을 바꿨다.

"말조심하기 바라오."

마교에 있어서 천마는 절대적인 존재이다.

거의 신격화되는 존재를 놈이라고 부를 뻔했으니 화를 낼 만도 했다.

사타는 좌호법을 따라 교주의 거처였던 산채로 갔다.

전에는 교주의 거처였지만 지금은 천마가 쓰고 있었다.

따로 거처를 내려고 하다가 천극염이 양보를 한 것이었다.

"조사님, 괴의 사타를 데리고 왔습니다."

"크큭, 늙은이더러 들어오라 해라."

"넵!"

천마의 특유의 거친 말투를 듣자 사타의 얼굴에 묘한 미소가 올라왔다.

왠지 모를 반가움을 느꼈기 때문이었다.

산채로 들어가니 회의가 끝나고 천마 혼자서 곰방대를 물고 담배를 피우고 있었다.

콜록콜록!

연기가 어찌나 방 안을 가득 메웠는지 사타가 기침을 해댔다.

'이놈의 망할 담배는 여전하군.'

그런 줄도 모르고 천마는 여전히 맛있게 담배를 피웠다.

산채 내로 들어오긴 했는데, 어떻게 해야 할지 몰라 사타는 우두커니 서 있었다.

그런 사타에게 천마가 곰방대로 의자를 가리키며 말했다.

"앉아라."

"아, 알겠… 습니다."

"늙은이 말투가 공손해졌군. 크큭, 평소대로 해라."

"아… 알겠네, 켈켈."

천마의 배려로 살짝 마음이 풀어진 사타가 의자에 앉았다.

그런데 여태껏 자신을 찾지도 않다가 이제야 부르는 이유가 무엇인지 궁금했다.

"노부를 부른 이유가 무엇인지 물어봐도 되겠나?"

"밥만 축내고 있다고 해서 부른 거다."

"엥?"

"지금 당장은 힘들지만, 마교 탈환 후에 의료원과 의료부대를 만들어라."

"의료원?"

뜬금없는 천마의 주문에 사타가 어안이 벙벙해졌다.

이곳에 와서 교주를 치료하면서 시간을 보냈기는 하나 특별히 다른 할 일이 없던 사타였다.

그리고 천마는 쓸모 있는 인재를 절대로 놀게 하는 인사가 아니었다.

"현재 개편된 조직에서 부족한 몇 가지가 있는데, 그중 하나가 의료진이다."

마교를 탈환하면 다시 조직을 개편해야겠지만 현재로서 의료진의 공백은 크다.

중원에서 최고를 다투는 의원인 사타가 있다고는 하나 그 혼자서 이천 명이나 되는 교도들을 감당하기는 힘들었다.

또한 비유하자면 닭 잡는 데 소 잡는 칼을 쓰는 격이었다.

사타와 같은 명의는 일반 교도들보다는 주요 인사를 담당하는 것이 맞았다.

"허어, 의료진이라……."

사타가 자신의 수염을 쓰다듬으며 고민하는 표정을 지었다.

의술을 익힌 이후로 한 번도 후학을 양성한 적이 없는 그였다.

괴의라 불리는 만큼 워낙 유별난 성격에 외고집인 그는 남을 가르치는 것에는 흥미가 없었다.

그런 그에게 의료진을 요구했으니 난감할 만도 했다.

"왜 싫냐?"

"아니, 싫다는 것이 아니라……."

솔직히 싫었다.

그러나 충성을 맹세한 천마가 요구를 하니 거절하기도 힘들었다.

꾸준히 후학을 양성하는 데 일진하고 있는 약선도 사타에게 후학을 양성하라고 몇 번이나 권한 적이 있다.

하나 그 당시에도 별 관심이 없다는 투로 거절했던 사타다.

"켈켈, 이보게. 이 늙은이는 제자를 가르치는 데 영 재능이 없네."

"재능은 개뿔. 왜? 죽어서 그 고절한 의술을 들고 갈 거냐?"

천마의 직설적인 말에 사타의 말문이 막혔다.

한 번도 사후에 관해서는 생각해 본 적이 없던 그였다.

그저 하고 싶은 대로 살다가 때가 되면 가야지 라고만 생각했는데, 천마의 말을 듣고 보니 문득 그런 생각이 들긴 했다.

'죽어서 내 의술이 사장된다라……'

솔직히 아까웠다.

몇십 년에 걸쳐서 이룩한 의술은 신의 경지에 가까웠다.

죽은 사람이 아니고는 거의 웬만한 사람은 다 살릴 수 있다.

그런 의술이 자신의 대에서 끝난다고 생각하니 아쉬워졌다.

"…알겠네. 그렇게 얘기를 하니 한번 의료진을 양성해 보겠네."

"해보겠네가 아니라 해라."

"…크흠, 알겠네."

말로는 도저히 당해낼 재간이 없었다.

그런데 천마의 요구 사항은 그게 끝이 아니었다.

속으로 툴툴거리는 사타에게 천마가 가까이 오라는 손짓을 했다.

"왜, 왜 그러는가?"

내심 찔렸던 사타가 말을 더듬으며 물었다.

천마가 대답하지 않고 계속 오라는 손짓을 하자 쭈뼛거리며 앞으로 다가갔다.

"내 눈을 봐라."

"누, 눈을 왜 보라는 겐… 응?"

사타가 눈을 동그랗게 뜨고 천마의 눈을 바라보았다.

천마의 눈을 자세히 바라보던 사타가 이상하다는 듯이 말했다.

"허어, 분명히 동공의 색이 붉었는데……."

사마세가에 있을 무렵만 하더라도 천마의 동공색은 피처럼 붉은색이었다.

그런데 지금은 그 색이 옅어져 보통 사람과 흡사했다.

자세히 봐야만 붉다는 것을 의식할 수 있을 정도였다.

"왜 그런지 알 수 있나?"

부활 의식을 통해서 살아난 자는 동공의 색이 핏빛을 띠게 된다.

정확한 이유는 모르나 그것으로 의식을 치른 자를 구분할 수 있는 단서가 되기도 한다.

눈을 의식하지 않았던 천마지만 우연히 동경(銅鏡)을 보면서 알게 된 그였다.

"흠……."

한참을 눈을 들여다본 사타가 고개를 저었다.

"눈이 왜 붉은지도 모르는데, 어찌 그것을 알겠나?"

아무리 명의인 사타라고 해도 천마의 눈이 붉었던 이유는 몰랐다.

가장 간단한 방법은 직접 해부를 하거나 실험을 하면 되지만, 이를 천마가 허락할 리가 없었다.

특유의 호기심이 발동하는 사타였다.

'미친 늙은이. 생각하는 게 아주 단순하군.'

사타의 빛나는 눈빛만으로도 그 생각을 짐작한 천마였다.

그렇다고 자신의 눈을 뽑아줄 생각은 없었다.

"…연구를 해봐야 하나?"

"그, 그야 당연하지 않겠나. 아무리 이 늙은이가 의원으로 최고봉이라 하지만 모든 걸 다 아는 건 아닐세."

"흠, 기본적인 것은 알려줘야겠군."

아무것도 알지 못한다는 말에 납득이 간 천마가 설명해 주었다.

부활 의식으로 살아난 자의 증거로 남는 붉은 눈에 대해서 말이다.

"흐으으음."

사타가 이해할 수 없다는 듯이 고개를 갸웃거렸다.

듣고 나니 더욱 의술로 설명할 수 있는 영역을 벗어났다는 생각이 들었다.

붉게 물든 동공은 혼백이 들어와서 부활한 사람에게 나타나는 특징이라고 했다.

그렇다면 혼(魂)이 육신에 들어가면서 이에 변화를 주었다는 뜻인데 그것 역시도 의술의 영역으로 본다면 설명할 길이 없었다.

"…정말 모르나 보군."

"당초에 왜 이것을 아냐고 하는… 아!"

천마의 눈의 변화에만 집중했던 사타의 입에서 탄성이 흘러나왔다.

그는 이제야 천마가 말한 의도를 알아챘다.

"그, 그렇다면 그날 이 늙은이가 보았던 그 붉은 눈 역시도……."

사마세가에서 처음 그를 보았을 때부터 붉은 눈에 관한 진실을 알고 싶었던 사타였다.

그런데 그 진실이 죽은 자가 부활한 증거라고 하니 경악할 수밖에 없었다.

"늙은이의 아우를 죽인 흉수가 부활한 자란 말인가? 허어……."

얼마나 놀랐는지 일어나서 다리에 힘이 풀렸는지 바닥에 털썩 주저앉았다.

가만히 있던 사타가 뭔가를 깨달았는지 일어나서 말했다.

"자네가 왜 그런 말을 했는지 알 것 같네. 혹시 그 붉은 눈의 흉수 역시도 자네처럼 색이 변했을 거라 생각하는 것이 아닌가?"

"그래, 맞다."

사타의 짐작대로였다.

천마가 우려하는 부분이었다.

부활한 자를 알아볼 수 있는 유일한 단서가 동공의 색이었는데, 만약에 그마저도 평범하게 변화한다면 이를 확인할 길이 없어지는 것이었다.

'혈교의 잔당들 역시도 나처럼 눈이 평범해지면 구분할 수 없게 된다.'

그런 사태만큼은 막아야 했다.

만약 부활한 자들을 구분할 수 없게 된다면 그 혼란은 걷잡을 수 없게 된다.

고민을 하던 사타가 조심스럽게 입을 열었다.

"두 가지 방안이 있네."

"두 가지?"

"첫 번째는 어떠한 것이라도 좋으니 부활한 자에 대한 표본이 있다면 이 늙은이도 연구해 볼 수 있네."

천마를 상대로 실험을 할 수는 없는 노릇이니 표본이 필요했다.

즉, 다른 부활한 자라도 잡아온다면 연구를 해보겠다는 말이었다.

그러나 이 방안 역시도 실질적으로 힘들었다.

현화단의 단주인 매선화도 붉은 눈에 관한 정보를 찾고 있었지만 그 실마리조차 발견하지 못하고 있었다.

"두 번째는 뭐지?"

"두 번째는… 크흠, 어쩌면 약선이 이것에 관해서 알 수도 있네."

차마 자신이 모르는 것을 약선이 알지도 모른다고 말하는 게 자존심이 상했는지 사타의 얼굴이 붉게 상기되었다.

천마도 전에 매선화를 통해서 약선에 대해 들은 적이 있었다.

정파 무림에서 최고의 의원이라 불린다는 약선.

그는 내가의료와 침술, 약물, 약초에 관해서는 타의 추종을 불허한다고 알려져 있다.

"약선이라는 자 역시도 이것에 관해서는 잘 알지 못할 건데?"

"그럴 수도 있네. 하지만 세간에 알려진 것과 약선은 많이 다르네."

사타의 눈빛이 사뭇 진지해졌다.

"뭐가 다르다는 거지?"

"세간에 그는 정도의 인사이기에 의원으로서 바른 길을 걸을 거라 여기지만, 실상은 다르네. 의원이라는 족속들이 새로운 의학 지식을 얻기 위해 단순히 서책만을 읽을 거라 생각하나?"

사타 역시도 의술의 기본은 자신을 살려주었던 눈이 없는 사내에게 배웠다.

그것만으로도 여타의 의원들보다 뛰어난 실력을 가진 그였다.

하지만 배움에는 끝이 없었고, 인간의 병은 끊임없이 새로운 형태로 나타났다.

"이 늙은이 역시도 새로운 병을 정복하기 위해 수많은 인간을 해부하고 다양한 고서들을 파헤쳐야 했네."

괴의 사타조차도 그러했는데, 약선 역시 다를 바 없었다.

최고의 의원이라 부르기까지 수많은 시신을 해부하고 다양한 좌도방문마저 섭렵했다.

그런 일련의 과정들을 세간에서 알 리는 만무했다.

"예전에 약선과의 술자리에서 들은 적이 있네. 그는 의학서 외에도 삼대금서(三代禁書) 역시도 섭렵했다고 들었네."

"삼대금서?"

"혼백진경(魂魄眞經), 오단진서(汚段眞書)… 그리고 태평요술서를 구했다고 들었네."

이렇게 말을 해도 천마가 그런 서적들을 알아들을 리가 없었다.

고개를 갸웃거리자 사타가 이를 설명했다.

사타가 말하는 삼대금서에는 좌도방문의 의학이 기록된 서적들로 중원 의계에서 인정하지 않는 사술로 취급받는다.

"의술의 끝을 달리게 되면 결국 그 접점인 좌도에 눈이 가게 되네."

금서임에도 불구하고 생각보다 판본이 많았던 오단진서는 사타 역시도 접한 적이 있다.

하지만 혼백진경과 태평요술서의 경우는 달랐다.

구하기도 힘들뿐더러, 그것들에는 의학 지식도 기술되어 있지만 인간의 혼백을 비롯해 도가의 사상, 요술, 도술마저 기록된 의서였다.

"혼백과 도술에 관한 지식이 있다?"

"그렇다네. 어쩌면 약선이라면 그 붉은 눈에 관한 것을 알수 있을지도 모르네."

자존심상 권하고 싶진 않았지만 삼대금서마저 섭렵한 약선이라면 붉은 눈에 관한 것을 알고 있을지도 몰랐다.

'금서라……'

그러고 보면 혈교의 그놈 역시도 각종 기서와 의학까지 섭렵한 별종이었다.

죽은 자를 부활시키는 금단에 의식을 만들기 위해서 수많은 좌도방문의 지식이 바탕이 되었을 것이다.

'이럴 줄 알았다면 혈교의 주술서 외에 다른 서적들도 남겨 놓을 걸 그랬군.'

내심 과거에 혈교의 다른 서적들을 전부 태운 것이 후회되는 천마였다.

혹시 모르니 다시 마교를 탈환하면 혈교의 주술서만이라도 탐독해 봐야겠다는 생각이 들었다.

"어떻게 할 텐가?"

"흥, 어떻게 하기는. 마교를 탈환하고 나면 의선을 찾는다."

의선을 찾아서 이 비밀을 풀어야 혈교의 잔당들의 실마리를 잡을 수 있다.

사타 역시도 이에 동의하는지 고개를 끄덕였다.

"늙은이, 이제 나가봐라."

"으잉? 벌써 말인가?"

"나가래도."

볼일이 끝나자 천마는 자연스레 사타에게 추객령을 내렸다.

뭔가를 크게 기대한 것은 아니었지만 천마의 무심한 태도에 얼굴이 잔뜩 일그러져서 사타는 속으로 온갖 욕을 하면서 산채를 나가야만 했다.

그런 사타를 밖에서 기다리고 있던 것은 좌호법이었다.

"아! 좌, 좌호법 기다리고 있었나?"

"사타 선생."

뭔가 잔뜩 인상이 굳은 걸로 보아서 기분이 언짢아 보였다.
눈치가 빠른 사타가 당황해서 말을 더듬으며 물었다.

"왜… 왜 그러는 것인가?"

"분명 말조심하라고 했지요?"

"아니, 노, 노부가 그러려고 했던 게 아니라… 조, 조사께
서……!"

"사타 선생, 실례하겠소."

"뭐?"

퍽!

말이 끝나기도 전에 괴의 사타는 복부에서 느껴지는 묵직
한 통증과 함께 정신을 잃고 말았다. 정신을 잃는 그 찰나에
욕이 나오는 그였다.

"이런 썩을… 끄르르르……."

탁!

그런 사타를 둘러멘 좌호법이 그의 숙소로 옮겼다.

산채 내에서 담배를 피우고 있는 천마의 입꼬리가 묘하게
올라가 있었다.

말을 편하게 하라한다고 곧이곧대로 들은 사타의 실책이었
다.

시간은 빠르게 흘러 닷새가 지났다.

십만대산의 마교에서 대규모 인원의 정벌단이 출정을 나왔
다.

이천 명에 이르는 수는 어지간한 문파 몇을 합한 것과 맞먹
는 대인원이었다.

관에 있는 군사 개념으로 치면 많은 수가 아닐 수도 있지
만, 한 명 한 명이 무림인이었기에 대규모의 전력이었다.

맨 앞의 선두에서 말을 타고 가는 마중달은 평범한 문사와
같은 복장을 하고 있었다.

그럼에도 불구하고 그에게서 느껴지는 위용은 황실의 장군
이 출정할 때의 모습을 보는 것 같아 보였다.

그 옆에는 마중달 체제의 마교에서 이 장로에서 일 장로로
승격한 벽마도와 광동성에서부터 그의 수하로 있던 왼팔 격
인 좌호법 노양주가 나란히 말을 몰고 있었다.

마교에는 현재 그의 오른팔인 우호법 마승을 비롯한 여타
의 장로들이 남아 있다.

이것은 자신의 부재중에 있을 내부를 단속하기 위함이었
다.

정벌단의 역시도 대다수가 기존에 있던 마교의 교도들로 이뤄졌고, 마교에 있는 이천 명의 절반은 원래 광동성 때부터 데리고 있던 수하들이었다.

무엇을 하더라도 매사에 조심스러운 마중달의 성격을 볼 수 있었다.

말을 타고 가던 마중달이 우측에 있던 좌호법에게 물었다.

"여기서 호남성 장가계까지의 거리가 어느 정도지?"

"관이나 문파 세력권을 둘러서 가는 경로로 계산하면 대략 이천육백 리가량입니다. 천천히 이동한다면 보름 정도 걸리지만 일정하게 경공을 펼친다면 팔 일 정도로 단축할 수 있습니다."

보통 사람들이라면 쉬지 않고 가야 보름이 걸리는 거리였다.

그들이 무림인이었기에 가능한 주파 날짜였다.

"팔 일이라… 그것도 늦군. 더 서두른다."

"…알겠습니다."

좌호법은 순간 놀랐지만 내색은 하지 않았다.

'허어, 팔 일도 거의 쉬지 않고 간다 전제한 것인데.'

오히려 서두른다면 관을 비롯해 문파 세력권을 지나치는 것이 거리를 단축할 수 있었다.

병법에 밝지 못한 좌호법으로서는 이해가 가지 않았으나 마중달의 사고는 먼 앞을 내다보고 있었다.

'저쪽도 정보력을 갖춘 이상 그것을 차단하면서 빠른 경로로 이동해야 한다.'

그렇지 않아도 움직이는 인원이 대규모였다.

눈에 띄지 않으려고 서두른다고 해도 여러 세력권을 지나치면 그 정보가 퍼져 나가게 된다.

그것을 최대한 방비하기 위함이었다.

'천극염이 방어선을 구축하기 전에 먼저 친다.'

이론적으로는 가능하다.

단지 그것을 행하기 위해서는 정벌단의 일반 교도들의 체력이 뒷받침이 되어야 한다.

"마 교주님, 너무 서두르다가 도착했을 때 정작 교도들이 지쳐서 일을 그르칠 수 있습니다."

일 장로인 벽마도 역시 우려가 되었는지 간언했다.

그러나 마중달의 생각에는 변함이 없었다.

무슨 수를 써서라도 빨리 도착해야만 했다.

"만약에 적들 사이에 지략가가 없다면 모르겠으나, 그 정도로 큰 판을 짜는 놈이라면 분명 우리의 움직임을 주시하고 있을 거다."

"허어, 전 교주 일파에 그런 인물이 정말 있을까요?"

기존의 세력을 잘 알고 있는 벽마도로서는 마중달의 의견을 받아들이기 힘들었다.

내전에서 겨우 살아서 도망간 교주 일파였다.

기껏해야 그나마 전략 구상이 가능한 것이 삼 장로인 탈마도 오맹추 정도였지만 전국을 살필 만한 그릇은 아니었다.

"본좌의 말을 믿지 못하겠는가?"

차갑게 식은 마중달의 목소리에 벽마도와 좌호법이 화들짝 놀랐다.

평소에는 문사와 같이 품격을 갖춘 모습의 그였지만 감정이 상했을 때의 무서움은 말로 이루기 힘들었다.

날카로운 검날이 목을 파고들 것 같은 싸늘함을 느꼈다.

"아, 아닙니다!"

"명을 받들겠습니다!"

두 사람은 황급히 포권을 취하며 고개를 숙였다.

이마에서 흐르는 식은 땀방울만 보더라도 얼마나 긴장했는지 알 수 있었다.

"일 장로와 좌호법의 우려가 맞는지 아니면 본좌의 말이 맞는지는 가보면 알 수 있겠지."

그 말과 함께 그들을 위협하던 날카로운 기세가 사라졌다.

'과연 명불허전이다.'

벽마도가 자신의 목을 매만졌다.

거의 화경에 극에 이르러 있기에 마중달과의 무공 수위에서 큰 차이가 없을 거라 여겼는데 아니었다.

오황이라는 칭호가 괜히 붙는 것이 아니었다.

확실한 격차를 체감한 벽마도가 이마에 흐르는 땀을 닦으며 소리쳤다.

"자! 서두른다!"

벽마도의 신호에 옆에서 진군 중이던 교도가 황색 깃발을 들었다.

깃발을 확인한 교도들의 진군 속도가 빨라졌다.

그제야 마중달이 만족스러운지 고개를 끄덕이며 앞을 좌시했다.

그렇게 정벌단의 진군이 계속된 지 얼마 후.

진군을 재촉한 결과, 그들은 정말로 팔 일 만에 호남성의 장가계에 도착했다.

그만큼 정벌단은 쉬지 않고 강행군을 펼친 것이었다.

"서두른 보람이 있군."

"오랜만에 오는데, 정말 경치가 대단하군요."

좌호법뿐만이 아니라 정벌단의 여기저기서 탄성이 흘러나왔다.

노을이 지고 있는 장가계의 선경은 그야말로 장관이었다.

모두가 감탄하고 있을 무렵에도 마중달만은 달랐다.

'교주, 이런 곳에 숨어 있었구려.'

마중달의 시선은 멀리 마교의 안가가 숨겨져 있는 봉우리가 밀집되어 있는 지역에 집중되어 있었다.

"저곳인가?"

"아! 맞습니다. 간자들이 보내온 지도에 있던 위치가 바로 저곳입니다."

멀리서 보면 어떤 누가 저 봉우리들 사이에 안가가 숨겨졌다 짐작하겠는가.

간자를 틈에 껴서 파견하지 않았다면 파악하기 힘들 만큼 자연스러웠다.

"용케도 저런 장소를 찾았군."

"그렇습니다. 저 봉우리는 정말 높군요. 말 그대로 천연의 요새입니다."

"흠."

병법과 지략에 능한 마중달이 보기에도 상당히 접근성이 힘들어 보였다.

공격하는 측에서도 공략하기 힘든 위치에 자리하고 있었다.

하지만 단점이 없는 것도 아니었다.

"장기간 공략이나 화계(火計)를 쓴다면 쉽게 공략할 수 있겠어."

"호오, 그렇겠군요. 저런 위치라면 요새도 되지만 독 안에

든 쥐 꼴이니 말입니다."

공교롭게도 마중달은 천마가 예측한 것과 같은 생각을 하고 있었다.

마중달은 전략을 단번에 구축했다.

그가 택한 것은 화계였다.

사방에 불길을 내서 입구로 적을 유도해서 섬멸하는 계책이었다.

"좋아! 그럼 당장……."

"교주님, 서두르시는 것은 좋지만, 잠시 휴식을 취하는 것이 어떻습니까?"

일 장로인 벽마도가 뒤에 있는 교도들을 가리키며 말했다.

말을 타고 온 간부들이나 각 대주들과 달리 일반 교도들은 이곳까지 종일 도보했다.

더군다나 잠을 제대로 자지 못해서 피로와 졸린 기색이 역력했다.

"흠, 쉬게 하는 편이 좋겠군."

확실히 강행군이긴 했다.

교도들의 상태를 보니 조금이라도 쉬어두는 편이 좋겠다는 생각이 들었다.

"하나 너무 지체하면 위치가 발각될 수 있으니 한 시진 정도 휴식을 취한 후, 술시 초 무렵에 치도록 준비하게."

"명을 받듭니다."

고작 한 시진에 불과한 휴식이었지만 지친 교도들에게는 꿀맛과도 같았다.

고단함에 젖은 그들은 앉은 상태에서 바로 잠이 들었다.

이를 지켜보는 마중달이 쓴웃음을 지었다.

그 역시도 병법에 능한 만큼 군사들의 피로도가 전략에 큰 영향을 미친다는 것을 잘 알고 있었다.

그러나 이상할 만큼 그의 본능이 서둘러야 한다고 말하고 있었다.

'늦지 않았다. 이제 곧 교주 일파를 처리할 수 있어.'

이제 멀지 않았다.

한 시진이 지난 후, 깨어난 교도들은 여전히 피로한 상태였지만 어느 정도 체력은 회복되었다.

지쳐 있는 교도들을 향해 마중달이 외쳤다.

"진격한다! 우리의 목적은 전 교주인 천극염의 목이다!"

"와아아아아!"

마중달은 자신이 직접 선두가 되어 교도들의 사기를 북돋으며 이끌었다.

해가 지고 어두워진 산봉우리를 둘러 타고 이천 명에 이르는 대규모의 정벌단이 위로 올랐다.

이 많은 인원이 봉우리를 둘러싸고 오르니 포위한 것이나 마찬가지였다.

탁탁!

가장 먼저 봉우리 위로 오르고 있는 사람은 마중달이었다.

빠르게 경공을 펼쳐서 안가의 입구 쪽에 있는 입구지기들이나 혹은 정찰조를 미리 처리할 생각이었다.

'이상하다.'

입구 쪽으로 올라갈수록 마중달은 이상했다.

현경의 고수인 그는 굉장히 넓은 반경으로 기를 감지하는데, 입구 쪽으로 도달해 가는 데도 아무런 기를 느낄 수가 없었다.

'그 많은 인원이 기를 숨길 수 있을 리가 없는데……'

같은 오황이 아니고는 어떤 누가 현경의 고수의 시야를 벗어날 수 있단 말인가.

이윽고 안가의 입구에 도착한 마중달은 주위를 둘러보았다.

입구 앞쪽이 휑하니 비어 있었다.

"어째서 문지기들이 없는 거지?"

불길함을 느낀 마중달이 조심스럽게 안가의 입구 쪽으로 향했다.

그리고 안가의 내부를 바라본 마중달의 표정이 싸늘하게 굳어진다.

이윽고 도착한 벽마도와 좌호법이 입구 앞에 서서 굳은 표정이 된 마중달을 발견하고는 영문을 모르겠다는 듯이 다가왔다.

그 순간 그들 역시도 경악을 금치 못했다.

"뭐야? 이게 대체?"

"저, 전부 어디로 간 거야?"

놀랍게도 봉우리로 둘러싸인 안가의 내부는 텅텅 비어 있었다.

'응? 왜 공격하지 않는 거지?'

'뭔가 잘못된 것인가?'

뒤를 따라 안가의 입구 쪽에 도착한 교도들은 마중달을 비롯한 호법, 장로들이 우두커니 서서 심각하게 서 있자 잠시 진격을 멈춰야만 했다.

처음 마교로 입성한 순간부터 긴 세월 동안 야심을 드러내지 않고 은인자중하며 수중에 이곳을 얻기 위해 신중에 신중을 기한 마중달이었다.

그만큼 치밀하고 생각이 깊은 마중달은 뛰어난 지략가였지만 한 가지 단점이 있었다.

생각이 깊고 치밀한 만큼 그는 눈앞에 보이는 것을 그대로 믿지 못했다.

안가의 입구지기가 없는 것을 비롯해 대범하게 입구를 열어놓았다.

'…설마 공성계인가?'

공성계는 성문을 열고 비워서 대범하게 마치 함정이라도 있는 것처럼 꾸미는 계책이다.

대범함으로 적을 방심시키는 것이 목적인 이 전법은 아군의 열세인 전력을 숨기기에 효과적인 전법이다.

그러나 이런 병법은 무림인들에겐 의미가 없는 계책이었다.

적어도 초절정 경지 이상의 고수들은 기를 감지하는 데 민감하기 때문이다.

'신중해서 나쁠 것은 없다.'

마중달이 손짓을 하며 일 장로인 벽마도와 좌호법 노양주를 불렀다.

둘이 옆으로 다가오자 마중달이 전음을 보냈다.

[일 장로, 안가 내로 기척이 느껴지나?]

[송구하오나, 저에게는 아무런 기척이나 기운이 느껴지지 않습니다.]

일 장로 역시도 화경의 극에 이른 고수인 만큼 기를 읽어내는 능력이 뛰어나다.

그런 그조차도 아무것도 느껴지지 않는다면 확실했다.

[아무도 없는 것 같습니다.]

[그렇군. 본좌와 같군. 좌호법, 만약의 사태를 대비해 일개

단을 먼저 투입시켜서 적의 유무를 확인해라. 공성계라면 도리어 우리가 당할 수도 있다.]

[명을 받듭니다.]

마중달의 명이 떨어지기 무섭게 좌호법이 수색조인 섬영단의 단주를 불렀다.

선택된 섬영단주가 오십여 명의 단원을 데리고 안가 내부로 침투했다.

그들은 정찰 임무와 요인 암살에 특화된 자들이기에 경공과 은신에 탁월했다.

'역시인가.'

내부로 투입된 섬영단원들이 은신술과 경공을 섞어가며 안가의 내부를 샅샅이 뒤지고 있었다.

그런 그들의 기척과 기운이 현경의 고수인 마중달에게는 뚜렷이 느껴졌다.

그것은 일 장로 역시도 마찬가지였다.

얼마 있지 않아 섬영단주가 나타나 마중달에게 부복을 하며 말했다.

"교주님, 안가 내부에는 아무것도 없습니다. 산채들이 빼곡하게 있었으나, 그 안에는 옷가지를 비롯해 전부 들고 가서 텅 비어 있는 상태입니다."

"뭣? 아무것도 없다고?"

"교주님! 아무래도 공성계가 아닌 것 같습니다."

일 장로인 벽마도가 심각해진 얼굴로 말하자 옆에 있던 좌호법도 고개를 끄덕였다.

이건 어떠한 계책도 아니었다.

말 그대로 안가가 통째로 비어 있는 상황이었다.

그리고 그것은 잠시 비우는 것이 아닌, 버린 것과 같은 상태였다.

'당했다! 이건……'

"젠장!"

고고한 학자와 같은 고상한 마중달의 입에서 거친 소리가 튀어나오자 간부들이 당황했는지 입을 꾹 다물었다.

쩌적!

진각을 찍은 것도 아니었는데, 마중달의 주변의 바닥에 균열이 갔다.

마중달의 분노가 얼마나 심했는지 사방에 진기가 가득해 숨이 막힐 정도였다.

그러나 그것도 잠시였다.

한순간 무겁게 짓누르던 진기가 사라졌다.

"당장……"

"네?"

"지금 당장 마교로 회군한다! 서두르지 않으면 위험할지도 모른다."

"교, 교주님, 하나……."

체력이 한계까지 도달한 교도들을 데리고 빠르게 회군하는 것은 무리다.

어쩌면 상당수가 낙오될 수도 있었다.

이곳에서부터 마교까지 빠르게 복귀를 하려면 왔을 때처럼 쉬지 않고 부지런히 경공을 펼쳐야 하는데, 지금 교도들에게는 그런 여력이 없었다.

"교주, 설사 적이 교로 진격을 했다고 해도 그곳에는 우호법인 마승을 비롯해 장로들이 있습니다."

좌호법의 말대로 전력의 절반 이상이 남아 있었다.

비록 가장 큰 전력인 현경의 고수인 마중달 자신이 이곳에와 있다고 해도 방어선만 잘 구축한다면 크게 밀릴 수 없는 위치가 마교의 본 단이었다.

"후우……."

하지만 마중달의 생각은 달랐다.

자신의 예측마저 뒤엎고 뒤통수를 칠 만큼 두려울 정도의 지략을 가진 자이다.

충분한 전력에 지략가마저 갖춘 현재의 천극염 일파의 전력이라면 방심할 수가 없었다.

"서두르지 않으면 정말 최악의 사태에 직면하고 만다!"

"교, 교주!"

"당장 교로 회군한다!"

이미 마중달의 귀에는 어떠한 것도 들리지 않았다.

결국 정벌단은 다시 산봉우리를 내려와 곧장 회군을 해야
했다.

피로가 극에 달한 교도들이었지만 명을 따를 수밖에 없었
다.

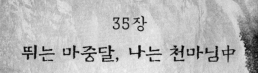

35장
뛰는 마중달, 나는 천마님中

지금으로부터 불과 이틀 전.

중원 대륙의 남단, 광동성과 광서성 경계에는 수천 리에 걸쳐서 산봉우리들이 있다.

그렇게 헤아리기 힘든 수많은 산봉우리가 있는 그곳을 중원 사람들은 십만대산이라고 불렀다.

십만대산에서 가장 지리적으로 풍토가 좋은 위치에 자리 잡고 있는 것이 마교였다.

흔히 무림인들은 마교라 한다면 해괴망측하고, 끔찍한 무언가를 상상하지만 실상은 달랐다.

사람이 사는 곳은 결국 여타와 다를 바가 없었다.

지금은 그동안의 전쟁 등으로 현저히 줄었지만, 이만에 육박할 정도의 인원을 수용할 만큼 수천 가구의 집과 논밭농사 등을 통해 자급자족으로 식량 수급이 가능할 만큼의 규모를 자랑한다.

마교의 북쪽 경계선에는 장성을 쌓아 올려 방어선을 구축하고 있다.

한밤중인 자시 무렵.

"하아아아암!"

성의 북문의 경계를 서고 있던 교도들이 하품을 하며 기지개를 폈다.

밤이 깊어지면서 눈에 잠이 가득해진 그들이었다.

몇백 년 동안 한 번도 침공을 당한 적이 없는 마교였기에 일반 교도들에게 있어서 성문을 경계하는 보직은 굉장히 따분한 임무였다.

"경계 근무는 언제 서도 따분… 음?"

연신 하품을 하며 벽에 늘어져 있던 교도 근영은 자신의 눈을 비벼보았다.

하도 졸리니 헛것이 보이나 했던 그였다.

그러나 그것은 헛것이 아니었다.

"저, 적습……."

팍! 콱!

"끄윽!"

근영이 뭐라고 외치기도 전에 화살이 그의 목을 꿰뚫었다.

화살의 일격에 숨을 거둔 근영이 실이 끊긴 목각 인형처럼 성 밑으로 떨어졌다.

그 옆에서 졸고 있던 오삼은 근영의 단말마 비명 소리에 깼다.

"그, 근영! 저, 적습이다!!!!"

오삼이 목청이 찢어져라 외치자 성벽에 비상이 걸렸다.

성벽에서 졸면서 경계 근무를 서던 교도들이 화들짝 놀라서 성 밖을 쳐다보았다.

"무, 무슨 일이야!"

"적이라니?"

그들은 눈앞에 펼쳐지는 광경에 경악을 금치 못했다.

얼핏 보아도 이천 명가량은 되어 보이는 수의 적들이 보였다.

그런데 충분히 기습이 가능해 보이는 상황이었는데도 그들은 횃불까지 환하게 비추고 정면으로 진군해 오고 있었다.

"저, 정말 적이… 응?"

파파팍!

"크억!"

어떻게 방비할 틈도 없었다.

무수한 화살이 성벽 위로 날아오며 경계병들을 덮쳤다.

미처 방비하지 못했던 경계병들은 날아오는 화살 비에 속수무책으로 당할 수밖에 없었다.

경계병들이 무인들이라고 해도 어두운 밤중에 날아오는 화살 비는 치명적이었다.

"크악!"

"화, 활을 쏘다니!"

무림인들의 전쟁에서 화살 공격을 당하는 일은 거의 전무했다.

내공이 실린 화살들은 경계병들의 몸을 너무도 쉽게 관통했다.

"어서! 보, 봉화를 지펴랏!"

"네, 넵!"

아비규환이 되어가고 있는 상황 속에 경계병장이 소리쳤다.

화살에 맞지 않은 경계병이 엉금엉금 기어서 성벽에 있는 봉화에 불을 붙였다.

화르르륵!

북문의 봉화에 불을 붙이자 퍼져 나가듯이 연달아 다른 곳의 봉화에도 불이 타오르기 시작했다. 그리고 경계종이 마교

건물 전체로 울려 퍼졌다.

댕! 댕! 댕!

시끄럽게 울리는 경계종 소리에 잠들어 있던 교도들이 잠에서 깨어났다.

종소리에 놀라서 화들짝 깨어난 마승도 급하게 의복을 갖춰 입고 북문으로 향했다.

마승의 얼굴은 심각해져 있었다.

'이게 대체 무슨 일이지? 북쪽에서 느껴지는 이 수많은 인기척은 무엇이란 말인가.'

수를 헤아리기 힘든 기운들이 북문 방향에서 느껴졌다.

마승뿐만이 아니라 장로들을 비롯해 각 단주, 대주들이 산하의 교도들을 이끌고 속속 북문으로 몰려들었다.

자택이 북문 방향에 있어서 가장 먼저 도착한 칠 장로가 성벽을 쳐다보았다.

북문의 장성으로 수많은 화살이 쏟아져 내리고 있었다.

이것을 보며 당황한 칠 장로 자섭이 먼저 도착한 교도들을 붙잡고 물었다.

"대체 이게 무슨 일이느냐?"

"크, 큰일입니다! 적습인데, 얼핏 보아도 몇천은 되어 보입니다."

"며, 몇천?"

몇천이라는 말에 칠 장로의 눈이 커다래졌다.

어두운 밤중이었기에 정확한 수는 파악하기 힘들었으나 얼핏 봐도 굉장히 많았다.

슈욱! 파팍!

"대체 이 화살들은 뭐야?"

초절정의 고수인 칠 장로답게 날아오는 화살들을 쉽게 막아내며 물었다.

"모, 모르겠습니다! 계속해서 화살을 날리고 있습니다."

"군사들이 습격하는 것도 아니고 무림인들이 이게 대체 무슨 짓인 게야!"

"어찌 해야 할지 모르겠습니다!"

잠시 말문을 잃었던 칠 장로가 정신을 차리고 교도들에게 명을 내렸다.

"지금 당장 성문을 굳게 봉하고, 성벽 위로 화벽을 만들어라!"

"넵!"

두 조로 나누어진 교도들이 닫혀 있는 성문으로 몰려들어 나무 기둥들을 덧대어 문이 뚫리지 않게 보수 작업에 착공했다.

성벽에 오른 교도들은 성벽 위에 있는 기름통들을 부수고 그것에 횃불을 가져다댔다.

기름에 불이 붙으며 성벽 위로 불길이 생겨나 화벽을 만들었다.

무림인들에게 공격을 당할 시, 대처하는 방안으로 화벽을 만들어 경공을 펼쳐서 성 위로 통과하는 것을 방비하는 것이었다.

이윽고 우호법 마승이 북문에 도달했다.

"우호법!"

교주의 부재로 인해 그 대리를 맡고 있는 마승이 나타나자 먼저 도착한 장로들과 각 부대의 대주들이 그에게로 한달음에 달려왔다.

"이게 어찌 된 일입니까?"

가장 먼저 도착한 칠 장로가 답했다.

"우호법, 잘은 모르겠지만 확실한 것은 몇천 단위의 적이 쳐들어온 것 같소!"

"확인하신 겁니까?"

"그, 그게 계속 화살이 날아오는 터라 급히 성문을 막고 화벽부터 치게 했소."

비록 성벽에 올라서 적의 전력을 제대로 파악한 것은 아니었지만 칠 장로의 판단은 정확했다.

한밤중에 기습을 당한 것이라 아직 북쪽으로 교도들이 전부 모이지 못했다.

빠르게 방어선을 구축하기 위해선 시간을 벌어야 했다.

성벽이 불타고 있기 때문에 적은 북문을 뚫는 데 상당 시간을 허비하게 될 것이다.

"잘하셨습니다. 일단 각 대주들은 빨리 방어선을⋯⋯."

콰쾅!

마승의 말이 끝나기도 전에 고막을 때리는 커다란 굉음이 터져 나왔다.

성내에 있던 모든 사람의 표정이 경악으로 물들었다.

철문으로 만들어져 두꺼운 데다, 그 뒤에 기둥들을 덧대어 막은 북문이 순식간에 뚫린 것이었다.

"세⋯ 세상에 이게 대체⋯⋯."

"북⋯ 북문이 뚫렸어⋯⋯."

아직 북쪽엔 교의 전력의 절반이 채 모이지 못했다.

커다란 구멍이 뚫린 북문으로 뿌연 먼지가 올라와 시야가 가려졌다.

그것을 지켜보는 성내의 사람들의 얼굴에 긴장감이 돌았다.

저벅저벅!

모든 좌중이 숨을 죽이고 있는 가운데 북문 방향으로 걸음소리가 들려왔다.

뿌연 먼지 사이로 한 검은 인영이 걸어 나왔다.

검은 장포를 걸치고 있는 훤칠한 젊은 청년이 손을 휙휙 휘저으며 모습을 드러냈다.

"아! 씨발! 무슨 먼지가 이렇게 날려."

욕을 내뱉으며 등장한 젊은이의 모습에 모두가 어안이 벙벙해졌다.

그때 절정 고수인 철갑 대주가 소리를 지르며 젊은이에게 달려들었다.

"감히 웬 놈이냐!"

촤악!

"크헉!"

그러나 철갑 대주는 젊은이에게 닿기도 전에 허리 통째로 양단되고 말았다.

검을 들지도 않았는데 갑주를 두른 장정을 맨손으로 발한 검기만으로 벤 것이었다.

마승을 비롯한 장로들이 믿을 수 없다는 듯이 두 눈이 커졌다.

탁!

바닥에 힘없이 양단되어 쓰러진 철갑 대주의 시신을 밟고 젊은 청년이 상상을 초월하는 거대한 마기를 내뿜으며 말했다.

"웬 놈이냐고? 나는… 천마다!"

무공뿐만이 아니라 뛰어난 지략을 가진 마중달.

그는 마교 내에서 유일하게 기존의 천극염 일파가 움직일 것을 예견했다.

이에 마중달이 택한 수는 선제공격이었다.

더욱 덩치를 불려가는 전 교주 일파의 힘을 억누르려면 현 교주파인 마중달에게도 지금이 적기였다.

아직은 전력상의 우위에 놓여 있기 때문이었다.

하지만 그런 마중달조차도 예측하지 못한 변수가 있었다.

그것은 천마가 상상을 초월할 만큼 예측 불허의 인물이라는 점이었다.

마중달은 장가계에 있는 마교의 안가로 진격하기까지 정보 차단을 위해 관을 비롯한 각 문파의 영역을 최대한 피해서 돌아갔다.

이것은 기습을 위해서 선택한 최적의 방법이었다.

그러나 천마는 그런 마중달의 수를 읽었다.

마중달과 마찬가지로 천마 역시도 빠른 준비 끝에 출정을 했다.

"조사 어른, 너무 서두르시는 것이 아닐까요?"

천마에 대한 절대적인 믿음이 있는 천여휘가 보기에도 진격을 서두르는 감이 없지 않았다.

적어도 대규모의 전투가 벌어지기에 사전에 많은 정보 수집을 비롯해 충분한 준비를 하는 것이 맞았다.

"예상대로라면 마중달이라는 놈도 움직였을 거다."

"그렇다면 조사 어른께선 안가가 아닌 좀 더 유리한 고지에서 전투를 하시려는 거군요?"

"무슨 헛소리냐?"

"네?"

"당연히 마교로 가야지."

"네에에에?"

전력 면에서 두 배 이상의 차이가 있다.

그곳을 진격한다는 것은 최악의 수였다.

더군다나 마교는 장성을 쌓는 등 외부의 침공에 방비책이 잘 구축되어 있다.

"멍청하긴. 생각하는 게 단순하구나."

하도 욕을 많이 먹어서 이젠 자연스럽게 들렸다.

"놈들도 안가를 치기 위해 움직일 것이니, 지금 마교는 못해도 전력의 오 할 이상이 빌 것이다. 아마 그놈도 움직일 테니 더욱 쉽겠군."

전력을 분산시켜서 치는 것이 천마의 노림수였다.

보통 전략가라고 한다면 적의 간자를 이용해서 거짓 정보를 흘리는 등의 계책을 쓸 테지만, 천마는 과감하게 간자를 죽임으로써 경각심을 키웠다.

그로 인해 신중한 마중달조차 움직이게 만든 것이었다.

"그렇다면 적에게 들키지 않게 정보를 차단하고 좀 더 우회해서 진격해야겠군요."

"뭐, 그게 정석이긴 하지만 그럴 필요는 없다."

마중달 측에서도 간자를 보냈지만 마교 내에도 현화단이 보낸 간자가 있었다.

천마의 예상대로 마중달은 출정 준비를 했고, 준비되는 과정을 통해 대략적인 출정 날짜를 추산했다.

"우리는 우회하지 않고 곧장 진격한다."

천마의 결정에 모두가 우려했지만 큰 반대는 하지 않았다.

그 결과는 보는 바와 같았다.

천마가 이끄는 마교의 탈환단은 불과 닷새 만에 십만대산 근처에 도착했다.

물론 우회 없이 곧장 진격해 왔기 때문이었다.

충분한 휴식을 취한 후, 마교의 북문에 도착했으나 일정 부근에 근접하기까지 전혀 눈치채지 못했다.

"정말… 눈치채지 못했겠군요."

공교로운 일이었다.

만약 마교에서 전시체제로 돌입해서 정보 수집을 치밀하게 했더라면 충분히 움직임을 알아챘을 것이다.

하지만 마중달이 직접 정벌단으로 이끌고 자리를 비우자 기존의 마교 세력들과 마중달이 데려온 세력들이 서로를 견제하기 시작했던 것이다.

시야가 내부로 협소해지니 외부 정보 수집이 될 리가 만무했다.

내부를 단속하기 위한 마중달의 조치가 자충수가 되어버린 꼴이었다.

이것까지 천마가 계산한 부분은 아니었다.

천마의 승부수는 전력이 분산된 시점에서 마중달의 정벌대가 복귀하기 전에 빠르게 마교를 탈환하는 것이 목적이었다.

그럴 자신도 있었다.

화르르르륵!

화살 비에 속수무책으로 당하던 북문의 장성 위로 불이 붙으며 화벽이 생겨났다.

경공을 펼쳐서 성벽을 넘을 수 없도록 방비한 것이었다.

"조사님, 예상대로 화벽을 만들고 성문을 막았습니다. 경공으로 뛰어넘을 순 없을 것 같습니다!"

오 장로가 불타는 성벽을 가리키며 말했다.

성문의 두께는 워낙 두꺼워 일반적인 무공으로는 뚫기 힘들었다.

사전에 성벽으로 둘러싸인 마교를 공략하기 위해 공성전용 충차(성문을 뚫는 병기)를 준비했었다.

"대비를 하길 잘했군. 충차를 대령해라!"

"아니, 멈춰라."

"넷?"

천마가 충차를 부르는 것을 제지하며 의미심장한 미소를 지은 채 문으로 다가갔다.

"이런 것에 시간을 낭비할 필요가 없지."

천마가 오른손에 공력을 끌어모으자 밝은 빛의 거대한 강기가 발했다.

북호투황의 독문 무공인 투호권강이었다.

모두가 긴장하는 상황 속에 천마의 일권이 성문에 일격을 가했다.

콰쾅!

놀랍게도 천마의 거대한 권강에 성문이 그대로 박살이 나고 말았다.

저세상에서 자신의 무공이 충차 대용으로 쓰이는 것을 알게 된다면 북호투황의 기분이 어떨까.

"와아아아아!"

"조사님을 따르라!"

천마의 놀라운 능력에 교도들의 사기가 하늘을 찌를 듯했다.

함성을 지르는 그들을 뒤로한 채 천마가 먼저 성문으로 들어갔다.

 권강의 위력이 어쩌나 셌던지 성문이 부서지면서 뿌연 먼지가 앞을 가렸다.

 "아! 씨발! 무슨 먼지가 이렇게 날려."

 "감히 웬 놈이냐!"

 신경질을 내며 먼지를 지나치자 천마에게 철로 된 갑주를 두른 사내가 달려들었다.

 천마가 피식 웃고는 검지로 검기를 실어 사내를 베었다.

 촤악!

 한순간에 철갑 채로 사내가 양단되어 바닥에 쓰러졌다.

 그 시신을 밟고 천마가 소리쳤다.

 "웬 놈이냐고? 나는 천마다!"

 한밤중의 기습이라 아직까지 많은 인원이 모여 있지 않았다.

 대략 보이는 것만으로는 수백 명에 불과했다.

 북문의 출구 쪽으로 모인 수많은 교도가 긴장된 눈빛으로 천마를 바라보고 있었다.

 천마의 몸에서 뿜어져 나오는 거대한 마기에 두려움을 느낀 그들이었다.

 '처, 천마라니… 무슨 소리야?'

'개파 조사님의 존함을 함부로 칭하다니!'

천마.

마교의 시초이면서 만마의 종사인 이름이었다.

뜬금없이 나타난 젊은 청년이 스스로를 천마라 칭하자 교도들은 혼란스러웠다.

"크으으으……."

화경의 고수인 마승조차 천마의 기세에 억눌려 잠시 할 말을 잃었으나, 이내 정신을 차렸다.

그는 마공을 익힌 고수가 아니기 때문에 교도들에 비해선 영향을 받는 것이 덜했다.

"하압!"

쾅!

그가 진각을 밟자 진기가 치솟으며 바닥에 균열이 갔다.

주변에 있던 장로들을 비롯해 교도들이 영향을 받아 정신을 차렸다.

"헉!"

"소, 소름이 끼칠 정도의 엄청난 마기요! 하, 하마터면 기세에 눌릴 뻔했소."

칠 장로 자섭은 전율이라도 느꼈는지 식은땀마저 흘리고 있었다.

믿을 수 없다는 표정을 짓는 칠 장로에게 팔 장로 우위강 역시도 긍정을 표했다.

"엄청난 마기요. 마치 태상교주님을 보는 것만 같소."

"그런데 들었소? 저 청년이 한 말을?"

마교도인 그들에게 천마라는 이름이 명시하는 바가 컸다.

팔 장로가 고개를 끄덕이며 대답하려던 찰나에 마승이 말을 자르며 먼저 말했다.

"그게 중요한 게 아닙니다! 지금 북문이 뚫렸습니다."

"아, 알고 있네."

"아무래도 저자는 화경의 고수인 듯합니다. 제가 맡을 테니, 칠 장로님과 팔 장로님은 교도들을 추슬러서 빨리 방어선을……."

"와아아아아아!"

우르르르!

마승의 말이 끝나기 무섭게 천마의 뒤편에서 함성 소리와 함께 수많은 인파가 북문으로 물밀듯이 몰려 들어왔다.

그 수가 많아서 헤아리기 힘들 정도였다.

몰려 들어오는 적들의 복색을 보는 순간 장로들의 얼굴이 굳었다.

그것은 마교의 교인들이 입는 복색이었던 것이다.

"어째서 이들이?"

미처 적들의 정체를 파악하지 못했던 그들이 당혹감을 감추지 못했다.

교주인 마중달이 분명 남은 잔당들을 처리하기 위해 정벌단을 끌고 갔는데, 어째서 이들이 마교를 습격해 오는 것인가.

"제기랄! 당장 교도들을 이끌고 막아야 합니다!"

"아, 알겠네!"

"그리하겠소!"

사태의 다급함을 느낀 그들이 대답과 동시에 빠르게 움직였다.

마승은 그 와중에 자신의 부관인 오충에게 전음을 보냈다.

[너는 당장 소공녀인 마연화 아가씨를 모시고 탈출해라.]

[알겠습니다!]

만약의 상황에 대비해야만 했다.

왠지 모르게 스스로를 천마라 칭한 저 사내가 굉장히 위험하다고 여겨졌다.

아직 주군인 마중달이 도착하지 않은 상황에 인질로 잡히기라도 한다면 낭패였다.

'저자만 제압하면 해결될 수 있다. 하지만 그렇지 못할 경우 시간을 최대한 지체시켜야 한다.'

순전히 직감에 의존한 생각이었지만 옳은 판단이었다.

그러나 모든 것이 뜻대로 되는 것이 아니었다.

"누가 마음대로 움직이라고 했냐."

쿵!

천마가 손을 내밀자 우왕좌왕하는 교도들을 정비하려 했던 칠, 팔 장로의 무릎이 바닥에 꿇렸다.

당황한 두 사람이 안간힘을 쓰며 일어나 보려 했지만 소용이 없었다.

"이, 이게 무슨 말도 안 되는?"

"이럴 수가? 내, 내공이 움직이지 않소!"

그것은 그들에게만 국한된 것이 아니었다.

마중달 측의 교도들 역시 누군가 강제로 힘을 준 것처럼 바닥에 무릎을 꿇었다.

몸이 제압당하자 성내로 들어온 천마 측의 교도들은 무력해진 그들의 무기를 빼앗고 혈을 점해 제압했다.

챙챙!

"지금 뭐 하는 거야? 당장 일어나서 싸워라!"

"대체 이게 무슨 일이야?"

마중달이 데려온 수하들은 몰려오는 교도들을 상대하며 당황스러움을 금치 못했다.

교도들을 일으켜 세우려 해도 꼼짝도 하지 않았다.

그렇지 않아도 북문에 있던 수가 적어 밀리고 있었는데, 이러다간 순식간에 제압될 것 같았다.

"젠장!"

마승의 입에서 거친 소리가 튀어나왔다.

분명 천마의 몸에서 뿜어져 나오는 마기가 소름 끼칠 만큼 두려움을 일으키나, 그것이 육신을 제어할 수 있는 것은 아니었다.

"이게 대체 무슨 사술이냐!"

알 수 없는 기이한 현상에 놀란 마승이 천마에게 소리쳤다.

그러나 천마는 전혀 아랑곳하지 않고 오히려 주위를 좌시하고 있었다.

이곳의 마인인 교도들을 제압하긴 했으나, 성내의 다른 교도들이 북문으로 속속히 몰려들고 있었다.

"무시하는 것이냐!"

분노한 마승이 택한 것은 공격이었다.

마승이 빠른 경공으로 성문 앞에 팔짱을 끼고 서 있는 천마에게 퇴법을 날렸다.

폭풍이 몰아치는 것처럼 퇴법이 회오리를 일으키며 천마에게 쇄도했다.

"제법이군."

천마가 부드럽게 왼손을 회전시키며 현천유장의 초식으로 마승의 퇴법을 막았다.

'아닛? 내 초식을 한 손으로 막다니?'

마승의 현란한 퇴법은 남무림에서 그의 주군인 마중달을 제외하고 누구도 쉽게 막을 수 없었다.

그런데 그 자리에서 한 발자국도 움직이지 않고 한 손으로 막으니 당황스러웠다.

마승의 퇴법을 막아낸 천마가 입을 열었다.

"역시 무공의 근원이 소림이었군."

"그걸 어떻게?"

아무리 파계승인 마승이었지만 무공의 근본은 소림이었다.

소림에서 파계된 후 새로운 무공을 창안했다고는 하지만 이미 갖춰진 내공만큼은 어쩔 수가 없었다.

내공의 근원이 불심의 정수에서 뽑혀진 것이기에 마교의 장로들과 달리 천마의 마기가 주는 위압감을 금방 이겨내었다.

"내 무공의 근원을 알아냈다고 해도 달라지는 것은 없다! 하압!"

마승이 몸을 회전하며 빠르게 신형을 움직이자 사방으로 그의 잔영이 생겨났다.

열 개가 넘는 잔영이 퇴법을 펼치며 천마를 압박했다.

"이건 그냥 막기 힘들군."

화경의 고수인 마승이 그리 호락호락할 리가 없었다.

잔영들의 퇴법에는 하나같이 강기가 실려 있었다.

한 손으로 막기에는 그 부담감이 컸다.

결국 천마가 좌중을 제어하던 마기를 풀고, 양손에 강기를 둘러 현천유장의 초식을 펼쳤다.

덕분에 마기에 구속되던 장로들과 교도들이 몸의 제어권을 되찾았다.

"엇? 우, 움직인다!"

"그, 그렇군. 마승이 저 괴물을 상대하는 동안 어서 적들을 막아야 하네!"

챙!

"헉?"

일어나려고 자세를 취하던 칠 장로와 팔 장로는 자신들의 목에 들이닥친 날카로운 검날에 움직이던 것을 멈춰야만 했다.

"오랜만이로군, 칠 장로 자섭, 팔 장로 우위강."

귓가로 들려오는 묵직하면서 위엄이 가득한 목소리.

그것은 그들에게 매우 낯익은 목소리였다.

순간 자신들의 귀가 잘못 되었나 착각이 들었던 그들은 떨리는 눈으로 조심스럽게 고개를 들었다.

"허, 허억!"

"교… 교주!"

목소리의 주인은 다름 아닌 마교의 진정한 교주인 천극염이었다.

반년 전, 폐인이 된 천극염을 몰아내자는 제안을 받은 자섭과 우위강.

검문의 천하가 된 시점에서 위태로웠던 마교의 현 상황에 두려움을 가졌던 그들이었다.

태상교주의 집권 시절, 마교도로서 흔들림을 가져본 적은 없었다.

그러나 현 교주가 폐인이 되었음에도 여전히 강경하게 나가는 소교주와 여타의 장로들을 보면서 불만을 키웠었다.

그런 불만의 끝은 결국 배신으로 이어졌다.

어차피 폐인이 된 교주가 다시 부활해서 복수할 방법 따윈 없다.

그렇게 믿어왔다.

"교, 교주?"

놀랍게도 교주는 폐인이 아닌 예전의 위엄이 가득한 모습으로 자신들을 내려다보고 있었다.

심지어 잘린 팔도 멀쩡하게 붙어 있었다.

"어, 어떻게?"

"움직이지 마라!"

팍!

"으윽!"

놀라서 몸을 들썩이자 그들의 목에 검을 들이댄 자들이 발로 등을 차고는 짓눌렀다.

이에 칠 장로와 팔 장로가 무의식적으로 고개를 살짝 돌려 뒤에서 짓누르는 자들을 힐끔 쳐다보았다.

소교주인 천여휘와 오 장로가 서슬 퍼런 눈빛으로 그들을 노려보고 있었다.

설마 했는데 역시나 이들도 살아 있었다.

"소, 소교주?"

"오 장로? 사, 살아 있었구려."

"닥쳐라, 이 배신자 놈들!"

푹!

천여휘의 손에 힘이 들어가며 검끝이 칠 장로의 목을 파고들었다.

아무리 간이 큰 사람이라도 경기를 일으킬 수밖에 없었다.

"히익! 그, 그만!"

"흥! 목숨이 아까운 줄은 아나 보지?"

배신자들을 다시 처단할 순간만을 고대해 왔던 천여휘였다.

그의 손에 더욱 힘이 들어갔지만 천극염이 손을 들어 제지하자 그만둘 수밖에 없었다.

"교… 교주님!"

칠 장로와 팔 장로의 머릿속이 수많은 생각으로 복잡해졌다.

어떻게 된 영문인지는 모르나 천극염은 건재했다.

심지어 마교를 탈환하기 위해 분타의 세력마저 규합해서 나타났다.

자신들이 선택한 것이라지만 1년도 누려보지 못하고 이런 상황이 닥친 것이 억울했다. 지금 당장에 생사여탈권은 천극염에게 있었다.

"본좌는 그대들이 참으로 보고 싶었네. 특히 칠 장로 자섭!"

"교… 교주님… 그게……."

칠 장로 자섭의 목소리가 떨려왔다.

그는 교주 천극염이 하는 말의 의미를 잘 알고 있었다.

왜냐하면 마교를 탈출할 당시, 천극염을 끝까지 추격하면서 괴롭혔던 자가 바로 칠 장로였기 때문이었다.

"왜 본좌를 배반한 거냐?"

묵직하게 깔린 천극염의 목소리는 잔잔했지만 그 분노가 확연하게 느껴졌다.

'어떻게 답해야 살 수 있지?'

짧은 찰나에 칠 장로의 머릿속에는 수많은 고민이 스쳐 지나갔지만 마땅한 답이 떠오르지 않았다.

마교에서 배신자에 대한 척결은 무조건 사형이었다.

태상교주보다도 그런 점에 있어서는 훨씬 칼같이 법도를 집행했던 천극염이었다.

"교, 교주님 죽을죄를 지었습니다."

쿵!

결국 어떠한 대답을 해도 소용없다는 것을 받아들인 칠 장로가 머리를 땅에 박으며 죄를 청했다.

그것은 팔 장로 역시도 마찬가지였다.

용서가 없기로 유명한 천극염이 자신들에게 자비를 베풀리가 없었다.

머리를 박는 칠 장로를 쳐다보던 천극염이 냉정한 눈빛으로 허리춤에서 검을 빼 들었다.

원래라면 천마검이 있어야 할 자리에는 다른 보검이 자리하고 있었다.

"교, 교주님! 제… 제발 자비를 베……."

"자비를 바라는 놈이 배반을 한 것이냐?"

푹!

"커헉! …헉… 헉……."

칠 장로는 화끈거리는 고통에 자신의 배를 쳐다보았다.

단전을 꿰뚫고 들어온 천극염의 검은 무정하기 짝이 없었다.

검을 타고 들어오는 공력에 칠 장로의 단전은 버티지 못하고 산산조각이 나버리고 말았다.

"끄아아아악!"

무림인들이 가장 싫어하는 상황이 무엇일까?

그것은 바로 단전이 폐해지는 것이었다.

무공의 근원인 단전이 파괴되면 평생을 모아온 내공을 순식간에 잃고 만다.

그리고 단전이 파괴되는 그 고통은 말로 이룰 수가 없다.

데굴데굴!

칠 장로는 얼마나 고통스러웠는지 눈물을 흘리며 바닥을 뒹굴었다.

그 모습을 지켜보는 팔 장로 우위강이 눈을 굴렸다.

어차피 가만히 있어도 당할 위기라면 무엇이라도 해봐야 살아남을 수 있다.

"크아아아압!"

"엇?"

팔 장로가 괴성을 지르며 내공을 끌어 올렸다.

그의 등을 발로 누르고 있던 오 장로가 갑작스러운 반탄력에 밀려나고 말았다.

다시 그를 제압하려 했으나 이미 고삐는 풀렸다.

휘릭!

팔 장로가 자신의 허리춤에 손을 잡고 당기자, 허리에 말려 있던 긴 채찍이 모습을 드러냈다.

그는 마교에서 유일하게 편법(鞭法)의 달인이었다.

공력을 극성까지 끌어 올려 채찍을 바닥을 내려치자 흙모래가 튀어 올라 시야를 가렸다.

비록 자신이 초절정의 극에 달한 고수라고 하나, 화경의 고수인 천극염 교주를 비롯해 고수들 사이에서 괜히 손을 섞다간 붙잡힐 확률이 높았다.

"이놈이 도망치려는 것이더냐!"

먼지를 일으켜 도망가려 하는 팔 장로에게 오 장로가 일갈을 내뱉으며 일장을 날렸다.

하지만 팔 장로는 영리하게 그것을 이용했다.

팡!

"이, 이런!"

오 장로의 일장에 발차기를 날려 그 힘을 이용해 반동력으로 경공을 펼쳤다.

자신의 공력마저 이용해 반대편으로 도망치자 노한 오 장로가 그를 쫓으려 했다.

그러나 그보다도 천극염이 더욱 빨랐다.

"헉?"

어느새 자신의 앞을 가로막는 천극염에게 놀란 팔 장로가 채찍을 휘둘렀다.

기가 실린 채찍이었지만 천극염에게는 소용없었다.

천극염이 강기가 실린 검과 부딪치자 채찍은 힘없이 잘려 나가고 말았다.

"본좌에게서 벗어날 수 있을 것 같으냐?"

"교, 교주… 정말로 무공을 회복했구려?"

푹!

"크헉!"

쾌속한 천극염의 검이 팔 장로의 단전을 꿰뚫었다.

그 고통에 팔 장로의 얼굴에 핏줄이 서더니 이내 바닥에 쓰러졌다.

내공의 근원인 단전이 파괴되는 고통을 이기지 못하고 정신을 잃고 말았다.

"이놈들을 구속해라. 전투가 끝난 후 죄를 물을 것이다."

"넵!"

교도들이 쓰러진 칠 장로와 팔 장로를 끌고 갔다.

한편 천마와 마승의 대결이 한창이었다.

남무림의 이 인자라 불리는 마승의 무위는 여타의 고수들과 비교하기 힘들었다.

폭풍처럼 몰아치는 퇴법은 그 빈틈을 찾아보기 힘들었다.

'누군가 손을 봐준 모양이군.'

마승이 펼치는 퇴법의 한 초식, 한 초식이 전부 하나같이 고절했다.

그가 화경의 고수라고 해도 그 본인의 한계 이상의 능력을 보여주고 있었다.

천마의 예상대로 마승의 퇴법은 그가 창안한 것이기는 하나, 마중달의 손에서 한 번 더 다듬어졌다.

'젠장! 수십 초식을 펼쳤는데, 한 번도 제대로 통하지 않다니!'

여유롭게 초식을 막으며 웅전하는 천마와 달리 마승은 죽을 맛이었다.

전력으로 죽일 각오로 초식을 펼치는 자신과 달리 천마가 펼치는 초식에는 여력이 남아 있었다.

그것만으로도 충분히 격차를 느끼고 있었다.

"이게 정말 인간의 싸움이 맞아?"

어느새 좌중의 사람들은 싸움을 멈추고 숨을 죽이며 그들의 대결을 지켜보고 있었다.

강기와 강기가 부딪치는 둘의 대결의 여파는 주변을 초토화시키고 있었다.

심지어 날아드는 강기를 피하지 못하고 부상을 입는 이들도 속출했다.

콰콰쾅!

"끄악!"

"더 멀리 물러서라! 가까이 있으면 강기에 휘말릴지 몰라!"

둘의 대결은 말 그대로 초인들의 경합이었다.

개파 조사인 천마에 대한 절대적인 믿음이 있는 천극염 측과 달리 마승을 지켜보는 수하들은 피가 말리는 것 같은 심경이었다.

우호법, 마승은 그들에게 있어서 유일한 희망이었다.

남무림을 제패했던 시절부터 주군인 남마검 마중달을 제외하면 누구에게도 패배하지 않은 절세의 고수였다.

그런데 상대가 너무도 괴물이었다.

"이상해. 어째서 우호법께서 밀리는 것 같지?"

대결이 지속될수록 마승의 안색은 눈에 띄게 어두워지고 있었다.

비록 고수가 아니더라도 그들마저도 인식할 수 있었다.

'전의를 상실했군. 이미 승패는 결정 났다.'

이 대결을 지켜보는 사람들 중에 가장 정확하게 파악하고 있는 것은 천극염이었다.

화경의 고수인 그의 눈에는 천마와 마승의 실력 차가 극명히 보였다.

'그렇다고 해도 저자도 대단하군.'

그가 마교를 집권하던 시절에도 간간히 들었던 소문이 있었다.

    부교주였던 마중달은 당시에도 자신의 오른팔이라 불리는 마승의 실력을 극찬하며 마교의 장로로 영입할 것을 주장했다.

    하지만 부교주인 마중달의 세력이 커지는 것을 염려했던 천극염이 그것을 거절했었다.

    '고작 마중달의 수하가 본좌와 맞먹는 실력을 지녔다니… 참으로 한탄스럽구나.'

    스스로를 자책하는 천극염의 귓가로 전음성이 울렸다.

    [언제까지 구경만 할 셈이냐?]

    '응?'

    놀란 천극염이 눈이 휘둥그레져서 천마를 쳐다보았다.

    분명 전음성은 천마의 목소리였다.

    "조… 사 어른?"

    여전히 마승과 초식을 겨루고 있는데, 그 정신없는 와중에 전음을 보냈단 말인가.

    그런데 전음을 들은 것은 그뿐만이 아니었다.

    소교주인 천여휘를 비롯한 오 장로 역시도 전음을 들었는지 어리둥절해져서 천마를 쳐다보고 있었다.

    "여휘, 너도 들었느냐?"

    "네, 넵! 방금 분명 조사 어른께서 전음을 보내셨습니다."

    "허어, 동시에 다수에게 전음을 보내시다니……."

    천극염의 입에서 탄성이 흘러나왔다.

놀라운 신기였다.

천마를 알면 알수록 그 능력의 한계가 어디까지인지 궁금해졌다.

[이것들이 내 말이 우습게 들리느냐. 빨리 본 단 내부를 정리하지 못해!]

"헉!"

"교, 교주님?"

다시 한 번 다그치는 천마의 전음성에 놀란 천극염이 급히 명을 내렸다.

전음의 목소리를 들어보니 더 꾸물거렸다간 사달이 날 것 같았다.

"소교주와 오 장로는 당장 각각 네 개의 부대를 이끌고 서문과 남문을 쳐라! 본좌는 교의 본 단으로 가겠다."

"며, 명을 받들겠습니다!"

소교주인 천여휘가 각 대주들을 불러 오백여 명의 부대를 이끌고 서문으로 진격했다.

마찬가지로 오 장로 역시도 오백여 명의 부대를 이끌고 부리나케 남문으로 향했다.

"파주 대주, 오신 대주, 극충 대주, 마봉 대주!"

"넵!"

"그대들은 본좌를 따라 본 단으로 진격한다."

"명을 받듭니다!"

천극염은 남은 인원에 절반을 북문에 남겨두고 직접 부대를 통솔해서 북문을 벗어나 마교의 중심인 본 단으로 진격했다.

"막아야 한다!"

"저들을 막아라!"

세 갈래로 나뉘는 적을 막기 위해 마중달의 수하들과 교도들이 애를 썼지만 이미 수적으로 밀렸고, 이곳 북문에 남아 있는 전력도 감당하기 벅찼다.

"와아아아아!"

봉화가 켜지고 경계종이 울렸지만 한밤중이었고, 워낙 넓은 부지의 마교였기에 전력이 분산될 수밖에 없었다.

더군다나 이들을 통솔해야 할 칠, 팔 장로들도 제압되어서 잡혀 버렸다.

결국 교내에 흩어져 있던 각 대주와 단주들은 우왕좌왕 분산되어 진격을 맞아야 했다.

'큰일이다!'

빨리 처리하고 적들을 막아야 하는데 눈앞의 이 남자는 정말 괴물이었다.

사태가 급박해지자 조급해진 마승의 손이 꼬이기 시작했다.

"어디다 정신을 두는 거냐?"

퍽!

"크헉!"

강기가 실린 장법에 오른쪽 어깨를 가격당했다.

심후한 내공의 소유자인 마승이었지만 맨몸으로 강기를 감당하기란 힘들었다.

마승의 입에서 붉은 선혈이 솟구쳤다.

"크윽!"

마교의 본 단 뒤편에 자리하고 있는 교주 일가의 거처.

마중달의 가족들이 머물다 보니 다른 곳에 비해서 가장 경비가 잘 갖춰진 곳이기도 하다.

북문에서 시작된 봉화가 성 전체로 퍼져 나가고, 경계종이 울리자 가장 가까이에 주둔해 있던 세 개 부대가 몰려와 단번에 방어진을 구축했다.

그들을 통솔하는 자는 전 장로들인 태상삼로들이었다.

평소 때는 절대로 움직이지 않지만 마교가 침략을 받거나 존폐의 위기에 처할 경우만 움직이는 상비군과 같은 존재들이었다.

교주 일가 거처의 삼 층 창문을 통해 밖을 바라보는 마연화의 안색이 어두워졌다.

성내에서 비명이 끊이지 않았고, 북문 방향에서만 시끄러웠던 것이 어느새 사방이 소란스러워져 있었다.

"아가씨, 이제 고집부릴 때가 아닙니다! 어서 피해야 합니다."

마승의 부관인 오충이 다급하게 말했다.

그는 마승의 명으로 마중달의 여식인 마연화와 주모인 감부인을 피신시키려 했다.

그러나 마연화의 고집으로 인해 아직까지 움직이지 못하고 있었던 것이다.

"어머, 괜찮아요, 오 부관. 설마 큰일이라도 나겠어요? 호호호."

라고 했던 것이 화근이었다.

초조해진 마연화는 자신의 머리카락을 양손으로 쥐어뜯으며 이해할 수 없다는 말투로 물었다.

"우호법은요? 우호법이 있는데, 어떻게 상황이 이 지경이 될 수 있는 거죠?"

"…우호법께서는 지금 북문에서 상황을 수습……."

"뭐가 수습이라는 거예욧?"

오충이 난처한 표정을 지었다.

그녀는 남무림을 제패하는 데 혁혁한 공을 세우고, 그 명성을 떨친 마승이 이곳을 지키고 있는데 이렇게 쉽게 밀린다는 것이 이해가 가지 않았다.

"그 많은 교도들은 대체 뭘 하고 있는 건가요?"

절반 이상이 출정을 나갔다지만 여전히 교내에는 전투가 가능한 전력이 자그마치 이천이 넘는다.

문제는 그 전력들이 준비된 상태로 적을 맞이한 것이 아니라는 점이었다.

한밤중에 자다가 깬 것도 있었지만 사방으로 분산되어 있어서 그 응집력이 약해 적들을 막아내기 힘들었다.

그때 전보를 전달하는 교도가 얼마나 급했는지 삼 층 응접실 문을 두드리지도 않고 급히 들어왔다.

"크, 큰일입니다!"

"무슨 일이냐?"

"지금 본 단 쪽으로 천극염 교주가 직접 부대를 이끌고 오고 있습니다!"

"뭐, 뭣? 천극염?"

마승의 명으로 급하게 이곳으로 오느라 미처 천극염의 존재를 몰랐던 오충이었다.

그러나 그 이름을 들으니 당황스러울 수밖에 없었다.

"천극염이라니? 그자는 양팔이 잘려서 폐인이 되었을 텐데?"

마연화 역시도 놀란 표정으로 물었다.

"그, 그건 잘 모르겠습니다. 양팔도 멀쩡히 있었습니다."

"대체 이게 무슨 영문이지? 놈들은 어디까지 온 거냐?"

"본 단 앞에 진을 치고 있는 염평 대주의 부대가 막고 있지만 곧 뚫릴 것 같습니다! 당장 대피하셔야 합니다!"

"마, 말도 안 돼."

본 단을 지나쳐 뒤로 돌아오면 곧장 교주 일가의 거처였다. 바로 코앞까지 도착했다는 말이었다.

이젠 정말 시간이 없었다.

"아가씨, 이제 지체할 시간이 없습니다. 당장 피해야 합니다."

그녀도 그제야 급박한 사태를 인지했는지 고개를 끄덕였다.

부관 오충은 마연화를 비롯한 감 부인을 모시고 계단을 내려가 거처의 바깥으로 나왔다.

거처의 앞에는 이백여 명의 일류 고수들로 구성된 부대가 방어진을 치고 있었다.

지금까지의 방어진과 다르게 전 장로들인 태상삼로가 지키고 있지만, 적의 전력을 모르기에 대피를 해야 했다.

"삼로님들!"

"소공녀!"

세수가 종심(從心)을 넘어선 태상삼로의 우두머리인 자공을 비롯해 우맹과 비축이 갑주를 걸치고 비장한 눈빛으로 자리해 있었다.

자공은 칠 장로인 자섭의 부친으로 전대 이 장로를 역임했던 자였다.

자식인 자섭의 끈질긴 설득을 못 이겨 마중달 측에 합류했다.

"이제 곧 본 단의 방어선도 무너질 것 같소. 노부가 막을 테니 소공녀는 교의 동문으로 대피를 하시오."

"동문이요?"

"지금 남문과 서문도 거의 함락되기 직전이라는 급보가 왔소. 아직 동문 쪽은 건재한 듯하니 서두르시오."

"사, 삼로, 그러지 말고 저희와 함께하시죠!"

마연화가 그들에게 함께 가기를 권했다.

어차피 함락당하기 직전의 상황이라면 최대한 많은 전력을 챙겨야 했다.

태상삼로와 같은 실력과 영향력을 갖춘 전력을 잃는다면 마중달 측에 큰 타격이라 할 수 있었다.

자공이 고개를 저으며 말했다.

"아닐세! 지금 노부들이 함께하면 더욱 빨리 추적당할 수도 있네. 이곳에서 적들을 막으며 시간을 지체시키다 쫓아갈 테니 소공녀는 먼저 가시게. 부관은 어서 소공녀를 모시게!"

"알겠습니다!"

다급한 자공의 말에 서둘러 오충이 마연화와 감 부인을 데리고 동문 쪽으로 향했다.

태상삼로는 굳은 결의가 가득한 표정으로 자리를 지켰다.

이윽고 교주 천극염이 부대를 이끌고 거처 앞으로 당도했다.

"태상삼로!"

거처 앞에서 진을 치고 있는 태상삼로를 바라본 천극염의 눈썹이 치켜 올라갔다.

다른 이들은 몰라도 삼로는 소교주 시절부터 알고 지냈기에 가장 신뢰했던 자들이었다.

"천 교주, 오랜만이오."

"오랜만이오!"

태상삼로 세 명이 포권을 취하며 예를 갖췄다.

그러나 무릎을 꿇지는 않았다.

"다시 재기할 수 없을 줄 알았는데, 정말로 부상이 완치되셨구려."

자공을 비롯한 삼로들이 배신한 배경에는 자식들의 설득도 있었지만, 현 교주직을 이어받는 천가(天家) 일족에 미래가 없다고 판단했기 때문이었다.

그럴 바에는 현 무림맹과의 반목보다 화친을 주장하고, 무림에서 오황으로 군림하는 남마검 마중달이 더욱 교주에 걸맞다고 여겼다.

"본좌를 믿고 기다리길 바랐는데, 그리 못미더웠는가?"

"변명을 해봤자 무슨 소용이 있겠소."

그들 스스로가 선택한 길이긴 하지만, 오랜 세월을 모셔왔던 천가 일족을 배반한 것에 미안함을 느꼈는지 눈을 마주하지 못했다.

"흠……"

배신자에게는 용서가 없는 그였지만 삼로에게만은 마음이 약해지는 천극염이었다.

"선대인 태상교주를 잘 보필했던 그대들이오. 마지막으로 기회를 주겠네. 다시 원래의 자리로 돌아오게."

다시 회유를 권하는 천극염의 말에 삼로가 의외라는 표정을 지었다.

하지만 이내 고개를 저으며 검집에 검을 빼 들었다.

"그런 말은 노부들을 꺾고 하는 것이 맞지 않겠소? 아직 교를 탈환하신 것도 아닌데 너무 앞서가는구려."

고오오오!

과연 명불허전이었다.

현역을 은퇴하고 물러난 그들이었지만 그 기백은 여느 무인들 못지않았다.

배반자들에게 분노를 접고 회유를 권했던 천극염만 우습게
된 꼴이었다.

"흠."

천극염이 자신의 수염을 쓰다듬더니, 가늘게 눈을 뜨며 말
했다.

"그대의 자식, 칠 장로인 자섭이 죽어도 괜찮겠소?"

"자섭을?"

천극염의 말에 자공의 눈에 힘이 들어갔다.

그가 알고 있는 천극염은 누군가를 인질 삼아서 협박하는
위인이 아니었다.

그런 자가 자신의 아들로 협박을 하니 당황스러웠다.

'죽을 위기를 넘겼더니 교주도 많이 변했군.'

하지만 칠 장로 자섭과 다르게 태상교주 시절부터 수많은
경험이 축적된 자였다.

자공은 다시 평정심을 찾은 얼굴로 답했다.

"여기서 천 교주! 그대를 죽이고 다시 되찾으면 될 일이오."

"뭣?"

탓!

그 순간 자공의 신형이 튀어 올라 천극염에게 검을 내려쳤
다.

챙!

기세가 어찌나 세던지 천극염이 검으로 막았지만 바닥에 균열이 생길 정도였다.

천극염의 눈이 휘둥그레졌다.

그가 알고 있는 자공은 초절정의 극에 이른 실력이었다.

벽을 넘어서지 못하고 늘 고민하던 자가 그것을 깬 것이었다.

파르르르르!

천극염의 검이 심하게 떨렸다.

내공의 운용이 숨을 쉬는 것처럼 빠른 경지가 화경이었다.

빠르게 검에 강기를 일으키지 않았다면 순식간에 일도양단 될 뻔했다.

"역시 빠르구려!"

자공의 검에는 희미하게 하얀 강기가 피어올랐다.

그것은 그가 화경의 경지에 올랐다는 것을 알려주고 있었다.

원래 삼로들은 전부 초절정의 극에 오른 자들이었기에 여유롭게 대응하려 했던 천극염은 난처한 기색을 숨기지 못했다.

"화… 경의 경지에 오르다니… 축하할 일이구려!"

"이제 막 초입이오!"

챙!

천극염이 내공을 끌어 올려 자공의 검을 튕겨냈다.

화경의 경지에도 초입에서부터 극에 따라 실력은 천차만별이다.

'예상치 못한 난관이구나.'

이제 막 초입의 경지인 자공보다는 안정적인 천극염이었지만, 만약 삼로들이 합공을 한다면 결과는 어떻게 될지 장담할수 없었다.

"천 교주, 각오하시오!"

자공이 독문 무공인 자명마검의 검초를 펼치며 천극염을 압박했다.

천극염이 검망을 만들어내 검초를 막아냈다.

그것을 놓치지 않고 다른 삼로인 우맹과 비축이 좌우로 검초를 펼치며 천극염을 공격했다.

"제길!"

설마 했는데 정말로 합공을 펼쳤다.

천극염이 검망을 만들어낸 상태에서 뒤로 물러나려 했지만 자공이 집요하게 따라붙었다.

그 사이 우맹과 비축의 검초가 천극염의 좌우로 쇄도했다.

"천 교주 우리를 원망하지 마시오!"

"하압!"

바로 그 순간이었다.

쿵!

"크헉!"

검초를 펼치며 달려들던 우맹과 비축이 갑자기 바닥에 무릎을 꿇었다.

어찌나 세게 꿇었던지 그들의 무릎에서 피가 흘러내렸다.

갑작스럽게 일어난 일에 자공도 영문을 모르겠다는 표정으로 신형을 벌렸다.

"우맹, 비축! 왜 그러는 것인가?"

"모, 몸이 움직이질 않네."

"내… 내공을 끌어 올릴 수가… 헉… 헉……."

그들은 말을 하는 것조차 벅찬지 호흡마저 거칠어졌다.

마치 알 수 없는 거대한 존재가 자신들의 심장을 움켜쥔 것처럼 고통스러웠다.

내공을 끌어 올리려 해도 뭔가가 억제된 것처럼 요지부동이었다.

"대체 이게 무슨 영문인… 헉?"

자공의 동공이 지진이라도 난 것처럼 파르르 떨렸다.

이마에서는 식은땀이 흘러내렸다.

화경의 경지에 오른 후, 자신감에 가득했던 그였지만 그것을 한순간에 무너뜨릴 만큼 강렬한 마기가 사방을 가득 메우고 있었다.

'태, 태상교주? 아… 아니야. 태상교주조차도 이런 마기는……'

숨이 막힐 것 같은 마기를 지니지 않았다.

그렇다면 대체 이 지독한 마기를 뿜어대는 자는 누구란 말인가.

뚝뚝!

뭔가 물방울 같은 것이 떨어지는 소리에 자공이 그곳으로 고개를 돌렸다.

그런데 그곳에는 아무도 없었다.

바닥에 웬 핏자국만이 있을 뿐이었다.

"어딜 보는 거냐? 늙은이."

"헉!"

바로 옆에서 들리는 목소리에 자공이 빠르게 경공을 펼쳐 거리를 벌렸다.

충분한 거리를 확보했다고 여긴 자공이 자신의 옆에 나타난 자를 쳐다보았다.

검은 장포를 두른 훤칠한 젊은 청년이었다.

그런데 청년의 손에는 목이 잘린 민머리의 수급 하나가 쥐어져 있었다.

자공의 두 눈이 커졌다.

"우, 우호법!!!!"

그것은 우호법 마승의 수급이었다.

핏방울이 떨어지는 것을 보아서 죽은 지 얼마 되지 않았다.

"조사 어른, 오셨습니까?"

위기를 넘긴 천극염이 반색을 하며 젊은이를 향해 고개를 숙였다.

그는 바로 천마였다.

"아직까지 정리도 못 하다니. 아주 엉망이구나."

"송구스럽습니다."

그렇지 않아도 터무니없는 거대한 마기에 두려움을 느낀 자공이었다.

교주인 천극염이 갑자기 나타난 청년에게 고개를 숙이고 윗사람 모시듯이 말을 하자, 자공은 이해할 수 없다는 표정으로 소리쳤다.

"그, 그대는 누구시오?"

촤악!

그 순간 자공의 시야에 있는 세상이 갑자기 회전을 하며 돌더니 바닥으로 부딪쳤다.

뭐라고 비명을 지를 틈도 없이 목이 날아간 것이었다.

"뭐라고 지껄이는 거야. 죽을 놈이 알아서 뭐하게."

우득!

천마는 짜증스럽다는 표정을 지으며 자공의 머리를 밟아 터뜨렸다.

그것을 바라보는 우맹과 비축의 늙은 얼굴이 더욱 새하얗게 질려 버리고 말았다.

36장
뛰는 마중달, 나는 천마님下

마도의 종주인 천마는 선인이 되기 위한 천 년 간의 수련으로 마기를 숨을 쉬는 것처럼 쉽게 다룰 수 있게 되었다. 그 깨달음은 인간의 육신으로 이룩할 수 없는 경지였다.

다시 부활하게 되면서 원영신에 담고 있던 마기를 봉인당했다.

그러나 북해에서 천마는 마맥에서 뿜어져 나오는 순도 높은 마기를 체화시킴으로써 천 년 전에 이룩했던 경지에 근접해 가고 있었다.

우맹과 비축은 초절정의 고수였지만 그들의 무공의 근간은 마공을 바탕으로 하고 있었다.

마공이 바탕이 된 시점에서 천마의 통제권을 벗어나기 힘들었다.

'움직여! 제발!'

어떻게든 움직여서 조금이라도 시간을 끌어야 했다.

우맹과 비축은 내공을 움직여 보려 안간힘을 썼지만 소용 없었다.

"멍청한 짓을 하는군."

천마가 그들을 향해 손을 들어 올리는 동작을 취했다.

부웅!

그러자 무릎을 꿇고 있던 그들의 몸이 일으켜 세워지더니 허공으로 떠올랐다.

'허공섭물?'

우맹과 비축의 두 눈이 휘둥그레졌다.

찻잔이나 검과 같은 물건을 끌어당기는 것은 초절정의 경지에 오른 자신들도 가능했다.

하지만 사람을 허공에 띄울 정도의 내공이라면 상상이 가지 않았다.

웅성웅성!

교주 일가의 거처에 진을 치고 있던 부대원들은 혼란에 빠졌다.

그들을 통솔하던 자공이 순식간에 죽임을 당했다.

그도 모자라 남은 태상삼로의 두 명은 속수무책으로 꼼짝도 못 하고 있었다.

"당장 무기들을 내려놓고 항복하지 못할까!"

천극염의 위엄 있는 목소리에 교도들은 망설였다.

태상삼로가 제압당한 시점에서 이미 상황을 뒤집을 방법이 없었기 때문이었다.

그러나 과연 천극염이 배신을 한 자신들을 살려줄까 하는 의문 때문에 쉽게 무기를 내려놓을 수 없었다.

"쯧."

천마가 한심하다는 듯이 혀를 차며 고개를 흔들었다.

이에 천극염이 무안해졌는지 결국 손을 썼다.

그가 눈짓을 보내자 네 명의 대주가 부대원들에게 지시를 내렸다.

"무기를 해제시키고 구속해라."

"넵!!!"

오백 명이나 되는 부대원이 나서자 결국 진을 치고 있던 교도들은 무기를 빼앗기고 말았다.

그들을 포박하고 어느 정도 정리가 되어갈 무렵,

부대원들을 이끌고 교주 거처를 수색한 마봉 대주가 건물에서 나왔다.

마봉 대주가 고개를 저으며 천극염에게 보고했다.

"이미 마중달의 식솔들은 도망쳤습니다."

"벌써? 빠르군. 당장 동문으로 가서 마중달의 식솔들을 잡아와라."

"넵! 명을 받듭니다."

마봉 대주가 답변을 하고 부대원을 이끌고 동문으로 향했다.

그런데 꼼짝없이 허공에 묶여 있던 우맹이 갑자기 미친 듯이 웃어댔다.

"크크크큭, 크하하하하핫."

몸이 꼼짝하지 못하지만 입은 아니었던 모양이다.

그런 우맹의 기이한 태도에 천극염이 차가운 눈으로 쳐다보며 물었다.

"왜 그렇게 웃는 것인가?"

이에 우맹이 웃음을 그치고 의미심장한 목소리로 말했다.

"천 교주, 그대가 이긴 것 같소?"

"그게 무슨 의미이지?"

우맹의 알 수 없는 자신감에 천극염이 인상을 찌푸렸다.

무엇을 믿고 있는지는 짐작이 갔으나 짐짓 모른 척하며 천극염이 물었다.

"끝이 아니라고 생각하나?"

"크크큭, 우리가 왜 그대를 상대했다고 생각하오?"

"뭐, 그대들의 새로운 주인을 위해서가 아닌가?"

"크큭, 당연히 새로운 교주를 위해서 그대를 제거하려 했던 것도 맞지만……."

그때 천극염이 그의 말을 자르고 끼어들었다.

"마중달의 식솔들이 도망갈 시간을 벌어주기 위해서겠지."

"엇?"

'큭, 이미 눈치채고 있었구나.'

천극염의 정곡을 찌르는 말에 우맹과 비축의 당혹스러운 표정이 되었다.

그렇다 해도 예상보다는 오래 끌지 못했지만 충분히 그들이 도망칠 시간은 벌었다.

'쫓아간다고 해도…….'

동문은 아직 함락되지 않았기에 마중달 측의 교도와 수하들이 방어진을 치고 있다.

그곳을 뚫고 가기에는 고작 백 명에 불과한 부대로는 무리였다.

"그, 그걸 알았다고 해도 늦었소. 이미 마 교주의 식솔들을 잡기에는 그대의 손을 떠난 지 오래요."

"푸하하하하핫, 정말 멍청한 놈들이로구나."

가만히 듣고 있던 천마가 큰 소리로 웃어댔다.

이에 천극염 역시도 고개를 끄덕이며 묘한 미소를 지었다.

'뭐, 뭐지? 왜 웃는 거지?'

영문을 모르는 우맹과 비축은 그들의 알 수 없는 웃음에 불길함을 느꼈다.

바로 그때였다.

땅에 진동이 느껴지며 대규모의 인원이 보폭을 맞춰 이동해 오는 소리가 들려왔다.

그곳은 교의 동문 방향이었다.

몇백 명 정도 되어 보이는 교도들이 거처 방향으로 다가오고 있었다.

혹시나 하는 희망에 그들을 바라봤던 우맹과 비축의 얼굴이 일그러졌다.

'아닛? 어, 어째서?'

놀랍게도 그들은 마중달 측의 교도들이 아니었다.

그런데 어째서 아직까지 아무런 공격도 받지 않은 동문 방향에서 천극염 측 교도들의 부대가 오고 있는 것일까.

오백여 명의 교도들의 앞에서 통솔하고 있는 자는 바로 삼 장로인 탈마도 오맹추였다.

삼 장로의 양옆에는 좌우호법이 나란히 걸어오고 있었다.

태상삼로인 그들이 삼 장로 오맹추를 비롯해 좌우호법의 얼굴을 모를 리가 없었다.

"어, 어째서 저들이 동문에서……."

"서… 설마?"

"설마가 사람 잡는다는 말도 모르나?"

그랬다.

마교의 동문 쪽도 함락된 것이었다.

단지 그 함락된 시점이 남문이나 서문이 함락되기 전보다
도 훨씬 빨랐다.

우맹이 믿을 수 없다는 표정을 지으며 말했다.

"부, 분명 전보가 왔을 때 동문은 아직 적의 습격이 없다고
들었는데."

"크큭, 그걸 그대로 믿다니 멍청하군. 늙은이."

"뭣?"

천마가 비웃음에 우맹과 비축의 두 눈이 커졌다.

태상삼로는 동문 쪽에서 오는 전보를 전혀 의심하지 않고
그대로 믿었다.

하지만 그 전보는 마중달 측의 교도가 아니었다.

공교롭게도 이곳 십만대산 마교에 살고 있는 교도들이 수천
명이 넘다 보니 윗선인 간부들이 세세하게 얼굴들을 알고 있
을 리가 만무했다.

"허어… 가짜 전보였단 말인가?"

조금만 깊게 생각했다면 눈치챌 수 있을지도 몰랐다.

교주인 천극염을 비롯해 소교주와 오 장로가 각각 부대를 이끌고 본 단과 서문, 남문으로 진격하고 있다는 것은 북문에서 온 전보로 알고 있었다.

굳이 동문을 남겨둔 것이 의아했지만 빠르게 방어선을 구축하느라 정신이 없던 삼로였다.

'퇴로를 한 곳만 열어뒀다는 것 자체가 함정이었는데… 오맹아, 오맹아, 정말 어리석구나.'

오맹이 속으로 스스로를 책망했다.

그러나 그들이 현역 장로로 있던 시절에도 마교가 직접적으로 침공을 당한 적도 없었고, 한밤중의 예상치 못한 기습을 당했으니 정신이 없을 만도 했다.

"노부들을 이렇게 속였을 줄이야. 허허, 그렇다면 북문을 치기도 전에 동문에 탈마도를 보냈던 것이오?"

"그렇소. 본좌는 이미 사전에 삼 장로와 호법들을 동문으로 파견했지."

동문 부근에서 대기를 하고 있던 삼 장로와 좌우호법은 북문으로 침공이 시작되고 봉화가 사방으로 퍼져 나가고 얼마 있지 않아 동문의 기습을 감행했다.

그 결과가 바로 이것이었다.

"풀어! 이거 당장 풀지 못해!"

반항하는 목소리의 주인은 마중달의 여식인 마연화였다.

그녀와 감 부인이 포승줄에 묶여서 질질 끌려왔다.

태상삼로가 교주의 거처에서 방어진을 구축하고 적들을 막는 동안에 도망가려 했던 그들은 동쪽 성문을 나서기도 전에 잡혀 버리고 말았다.

"본좌가 마중달의 식솔들을 놓칠 거라 생각했나?"

천극염이 득의양양해진 얼굴로 묻자 우맹과 비축은 허탈한 얼굴이 되었다.

이로써 반년 만에 마교는 본래의 주인의 손에 돌아간 셈이었다.

이렇게 된 것이 분했는지 우맹이 입술을 질근 깨물며 말했다.

"천 교주, 다시 마교를 되찾은 것을 축하하오. 하나 이게 끝이라고 생각하면 오산이오."

우맹이 지켜본 마중달은 정말 무서운 남자였다.

무림에서 가장 강한 무인인 오황들 중의 한 명이면서 놀라운 지략마저 갖추었다.

그런 그를 속이고 마교를 탈환했으니 그 분노가 하늘을 찌를 것이다.

"오황 중의 일인이오. 감당할 수 있겠소?"

"감당?"

여태까지 크게 감정 변화를 드러내지 않았던 천극염이었다.

갑자기 그의 얼굴이 붉게 상기되더니 무섭게 굳어진 인상으로 소리 질렀다.

"누가 누구를 감당한단 말인가! 천 년이나 이어져 온 신교를 강제로 약탈한 그 도둑놈을 본좌가 두려워하기라도 하란 말이더냐?"

"그, 그건……."

"감히 배반자 주제에 본좌를 능멸하느냐!"

분노한 천극염의 기세에 눌린 우맹이 당혹스러움을 감추지 못했다.

소교주 시절부터 알고 있었는데, 한 번도 그의 이런 모습을 본 적이 없던 그였다.

광분한 듯이 외치는 천극염의 모습은 흡사 야수와도 같았다.

"처, 천 교주! 노, 노부가 실수한 것 같소. 그런 의도로……."

"닥쳐라!"

"제, 제발!"

촤악!

천극염의 검이 번뜩하자 우맹의 목이 그대로 날아가 버렸다.

두려움에 가득 찬 눈으로 떨어진 우맹의 머리는 힘없이 땅바닥을 나뒹굴었다.

"흥!"

주위에 간부들과 교도들 역시도 갑작스럽게 벌어진 일에 잠시 말문을 잃었다.

강경한 성격의 천극염이었지만 한 번도 흐트러진 모습을 보인 적이 없었는데, 그가 양팔이 잘린 폐인이 되면서 마교를 잃었던 울분을 얼마나 참았는지 깨닫게 되었다.

"이제야 제대로 하는구나."

천마가 손을 휘젓자 날카로운 예기가 발하며.

촤악!

공포에 떨고 있던 남은 태상삼로의 일인인 비축의 목이 날아가고 말았다.

별다른 말을 하지 않았는데, 졸지에 덩달아 목을 잃은 셈이었다.

어느새 상기되었던 천극염의 얼굴이 다시 원래대로 돌아왔다.

"…조사 어른께 못난 모습을 보였습니다."

"뭐, 속에 화기가 쌓여서 내상을 입는 것보다는 나을 게다."

내공이란 참으로 현묘하다.

감정의 영향을 받기도 하는데, 분노로 인해 화기가 쌓이게 되면 그것이 방주가 터친 것처럼 노도와 같이 몰아쳐 조절할 수 없게 되기도 한다.

그때 내상이나 주화입마를 입기도 한다.

그렇기에 무공을 익히는 이들은 심신(心身)을 단련한다는 말처럼 마음의 평정심을 잃지 않도록 수련을 한다.

"화경의 경지인데도 여전히 멀었군요."

"크큭, 참는 것만이 능사가 아니지. 네 녀석도 되갚아주면 된다."

"네?"

"크크큭."

천마가 묘한 미소를 지으며 천극염에게 뭔가를 일러주었다.

그러자 분노로 가슴이 답답해했던 천극염의 얼굴이 점차 환해졌다.

그로부터 사 일 뒤.

선경인 장가계의 산봉우리를 내려와 호남성의 남단으로 빠른 속도로 남하하는 대규모의 인원이 있었다.

근 이천 명에 이르는 마교도들은 남마검 마중달이 이끄는 정벌단이었다.

비어 있는 마교의 안가에 자신이 당했다는 것을 인지한 마중달은 크게 분노했다.

하나 분노는 잠시였고, 마교가 위험해질 수도 있다고 본능적으로 판단한 그는 서둘러서 마교로 돌아가고 있었다.

이틀 동안 쉬지도 않고 남하한 결과 호남성의 중반부까지 내려왔다.

물론 마교의 안가를 치러 갈 때와 달리 직선로를 선택했기 때문이기도 했다.

"헉헉……."

"주, 죽을 것 같아."

그러나 급하게 서두른 폐해는 굉장히 심각했다.

마교의 안가를 정벌하기 위해 쉬지 않고 경공을 펼치며 왔던 정벌단이었다.

그런데 마중달의 고집으로 휴식 한 번 없이 다시 복귀 여정을 하니 그 체력이 남아날 리가 없었다.

쿵쿵!

체력이 약한 교도들 몇이 또 쓰러졌다.

밤사이에 벌써 서른 명에 가까운 인원이 탈진하고 말았다.

아직은 적은 수에 불과했지만 시간이 지날수록 더욱 상황은 악화될 것이다.

"교주, 서두르시는 것은 이해가 가지만 조금이라도 쉬는 편이 전력 유지를 위해… 응?"

'어디를 보는 거지?'

일 장로인 벽마도가 그를 설득하려다 마중달이 어딘가를 쳐다보고 있음을 알아챘다.

이상해진 일 장로가 마중달이 쳐다본 방향을 바라보았다.

'누군가 이곳으로 오고 있다.'

마중달의 쳐다본 방향에서 누군가 경공을 펼치며 오고 있었던 것이었다.

숲에 가려져 보이지 않았지만 이윽고 그 누군가가 모습을 드러냈다.

"헉헉……."

거친 호흡을 내뱉으며 등장한 그는 다름 아닌 우호법 마승의 부관인 오충이었다.

이곳에 쉬지 않고 경공을 펼치며 왔는지 몰골이 말이 아니었다.

마교에 있어야 할 그의 등장에 마중달이 불안해하면서 물었다.

"오충? 어째서 이곳으로 온 것이냐?"

"주, 주군!"

쿵!

호흡을 가다듬기도 전에 부관 오충이 마중달의 앞에 무릎을 꿇고 머리를 박았다.

마중달이 느낀 불안함은 현실로 다가왔다.

오충이 거친 호흡성을 내뱉으며 울먹이는 목소리로 외쳤다.

"헉헉… 마, 마교가… 헉… 헉… 전 교주인 천극염의… 손에 함락되었습니다!"

청천벽력과도 같은 부관 오충의 전보에 마중달의 얼굴이 싸늘하게 굳어졌다.

교도들의 체력을 고려하지 않고 무리해서 회군을 한 것은 전부 이런 불안감 때문이었다.

지략에 능한 그는 완벽이라는 말을 믿지 않는다.

일말의 확률만 있어도 뒤집히는 것이 전세였고 대결이었다.

"다… 다시 말해봐라."

일 장로인 벽마도 역시도 이 최악의 소식을 믿을 수 없었는지 재차 물었다.

오충은 바닥에 머리를 찧으며 말했다.

"헉… 헉… 소, 송구스럽습니다! 사흘 전 밤에 기습을 받았습니다."

"이… 이… 이게 무슨 헛소리를 하는 게야!"

화가 난 벽마도가 오충의 멱살을 잡고 들어 올렸다.

이마에서 피가 흘러내리는 그의 눈빛은 생기를 잃었다.

모든 것을 잃은 자의 눈빛이었다.

"…마승은?"

"우… 우호법은… 전사했습니다."

우호법 마승이 전사했다는 말에 마중달이 큰 충격을 받은 듯 몸을 비틀거렸다.

뒤에 있던 대주들이 놀라서 그의 몸을 부축하려 들었다.

"보, 본좌는 괜찮다!"

마중달이 손을 들어 그들의 부축을 제지했다.

오랜 세월을 같이해 온 심복을 잃은 것에 충격을 받은 듯했다.

하나 충격도 잠시였고, 마중달의 눈빛은 매섭게 바뀌어가고 있었다.

"다른 이들은?"

"다른 장로님들의 생사는 정확히 알지 못하나, 태상삼로님들 역시도 전사하셨습니다."

오충은 동문으로 대피를 하는 과정에서 잡혀왔다.

그 덕분에 마연화를 비롯한 식솔들과 함께 태상삼로들의 잘린 수급을 목격했다.

웅성웅성!

대주들을 비롯해 좌중이 혼란에 빠졌다.

오충의 전보는 말 그대로 최악의 소식이었다.

결국 함락당한 정도가 아니라 완벽히 내부를 정리했다.

마중달에게 있어서는 손발을 잃은 것이나 마찬가지였다.

광동성에서 데리고 있던 수하들을 전부 마교에 상주시킨 것이 오판이 된 셈이었다.

오황인 그만으로도 일인 군단이나 마찬가지였지만 원래의

세력을 잃은 것은 그의 안정된 기반이 사라진 것이었다.

"오충 부관, 본좌의 식솔들은 어떻게 되었나?"

식솔들의 안위가 궁금해진 마중달이 물었다.

"그, 그게……."

"똑바로 말하지 못할까!"

오충이 말하기를 망설이자 마중달은 불안감에 사로잡혀 그를 다그쳤다.

"…주모와 소공녀님은 포로로 잡히셨습니다."

솨아아아!

오충의 말이 끝남과 동시에 좌중의 공기가 숨이 턱 막힐 만큼 무거워졌다.

현경의 고수인 그의 감정 변화가 주위 사람들에게 미치는 영향력은 상상 이상이었다.

팽배해진 무거운 진기에는 격해진 마중달의 감정이 좌중의 사람들에게 전해졌다.

'교주의 감정이 격해졌다. 이러다 내상이라도 입으면 큰일인데.'

내심 일 장로가 그의 안위를 걱정했다.

하지만 그 분노가 너무 커서 누구도 위로의 말을 할 수가 없었다.

한참을 분노에 치를 떨고 있던 마중달이 입을 뗐다.

"오… 충."

쿵쿵!

"넵!"

오충이 충혈된 눈으로 바닥에 머리를 박으며 답했다.

"그들이 전달하라고 한 것이 있겠지?"

"아……!"

마중달의 말에 오충이 놀란 표정으로 고개를 들었다.

'전달?'

반면 일 장로를 비롯한 간부들은 의아한 눈빛으로 쳐다보았다.

"모두가 당했는데 너만 무사히 도망쳤을 리가 없지. 그들이 의도적으로 놓아주지 않는 이상 말이야."

"아아!"

마중달의 명쾌한 추측에 간부들이 탄성을 흘리며 고개를 끄떡였다.

그것은 예상대로였다.

마중달의 식솔들과 함께 붙잡힌 오충은 본인이 원치 않는 임무를 띠고 풀려 나게 되었다.

그것은 천극염의 서찰을 전달하라는 임무였다.

"천극염이… 이것을… 이것을 전하라고 하였습니다."

품에서 꼬깃꼬깃 접혀 있는 서찰을 꺼내어 마중달에게 전달했다.

마중달은 떨리는 손으로 그것을 폈다.

한때 맡겨두었던 것은 잘 받았네, 부교주. 본 교를 잘 관리한 그 노고를 치하하는 바일세.

이제 본좌의 여식인 소공녀 천나연을 교로 다시 데리고 오게.

그동안 그대들의 식솔들은 본 교에서 잘 보살피도록 하지.

기한은 한 달의 여유를 주도록 하겠네.

하나 본좌는 자비롭기에 부교주가 그 기한을 넘더라도, 식솔들은 돌려보내도록 하지.

단, 부교주의 식솔들의 팔, 다리, 몸통 순으로 차례로 보내주겠네.

깜빡할 뻔했는데, 본교의 신물인 천마검도 잊지 말게.

서찰을 읽어 내려갈수록 붉어지던 마중달의 얼굴이 끝에 와서는 화산처럼 폭발할 것같이 변했다.

결국 마중달은 쌓아두었던 화를 이기지 못하고 말았다.

"풋!"

마중달의 입에서 피가 뿜어져 나왔다.

분노가 한계에 달하면서 내상을 입은 것이었다.

현경의 경지에 오르면서 어떠한 일에도 평정심을 잃지 않을 수 있다고 여겼지만, 그 또한 한사람의 인간이기에 어쩔 수가 없었다.

일 장로가 순간 부축을 하려 했지만 마중달의 팔을 잡을 수가 없었다.

그의 눈에 서린 광폭한 살의를 느꼈기 때문이었다.

"으으으으… 크아아아아아!"

고고한 남마검의 포효가 일대를 뒤흔들었다.

그것은 가까운 훗날에 있을 마교와 오황의 일인인 남마검의 피로 물든 일전을 예고하는 포효이기도 했다.

한동안 분노에 포효를 내지르던 마중달은 광동성에 있는 자신의 본거지로 회군했다.

화가 난다고 해도 지금으로서는 상황을 반전시킬 계책이 없었다.

그로부터 며칠 후, 하남성 북단에 자리한 무림맹.

무림맹의 한가운데에는 검문이 자리하고 있다.

검문의 본관 건물의 사 층 접객실.

접객실의 상석에 앉아 있는 삼십 대 중반의 남자는 검문의 이 제자인 석금명이었다.

석금명의 앞의 탁자에는 수많은 서류로 가득했다.

그것은 결제를 위한 것이 아닌 현 상황에 대한 보고서들이었다.

"후우."

한숨이 나왔다.

벌써 몇 개월째 답답한 상황이 지속되고 있었다.

검황이 모습을 드러내지 않자 처음에는 숨죽이면서 상황을 지켜보던 각 문파들이 서서히 그 움직임을 드러내고 있었다.

각 문파들의 동향은 그동안 약화되었던 힘을 회복하기 위한 움직임이었다.

문제는 이들보다도 검하칠위들이었다.

검문의 산하에 있는 그들이었지만 본래라면 한 지역의 패주감이었다.

몇 달 전부터 검하칠위들은 그 세력권을 불리고 있었다.

"쿠쿠쿠, 상황이 심각한가 보오, 이 단주."

석금명의 좌측 편에는 검하칠위의 말석에 있는 염사곤이 앉아 있었다.

날카롭게 벼려진 검을 보는 것 같은 인상에 비해 말투는 상당히 가벼웠다.

석금명이 그를 바라보며 묘한 표정을 지었다.

'…검하칠위 중 가장 알 수 없는 남자다.'

그의 판단대로 염사곤은 도통 무슨 생각을 하는지 알 수 없는 자였다.

검하칠위 중에서 유일하게 세력권을 갖추지 않고 있는 염사곤은 검문에 상시 상주해 있다.

그렇다고 절대적으로 충성을 맹세하는 유형의 인간도 아니었다.

"쿠쿠쿠, 이 단주. 여기 재미있는 보고서가 들어왔구려."

염사곤이 보고서 중 하나를 가리켰다.

그 보고서는 현 마교의 동향을 살피던 세작들의 보고서였다.

"염 대협, 그것을 보았소?"

"딱히 보려고 한 것은 아닌데, 앞에 떡하니 나와 있어서 말일세, 쿠쿠쿠."

마교에 내전이 일어났음을 알린 보고서였다.

교내에 파견 근무를 나갔던 무림맹의 관리들이 내전으로 인해 죽었음을 알리고, 원래의 교주였던 천극염이 다시 정권을 잡았다는 내용이 적혀 있었다.

오황이자 부교주였던 마중달이 정권을 잡으면서 무림 통일에 한시름 덜었다고 여겼는데, 도로 아미타불이 되어버렸다.

"전혀 예상하지 못한 부분이오."

지략에 능한 석금명조차도 천극염의 재기는 전혀 예상하지 못했다.

검문과의 일전에서 대제자인 종현이 직접 그의 양팔을 잘랐다.

자신의 두 눈으로 확인했는데 무슨 수로 회복했고, 세력까지 갖춰서 마교를 탈환했는지 이해할 수 없었다.

'내가 알지 못하는 뭔가가 있다.'

단순한 정보였지만 그 사이에 알 수 없는 뭔가의 개입이 느껴졌다.

석금명은 본능적으로 그것을 감지했지만 들어온 정보만으로 모든 정황을 파악하기에는 부족했다.

"쿠쿠쿠, 마교주 그 양반도 정말 불사신인가 보오. 양팔이 잘린 폐인이 마교를 탈환하다니 말이오."

"쉽게 웃어넘길 일이 아니오."

단일 세력권으로는 최고라 불리는 마교였다.

많이 약화되었다고 하는 규모조차도 방심할 수 없는 전력이었다.

문제는 마교의 위협이 아니라, 이것을 계기로 사파권을 비롯해 정파의 여타의 문파들도 본격적으로 움직이게 만들 계기가 될 수도 있다.

'혹시나 하는 마음에 살려둔 것이 쓸모가 있겠군.'

다행스러운 점은 소공녀인 천나연이 이곳에 볼모로 잡혀 있다.

그렇기 때문에 천극염이 다시 정권을 잡았다고 해도 쉽게 움직이지는 못하겠지만, 수많은 변수가 될 것임은 자명했다.

"쿠쿠쿠, 이 단주 너무 걱정하지 마시구려. 아직 남마검이 건재하지 않소."

염사곤의 정곡을 찌르는 말에 석금명이 의외라는 표정을 지었다.

생각보다 정세를 보는 눈이 날카로웠다.

염사곤의 말대로 아직 무림맹에 가입을 천명한 남마검 본인이 여전히 건재했다.

"그들을 상충시키게 하면 되지 않겠소?"

"생각보다 염 대협의 식견이 높구려."

"뭘 식견까지야. 군사직을 맡고 있는 이 단주만 하겠소? 그저 필부의 의견 정도로 합시다, 쿠쿠쿠."

손사래를 치는 그였지만 이미 석금명의 생각은 달라졌다.

세력권이 전혀 없는 사람치고 정세를 읽어내는 시야가 넓었다.

"염 대협. 그렇다면 그들을 상충시키려면 어떻게 하면 좋겠소?"

"뭘 부추길 필요야 있겠소. 명색이 오황인데 자신의 자존심을 무너뜨린 천극염을 그냥 내버려 두겠소? 쿠쿠쿠, 아주 재밌는 상황이오."

'…정답이다.'

이 상황에서는 누구를 보챌 필요도 없었다.

알아서 상충할 두 세력이기에 가만히 두는 편이 오히려 나았다.

'…역시 병법을 알고 있군.'

염사곤의 답변에 석금명은 자신의 의구심을 확신할 수 있었다.

그들이 그렇게 대화를 나누는 사이 전보를 담당하는 맹원이 사 층 접객실로 올라왔다.

이 전보는 석금명이 기다려 왔던 소식을 가지고 왔다.

"군사, 보고입니다."

전보가 적힌 서찰을 받아 든 석금명의 그것을 곧장 뜯어서 읽었다.

서찰을 읽어 내려가던 석금명이 인상을 찌푸렸다.

뭔가 심상치 않음을 느낀 염사곤이 조심스레 그에게 물었다.

"이 단주, 무슨 일이라도 있소?"

잠시 망설이던 석금명이 그에게 시선을 돌려 말했다.

"…사매가 절곡으로 향하고 있다고 하오."

"저… 절곡?"

절곡(切谷)이라는 말에 염사곤의 표정이 심각해졌다.

그들이 이렇게 심각한 반응을 보이는 데는 큰 이유가 있었다.

절곡은 무림 삼대금지(三代禁地) 중 한 곳이었다.

귀주와 운남 사이에 자리 잡고 있는 절곡은 죽음의 계곡 혹은 절망의 계곡이라 불리는 지역으로 정사마를 막론하고 누구도 침입하지 않는 지역 중 하나였다.

　"사, 삼 단주께서 무슨 생각으로 그곳으로 향한 것이오?"

　평소의 가벼움은 사라지고 염사곤이 진중한 목소리로 물었다.

　그만큼 절곡은 위험한 지역이었다.

　'대체 사매는 무슨 생각으로 그곳까지 간 거지? 설마 약선이 그곳에 있다고 파악한 걸까?'

　몇 달 동안 약선을 찾기 위해 중원을 돌아다닌 설유라였다.

　아무리 정보를 풀 순 없다고 해도 보호를 명목으로 설유라의 동향을 살폈던 석금명이었다.

　얼마 전까지 사천에 있던 그녀가 절곡으로 향하고 있다니, 여간 당황스럽지 않을 수가 없었다.

　"그건 기밀이라 말해줄 수 없소."

　"허어, 이 단주. 이건 기밀의 문제가 아니지 않소?"

　"크흠!"

　절곡으로 들어간 사람 중에서 살아나온 사람은 극소수였다.

　기밀을 떠나서 뜯어서라도 말려야 할 판국이었다.

　"염 대협."

　석금명이 한층 무거워진 목소리로 염사곤을 불렀다.

이에 불안함을 느낀 염사곤이 시선을 살짝 회피하며 말했다.

"…이 단주, 왜 또 그렇게 목소리에 힘을 주고 부르시오. 지난번에 북해 쪽까지 다녀오는 것도 정말 힘들었소."

그렇지 않아도 전의 고생이 생각나는 염사곤이었다.

하지만 석금명의 입장에서도 당장 써먹을 수 있는 패는 염사곤뿐이었다.

"이렇게 부탁할 사람이 염 대협뿐이오. 부디 사매가 절곡으로 들어가지 못하게 막아주시오!"

"후우… 만약에 말이오. 이 단주가 그곳에 들어간 것을 따라잡지 못하면 어떡하오?"

"…들어가서 사매를 데려와 주시오."

"……."

염사곤의 얼굴이 똥이라도 밟은 것처럼 심하게 구겨졌다.

37장

절곡

교주 천극염이 마교를 탈환하면서 희생이 전혀 없을 순 없었다.

한밤중의 기습이었다고는 하나, 이천 명에 이르는 교도들의 삼 할가량의 희생이 있었기에 가능한 일이었다.

그나마 다행인 점은 수뇌부들을 빠르게 처리했기에 적들이 혼란에 빠지면서 양측에 더 큰 피를 흘리는 것은 막을 수 있었다.

화르르륵!

불이 타오르면서 하늘로 연기가 올라가고 잿빛 가루들이

흩날린다.

마교의 율법대로 시신은 전부 화장으로 장례를 치렀다.

교의 본 단 앞에 제단을 세워 화장을 함으로써 혼이 불로 정화되어 돌아가기를 기원한다.

타오르는 삼백 구의 시신을 바라보는 천극염과 장로들의 눈빛이 씁쓸하다.

외부의 적을 상대해도 모자랄 판국에 내전으로 인한 희생이 이만저만이 아니다.

"교를 빠르게 재정비해야겠소."

장로들이 고개를 숙이며 동의했다.

장례식을 치르고 얼마 있지 않아 그들은 교의 정비에 들어갔다.

분타에 타주로 갔던 차기 장로로 거론되던 인사들도 본 단으로 복귀 절차를 밟았다.

순조롭게 재정비가 이뤄진다고 여길 시점이었다.

"네? 조사님께서 정무 회의에 참석하시지 않는다고요?"

천마는 지난 정무 회의에 공식적으로 천명했다.

마교를 탈환에 성공했으니 천마는 여태까지와 다르게 정무에서 손을 뗐다.

힘을 회복하고 교가 정비될 때까지 도움을 줄 거라 여겼는데 의외의 모습에 수뇌부들조차도 당황스러웠다.

천극염이 나서서 천마를 설득하려 했다.

"조사 어른께서 도와주시는 것은 누구도 불만이 없습니다."

"당장에야 그렇겠지. 나중은 모른다."

"어찌 조사 어른께 그렇게 불경을 저지르겠습니까?"

다른 사람도 아니고 마교를 세운 장본인이었다.

마교인들에게 천마는 시조이면서 마도의 종주였기에 누구라도 함부로 대하거나 불경한 생각조차 할 수 없었다.

더군다나 지금같이 난세라면 강경하면서도 예측 불허의 지략을 지닌 천마가 이끄는 것은 대환영이었다.

"불경이고 뭐고, 이제 네 녀석이 교를 이끌어야 한다."

"조사 어른……."

"쓸데없는 소리 하지 마라."

천극염을 비롯해서 교의 반응이 어떻든 상관없었다.

교인들은 천마의 뛰어난 지략과 능력을 확인했기에 내심 마교를 다시 부흥시켜 줬으면 하는 기대심이 생겨났다.

그것은 일종의 천마 한 사람에게 의존을 해버리게 되는 것이었다.

'현 교주가 중심이 되는 것은 옳은 일이지만 내게 의존을 해서 교를 재건한다면 언젠가 제이의 마중달이 등장하겠지.'

지금 교주가 스스로 집권을 강화해서 위험을 헤쳐 나가야

수뇌부들과 교도들이 그를 따를 것이다.

마중달의 반역과 같은 일이 일어난 것은 전대 교주인 태상교주의 영향력이 너무 강했기 때문이다.

마중달은 태상교주라는 강력한 존재가 버티고 있을 때에 들어온 인사였다.

태상교주의 사후, 교주에 오른 천극염이 감당하기에는 무공도 집권력도 현저히 부족했다.

그렇기에 천마는 훗날을 바라본 것이었다.

"조사 어른께서 도와주셔야……"

"헛소리는 그만하고, 방관한다고는 하지 않았다."

완전히 정무에 손을 뗄까 두려웠던 천극염이 가슴을 쓸어내렸다.

"그럼?"

"가야 할 방향과 조언 정도는 해주지."

"아아아! 조사 어른께 정말 감사드립니다!"

천마의 말에 천극염이 반색을 했다.

어쩌면 안가에서처럼 적극적으로 명령을 내려서 정무를 이끄는 것보다 조언을 해주는 편이 천극염 본인도 원하는 바였다.

좋아하는 천극염에게 천마가 혀를 차며 말했다.

"쯧쯧, 그보다 더 급한 게 있지."

"네?"

뜬금없이 급하다는 말에 천극염이 의아한 표정을 지었다.

천마가 그를 손가락으로 가리키며 말했다.

"너."

"저라 말씀하시면?"

"명색이 십만교도를 이끄는 위치에 있는 녀석이 무공이 그 따위로 형편없다니."

무공이 형편없다는 말에 천극염이 인상을 찌푸렸다.

화경의 경지인 자신이 약하다고 생각해 본 적은 없었다.

하지만 검황 본인도 아닌 그의 대제자에게 패해서 양팔을 잘리는 수모를 겪고, 마중달의 수하에게조차 미치지 못하는 스스로의 실력이 부족함을 인지했다.

"조사 어른… 어찌하면 좋겠습니까?"

"귀찮지만 내가 네 녀석을 쓸 만하게 개조시켜 주마."

"개조라 하시면?"

"네 녀석을 가르치겠다는 말이다."

천마가 생각하기에 가장 시급한 것은 천극염의 무공 실력이 었다.

적어도 마중달과 검문을 상대하려면 그에 준하는 실력을 갖춰야 한다.

사방에 적이 넘치는 상황이기에 교주인 천극염이 적어도 몇 명의 몫은 해주어야 한다.

'적어도 내 후손이라면 그래야지.'

그런 수준에 부합하게 만들어야 했다.

설령 죽을 만큼 고통스러운 시련을 줘서라도 말이다.

오싹!

'으음.'

천마가 묘한 미소를 짓자 왠지 모르게 등 뒤로 소름이 올라오는 천극염이었다.

하지만 다른 사람도 아닌 개파 조사인 천마가 직접 무공을 가르친다는 것은 정말로 기연과도 마찬가지였다.

백 년에 한 번 있을 천재라 불렸던 태상교주마저도 조사 천마를 도저히 따라잡을 수 없다고 했다.

쿵!

천극염이 한쪽 무릎을 꿇고 큰 소리로 외쳤다.

"조사 어른께서 가르침을 내려주신다면 각골난망으로 익히겠습니다!"

"뭐, 뼈를 깎는 편이 낫다고 생각 들 게다."

이죽거리며 말하는 천마를 보자 알 수 없는 불안감에 사로잡히는 천극염이었다.

설마 무공을 배우는 데 죽기야 하겠냐고 생각했지만 훗날 천극염은 차라리 마중달이나 검황과 죽을 각오로 싸우는 편이 낫다고 회고하게 된다.

오후 늦은 무렵 천마의 거처로 현화단주인 매선화가 방문했다.

그것은 천마가 마교를 탈환하기 전에 일러두었던 명으로 인해서였다.

"조사님을 뵙습니다!"

매선화가 천마의 앞에 한쪽 무릎을 꿇고 예를 표했다.

"앉아라."

천마의 권유에 그녀가 탁자 앞의 의자에 앉았다.

항상 올 때마다 느끼지만 천마의 거처는 담배 연기로 자욱했다.

목에서 기침이 올라오는 것을 참고 매선화가 탁자에 지도를 꺼내 들었다.

중원의 전도를 그려놓은 지도였다.

전도의 군데군데에 붉은 먹으로 원을 쳐놓은 곳들이 있었다.

"찾았나?"

"솔직히 말씀드리면 찾지 못했습니다."

"고작 의원 한 명을 찾는 데 이렇게 시간이 걸리는 거냐?"

천마의 말에는 어폐가 있었다.

중원 무림에서 최고의 의원이라 불리는 약선이었다.

고작이라 불릴 만한 사람은 아니었다.

"전 중원에 있는 현화단의 정보 외에 개방과 하오문에 의뢰를 했는데도 정확한 위치를 파악할 수가 없습니다."

"정사마의 정보 조직들이 전부 파악하지 못했다고?"

정파를 대표하는 개방과 사파의 하오문, 마교의 현화단은 각각 정사마를 대표하는 정보 조직이라고 불러도 부족함이 없다.

그런 기관들이 전부 찾지 못했다는 것은 약선이 증발하지 않고는 불가능했다.

"분명 오 개월 전, 약선이 운남 지역에 있었던 것은 확실합니다."

중원에서 명성을 떨칠수록 그 움직임을 파악하기 쉽다.

약선은 의원으로서 그 명성이 높았고 그가 진찰 혹은 치료를 한 곳에는 금방 소문이 퍼져서 더욱 위치를 추적하기 쉬운 대상이었다.

마지막으로 족적을 드러냈던 것은 운남 태수의 둘째 여식을 치료했던 때로 알려져 있었다.

"약선은 무공을 익혔나?"

"괴의와 달리 약선은 무공도 익혔다고 알려져 있습니다. 단지 의원으로의 본분이 충실하다 보니 누구와도 겨루지 않아서 정확한 무공 수위는 모릅니다."

약선은 사람을 치료하는 의원이다.

그렇기에 사람을 해하거나 다치게 만들 수도 있기에 무공을 함부로 사용하지 않았다.

대개가 누군가를 치료하기 위해서만 무공을 쓰는 위인이었다.

"그런데 그것은 왜?"

"무공을 알고 모르고의 차이가 있지. 무공의 수위가 높을수록 은신 능력도 뛰어나지니깐."

"아! 그렇다면 약선이 스스로 모습을 숨긴 걸까요?"

천마의 말대로 그럴 확률도 무시하지 못했다.

약선은 의원으로서 워낙 유명한 위인이다 보니깐 때때로 그에게 치료를 강요하기 위해 협박을 하는 사파의 조직들도 많았다.

어지간한 환자는 잘 거부하지 않는 그였지만 유일하게 거절하는 자들이 사파인들이었다.

그것 때문에 사파인들이 약선을 납치하려는 사건들이 종종 일어나곤 했다.

신기한 것은 한 번도 성공한 사례는 없었다.

"마지막 행선지가 운남 태수의 장원인 것이냐?"

"정확한 곳은 그곳이긴 한데……."

매선화가 뭔가 말하기를 망설였다.

천마가 그녀의 눈빛에 가려진 두려움을 감지했다.

"왜 말하다 마는 것이냐?"

"조사님 중원 전도를 봐주십시오."

매선화가 운남 방향을 손가락으로 가리켰다.

운남성의 태수가 있는 도시에 붉은 먹으로 동그라미가 쳐져 있었고, 이어서 화살표가 귀주로 향하고 있었다.

"귀주라……."

"아닙니다. 정확한 것은 아니지만… 몇 달 전, 약선이 절곡 부근에서 마지막으로 모습을 보였다는 소문이 있습니다."

운남성과 귀주의 사이에 자리하는 것이 절곡이었다.

절곡이라는 말을 꺼내는 매선화가 말투가 매우 조심스러웠다.

마치 두려움과 경계가 섞여 있는 듯했다.

절곡에 대해서 아무것도 모르는 천마였기에 의아한 표정으로 물었다.

"절곡? 정확한 정보인 것이냐?"

"들려오는 소문에 불과해서 뭐라고 확정적으로……."

그녀가 말끝을 흐렸다.

무림 삼대금지 중에서도 살아 돌아온 이가 없다고 알려진 절곡이다.

달리 죽음의 계곡이라 불리는 것이 아니기에 섣불리 판단하기가 어려웠다.

약선이 바보가 아닌 이상 절곡으로 향할 리가 없다고 추측했지만, 만에 하나 그렇다면 추적은 포기해야 했다.

'약선이 절곡에서 행방불명된 셈이니 조사님도 굳이 무리해서 행방을 찾으시진 않겠……'

그녀의 생각이 끝나기도 전에 천마가 연기를 뿜으며 말했다.

"후우~ 그렇다면 그 절곡이라는 곳을 다녀와야겠군."

"네? 저, 절곡을 다녀오신다고요?"

일말의 망설임도 없이 절곡을 다녀오겠다는 천마의 말에 매선화의 표정이 딱딱하게 굳어졌다.

그녀가 간과한 사실이 있었다.

천 년 전의 사람인 천마가 절곡에 대해서 알 리가 없다는 점이었다.

천마가 이해할 수 없다는 듯이 물었다.

"왜 그러는 거지? 무슨 문제라도 있나?"

"조사님, 다시 한 번 검토해 보시는 편이 어떻겠습니까?"

"검토를 할 문제가 아니다. 약선이 필요하다."

괴의 사타로부터 약선은 죽은 자가 부활하면서 생기는 붉은 눈에 대해서 알지도 모른다는 정보를 들은 그였다.

혈교의 잔당들의 족적을 발견하기 위해서는 그 진실을 반드시 파헤쳐야 했다.

"조사님, 절곡은 무림 삼대금지 중 한 곳입니다. 그곳으로 향하는 것은 정말 위험합니다!"

"뭐? 무림 삼대금지?"

"아!"

그제야 천마가 아무것도 모른다는 사실을 인지한 매선화다.

절곡이 삼대금지로 지정된 것도 육십여 년 전에 불과했다.

"조사님, 만약 약선이 절곡에서 행방불명된 것이 확실하다면 그에 대한 추적은 포기해야 합니다. 절곡에 들어갔다가 살아 돌아온 이는 단 한 명도 없습니다."

"꽤 위험한 지역인가 보지?"

천마가 감응 없는 목소리로 답변하자, 그녀는 어떻게 말려야 할지 심각하게 고민이 되기 시작했다.

*   *   *

치이이이!

곰방대의 담뱃잎에 불이 붙으며 연기가 피어올랐다.

노인이 담배를 빨아들였다 내쉬자 어두운 객잔이 연기로

자욱해졌다.

"사람이란 가끔 나방과도 같아. 밝은 불빛을 향해 달려가는데 결국 그 불이 자신을 갉아먹는다는 사실을 죽어가면서야 깨닫거든."

객잔을 밝히는 탁자 위의 촛불에 담배 연기가 울렁이며 몽환적으로 보였다.

담배를 깊게 빨아들인 노인이 코로 연기를 뿜으며 다시 이야기를 이어갔다.

"어디까지 이야기했더라. 에구구, 늙으니 기억력도 좋지 않아. 그냥 처음부터 다시 하겠네."

무림이 정사마(正邪魔)로 나뉘게 된 기원은 천 년을 거슬러 올라간다.

그들은 천 년 동안 끊임없이 대립하고 수많은 피를 흘려왔다.

천 년이라는 긴 세월 동안의 악순환은 그들이 절대로 섞일 수 없게 만들었다.

그런 정사마의 세력권들이 유일하게 한마음으로 불가침 조항을 세운 몇 가지 사항들이 있었다.

그중 하나는 관(官)과의 불가침 조항이었다.

무림이라는 이면의 세계가 밖으로 드러내는 것을 원하지 않는 황제의 지엄한 명이었다.

그리고 하나가 무림 삼대금지(三代禁地)였다.

무림의 삼대금지는 무림을 불문하고 관에서조차도 손을 뗀 지역이었다.

그곳은 인간의 힘으로 어찌할 수 없다하여 금지로 지정하게 되었다.

절곡.

운남성과 귀주성 사이에 있는 계곡에 붙여진 이름이다.

"처음부터 절곡이라 불렸던 것도 아니라네."

여느 계곡과 다를 바가 없는 이곳의 원래 지명은 추풍곡(秋楓谷)이라 불렀다.

가을에 오면 계곡을 두른 산봉우리들이 붉고 노랗게 물들어서 붙여진 이름이었다.

중원 각지에서도 이곳에 가을 나들이나 관광을 오는 객이 많았다.

그러던 어느 날, 그 사건이 터지고 말았다.

"아마도… 그때가 육십여 년 전 중추절(仲秋節) 무렵이었을 걸세."

마른하늘에 천둥번개가 내리치더니 이윽고 운남과 귀주 일대의 하늘이 붉게 물들었다.

당시를 회상하는 노인은 아직도 그 기이한 현상을 잊을 수가 없다고 한다.

추풍곡을 비롯해 인근 주변에 있는 모든 살아 있는 대상이
절명하고 만 것이었다.

며칠이 지나고 계곡과 그 인근 전체에서 퍼져 나오는 시체
가 썩는 냄새가 계곡 건너편 마을까지 풍겨져 왔다.

"아주 지독했지. 세상에 없을 그런 냄새였어."

이에 관에서 사람을 보냈는데, 추풍곡 주변 일대가 헤아릴
수 없는 시체들로 넘쳐났다.

중추절을 맞아서 수많은 객이 몰렸는데, 그들의 시체인 것
이었다.

시신을 수습하는 데만 장장 몇 달에 걸쳐야 할 정도였다.

그런데 문제는 다른 데서 발생했다.

추풍곡 내로 시신을 수습하기 위해 들어섰던 관인들이 아
무도 돌아오지 못한 것이었다.

실종된 관인들을 찾기 위해 관에서 다른 조사원들을 보냈
지만 누구도 추풍곡에서 돌아오지 못했다.

심각함을 느낀 관은 결국 무림에 도움을 요청했다.

불가침 조항이 있다고는 하나 인명이 달린 일이었기에 각
문파들은 흔쾌히 요청을 받아들였다.

"그때 유명한 무림인들이 꽤 많이 왔네. 심지어 소림의 승려
들도 왔었지."

각 문파별로 차출된 조사단은 자신만만하게 추풍곡으로

들어갔다.

무공이 고절한 자들이니 별일이 없겠지 라고 생각했는데 제대로 오산이었다.

추풍곡으로 출입했던 무림인들은 며칠이 지나도 모습을 보이지 않았다.

그들을 찾기 위해 후발대들도 파견되었지만 이 또한 마찬가지였다.

"들어가기만 하면 행방불명이 되니 난리도 아니었지."

"그저 행방불명만 된 건가요?"

노인의 뒤편에서 젊은 여자의 목소리가 들려왔다.

이에 노인이 고개를 절레절레 흔들었다.

치이이이!

곰방대 끝의 담뱃불이 타들어가며 붉은빛이 강해졌다.

"그로부터 며칠 뒤, 계곡의 하류로 시신들이 떠내려 왔네."

계곡의 하류에는 그 형상조차 알아보기 힘든 시신들이 떠내려 왔다.

상류에서 떠내려 오면서 부딪쳐서 훼손된 것이 아니었다.

마치 시신들은 짐승들에게 뜯겨 먹히기라도 한 것처럼 여기저기 성한 곳이 없었다.

훼손되고 물에 퉁퉁 불은 시신을 그나마 알아볼 수 있었던 것은 입고 있는 옷 때문이었다.

"그 사건 이후로도 수많은 사람이 진실을 파헤치러 이곳으로 왔지만 한 명도 살아남은 이가 없었다네."

노인의 말대로 수많은 사람이 이를 파악하기 위해 추풍곡으로 왔지만 한 명도 돌아오지 못했다.

결국 관에서는 추풍곡의 근처를 통행금지로 명했다.

그것은 무림도 마찬가지였다.

기존에 이대금지에서 하나를 합쳐 삼대금지로 지정하고 누구도 들어가지 말 것을 권했다.

몇 년이 흐른 후, 추풍곡은 절곡이라는 이름으로 바뀌게 되었다.

중원 사람들은 절망의 계혹 혹은 죽음의 계곡이라고도 부른다.

"누가 지은 이름인지는 몰라도 참으로 잘 지었지. 그런데 이 주변에 사는 사람들은 전혀 다르게 부르지. 뭐라고 하는지 아나?"

객잔 내의 사람들이 숨을 죽이고 아무 말도 하지 않았다.

그러자 노인이 누런 이를 드러내며 말했다.

"비아부화곡이라고 하지. 클클클, 그렇게 당부해도 꼭 죽으려고 오는 것들이 있거든."

비아부화(飛蛾赴火).

불로 날아드는 나방을 말한다.

죽을 자리로 날아드는 나방을 사람들에게 빗댄 것이기도 했다.

객잔에 있는 사람들은 노인의 말에 소름이 끼치는지 아무 말도 하지 않았다.

이중에 절반이 넘는 사람들은 노인이 한 이야기에 영향을 받아서 괜한 모험을 하고자 하는 용기를 잃은 상태였다.

하지만 개중에는 용기와 객기를 구분 못 하는 이도 있었다.

"에이! 노인장 어차피 옛날에 있었던 일이 아니오."

"하긴 어쩌면 각파에서 무공이 약한 이들을 보내서 해결되지 않았던 것일 수도 있소."

"이참에 이 맹파도 공찬 님께서 절곡의 숨겨진 비밀을 밝혀 보겠소!"

"그래도 이런 이야기를 들으면서도 공 소협은 무섭지 않은가 보네요."

"푸하하핫, 금 매도 이런 이야기가 다 무섭단 말이오?"

모두가 노인의 이야기에 겁에 질려 있는데, 자신감에 넘쳐서 떠들어대는 이 다섯 젊은 남녀 무인은 멀리 서무림에서 온 중소문파의 자제들이었다.

'억양이나 말투를 보아하니 서쪽 지방 출신 같은데…….'

노인이 인상을 찌푸리며 곰방대의 담뱃재를 털었다.

동북남 무림들은 각각 삼대금지가 존재하는 것에 비해 불가 지역이 없는 서무림 출신들은 다른 지역의 사람들에 비해서 괜한 만용을 부리는 이들이 종종 있었다.

"쯧쯧."

노인이 혀를 차며 고개를 흔들었다.

그리 이야기를 해도 매번 나방처럼 달려드는 이들이 존재했다.

그것이 죽음으로 가는 지름길이 될 수도 있음에도 불구하고 말이다.

절명객잔.

이곳은 절곡의 상류 지역으로 들어가는 초입에 자리 잡고 있는 객잔이다.

이곳 절명객잔의 주인은 매년 다시는 돌아오지 않을 손님들을 맞이한다.

젊은 무림인들을 한심하게 쳐다보는 찰나에 그의 뒤에서 누군가가 말을 걸었다.

"노인장."

그 목소리는 아까 전에 자신에게 질문을 던졌던 목소리였다.

노인이 고개를 돌려 목소리의 주인을 쳐다보았다.

"허어."

절로 탄성이 나올 만큼 아름다운 여인이었다.

약관으로 보이는 여인이었는데, 하얗고 단아한 복색을 갖춘 그녀는 허리춤에 녹색 검집을 차고 있었다.

'무림인인가? 저치들과는 다르군.'

아름다운 여인은 객잔을 시끌벅적하게 만드는 젊은 무림인들과는 사뭇 달라 보였다.

그녀가 무림인이라는 것을 눈치챈 노인이 조심스레 답했다.

"무슨 일인가? 소저."

그러자 여인이 나지막한 목소리로 노인에게 물었다.

"노인장, 혹시 약선이란 분을 알고 계십니까?"

여인의 질문에 노인의 눈빛이 미묘하게 반짝였다.

하지만 짧은 순간이었기에 여인은 그것을 알아채진 못했다.

노인이 아무렇지 않게 말을 했다.

"중원 사람치고 약선을 모르는 사람이 어디 있는가, 클클."

"잘됐군요."

"음?"

"혹시 이 객잔에 약선이 들른 적이 있나요?"

"…약선이 무슨 일로 이곳까지 들리겠는가?"

단도직입적인 물음에 노인이 잠시 멈칫하다가 말을 이었
다.

능청스럽게 말을 하고 있으나 뭔가 노인의 태도가 이상하다
고 느낀 여인이 재차 물었다.

"정말 들른 적이 없습니까?"

"허허허, 미안하네만 약선의 얼굴도 모르고, 그가 이곳에
왔었는지도 잘 모르겠네."

노인은 너털웃음을 짓고 있었지만 모른다고 확실하게 선을
긋자 여인은 알겠다며 고개를 끄덕이고는 몸을 돌려 자신의
자리로 돌아갔다.

그녀가 자리로 돌아오자 탁자 맞은편에 앉아 있는 여자가
입을 열었다.

"설 소저, 안다고 합니까?"

뜻밖에도 여자의 입에서 나온 소리는 얇지만 분명 남자의
목소리였다.

겉보기에는 소녀처럼 보이는 예쁜 외모를 지닌 청년은 바로
모용월야였다.

그리고 녹색 검집을 찬 아름다운 여인은 다름 아닌 검황의
셋째 제자인 설유라였다.

약선을 찾기 위해 중원 곳곳을 돌아다니고 있는 그녀와 모
용월야였다.

사실 모용월야는 검문에서부터 본의 아니게 설유라에게 끌려 다니고 있었다.

아버지인 모용철이 그녀를 따르라고 했던 분부만 아니었다면 옛적에 집으로 돌아가고 싶은 마음이 굴뚝같았다.

모용월야의 물음에 설유라가 고개를 저었다.

"모른다고 하네요. 약간… 이상하긴 했지만요."

생각할 틈도 없이 곧바로 모른다고 한 것이 마음에 걸렸다.

"그런가요? 흐음, 설마 약선이 제정신이 아니고서야 이곳에 오겠습니까?"

유년기를 광기로 보낸 모용월야조차도 삼대금지의 악명은 잘 알고 있었다.

누구도 살아 돌아온 적이 없다고 알려진 절곡이다.

약선이 스스로 그런 사지로 들어갈 리 없다고 생각하지만, 설사 들어갔다고 한다면 포기를 해야 하는 상황이었다.

"차라리 귀주로 가는 것이 어떨까요? 아무리 생각해도 절곡은… 으음."

"그건 안 돼요."

귀주로 향하자는 모용월야의 권유에 설유라가 단호하게 거절했다.

약선을 찾기 위해 너무도 오랜 시간을 지체했다.

독에 중독된 지 석 달 가까이 된 마당에 사부인 검황과 대사형 종현이 언제까지 버틸 수 있을지 모른다.

"하오문에서 얻은 정보가 맞기를 바라야죠."

"하지만 설 소저, 하오문에서도 정확하지 않다고 말했는데도요?"

하오문 본문에 들려서 약선의 행방을 의뢰했던 그녀였다.

운남에 있는 태수의 장원에 있다는 정보를 가지고 막상 운남의 도시에 도착하니 이미 약선은 떠난 지 오래였다.

운남을 수소문하고 돌아본 결과, 약선이 귀주로 향했다고 하는데 이상한 점이 절곡이 있는 쪽으로 갔다는 것이었다.

절곡이 삼대금지로 지정된 후로 운남과 귀주를 왕래하는 사람들은 곧장 그곳을 가로지를 수가 없기에 산을 거슬러서 돌아가야만 했다.

설유라가 약선이 절곡에 갔을지 모른다고 확신한 것도 이런 이유에서였다.

"그래도 가야죠. 설사 불나방이 될지언정……."

그녀의 의지는 확고했다.

삼대금지를 들어가서라도 약선을 찾겠다는 고집에 모용월야는 속으로 혀를 찼다.

'으으으… 정말 고집이 세구나.'

짜증이 나는 그였지만 차마 내색하진 않았다.

그러던 찰나에 누군가 그의 신경을 거슬리게 만들고 말았다.

"아름다운 소저 두 분이서 이런 험한 곳에 어찌 오셨습니까? 저희와 합석하셔서 같이 식사라도 하시지요."

그는 서무림에서 온 젊은 무림인인 맹파도 공찬이었다.

자신감에 차서 동료들과 와자지껄 떠들고 있던 공찬은 객잔에 왔을 때부터 아름다운 설유라의 외모에 반해 호시탐탐 말을 걸 기회를 엿보던 차였다.

"아아……."

설유라가 안타깝다는 표정으로 자신의 손으로 이마를 짚었다.

하얀 이를 드러내고 미소를 보이는 공찬의 얼굴로 모용월야의 주먹이 꽂혔다.

퍽!

"쿠엑!"

"빌어먹을 놈이 누구한테 소저라는 거야!"

갑작스러운 주먹에 봉변을 당한 맹파도 공찬은 어이가 없었다.

코가 시큰거리고 이빨이 흔들리는 것 같았다.

주룩!

"웁? 코, 코피?"

공찬의 양쪽 콧구멍에서 코피가 흘러내렸다.

다른 서무림의 젊은 무림인들도 바닥에 넘어진 공찬을 황당한 눈으로 쳐다보았다.

자신감에 넘쳐서 저들과 합석하겠다고 가더니 꼴이 말이 아니었다.

'이게 무슨 망신이야.'

공찬의 머릿속에는 안면이 아픈 것보다도 쪽팔림이 더 컸다.

그런 공찬을 모용월야가 아직 분이 안 풀린다는 듯이 멱살을 붙잡고 일으켜 세웠다.

'무슨 계집의 힘이 이리 센 거야? …엇?'

자존심이 상해서 손을 뿌리치려고 했는데, 모용월야의 광기가 가득한 눈빛을 보는 순간 말문을 잃고 말았다.

가뿐하게 공찬을 들어 올린 모용월야가 말했다.

"내가 어딜 봐서 계집으로 보이냐?"

"웅? 소, 소저가 아니었소?"

겉보기에는 누가 봐도 여자처럼 보이는 모용월야였다.

그러나 목소리를 들어보니 분명 얇지만 남성의 것이었다.

"그럼 내가 계집인 줄 알았냐?"

모용월야가 다시 주먹을 들어 공찬의 얼굴을 때리려 했다.

탁!

그 순간 누군가가 그의 팔을 낚아챘다.

누군가가 자신을 제지한 것이 화가 났는지 모용월야가 인상을 찌푸리며 뒤를 쳐다보았다.

그의 팔을 잡은 청년은 공찬의 일행 중 한 명이었다.

연비검 진고명이라 불리는 자로 청해진가의 둘째였다.

"일행이 그쪽을 오해했던 것 같은데, 충분히 망신을 당한 것 같으니 이쯤에서 그만합시다."

다행스럽게도 진고명은 이성이 있는 자였다.

문제는 모용월야가 한번 폭주하면 쉽게 이성이 잃는다는 점이지만 말이다.

모용월야가 낮게 깔린 목소리로 경고했다.

"놔."

"응?"

"놓으라고 했지."

그 순간 모용월야가 뒤로 공중제비를 돌며 자신의 팔을 빼냈다.

그와 동시에 연달아 퇴법을 펼치며 진고명의 가슴을 가격했다.

파파파팍!

"크흑!"

갑작스러운 일격에 당한 진고명이 뒤로 밀려났다.

내공이 실린 발차기에 가슴을 당했으니 멀쩡할 리가 만무했다.

내상을 입은 진고명의 입가로 선혈이 흘러내렸다.

"이게 무슨 짓이야!"

진고명이 부상을 입은 듯하자 여태껏 관망만 하던 그의 일행들이 자리에서 벌떡 일어났다.

그들의 손이 전부 검집으로 향해 있었다.

일촉즉발의 상황이 벌어지려던 찰나에 설유라가 자리에서 일어났다.

아름다운 외모의 설유라가 나서자 젊은 청년들의 눈이 자연스레 그녀에게로 향했다.

"한밤중에 객잔에서 민폐가 될 것 같군요. 이쯤에서 그만두도록 하죠."

그녀의 말대로 주위 손님들의 시선이 전부 그들을 향하고 있었다.

더군다나 객잔 주인인 노인이 초조한 눈빛으로 바라보고 있었다.

무림인들이 한번 싸워대면 주위 기물 파손은 기본이고 피해가 이만저만이 아니었다.

'싸우려면 밖에 가서 싸워 이것들아!' 라고 하고 싶었지만 차마 그러기에는 분위기가 심상치 않다.

젊은 청년들은 아름다운 설유라가 하는 말에 괜히 머쓱해하는 눈치였다.

하지만 모두가 그런 것은 아니었다.

"하아, 그만둬? 지금 장난하나요?"

"그, 금 매!"

그녀는 서무림 일행의 유일한 홍일점인 사천 금패장의 외동딸인 금옥윤이었다.

아미파의 속가제자로 제법 괄괄한 성격의 소유자였다.

일행의 남자들이 설유라의 외모에 홀라당 넘어가 제대로 항의조차 못 하는 것을 보니 답답해진 그녀가 나선 것이었다.

"공 소협이 작은 말실수를 했다고 해서 얼굴을 저 지경으로 만들어도 된다는 건가요?"

코피를 흘리며 멍하게 있던 공찬의 얼굴이 빨개졌다.

금옥윤의 말은 끝나지 않았다.

"그리고 말리는 사람을 저렇게 내상까지 입혀놓고 그냥 넘어가자는 거예요?"

이번에는 입가에 흐르는 피를 닦던 진고명 역시 얼굴을 붉혔다.

방심했다고 하지만 말리던 찰나에 순식간에 당했으니 부끄러울 만도 했다.

"그래서요?"

"그런데 마치 아무것도 아닌 일처럼 넘어가려 하다니. 염치가 없군요. 분명히 저쪽의 잘못이 더 크니 합당한 대가를 치러야죠."

그녀가 모용월야를 손가락으로 가리키며 말했다.

"하?"

이에 모용월야가 기가 차다는 듯이 금옥윤을 노려보았다.

금옥윤이 말한 대로만 본다면 멀쩡한 사람의 얼굴을 때리고, 말리는 사람까지 내상 입힌 모용월야의 잘못으로만 보였다.

"마, 맞는 말이오!"

공찬이 코피를 닦으며 그녀의 의견에 동의했다.

주위의 다른 손님들도 일부 납득한다는 표정으로 고개를 끄덕이자 금옥윤의 표정이 꽤나 득의양양해졌다.

그러나 검황을 따라다니며 무림맹에서 각 문파의 수뇌부들과 무림의 대소사를 의논하는 설유라가 고작 이런 억지에 넘어갈 리가 없었다.

"그래요? 제가 본 것과는 조금 다르군요. 저희한테 추파를 던져서 당한 것도 그쪽 일행이고. 당사자들끼리 해결하면 되는데 끼어든 것도 그쪽 일행이 아닌가요?"

"그, 그건……."

추파를 던졌던 공찬은 당황한 나머지 말문이 막혔다.

이겼다고 득의양양했는데, 가뿐하게 반박해 버리자 금옥윤의 미간이 좁혀졌다.

말실수를 했던 것에 초점을 맞췄는데, 단번에 공찬이 설유라와 모용월야에게 추파를 걸었던 점을 들고 나서니 반박할 여지가 없었다.

'칫, 이 여자… 정말 마음에 들지 않아.'

괄괄한 성격의 그녀는 이 상황이 점차 싫어졌다.

잘잘못을 떠나서 같은 일행이 당했는데 그저 아름다운 외모에 넘어가 침을 흘리는 일행의 남자들도 마음에 들지 않고, 무엇보다 설유라 자체가 마음에 들지 않았다.

"흥! 서로 말이 통하지 않으니 그럼 무림의 법도대로 해야겠군요."

탁!

그녀의 손이 자신의 검집으로 향했다.

여차하면 검을 뽑아서 달려들 기세였다.

자신을 아래로 내려다보는 것만 같은 설유라를 무공으로 꺾어서 콧대를 납작하게 만들어주고 싶었다.

"킥! 잘됐네. 귀찮게 왜 말싸움을 해?"

챙!

모용월야가 혀를 날름 내밀며 반색하는 얼굴로 허리춤에 차고 있던 검집에서 검을 뽑으려 들었다.

"멈춰요. 모용 공자!"

"…아니, 저쪽도 검을 뽑는데……."

설유라가 제지하자 모용월야가 억울하다는 표정으로 반쯤 뽑아 든 검을 다시 집어넣었다.

그런데 금옥윤을 비롯한 일행들이 눈을 동그랗게 뜨고 당혹스러운 표정을 지었다.

"모용 공자?"

설유라가 말한 모용이라는 성 때문이었다.

구파일방과 오대세가가 정파 무림에서 차지하는 비중은 여느 중소문파들과는 비교하기 힘들다.

그들은 서무림의 명문자제들이었으나 모용세가에 비한다면 반딧불이나 마찬가지였다.

"혹시 모용세가의?"

"흥."

집안의 위세를 등에 업는 성격이 아닌 모용월야는 그저 콧방귀를 뀌었다.

그러나 금옥윤을 비롯한 일행들은 당황스러웠다.

상대가 자신들보다도 우위에 있는 집안이라면 무시하기 힘들었다.

"그렇다면 그쪽은?"

금옥윤은 괜히 불안해졌다.

모용세가의 자제와 같이 다닌다면 같은 오대세가일 확률이 높았다.

"…검문의 삼 단주직을 맡고 있는 설유라입니다."

"비, 빙화(氷華)! 설유라?"

무림에서는 그녀를 빙화라고 부른다.

다른 사람들 앞에서 감정 변화를 잘 보이지 않기 때문이기도 했다.

지금처럼 무표정하게 있으면 차가운 겨울바람이 부는 것처럼 시린 느낌이었다.

'바, 빙화라니? 그럼 검문의 제자잖아?'

방금 전까지만 하더라도 괄괄한 모습을 보였던 금옥윤도 어찌할 바를 몰라 했다.

상대를 잘못 만났다.

그냥 여타의 문파라면 시비가 생긴다 해도 크게 문제될 것은 없지만, 설유라는 당대 최강의 문파인 검문의 삼 단주였다. 더군다나 오황의 일인인 북검황의 제자이기도 했다.

[금 매… 아무래도 우리가 사과해야 할 것 같아.]

금옥윤의 귓가로 진고명의 전음이 들려왔다.

그녀 역시도 동의를 하는지 작게 고개를 끄덕였다.

"서, 설 소저……."

금옥윤이 떨리는 목소리로 설유라를 불렀다.

상대는 마음만 먹으면 자신의 집안을 멸망시킬 수 있는 존재였다.

자존심을 부릴 상대가 아니었다.

"아, 아무래도 저희가 뭔가 실례를 범한 것 같습니다."

달라진 공손해진 말투와 태도에 모용월야는 속으로 혀를 찼다.

설유라와 무림을 돌면서 매번 겪는 일이었다.

그녀의 정체를 알기 전까지 함부로 대했던 이들도 알게 되면 매번 이렇게 태도를 바꾸었다.

"알았다니 다행이군요."

설유라가 퉁명스럽게 말을 하며 금옥윤을 스쳐 지나갔다.

검문의 위세를 잘 알지만 왠지 모를 굴욕감에 젖어드는 것은 어쩔 수가 없었다.

'치잇……'

금옥윤은 아랫입술을 깨물었다.

괜히 공찬을 매섭게 노려보고는 그녀 역시도 자신의 객실로 들어가 버렸다.

"휴, 다행이구먼. 클클."

큰 싸움이 번질 거라 여겨서 초조하게 지켜보던 노인이 안도의 숨을 내쉬었다.

객잔의 한쪽 구석에서 혼자서 조용히 술을 마시고 있는 이가 있었다.

검은 피풍의를 입고 있는 중년의 사내였다.

사내는 묘한 눈빛으로 설유라와 모용월야를 지켜보다 그들이 객실로 들어가서야 조용히 자리에서 일어나 객잔을 나갔다.

다음 날, 이른 아침.

객잔의 주위로 새하얀 안개가 뒤덮여 앞이 보이지 않을 정도였다.

계곡인 이곳은 자주 안개가 끼는 지역이기도 했다.

설유라와 모용월야는 절곡으로 떠날 준비를 마쳤다.

아침 식사를 하는 내내 모용월야가 한 번 더 그녀의 결정을 만류를 해보았지만 소용없었다.

설유라와 마주치는 것을 꺼려했는지 서무림의 출신의 젊은 무림인들은 이미 이른 새벽에 일어나 여장을 꾸려서 나간 지 오래였다.

"저쪽 숲을 통과하면 계곡의 상류가 나올 게야."

곰방대를 물고 있는 노인이 동쪽의 숲을 가리켰다.

"감사합니다."

"감사할 게 있나. 죽으러 가는 길을 가르쳐 줬는데. 쯧쯧, 그리 불나방이 되지 말라고 했건만……."

노인은 안쓰럽다는 듯이 혀를 차며 객잔으로 들어가 버렸다.

"노친네가 재수 없게."

모용월야가 괜히 심통이 나서 투덜거렸다.

노인의 말대로 동쪽으로 이동한 지 얼마 지나지 않아 안개 사이로 우거진 숲이 보였다.

숲을 통과해 지나가면 절곡의 상류 방향으로 들어갈 수 있다.

숲으로 들어가는 입구 쪽에는 오래된 나무 푯말이 꽂혀 있었다.

出入禁止

삭은 판목에 적힌 출입 금지 글씨는 검붉은색을 띠고 있어서 보는 이로 하여금 괜히 소름이 돋게 만들었다.

삼대금지라 불리고 나서부터 사람의 출입이 거의 없었던 이 숲은 워낙 우거져서 거의 수풀을 헤치다시피 해야 했다.

"젠장! 뭘 보여야 가지."

촤악!

모용월야가 앞장서서 검으로 수풀을 베어내며 걸어가는데, 안개도 뿌옇고 시야가 잘 보이지 않아서 제대로 가는 건지 확신이 가지 않았다.

웅웅웅!

우거진 안개 숲으로 들어가면 들어갈수록 모용월야는 이상한 느낌을 받았다.

매우 차가우면서도 혼란스러울 만큼 사악한 기운이었다.

'뭐지?'

그런데 그 느낌이 왠지 모르게 낯설지 않았다.

그 낯설지 않은 기운에 정신이 혼미해질 찰나에 설유라가 그의 어깨를 툭 쳤다.

"헉?"

"안 가고 뭐 해요? 모용 공자."

"아, 아무것도 아니에요."

모용월야가 자신의 양쪽 뺨을 손바닥으로 때리며 정신을 차리려 했다.

정신 차리지 않으면 왠지 모르게 이 알 수 없는 기운에 휩쓸릴 것만 같았다.

바로 그때였다.

"꺄아아아아아악!"

숲의 안쪽 편에서 귀가 찢어질 듯한 비명 소리가 들려왔다.

생각할 겨를도 없었다.

모용월야의 검에서 검기가 치솟으며 앞에 있는 수풀을 횡으로 그었다.

시야에 있는 수풀이 잘려 나가며 그의 신형이 앞으로 튀어
나갔다.

설유라 역시도 그를 따라서 경공을 펼쳤다.

얼마 지나지 않아, 비명 소리의 진원지가 눈앞에 드러났
다.

모용월야는 눈앞에 벌어진 일에 경악을 금치 못했다.

푸른 비단옷을 입은 한 중년의 남자가 비슷한 옷을 입은
젊은 여자의 오른팔을 호접도로 잘라낸 것이었다.

푸슉!

팔이 잘린 여자의 팔에서 피가 튀었다.

멀쩡한 팔을 잘렸으니 그 고통은 상상을 초월했다.

"아아아악!"

여자는 자신의 잘린 팔을 붙잡고 소리를 질러댔다.

모용월야는 단숨에 그들에게로 거리를 좁혀 중년의 남자의
목에 검을 들이댔다.

"무슨 짓이야!"

"헉? 누, 누구시오?"

신경이 온통 젊은 여자에게로 향해 있던 중년의 남자는 차
가운 검날이 자신의 목에 닿자 경기를 일으키며 놀라서 물었
다.

"뭘 묻는 거야? 당신이야말로 누구기에 이 여자의 팔을 자른… 응? 당신들?"

모용월야의 눈에 이채가 띠었다.

중년의 남성과 팔이 잘린 여자의 얼굴이 낯이 익었다.

그들은 어젯밤에 절명객잔에 투숙하던 자들이었다.

"모용 공자, 무슨 일이… 헉!"

이윽고 도착한 설유라가 팔이 잘린 여자를 보며 놀라워했다.

중년의 남성이 떨리는 눈빛으로 고개를 돌리더니 다급하게 말했다.

"이럴 시간이 없소. 빨리 그녀를 지혈해야 하오!"

"아아!"

팔이 잘린 것에 놀라서 잠시 머뭇거리던 설유라가 자신의 봇짐에서 옷가지를 꺼내 찢었다.

고통스러워하는 젊은 여자의 팔의 혈도를 점하고 찢은 옷가지로 잘린 부위를 묶어서 지혈을 했다.

"끄으으으."

지혈을 하는 사이에 고통이 심했는지 젊은 여자가 기절하고 말았다.

설유라의 손은 지혈을 하면서 피범벅이 되었다.

찢어서 못 쓰게 된 옷가지로 피를 닦으며 그녀가 이해할 수 없다는 듯이 물었다.

"당신들, 어제 객잔에 투숙했던 자들이 아닌가요?"

"하아……."

털썩!

중년의 남자가 힘이 빠졌는지 한숨을 내쉬며 바닥에 주저 앉았다.

얼굴에 흐르는 식은땀을 보니 고생이 이만저만이 아니었던 것 같았다.

잠시 숨을 돌린 그가 포권을 취하며 인사를 했다.

"도와줘서 고맙소. 혼자서 어떻게 해야 하나 정말 난감하던 차였소."

"고마운 건 둘째 치고, 대체 뭘 하고 있던 거냐?"

모용월야가 의심스러운 눈초리로 남자에게 물었다.

안개 숲 한복판에서 여자의 멀쩡한 팔을 잘랐으니 의심스 러울 수밖에 없었다.

그것을 느꼈는지 중년의 남자가 잠시 머뭇거리다 입을 열었 다.

"본관은 운남 태수부의 군관으로 역임 중인 임태평이라 하 오."

"관인?"

"그렇소."

중년의 남자, 임태평은 다름 아닌 관인(官人: 관에서 벼슬을 맡은 자)이었다.

그가 입고 있는 파란 비단옷의 은빛 관대는 관인들에게 주어지는 출타복이었다.

임태평이 기절해 있는 젊은 여자를 가리키며 말했다.

"그녀는 본관의 부관인 윤란이란 자요."

뜻밖의 만남에 설유라와 모용월야가 의아한 표정을 지었다.

중원의 삼대금지 지역 중 하나인 절곡에 관인들이 무슨 일로 들어온 것일까.

설유라가 문득 생각났는지 임태평에게 물었다.

"아! 그런데 원래 일행이 한 분 더 있지 않았나요?"

그녀가 기억하기로 객잔에서 그들은 세 명이었다.

셋이서 식사를 하고 있었는데, 지금은 둘만 있으니 의아했다.

그녀의 질문에 임태평의 안색이 어두워졌다.

"그것이……."

임태평은 뭔가 스스로도 믿기지 않는다는 표정을 지었다.

바로 그때였다.

꿈틀!

"엇?"

뭔가가 바닥에서 움직였다.

놀란 그들이 그것을 피해 주위로 산개했는데, 그것은 다름 아닌 잘린 팔이었다.

윤란이라 불린 여자 부관의 잘린 팔이 꿈틀거리며 움직이기 시작한 것이었다.

"이… 건 대체 뭐야?"

모용월야가 잘린 팔이 움직이는 것을 보며 징그럽다는 듯이 인상을 찌푸렸다.

마치 살아 있는 것처럼 잘린 팔이 막 움직여댔다.

이상한 것은 팔의 핏줄이 보기 흉할 정도로 검게 변색되어 있었다.

"아아!"

파악!

신음을 내는 찰나에 갑자기 움직이던 팔이 튀어 올라 설유라를 덮쳤다.

당황한 설유라가 뒤로 신형을 날리며 그것을 피했다.

"악!"

잘린 팔이 팔짝팔짝 뛰어올라 개구리처럼 설유라를 노리니 당황한 그녀가 소리를 지르며 피했다.

아무리 무림인이더라도 그녀 역시도 한 명의 여자였다.

무섭고 당황스러울 수밖에 없었다.

"제기랄!"

푹!

그때 모용월야가 잘린 팔에 검을 쑤셔 넣었다.

바닥에 꽂힌 잘린 팔은 움직임을 멈추는 듯하더니 계속해서 꿈틀댔다.

믿을 수 없는 광경이었다.

"대, 대체 이게 뭔가요?"

놀라서 호흡이 거칠어진 설유라가 묻자 군관 임태평이 고개를 저었다.

그 역시도 이 안개 숲에 들어와서 처음 겪는 일이었다.

"…본관도 잘 모르겠소. 단지 이것 때문에 부관의 팔을 자른 것이오."

"아!"

군관 임태평이 뜬금없이 부관의 팔을 자른 것을 이상하게 생각했던 그들은 의문이 풀렸는지 고개를 끄덕였다.

임태평이 아직도 떨림이 멈추지 않는지 크게 숨을 내쉬며 말했다.

"후우… 뭐라고 얘기해야 할지 모르겠소."

군관인 임태평은 운남 태수부 소속으로 태수의 명으로 이곳에 파견을 나왔다고 했다.

그 역시도 이곳 절곡이 삼대금지임을 알기에 꺼름칙했지만 상관의 명이기에 어쩔 수 없었다.

"상관이 부하를 사지로 보낸 셈이네. 말세군, 킥."

"모용 공자!"

"……."

임태평을 비아냥거렸던 모용월야는 설유라의 다그침에 입을 꾹 닫았다.

기분이 나쁠 만도 했지만 틀린 말이 아니었기에 임태평도 씁쓸한 표정이 되었다.

임태평이 계속 말을 이었다.

그는 상관의 명을 받고 부관 둘을 이끌고 절곡으로 왔다.

사실 더 많은 부하를 데리고 가고 싶었으나, 절곡으로 간다는데 누가 따라가려 하겠는가.

"뭐, 어찌어찌 부관 둘을 데리고 이 숲에 들어왔는데……."

한참을 가던 차에 숲에서 뭔가를 긁는 소리가 들렸다고 한다.

이상함을 느낀 그들은 소리가 들려온 곳으로 향했다.

그런데 그곳에 도착해 보니 형상을 알아보기 힘든 사람 형태의 뭔가가 나무를 손톱으로 긁고 있었다.

"누더기 같은 것을 걸치고 있는데… 이게 정말 사람인지 짐승인지 분간이 가지 않았소."

더욱 이상한 것은 그 정체 모를 괴인에게서 시체가 썩는 냄새가 났다.

그 냄새가 어찌나 지독했는지 코를 막아도 견디기 힘들 정도였다.

"그런데 나무를 긁고 있던 그 괴인이 갑자기 우리를 향해 달려드는 게 아니겠소."

사람인지도 모를 것이 달려드는데 당황하지 않을 리가 없었다.

놀란 그들은 몸을 돌려서 도망을 쳤다.

한데 한참을 숲을 가로질러 뛰던 차에 부관 한 명이 용기가 생겼는지, 뒤를 돌아 갑자기 그 괴인을 향해 도를 휘둘렀다.

"강 부관은 정말 용감했지. 그런데… 그냥 도망쳤으면 좋을 뻔했구려."

괴인은 부관이 휘두른 도에 베였음에도 계속 움직였다고 한다.

한참을 도망쳤기에 지쳤던 부관의 행동이 더뎌지자 괴인이 갑자기 부관의 어깨를 물었다.

놀란 임태평이 도를 휘둘러 괴인의 팔을 베었다.

"팔이 베였는데도 그 괴인은 움직이는 것을 멈추지 않았소."

부관의 어깨를 물어 뜯은 괴인은 그것을 질근질근 씹어 먹으며 이번에는 임태평을 향해 달려들었다.

다행스러운 점은 그 뒤편에 절곡의 계곡의 낭떠러지가 있었다.

임태평은 괴인을 유인해 계곡의 낭떠러지로 발로 차 떨어뜨렸다.

"용케 그런 생각을 했네요?"

"생각보다 그 괴인이 멍청했소. 마치 소리나 냄새에만 반응하는 것처럼 달려들기에 유인을 해서 발로 차니 그대로 떨어지더이다."

어찌어찌 위기를 넘긴 임태평은 어깨를 물어 뜯긴 부관의 상태를 살피러 갔다.

어깨 부위의 출혈이 굉장히 심했다.

지혈을 하기 위해 부관의 상의를 벗기고 피를 닦았다.

그런데 그 물어 뜯긴 상처 부위를 중심으로 가슴까지 핏줄이 검게 물들더니 툭툭 튀어나왔다. 그 모양이 꼭 독에 중독된 것 같았다.

"피를 닦아내고 상처 부위에 물을 붓는데 갑자기 강 부관의 입에서 짐승 같은 소리가 났소."

"짐승의 소리요?"

이상함을 느낀 임태평이 그의 얼굴을 쳐다보았다.

"눈이 빨개지고 얼굴이 괴물처럼 뒤틀려 있었소. 너무 놀라

서 상처 부위에 물을 붓고 있는 윤 부관에게 떨어지라고 소리
치는데."

강 부관이 순식간에 윤란의 오른팔을 물어버렸다.

갑작스럽게 벌어진 사태에 임태평이 선택한 결정은 극단적
이었다.

임태평은 도를 빼 들어 강 부관의 목을 쳤다.

"선택의 여지가 없었소. 그런데 더 놀라운 일은……."

목을 베어냈는데 강 부관의 몸이 여전히 살아 움직이는 것
이었다.

강 부관의 살아 있는 몸이 임태평에게 달려들어 그의 목을
조르려 했다.

"목을 베었는데… 움직이다니 그게 어떻게 가능한 거죠?"

설유라가 이해할 수 없다는 듯이 물었다.

임태평이라고 그것을 알 리가 만무했다.

임태평은 기지를 발휘해 미친 듯이 달려드는 강 부관의 몸
을 절벽으로 유인했다.

강 부관의 몸이 자신을 향해 달려오는 순간, 옆으로 피했
다.

그렇게 위기를 벗어난 그들은 절벽을 벗어나 이곳으로 왔
다.

"그리고 보는 바와 같이 윤 부관의 물렸던 오른팔이 중독된

것처럼 변색되기에 결국 잘라낸 것이오."

아까의 비명 소리는 그녀의 팔을 자르면서 난 소리였던 것이다.

"하아……."

이야기를 마친 임태평이 지쳤다는 듯이 긴 숨을 내쉬었다.

윤란의 잘린 오른팔은 검에 꽂혀 있음에도 여전히 꿈틀거리고 있었다.

알 수 없는 괴이한 현상에 모두가 침묵할 수밖에 없었다.

연달아 위기를 겪으면서 제대로 숨을 돌리지 못했던 그는 이제야 화가 났는지 상기된 얼굴로 투덜거렸다.

"그딴 의원 놈이 뭐가 중요하다고 이런 사지로 보내서… 칫."

"네? 잠깐만요? 방금 의원이라고 했나요?"

설유라가 의원이라는 말에 놀라서 물었다.

그러자 임태평이 당황한 듯 자신의 입을 막았다.

관인들이 맡은 임무는 민간인들에게 공개되어서는 안 되기 때문이었다.

"미안하오. 본관이 본의 아니게 말실수를 했는데, 이건 태수님이 직접 명하신 임무라 알려줄 수 없소."

"중요한 얘기입니다. 부디 알려주세요!"

덥석!

"헛!"

설유라가 그의 손목을 잡고 부탁하자 임태평은 당황스러웠는지 얼굴을 붉혔다.

태수부에서 일하면서 궁녀들을 비롯해 아름다운 여인들을 많이 봤다고 자부해 왔지만 단언컨대 그녀의 아름다움은 그들과 비교할 수 없을 정도였다.

"아, 아니… 이러면 안 되는데……."

"쯧."

설유라가 손목을 잡은 것만으로 쑥스러워하는 임태평을 보며 모용월야가 혀를 찼다.

여자의 외모에 관심이 없는 그는 도통 이해가 가지 않았다.

바로 그때였다.

벌떡!

기절해 있던 부관 윤란이 깨어나 몸을 일으켰다.

모두의 시선이 그녀에게로 향했다.

그러나 부관 윤란의 모습은 임태평의 알고 있던 예전의 그녀가 아니었다.

마귀처럼 흉측하게 뒤틀린 얼굴에 붉게 물든 눈.

"<u>크르르르르</u>"

짐승 같은 울음소리.

그것은 괴인 그 자체였다.

"…젠장."

모용월야의 입에서 거친 소리가 튀어나왔다.

38장
괴인

괴인으로 변해 버린 윤란의 모습을 본 임태평은 절망스러웠다.

물린 부위와 상관없이 팔을 통째로 과감하게 베어냈다.

감염되어 변이하는 것을 막기 위해서였는데 시간이 약간 지체된 것 외에는 아무 효과가 없었다.

"크르르르르!"

괴인으로 변한 윤란이 짐승처럼 울어대며 그들을 노려보았다.

그러더니 갑자기 임태평을 향해서 달려들었다.

"으아아아!"

임태평이 놀라서 도를 뽑아 들어 그녀에게 마구잡이로 휘둘렀다.

괴인으로 변한 윤란은 도를 피할 생각이 없는지, 멈추지 않고 그에게 달려들었다.

촤악!

덕분에 그녀의 상체가 횡으로 그대로 베여 나갔다.

하지만 베인 부위가 얕았다.

통증을 전혀 느끼지 못하는 것처럼 날카로운 이빨을 보이며 임태평을 물려고 했다.

"칫! 이 괴물이!"

퍽!

그때 모용월야의 신형이 날아와 윤란의 옆구리를 발로 찼다.

내공이 실린 발차기에 차인 윤란의 몸이 부웅 하고 날아가 버렸다.

날아간 몸뚱이에 부딪친 나무 기둥이 그대로 부러져 나갔다.

"고, 고맙소!"

한순간에 괴인에게 물릴 뻔했던 임태평이 고마움을 표했다.

'역시 무림인이로구나.'

어젯밤에 객잔에서 모용월야가 소란을 피우는 것을 보았기에 무림인인 것은 얼핏 알고 있었다.

사람이 발차기 한 방에 저리 날아가는 것을 보니 신기했다.

"크르르르르!"

"엇? 멀쩡하잖아?"

그러나 괴인으로 변한 윤란은 아무런 타격을 받지 않은 듯 멀쩡히 일어났다.

목표를 임태평으로 잡았는지 기괴하게 소리를 지르며 달려 왔다.

"우아아아아악!"

당황한 임태평이 기겁을 하며 뒷걸음을 치다 바닥에 넘어졌다.

군관이라고 하나 이런 괴기스러운 일을 겪으니 제정신일 수가 없었다.

"킥, 좋아. 그럼 팔다리를 전부 잘라도 움직이나 보자!"

모용월야가 혀를 날름거리며 임태평이 흘린 도를 주워 들었다.

자신의 검을 뽑으면 윤란의 오른팔이 팔짝 뛰면서 달려들 것이 뻔했다.

도를 잡은 모용월야가 내공을 끌어 올리자 도기가 치솟았다.

"합!"

모용세가의 도법인 응익도법(鷹翼刀法)의 삼 초식인 응익팔격이었다.

여덟 방위로 도의 참격을 일으켜 공격하는 초식이었다.

모용월야의 도에서 뻗어 나온 도기가 윤란의 여덟 방위로 쇄도했다.

촤촤촤촤악!

여덟 갈래로 나뉜 도기가 그녀의 몸을 파고들며 윤란의 육신이 여덟 조각으로 잘려 나갔다.

잔인한 광경에 임태평이 눈을 질끈 감았다.

"아? 피 색깔이?"

검었다.

육신이 잘려 나가면서 사방으로 피가 튀었는데 기분 나쁜 검은색을 띠었다.

바닥에 떨어진 윤란의 시체 조각들이 꿈틀거리다 이내 멈췄다.

마찬가지로 모용월야의 검에 꽂혀 있던 오른팔도 더 이상 움직이지 않았다.

"몸을 다 자르니 죽는군, 흥."

모용월야가 검을 빼내서 시신의 옷가지에 닦아냈다.

"우욱! 우엑!"

비위가 상한 임태평이 결국 토했다.

군관으로 지내면서 꽤 많은 시체를 접했지만 이런 끔찍함은 처음이었다.

설유라 역시도 눈살을 찌푸리며 코밑을 소매로 가렸다.

윤란의 시체에서 나온 검은 피에서 풍기는 냄새가 굉장히 역겨웠다.

'아아… 이래서 절곡이 위험하다는 것인가?'

처음 겪는 괴이한 일에 그녀는 그제야 절곡의 위험함을 깨달았다.

애초에 반대를 무릅쓰고 들어왔으니 불평불만을 할 처지는 아니었다.

설유라가 속을 게워내고 입가를 닦고 있는 임태평에게 말했다.

"임 군관님, 여기서 이럴 게 아니라 일단 숲 밖으로 나가는 것이 좋겠군요."

군관이라고 해도 무공을 전혀 할 줄 모르는 임태평이 버티기에는 이 절곡은 위험했다.

그리고 그에게 약선의 행방도 물어봐야 했다.

"헉… 헉… 그래야겠소."

임태평이 동의하는지 연신 고개를 끄덕이며 말했다.

어서 빨리 이 숲에서 벗어나고 싶었다.

그런데 모용월야의 반응이 이상했다.

어딘가를 뚫어지게 쳐다보고 있었는데, 의아해진 그녀가 모용월야를 불렀다.

"모용 공자?"

"설 소저, 제 눈이 잘못된 게 아니겠죠?"

"넷? 대체 뭐 때문에… 아!"

설유라는 모용월야가 쳐다보는 방향을 바라보았다가 기겁을 하고 말았다.

우거진 안개 숲이라 뿌옇게 보였지만 분명 수많은 인영이 보였다.

그런데 하나같이 괴이한 자세로 움직였다.

"…설 소저, 아무래도 피해야 할 것 같은데요."

설유라가 자신도 모르게 침을 꿀꺽 삼켰다.

저게 만약 괴인이라고 한다면 그 수가 헤아리기 힘들 만큼 너무 많았다.

불길한 예감은 틀린 적이 없다고 했던가.

멀리서 보였던 수많은 인영이 그들을 향해 미친 듯이 달려오고 있었다.

"크르르르!"

"크와아아아앙!"

누더기와 같은 것을 걸치고 있는 괴인들이었다.

붉은 눈만이 선명한 괴인들이 짐승 같은 괴성을 지르며 달려왔다.

"도, 도망가요!"

설유라가 괴인들이 달려오는 반대편으로 경공을 펼쳤다.

그녀를 따라서 다급하게 경공을 펼치려던 모용월야는 울상이 되어서 도망치는 임태평을 낚아챘다.

"헉!"

임태평이 놀라서 자기도 모르게 버둥거렸다.

그런 임태평의 감싸고 있는 허리에 더욱 힘을 주며 모용월야가 신경질을 냈다.

"젠장! 흔들리면 놓치니깐 가만히 있어!"

"아, 알겠소!"

졸지에 임태평은 모용월야의 옆구리에 껴진 채로 도망가게 되었다.

단지 불편한 것이 있다면 거꾸로 들려서 괴인들이 미친 듯이 달려오는 모습이 너무 선명하게 보였다.

그들이 그렇게 괴인들을 피해 도망치고 있을 무렵.

절곡의 상류에서 조금만 내려가면 높이가 장장 사십 장에 이르는 큰 폭포가 있다.

시원하게 떨어지는 폭포는 가히 절경이었다.

폭포의 옆쪽 편으로 돌아가면 계곡의 밑으로 내려가는 경사길이 있었다.

한데 경사길을 타고 내려가는 길목에 급하게 경공을 펼치며 앞다퉈 가는 이들이 있었다.

그들은 어젯밤 절명 객잔에 투숙했던 서무림의 젊은 무림인들이었다.

"헉헉!"

온몸이 검은 핏자국들로 가득한 걸로 보아, 그들 역시도 설유라들이 조우했던 괴인들과 이미 마주한 것 같았다.

한참을 도망쳤는지 계곡의 밑으로 내려온 그들은 기진맥진해 있었다.

제일 체력이 약한 아미파의 속가 제자 금옥윤이 지친 듯 자갈 바닥에 주저앉았다.

"헉헉… 금 매, 괜찮아?"

맹파도 공찬이 걱정스러운 눈빛으로 그녀에게 물었다.

그러자 금옥윤이 황당하다는 말투로 공찬에게 말했다.

"공 소협! 제일 먼저 도망쳤으면서 누굴 걱정하는 거예욧!"

이른 새벽, 절곡의 안개 숲에 들어온 그들은 정체를 알 수 없는 괴인들과 조우했다.

붉은 눈을 번뜩이며 괴물 같은 얼굴을 가진 괴인들의 등장에 놀랐지만 그들은 용감하게 괴인들을 상대했다.

"하지만 그 괴물 같은 것들이 죽지 않는 걸 금 매도 봤잖아? 대체 그것들은 뭐지?"

"어휴!"

처음에는 자신만만하게 상대했지만 상처를 입어도 고통을 느끼지 못하고, 팔다리를 베었는데도 멀쩡히 움직여서 자신들을 덮치는 괴인들에 공포를 느끼고 말았다.

결국 그들과 한참을 싸우던 와중에 가장 먼저 몸을 내뺀 것이 공찬이었다.

제일 용감할 것 같던 그가 도망가자 다른 청년들이라고 끝까지 괴인들과 싸울 리가 없었다.

뒤따라 차례대로 도망을 친 것이었다.

다행스러운 점은 괴인들이 경공을 펼치는 만큼 빠르진 않다는 점이었다.

"쿨럭쿨럭… 죽어라 경공을 펼쳐본 것도 정말… 오랜만인 것 같소."

기침을 하는 연비검 진고명의 입에 피가 묻어 있었다.

어젯밤 모용월야에게 내상을 입은 탓에 공력을 끌어 올리는 것이 불안정한 진고명이었다.

"진 소협… 많이 힘들죠?"

가슴에 입은 내상이라 적어도 이삼 일은 운기조식을 취해야 치료가 가능했다.

그러나 설유라들과 마주치기 싫었던 그들 일행은 쉬지 않고 서둘러 절곡으로 들어왔다.

그것을 보챘던 것이 금옥윤이었기에 진고명에게 미안한 마음이 들었다.

"아니오. 금 매가 걱정할 정도는 아니니… 쿨럭쿨럭!"

생각보다 내상이 지독했다.

밤새 운기조식을 했는데도 가슴의 응어리를 뱉어내지 못했다.

'내공이 보통이 아니구나. 나보다도 어려 보였는데, 모용세가는 모용세가야.'

그와 제대로 붙었어도 과연 이길 수 있을까 의문이 들었다.

욱씬!

"큭."

갑자기 느껴지는 통증에 진고명이 문득 자신의 왼쪽 다리를 내려다보았다.

옷이 피로 물들어 있었다.

도망치느라 미처 신경 쓰지 못했는데, 그 괴인들 중에 하나가 다리를 물어 뜯었다.

이상했다.

괴인들은 걷잡을 수 없는 식욕이라도 가진 것 같았다.

날카로운 이빨을 가진 그들은 입을 벌리고 어떻게든 자신들을 물어보기 위해 덤벼들었다.

"진 소협 괜찮나요? 금창약이 있으니 한번 봐요."

"…괜찮소. 버틸 만하오."

"보자니까요!"

"아, 알겠소."

머쓱해진 진고명이 조심스럽게 왼쪽 발목의 끈을 풀고 바지를 걷어 올렸다.

금옥윤이 물린 부위를 살펴보았다.

"피는 지혈된 것 같네요. 그런데… 응?"

금옥윤은 진고명의 상처 부위를 보며 인상을 찌푸렸다.

피는 어느새 멈춰 있었는데, 물린 부위를 중심으로 살에 비치는 핏줄이 검게 변색되어서 퍼져 나가고 있었다.

"이상하네요. 꼭 독에 중독된 것 같이……."

"그렇네. 진 형, 아프지 않소?"

뒤에 앉아 있던 공찬이 진고명의 물린 상처 부위가 걱정되었는지 물었다.

진고명이 고개를 저었다.

"솔직히… 좀 많이 아프오."

상처 부위는 마치 불로 달군 쇠꼬챙이로 지지는 것처럼 아팠다.

그리고 갈수록 그 부위가 넓어져 가는 느낌이었다.

보기 흉해지는 상처 부위를 보며 잠시 머뭇거리던 금옥윤
이 이내 금창약의 연고를 떠서 발라주었다.

"됐다."

"금 매한테 장가가는 남자는 참 복 받은 사람일 거야, 하하
핫."

눈치 없는 공찬의 농담에 금옥윤이 그를 흘겨보며 소리쳤
다.

"헛소리하지 말고 공 소협이 천이라도 상처 부위에 묶어줘
요."

"천?"

찌익!

"헛……."

금옥윤이 자신의 치맛자락을 일부 찢어서 공찬에게 넘겼
다.

덕분에 찢어진 옷 사이로 보이는 그녀의 맨다리에 공찬이
괜히 부끄러웠는지 얼굴을 붉히며 그것을 받아 들었다.

그러나 막상 받긴 했는데, 붕대를 매본 적이 없었는지 서툴
렀다.

"에휴, 내가 하리다, 공 형."

답답했는지 일행 중 한 명인 오호단문의 탁자성이 나서서
본인이 하겠다고 했다.

같이 여정을 한 지가 벌써 몇 개월에 이른다.

일행들의 대다수가 그가 말만 앞서고 행동이 서투른 것을 잘 알고 있다.

"고, 고맙네, 탁 형."

그 모습에 금옥윤이 고개를 절레절레 흔들었다.

탁자성이 다가와 천을 받아 진고명의 오른 다리 허벅지에 감기 시작했다.

상처 부위를 통해 퍼져 나간 검은 핏줄이 어느새 오른쪽 다리 전체로 퍼져 나가 있었다.

탁자성이 인상을 찌푸리며 말했다.

"으으, 상처 부위가 검게 퍼져 나가는 걸 막아야 하니 조금 세게 감겠소, 진 형."

그런데 진고명이 아무 말이 없었다.

"괜찮소? 진 형?"

바로 그 순간 탁자성의 목에 날카로운 이빨들이 파고들었다.

콱!

"컥컥!"

갑작스럽게 목을 물리자 탁자성이 당황해서 아등바등거렸지만 소용없었다.

당황한 일행들이 놀라서 소리쳤다.

"지, 진 형! 무… 무슨 짓이오!"

"진 소협!!!!"

탁자성의 목을 물은 것은 다름 아닌 진고명이었다.

"크르르르르!"

콰직!

진고명이 짐승 같은 소리를 내며 이빨이 파고든 살점을 물어 뜯어버렸다.

푸슉!

피가 분수처럼 뿜어져 나왔다.

날카롭게 변한 진고명의 이빨에 목의 삼분지 일이 뜯겨져 나가고 말았다.

"끄그그그그그."

피가 터져 나오는 자신의 목을 붙잡고 탁자성이 어이가 없다는 눈빛을 짓더니 이내 바닥에 머리를 박고 쓰러졌다.

그야말로 개죽음이었다.

"대체 이게 무슨 해괴한……."

"진… 소협?"

너무도 갑작스럽게 벌어진 일에 그들은 당혹스러웠다.

진고명의 입에서 나오는 소리는 더 이상 사람에게서 나오는 목소리가 아니었다.

그것은 짐승에 가까웠다.

"크르르르르르."

붉은 안광에 괴물같이 변해 버린 진고명의 얼굴을 보며 그들은 경악했다.

그 모습은 마치 아까 전, 자신들을 습격했던 정체 모를 괴인들과 닮아 있었다.

금패장에서 금지옥엽으로 아끼는 독녀, 금옥윤은 서무림의 다른 젊은 무림인들에 비해 유복하고 평화로운 유년기를 보냈다.

검문이 무림 제패를 위해 각 문파들과 전쟁을 일으켰을 무렵 금패장은 빠른 상황 판단으로 피해를 줄일 수 있었다.

금패장은 검문이 정파 문파를 통합하는 시점에서 곧바로 지원을 자청했다.

서무림 상계에서 다섯 손가락 안에 드는 금패장의 지원을 검문이 마다할 리가 없었다.

덕분에 검문은 좀 더 재정적인 기반이 안정화되고, 금패장은 검문의 위세를 등에 업고 서무림의 상계를 장악할 수 있었다.

그런 금패장 울타리 안에서 풍파를 겪어본 적이 없었던 금옥윤은 처음으로 제대로 된 고생을 맛보고 있었다.

"헉헉!"

거친 호흡을 내뱉으며 있는 힘을 다해 달리는 금옥윤.

내공은 바닥이 나서 경공을 펼칠 기운조차 없었다.

이렇게 달리는 것도 어떻게든 살아남기 위한 강렬한 생존 본능 때문이었다.

"아악!"

한참을 달리던 그녀가 넘어져서 바닥을 뒹굴었다.

옷의 팔꿈치 부분이 피로 붉게 물들었다.

처음 절곡에 들어설 무렵만 하더라도 단정한 복색이었다.

그러나 지금은 어찌나 굴렀는지 머리부터 발끝까지 흙먼지 와 피투성이었다.

"헉… 헉… 금 매! 괜찮아?"

바닥에 엎어진 금옥윤을 누군가 일으켜 세웠다.

그는 맹파도 공찬이었다.

지칠 대로 지친 그녀가 공찬의 팔을 붙들고 겨우 일어났다.

"하아… 금 매, 일단 놈들을 따돌린 것 같으니까 잠시만 숨 을 돌리고 가자."

공찬 역시도 내공이 바닥을 친 지 오래였다.

그녀와 같이 반 시진가량을 쉬지 않고 뛰었더니 다리가 후 들거렸다.

내공이 없이 뛰는 게 얼마나 힘든지 새삼 느꼈다.

털썩!

금옥윤은 정말 힘들었는지 바닥에 주저앉아 무릎을 모으

고 머리를 숙였다.

어쩌다 이런 상황까지 왔는지 견디기 힘들었다.

"금 매……."

공찬은 자신도 지쳤지만 피폐해진 그녀의 모습을 보니 안쓰러웠다.

금옥윤의 헝클어진 머리를 그가 쓸어 넘겨주려 했다.

탁!

그녀가 단번에 그 손을 쳐냈다.

공찬이 무안한 표정으로 손을 내렸다.

"공 소협, 허튼수작 부리지 마요!"

금옥윤의 단호한 한마디에 공찬이 머쓱했는지 머리를 긁적였다.

이런 상황 속에서도 조금만 틈을 보이면 뭔가를 해보려 드는 공찬의 태도는 선의이든 악의이든 마음에 들지 않았다.

'하필 이런 반푼이랑 살아남다니…….'

금옥윤은 한숨을 푹 내쉬었다.

그러면서 자신의 처지를 생각하니 눈물이 나올 것 같았다.

진고명이 괴인으로 변하면서 모든 것이 엉망이 되고 말았다.

"아! 공 소협… 혹시 아까 전에 물리거나 하진 않았겠죠?"

"무슨 소리야, 그놈들의 몸에 손끝 하나 닿지 않았다고!"

공찬이 정색을 하면서 몸을 회전해 보이며 아무 곳도 물리지 않았음을 확인시켜 주었다.

그 모습을 금옥윤이 한심하다는 듯이 쳐다보았다.

"네… 그러시겠죠."

겁에 질려서 멀찌감치 떨어져서 도만 휘둘렀으니 말이다.

맹파도(猛波刀)라는 별호가 부끄러울 만큼 겁쟁이였다.

누가 지었는지 궁금해질 지경이었다.

'하긴 본인 입으로 맹파도라고 소개했으니……'

그녀가 고개를 절레절레 흔들었다.

금옥윤은 아까의 기억을 떠올리면 끔찍하기만 했다.

목이 뜯겨 나가서 죽음을 당한 탁자성을 시작으로 다른 일행 한 명은 진고명을 제압하려다 당했다.

당했다는 것은 죽었다는 말이 아니었다.

'대체 이게 무슨 영문이란 말이야, 흑.'

진고명에게 물린 일행 둘은 얼마 있지 않아 괴인으로 변했다.

마치 처음부터 그랬던 것처럼 그들은 괴물 같은 얼굴에 눈동자조차 보이지 않는 붉은 눈이 되었다.

그것을 떠오르면 온몸에 소름이 돋았다.

"그런데 금 매, 이상하지 않아?"

그녀의 눈치를 보던 공찬이 조심스레 말을 걸었다.

금옥윤이 잠시 대답을 하지 않고 그를 바라보았다.

그가 한심하고 싫었지만 지금 유일하게 의지할 만한 사람은 공찬뿐이었다.

물론 심적으로다.

"…뭐가요?"

"우리가 처음 대면했던 그 괴인들 기억나?"

"기억이 안 날 리가 있나요?"

아무리 찌르고 베어도 죽지 않는 괴인들이었다.

괴인들을 상대하다가 결국 포기하고 도망가게 되었던 그들이었다.

"그래도 처음 만났던 그놈들은 그럭저럭 상대할 만했잖아."

'…니가 할 말을 아닌데……'

순간 욱하고 올라올 뻔했지만 그녀는 참았다.

그런데 생각해 보면 그 말이 맞긴 했다.

처음에 만났던 괴인들은 보통 사람들에 비해서 힘이 세고 죽지 않아서 당황스럽긴 했지만 무공을 익힌 무림인에 비한다면 강하다고 볼 순 없었다.

"그런데 진 형이랑 탁 형, 오 형들은 아니었잖아."

괴인으로 변한 그들은 처음 만났던 괴인들과 차원이 달랐다.

이성이 있는 존재처럼 정묘한 초식을 펼치는 것은 아니었지만 움직임이 어지간한 일류 고수들에 육박할 정도로 빠르고 강해졌다.

그중에 절정을 앞두고 있는 진고명이 변한 괴인은 보통이 아니었다.

무공 실력은 일류 고수에 불과했지만 내공만큼은 각종 영약으로 강하다고 자부하는 그녀의 일검이 괴인의 몸을 관통하지 못했다.

"그래서 말인데 금 매… 혹시 그 괴인들, 어쩌면 강시……."

푹!

"컥!"

"꺄아아아아악!"

공찬의 말이 끝나기도 전에 그의 어깨를 꿰뚫고 무언가가 튀어나왔다.

그것은 녹이 슬긴 했지만 뾰족한 창이었다.

그렇게 도망치며 상처 한 번 나지 않으려고 용을 썼는데 한순간에 물거품이 되었다.

"쿨럭!"

"고, 공 소협! 괜찮아요?"

공찬의 입에서 피가 흘러내렸다.

창끝에는 공찬의 살점이 통으로 뜯겨져 대롱대롱 걸려 있었다.

"그… 금 매, 나… 너무 아파……."

"공 소협! 가만히 있어요! 창을 뽑으면 죽을 수도 있어요!"

어깨가 관통되었으니 아프지 않을 리가 없었다.

놀란 그녀가 공찬의 창에 꿰뚫린 어깨 부위를 살피려 했다.

"크르르르르!"

하지만 뒤에서 보이는 괴인들을 바라보고는 망연자실해졌
다.

따돌렸다고 생각했던 진고명이 변한 괴인 말고도 다른 괴인
들마저 이끌려 와 있었다.

"…너무 많아요. 공 소협, 공 소협?"

그녀가 공찬의 몸을 흔들었지만 아무 반응이 없었다.

출혈과 고통을 이기지 못한 공찬은 그녀에게 기댄 채 혼절
하고 말았다.

"아아……."

그녀의 눈망울에 눈물이 고였다.

이제는 정말 도망칠 여력도 없었다.

두려웠다.

죽는 것도 두려웠지만 저런 괴인들에게 물어 뜯겨서 죽거
나 같은 괴인이 되는 것이 더 두려웠다.

괴인들은 그런 그녀의 두려움을 배려하지 않았다.

그들이 일제히 그녀와 공찬을 향해 미친 듯이 달려들었다.

"꺄아아아아아악!"

겁에 질린 금옥윤이 두 눈을 질끈 감고 비명을 질렀다.

바로 그 순간이었다.

촤악! 촤악! 촤악!

경쾌하게 뭔가가 베이는 소리가 그녀의 귓가로 울려 퍼졌다.

당연히 자신의 살을 파고들 것이라 여겼던 괴인들의 이빨이 아닌 검을 휘두르는 소리에 놀란 그녀가 감았던 눈을 떴다.

믿기지 않는 일이 일어났다.

그들을 향해 날카로운 이빨을 내밀며 달려들던 그 많은 괴인들의 몸이 조각이 나서 바닥을 뒹굴고 있었다.

"아……."

금옥윤은 눈앞에 괴인들로부터 자신들을 가로막고 있는 존재를 멍하게 바라보았다.

흑색 장포를 걸치고 있는 한 사내의 등이었다.

'이… 이 사람은 누구지?'

그녀가 의아해하던 찰나에 사내가 고개를 돌려서 그녀를 쳐다보았다.

사내의 얼굴을 바라본 그녀가 더욱 멍한 표정이 되었다.

흑색 장포를 걸치고 있는 청년은 젊고 훤칠했다.

심연이 가득한 청년의 눈빛은 그가 끝없는 역량을 지녔음을 보여주고 있었다.

그는 다름 아닌 천마였다.

얼마 전까지 마교에 있던 그가 절곡으로 온 것이었다.

그것은 현화단주 매선화의 설득이 실패했음을 의미했다.

"쯧, 헛다리를 짚었군."

천마는 비명 소리를 듣고 그 방향으로 곧장 경공을 펼쳐왔는데, 내심 기대했던 이가 없으니 실망을 감추지 못했다.

여든 가까이를 먹은 노인이 이 젊은 애송이들일 리가 없었다.

"앗! 위험해요!"

"크르르르르!"

금옥윤이 놀라서 천마에게 소리쳤다.

천마의 뒤로 진고명이 변한 괴인이 달려든 것이었다.

콱!

"캬캭캭캭."

놀라운 광경이 벌어졌다.

천마는 달려드는 괴인의 목을 오른손으로 움켜잡았다.

목이 잡힌 채 몸이 들린 괴인은 아등바등 몸을 움직이려 했지만 소용이 없었다.

마치 아이가 어른에게 붙잡혀 있는 것과 같은 느낌이었다.

"세상에……."

그녀의 입에서 탄성이 흘러나왔다.

천마가 자신의 손에 잡혀서 아등바등거리는 괴인을 쳐다보며 말했다.

"흠, 이놈은 잠력이 제법 세군."

절곡으로 들어오면서 안개 숲 쪽에서부터 꽤 많은 괴인들을 마주한 천마였다.

여태까지 만난 괴인들 중에서 가진 힘이 무림인에 버금갈 정도로 강했다.

그러나 천마에게는 여전히 아이와 같았다.

"크캬캬캬캬!"

아등바등하던 괴인이 천마를 날카로워진 손톱으로 긁으려 했다.

그러나 천마가 손에 힘을 주자 괴인의 목이 그대로 척추째로 뽑혀져 나오고 말았다.

가히 엄청난 괴력이었다.

"우욱!"

얼굴이 괴물로 변했다고 하나 진고명임을 알고 있었던 금옥윤은 속이 올라왔다.

천마가 그런 괴인의 수급을 던지고 손가락으로 긋는 시늉을 하자 머리가 반으로 갈라졌다.

'고수? …강하다. 이 남자 너무 강해.'

아무리 봐도 자신과 동년배로 보이는 남자였는데 말도 안 되는 강함을 지녔다.

금옥윤 자신을 비롯해 서무림에서 이름을 날리던 젊은 무림인들조차 어찌 못 한 괴인들을 너무 쉽게 죽여 버렸다.

"어이, 계집."

"네… 넷?"

천마의 거친 부름에 금옥윤이 놀라서 화들짝 답했다.

그러나 천마가 뭔가를 말하기도 전에 죽은 거라 여겼던 척추가 뽑힌 괴인의 몸이 흐느적거리며 천마를 덮쳤다.

"젠장, 더럽게 귀찮게 만드는군."

콱!

천마의 손이 괴인의 복부의 위쪽을 파고들었다.

맨손으로 괴인의 몸을 뚫는 모습에 금옥윤의 두 눈이 커졌다.

'십 성 공력으로 검으로 아무리 찔러도 뚫리지 않았는데……'

너무 쉽게 맨손으로 살을 뚫으니 황당했다.

천마의 파고든 손이 괴인의 내부를 이리저리 휘젓더니 이내 빠져나왔다.

검은 고름과도 같은 핏덩어리와 함께 작은 핵이 들려 있었다.

"여기 있었군."

쿵쿵쿵!

핵은 마치 심장처럼 고동치고 있었다.

'저게 대체 뭐지?'

징그러워 보이는 핵의 모습에 금옥윤이 인상을 찌푸렸다.

천마가 손에 힘을 주자 일정하게 고동을 치며 뛰던 핵이 찌그러지며 터졌다.

그러자 괴인의 몸이 실이 끊어진 인형처럼 바닥으로 힘없이 쓰러졌다.

"죽… 었어?"

척추를 뽑아도 죽지 않고 움직이던 괴인으로 변한 진고명이 드디어 죽었다.

아무리 괴인으로 변했다지만 동료였던 남자가 완전히 죽었다고 생각하니 왠지 모르게 씁쓸해지는 그녀였다.

"에이, 뭔 놈의 피가 이렇게 끈적거려."

천마가 죽은 괴인이 입고 있는 옷에 고름같이 끈적거리는 피를 닦았다.

손을 닦은 천마가 다시 그녀에게로 다가왔다.

"그럼 다시 얘기해 볼까. 어이, 계집."

"네… 넷?"

죽을 위기로부터 구원을 받은 그녀는 안도하는 한편으로 천마에게서 느껴지는 묘한 심연과도 같은 어둠에 긴장의 끈을 풀지 못했다.

"혹시 여기서 약선이란 늙은이를 봤나?"

"약선이요?"

＊　　　　　＊　　　　　＊

운남과 귀주가 맞물리는 위치의 경계선에 절반을 넘게 차지하고 있는 곳이 절곡이다.

그만큼 절곡은 여느 계곡들보다도 그 규모가 크다고 할 수 있다.

절곡은 그곳을 들어가는 초입인 안개 숲과 폭포가 떨어지는 상류 지역, 그리고 잔잔하게 흐르는 중류 지역, 격랑이 치는 하류 지역으로 나뉠 수 있다.

괴인들에게 쫓겨서 도망치던 설유라와 모용월야, 그리고 임태평은 계곡의 중반부까지 내려와 있었다.

중반부에 이르러서야 그 많던 괴인들이 보이지 않았다.

상류 지역에서는 안개가 껴서 시야가 많이 불편했는데, 그나마 이곳은 시야가 탁 트여서 다행이었다.

더군다나 생각한 것보다 계곡의 경치가 절경이었다.

"하아, 괴인들이 여긴 없는 것 같네요. 이제 숨 좀 돌릴까요?"

"…부디 그러시죠."

모용월야가 퉁명스럽게 답했다.

그는 종일 임태평을 허리에 끼고 도망치느라 진땀을 뺐다.

군관이라고는 하나 괴물과도 같은 괴인들 앞에서는 무력하기 짝이 없었다.

말 그대로 짐짝이었다.

"에휴!"

모용월야가 신경질적으로 그를 바닥에 던지듯 내려놓았다.

쿵!

그의 허리에 껴 있던 것에 적응해 있던 임태평이 멍하게 있다가 바닥에 엎어졌다.

"어이쿠! 미, 미안하게 되었소이다."

사실 그도 좋아서 그랬던 것은 아니다.

하지만 무력하게 짐이 되었던 것을 부정할 수 없기에 사과했다.

"흥, 알긴 아는군."

모용월야는 짜증난다는 표정을 지으며 곧바로 운기에 들어갔다.

종일 경공을 펼친 것만으로도 내공 소모가 심했다.

무안해진 임태평이 괜스레 일어나서 넘어지면서 묻은 먼지를 털었다.

'그래도 덕분에 살았으니.'

어쩌면 이들의 도움이 없었다면 자신도 진즉에 저 괴인이 되었을지도 몰랐다.

고마움을 표현하기 위해 설유라에게 말을 걸려 했던 임태평이 잠시 움직임을 멈췄다.

그녀가 허리춤에 차고 있는 푸른 검집을 보고 있었기 때문이었다.

'사부님……'

설유라는 검집을 볼 때마다 스승인 북검황이 떠올랐다.

창천검이 없었다면 위기를 벗어나지 못했을 것이다.

괴인들을 피해서 도망치던 그들은 얼마 가지 못해 또 다른 괴인들의 집단과 마주했다.

'창천검에 그런 효능이 있었을 줄이야.'

창천검에 베인 괴인들은 다친 부위를 재생하지 못했다.

심지어 요혈을 가격하자 재처럼 타버렸다.

검문의 제자였지만 그녀는 창천검이 가진 모든 힘을 알지 못했다.

단순히 문파의 시조인 검선의 검이고, 만년한철로 주조된 보검이라고만 생각했었다.

'사형은 이런 걸 예측하고 검을 맡긴 것일까?'

창천검 덕분에 위기를 극복한 그녀는 내심 사형인 석금명이 고마워졌다.

그것이 의도된 것이 아닐지라도 도움이 된 것만은 확실했다.

"흠흠. 저기, 설 소저."

그때 그녀의 귀로 임태평의 목소리가 들려왔다.

"아! 죄송해요. 잠시 다른 생각을 한다고."

"죄송할 것까지야. 그저 고맙다는 인사를 하려 했소. 그대들이 아니었다면 본관도 꼼짝 없이 당했을 것이오."

임태평이 고개를 숙이고 진심으로 감사를 표했다.

관인에 대해서 좋은 인상이 없던 그녀는 의외라고 여겼다.

'생각보다 괜찮은 사람일지도 모르겠구나.'

그러나 고개를 숙인 임태평은 표정은 사뭇 달라져 있었다.

물론 진심으로 고마운 것도 있었지만 이런 아수라장에서 살아남기 위해선 설유라에게 잘 보일 필요도 있었다.

"그러고 보니 본관의 임무가 무엇인지 묻지 않았소?"

"네! 맞아요!"

괴인들에게 쫓기면서 미처 원래의 목적을 깜빡했던 그녀다.

절곡으로 온 진정한 목적은 약선을 찾는 것이었다.

"관인이 민간인에게 임무를 공개하는 것은 원칙적으로 어긋나는 것이오."

임태평이 일부로 생색을 내면서 말했다.

그녀도 그것을 알았지만 크게 개의치 않았다.

"그러니 누구에게도 발설하지 말고 잊어주시오."

"임 군관님께 들은 얘기는 함구할 터이니 염려하지 마세요."

설유라가 포권을 취하며 미소를 지어 보였다.

아름다운 그녀의 미소에 임태평이 괜히 헛기침을 하며 말했다.

"흠흠, 그렇다면 알려 드리겠소. 본관이 명을 받은 것은 한 사람을 찾기 위함이오."

그녀가 임태평의 말에 집중했다.

여기까지는 설유라 역시도 짐작했던 바였다.

"본관보다 먼저 파견된 태수부 소속의 다른 군관이 이곳에서 실종되었기 때문이오."

"넷?"

예상과는 전혀 다른 말이 나오자 설유라는 당황했다.

그때 임태평이 무심결에 토로한 불평에선 분명 의원이라고 했던 걸로 기억했다.

'내가 잘못 들었나? 하지만… 지금 같아서는 약선이 이곳에 없는 편이 나을지도 몰라.'

그러나 한편으로는 이곳에 약선이 들어오지 않았으면 하는 바람도 있었다.

무림인인 자신들조차도 버거운데 의원인 약선이 이곳에서 살아간다는 것은 정말 불가능해 보였다.

"이제 의문이 풀렸소?"

"혹시 먼저 파견되었던 그 군관님은 무엇 때문에 온 건지 알고 계시나요?"

"그건……."

잠시 망설이던 임태평이 결국 얘기해 주었다.

"약선이라는 의원 때문이오."

"약선!"

약선이 이곳 절곡에 있지 않기를 바랐지만, 처음으로 약선에 대한 제대로 된 정보를 가지고 있는 자를 만나게 된 것이었다.

"임 군관님, 그럼 약선이 이곳 절곡에 있는 건가요?"

"먼저 파견되었던 군관으로부터 절곡으로 들어갔다는 보고를 받았으나, 막상 본관이 이곳에 들어와 보니 어느 미친 작자가 절곡으로 들어올지 의문이 드오."

한번 입에 고삐가 풀린 임태평은 더 이상 함구령에 대해 신경 쓰지 않고, 자신이 파견되기까지의 과정을 이야기해 주었다.

"…본관이 이곳에 파견된 것은 태수의 욕심에서 비롯되었소."

누구도 치료하지 못한 운남 태수의 둘째 여식의 병을 약선이 고쳤다고 한다.

그로 인해서 운남 태수는 약선을 휘하의 주치의로 삼고 싶어 했다.

"태수께서 금은보화를 비롯해 관직을 제수한다는 제안까지 해보았지만 약선은 고민조차 하지 않고 딱 잘라 거절했소."

약선이 둘째 여식의 완치를 위해 태수의 장원에 머무는 동안 그를 어떻게든 설득하려 했지만 그것도 실패했다.

운남 태수의 장원으로 약선을 찾아온 손님이 있었다.

한데 그 손님이 찾아오고 채 만 하루도 되지 않아 약선은 태수의 여식에 대한 처방전만을 남겨두고 태수의 장원에서 떠나 버렸다.

그것은 태수에게 좋은 구실을 만들어주었다.

"치료비를 지불했는데, 말도 없이 떠났으니 태수에겐 좋은 구실이었소. 태수는 곧장 군관과 병사들을 파견해 그를 압송하라 명을 내렸소."

"…정말 치졸하군요."

"정치란 명분이라는 허울에 감춰진 욕심이죠."

그보다 한기수 위의 선배라고 하는 막 군관이 기병 삼십여 명을 이끌고 약선을 추격했다.

그런데 말을 타고 쫓는데도 좀처럼 약선과의 거리가 좁혀지지 않았다.

"설마 경공을 펼친 것인가?"

설유라가 인상을 찡그렸다.

무림에서 명의로 명성이 높은 약선이었지만 무공을 익혔을 줄은 몰랐다.

사실 약선이 무공을 익힌 것을 아는 것은 정보 단체나 그를 아는 소수의 관계자들뿐이었다.

애초에 그의 무공보다 의술에 관심이 많았기에 상대적으로 가려져 있었을 뿐이기도 했다.

"그렇게 추적을 하던 막 군관에게 마지막 전서구가 날아왔소."

"마지막 전서구라 하면?"

"…약선이 절곡 내로 들어간 것 같다는 전서구였소."

마지막으로 날아온 전서구에 대한 운남 태수의 응답은 뻔했다.

그는 일말의 망설임도 없이 절곡에 들어가서라도 그를 추포해 오라고 했다.

중원인이라면 누구나가 절곡이 삼대금지임을 알고 있음에도 불구하고 말이다.

"그렇게 들어간 막 군관은 연락이 끊기고 보는 바와 같이 본관이 이 지옥 같은 곳에 파견된 것이오. 참 우습지 않소?"

임태평은 자신의 처지를 비관했는지 쓸쓸한 미소를 지었다.

하지만 사연이 없는 사람이 어디 있겠는가.

설유라 역시도 사부를 구하기 위해 중원 전역을 돌아다니다 이곳 절곡까지 오게 되었다.

그러나 드디어 약선의 소재를 확인했어도 난감하기 짝이 없었다.

'약선이 이곳에 있는 것은 확실하다. 문제는⋯⋯.'

이런 위험한 곳에서 그가 살아남아 있을지였다.

한 가지 이상한 것은 어째서 그가 삼대금지로 들어왔는지가 의문스러웠다.

추적을 피해서 도망갔다고 하기에도 미심쩍었다.

'어쨌거나 약선이 이곳에 있다면 무슨 수를 써서라도 찾아야 한다.'

제발 그가 죽지 않기를 바라야 했다.

그때 한참 운기를 하고 있던 모용월야가 창백해진 얼굴로 다가왔다.

심지어 그는 식은땀마저 흘리고 있었다.

"설 소저."

"모용 공자, 왜 그러는 거죠?"

"뭔가 느낌이 이상합니다."

"⋯이상하다고요?"

모용월야의 상태하며 반응을 보면 정말 심각해 보였다.

"계곡의 상류에 있을 때도 그랬는데, 이곳의 기운은 정말 끔찍할 정도로 사기가 느껴집니다."

상류에서도 이 기운으로 인해 정신이 혼미했었는데 지금은 어지러울 지경이었다.

모용월야는 스스로 인지하지 못했지만, 천마가 그의 육신에 있던 혈매화의 사령을 제거하면서 그의 영신이 일부 열린 상태였다.

그로 인해 모용월야는 자연지기를 비롯한 영적인 기운에 민감한 체질이 된 것이었다.

이것은 그가 화경을 넘어선 경지로 올라갈 수 있는 통로를 만들어줄 수 있는 계기와도 같았다.

단지 지금은 그를 괴롭히고 있었지만 말이다.

"전 아무렇지 않은데요?"

"아무렇지 않다고요? 이렇게 어지러울 정도인데도요? 그때 북해에서도 느꼈었는데 그것과는 달라요."

이것은 북해에서 느꼈던 마맥과는 전혀 다른 악함이었다.

마맥에서 느꼈던 기운이 순도 높은 마기였다면 이 기운은 사이하면서도 귀기(鬼氣)마저 내포하고 있었다.

모용월야는 불안함을 느꼈다.

안개 숲에서도 이 사이한 기운을 느끼고 나서 그 괴인들이 나타났었다.

불길함이 들어맞기라도 한 것일까.

"앗? 저, 저길 보시오."

임태평이 어딘가를 가리키며 소리쳤다.

계곡을 둘러싸고 있는 가파른 벽면에서 뭔가가 튀어나왔다.

혹시나 괴인이면 어쩌지 하고 경계심에 가득 찬 그들이 검을 빼 들었다.

그러나 그것은 괴인이 아니었다.

'사람?'

낯빛이 굉장히 창백한 중년인이었다.

첨벙첨벙!

중년인이 얕은 계곡물을 가로질러 그들을 향해 다가왔다.

거리가 가까워지니 피부가 창백함을 넘어서서 파란빛마저 감돌고 있었는데, 느낌이 굉장히 사이했다.

'이상하다.'

넝마처럼 보이는 찢겨진 의복을 걸치고 있었는데 마치 괴인들이 입고 있던 것과 비슷한 느낌이었다.

아무래도 얼굴이 멀쩡해 보였지만 괴인일지도 몰랐다.

"누구시죠?"

경계심이 풀리지 않은 설유라가 그를 향해 검 끝을 가리키며 정체를 물었다.

바로 그 순간이었다.

팟!

파란 피부의 중년인이 설유라를 향해 경공을 펼치며 쇄도해 왔다.

"캬아아악!"

챙!

당황한 설유라가 창천검을 뽑아 파란 피부의 중년인의 공격을 막았다.

그 공력이 어찌나 강했던지 그녀는 뒤로 밀려나 버렸다.

파란 피부의 중년인의 두 눈은 피처럼 붉은 안광을 내뿜고 있었다.

"헉! 괴, 괴인?"

모용월야가 놀라서 소리치며 임전 태세를 취했다.

그러나 설유라는 다른 부분에서 심각성을 느꼈다.

'이 괴인… 창천검이 통하지 않아……!'

『천마님, 부활하셨도다』 6권에 계속…

초대형 24시 만화방

신간 100%, 샤워실, 흡연실, 수면실(침대석), 커플석, 세탁기 완비

■ 시흥 정왕25시점 ■

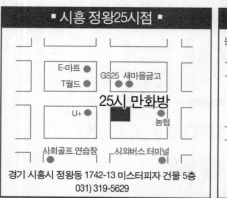

경기 시흥시 정왕동 1742-13 미스터피자 건물 5층
031) 319-5629

■ 강북 노원역점 ■

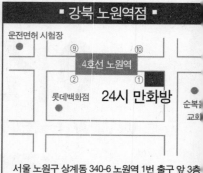

서울 노원구 상계동 340-6 노원역 1번 출구 앞 3층
02) 951-8324 (화용빌딩 3층)

■ 일산 정발산역점 ■

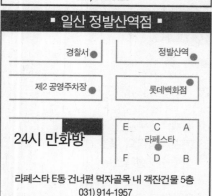

라페스타 E동 건너편 먹자골목 내 객잔건물 5층
031) 914-1957

■ 일산 화정역점 ■

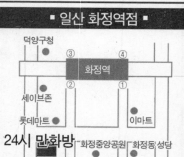

경기도 고양시 덕양구 화정동 984번지 서일빌딩 7층
031) 979-4874 (서일사우나 건물 7층)

■ 부천 역곡역점 ■

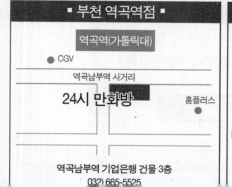

역곡남부역 기업은행 건물 3층
032) 665-5525

■ 부평역점 ■

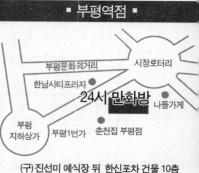

(구) 진선미 예식장 뒤 한신포차 건물 10층
032) 522-2871

고검독보

천성민 新무협 판타지 소설

FANTASTIC ORIENTAL HEROES

강남 무림을 일대 혼란에 빠뜨린 마라천.
그들을 막아선 것은
고독검협(孤獨劍俠)이라 불린 일대고수였다.

마라천이 무너지고 난 후,
홀연 무림에서 모습을 감춘 고독검협.

그리고 수 년……

그가 다시 무림으로 나섰다.
한 자루 부러진 녹슨 검을 든 채로……!

Book Publishing CHUNGEORAM

유행이 아닌 자유추구 -
WWW.chungeoram.com

FUSION FANTASTIC STORY

담덕사랑 장편소설

三國志

삼국지

더 비기닝

대한민국의 평범한 교생이었던 진수현.
갑작스러운 지진에 휘말려
간신히 몸을 피했다고 생각한 순간.
그의 눈에 보인 것은 고대 중국 후한시대,
피비린내 나는 전쟁터였다.

**"어떻게든 살아남아야 한다!
그래야 돌아갈 수 있어!"**

시간을 거슬러 거센 난세의 격랑 속에 빠져 버린 남자.
새로운 삶을 개척하는 그의 손에

대륙의 역사가 바뀐다!

Book Publishing CHUNGEORAM

유행이 아닌 자유추구
WWW.chungeoram.com

탑 레시피가 보여!

FUSION FANTASTIC STORY

레오퍼드 장편소설

잔혹한 음모에 휘말려 모든 걸 잃은
칼질의 고수, 요리사 강호검.
그의 앞에 두 가지 기적이 벌어졌으니!

"내 손… 하나도 안 떨잖아……"

인생의 전성기로 되돌아온 그와
그의 앞에 나타난 기물(奇物), **요리사의 돌!**

**"네가 최고의 요리사가 되는 것이
이 아버지의 꿈이란다."**

**돌아가신 아버지와 자신의 꿈을 좇아
그가, 세계 최고의 자리로 향하기 시작한다.**

Book Publishing CHUNGEORAM